KB272036

최정희 소설 전집 **6**

강물은 또 몇 천리

최정희소설전집편집위원회

손유경 | 서울대학교 국어국문학과 교수
한경희 | 한국학중앙연구원 신집현전 태학사 과정생
나보령 | 국립한국해양대학교 동아시아학과 조교수
이병순 | 한국공학대학교 지식융합학부 교수
장영은 | 성균관대학교 동아시아학술원 초빙교수
유승환 | 서울시립대학교 국어국문학과 부교수

최정희 소설 전집 6

강물은 또 몇 천리

초판 인쇄 · 2026년 3월 25일
초판 발행 · 2026년 3월 30일

지은이 · 최정희
엮은이 · 최정희소설전집편집위원회
펴낸이 · 한봉숙
펴낸곳 · 푸른사상사

편집 · 지순이, 김수란
등록 · 1999년 7월 8일 제2-2876호
주소 · 경기도 파주시 회동길 337-16(서패동 470-6)
대표전화 · 031) 955-9111~2 | 팩시밀리 · 031) 955-9114
이메일 · prun21c@hanmail.net
홈페이지 · http://www.prun21c.com

ⓒ 최정희, 2026

ISBN 979-11-308-2368-3 04810
ISBN 979-11-308-2362-1 (세트)
값 35,000원

강물은 또 몇 천리

최정희소설전집편집위원회 엮음

푸른사상
PRUNSASANG

일러두기

1. 이 책의 원텍스트는 최정희, 『江물은 또 몇 千里』, 『현대문학』 113(1964년 5월) ∼ 136(1966년 4월)이며, 원문 그대로 표기하는 것을 원칙으로 한다.
2. 원문에 ××로 표기되어 있는 부분은 ××로, 원문 상태가 몹시 불량하여 도저히 판독 불가능한 부분은 □□로 표기한다.
3. 문장의 끝에 온점(마침표)이 누락된 경우가 많은데 모두 온점을 넣어 표기한다.
4. 한자의 경우 한자와 한글을 병기하거나 한자만을 표기한 원문을 그대로 따른다.
5. 원문에 오류가 있거나 등장인물의 이름이 잘못 쓰인 경우, 오자인 경우는 각주를 달아 바로잡는다.
6. 대화 부분에서 사용된 원문의 낫표(「 」), 겹낫표(『 』)는 문맥에 따라 큰따옴표와 작은따옴표로 바꾸었다.
7. 한자로 표기된 숫자는 아라비아 숫자로 바꾸었다.

　최정희 소설 전집 간행 의사를 접한 주변의 첫 반응은 '아직 없었느냐'는 것이었다. 전집이 없다는 것이 의아하다는 말은 전집이 있을 법한 혹은 있어야 할 작가를 향한 말이다. 20세기 전반을 가로지르며 작가, 배우, 기자로 활약한 최정희(1906~1990)는 역동적 한국 현대사의 충실한 기록과 그 이면에 대한 도발적 폭로를 수행한 프로페셔널한 전업 여성작가였다. 일제강점기 민중의 현실과 지식인의 고뇌, 해방기의 민족적 혼란, 전쟁과 분단이 야기한 젠더 구조의 재편성에 이르기까지, 최정희는 한국 현대사의 계급, 민족, 젠더의 핵심 이슈를 우회하지 않고 그대로 관통하면서 수많은 논란과 빛나는 문학적 성취를 낳은 우리 문학사상 최고의 문제적 작가이다.

　"나는 이런 것을 보았다." 산문집 『젊은 날의 증언』(육민사, 1963) 한 챕터 제목이기도 한 이 문장은 작가 최정희의 치열한 글쓰기가 개인과 사회를 향한 그의 철저한 응시에 뿌리내리고 있었음을 암시한다. 그 시선은, 눈에 보이지 않는 인간의 내면이나 직관적으로 포착되는 영혼의 움직임에 가 닿기도 하고, 노골적 폭력이나 격정적 사랑을 향하기도 하며, 눈앞에 전개되는 처절한 인간사와 그 이면의 진실에 접근하기도 한다.

　여섯 명으로 이루어진 최정희소설전집편집위원회는 최정희의 이러한 면모가 더 많은 독자에게 더 잘 이해되고 더 입체적으로 파악되기를 바라는 마음으로 전집 발간 작업에 임하였다. 이미 푸른사상사에서 최정희의 장편소설 『떼스마스크의 비극』과 『그와 그들의 연인』을 발행하신 이병순 선생님(3권 책임편집)은 흔쾌히 이번 전집에 두 작품을 그대로 포함시켜주셨다. 대학원 수업을 통해 확보한 귀한 pdf 자료를 사심 없이 공유해준 유승환 선생님(4권 책임편집)이 아니었다면 발간 작업은 훨씬 더디게 진행되었거나 아예 착수조차 되지 못했을 것이다. 원문 대조 등의 고된 작업과 시력·체력을 맞바꾼 한경희 선생님(1권 책임편집)과 나보령 선생님(2권 책임편집), 장영은 선생님(4권 책임편집)께 감사드린다. 손유경(5권·6권 책임편집)은 이 기획 전반을 조율하였다.

텍스트 입력이라는 더없이 고단한 작업을 맡아준 서울대학교 국어국문학과 대학원의 서욱희, 변하연, 민선혜 세 분 선생님의 노고에 각별한 사의를 전하고 싶다. 최정희 작가의 사진을 제공해주신 김채원 작가님과 세심하고 다정하게 일을 진행해주신 푸른사상사 편집부에도 깊이 감사드린다.

2026년 2월

편집위원들을 대신하여 손유경 씀

강물은 또 몇 천리

1회

　그들은 결혼식을 거행하지 않고 살림을 시작했으며, 살림을 하기 전에 서강주(徐康珠)는 이미 아이를 배게 되었다.

　고궁(古宮)이 옆으로 바라보이는 이층방에 그들은 거처했다. 이 방이 그들 때문에 마련되었다고는 할 수 없었다. 새로 발행될 문화공론사 사무실로 사용하기 위해서 문화공론사 사장이 월세로 얻은 것이었다.

　아래층은 가게다. 방비[1] 쓰레받기 마당비 성냥 세탁비누 양잿물 이런 것 등을 주인 영감이 직접 팔고 앉아 있었다.

　그 이층이니 초라할 것은 분명한 일이었다. 낡은 다다미 여덟장이 깔리고 남은 두어장의 널마루 위에서 강주는 살림을 이어갔다.

　이것 역시 살림을 이어가려고 해서 마련된 것이 아니고 신발 벗는 데로 사용되는 곳이었다.

　살림이래야 풍로에 숯불을 피워 밥을 잦히는[2] 일, 반찬은 문화공론사 사장 집에서 갖다 주는 것으로 먹으면 되었다.

　찌개니 국이니 하는 따위는 끓일 엄두도 못내었다. 된장 간장이 있을 턱이 없기도 하려니와 냄비 하나에 공기 두개와 목저 두벌 뿐이니 그런 것을 다룰 데가 없는 것이다.

　소반도 없이 다다미 맨바닥에도 남비에 잦힌밥을 내려놓고 공기에 퍼먹기도 하고 그냥 먹는 수도 있었다.

1　방을 쓸기 위한 비.

2　잦히다 : 밥물이 끓으면 불의 세기를 잠깐 줄였다가 다시 조금 세게 해서 물이 잦아지게 하다.

제철이 지난 김치와 깍두기 냄새 때문에 그렇지 않아도 훌럭거리는[3] 강주로선 밥 먹는 일이 고역이 아닐 수 없었다. 된장에 박았던 장아찌거나 무생채 같은 것이 있는 때면 두공기 이상의 밥을 먹었지만 그것은 어쩌다 있는 일밖에 안 되었다.

반찬은 사장의 조캇벌 되는 청년이 출근차 나올 때면 들고 왔다. 먹고 난 빈 그릇도 퇴근해 돌아가는 청년이 들고 갔다. 자루에 든 쌀을 들어다 주는 일도 청년이 했다.

청년이 장아찌나 무생채 같은 것을 들고 오는 날이면 강주는 청년이 한없이 고마웁고, 그렇지 못한 날이면 청년에게서 김치 깍두기 냄새가 풍기는 듯해서 그쪽으로 눈도 돌리기 싫었다.

"아니 글쎄 즐벅즐벅한 국물을 구경 못하니 속에 털[4]이 안 난다고 누가 보증할까? 원……."

그들의 사는 꼴을 말끔히 들여다보고 있는 집주인 마누라가 딱 바라진 말솜씨로 나불거리며 국이나 찌개를 올려 보내는 일이 있었으나, 사람은 먹자고 태어난 게 아니고 보람있는 일을 하려고 이를 악물며 사는 거라고 응수해 가면서 강주는 집주인 마누라의 호의를 받아들이지 않았다.

그러면서도 강주는 제가 한 말의 정당성을 시인하지는 못했다. 국이나 찌개의 구수한 냄새가 한층 실감나게 코로 몰몰 스며드는 것을 절실히 느끼곤 할 뿐이었다.

강주는 청년이 출근하기 전에 아침밥을 먹자고 서둘고, 승현(曺承鉉)은 다 알고 있는 터에 굳이 그럴 필요가 어디 있느냐고 눙쳤으나 초라한 몰골을 남에게 보이는 일이 강주는 싫었다.

---

3 훌럭거리다 : 혀나 손 따위를 자꾸 늘름거리다를 뜻하는 북한어.
4 '탈'의 오식으로 보임.

아침밥을 먹고 나선 방소제를 시작했다. 풍로 남비 등속을 포장 뒤에다 집어 넣는다. 다다미 한장 반의 포장 뒤엔 풍로 냄비 등속 외에 쌀자루 고리짝 이부 자리가 있을 뿐이다.

방소제가 끝나는대로 그들은 차리고 나앉는다.

그로부터 조승현이 『문화공론』 주간(主幹)이 되는 것이고 서강주는 그 여기자(女記者)가 되는 것이다.

그들이 여기에 살림을 벌리고 있다는 사실을 집주인네와 문화공론사 사장의 가족들만이 알고 있었다. 그 외의 문화공론사와 관련이 있고 없고를 막론하고 승현과 강주의 관계를 아는 인사들이라곤 없었다.

승현은 둔갑(遁甲)을 익숙히 잘 해 내었다. 강주는 마지못해, 그 둔갑에 장단을 맞추어야 했다.

"서강주씨, 그 ××씨한테 부탁한 원고 어떻게 됐죠? 한번 더 들러서 독촉을 하시지."

하던가

"서강주씨 ××씨가 오늘 원고를 준다고 했는데 거기 좀 가보시요."

해서, 승현은 제법 위엄 있는 말씨로 강주에게 '성'까지 붙여가며 깍듯이 나왔다. 그래야만 강주와 자기와의 관계가 캄플라지 된다는 것을 그는 알고 있는 것이다.

이렇게 되면 강주보다 청년이 더 난처해 했다. 청년은 붉어진 얼굴로 강주를 찬찬히 들여다보았다. 그렇지 않아도 청년은 얼굴을 잘 붉히는 버릇이 심한듯 보였다.

강주가 굳이 남에게 안보이려 드는 끼니때를 목도하게 된다던가, 강주가 냄새 때문에 질색인 김치 깍두기를 들고 오는 경우에 이르러서까지도 얼굴을 붉히기가 일쑤였다.

문화공론사 사장은 청년에게 허드레 심부름이나 거들으며 그들(승현과 강주)의 성의(誠意) 여하를, 즉 『문화공론』을 발행하는 일에 성의를 다하고 있느냐를 살피라고 해서 보내는 눈치 같았으나 청년은 그런 것에는 아랑곳하려 하지 않았다.

승현의 말대로 강주는 다소곳이 일어나 밖으로 나간다. 모여 앉은 사람들은 강주가 주간의 명령대로 잘 움직이는 여기자라고 기특히 여기는 눈치고 강주 또한 그런 체를 해 보인다.

그러나 밖에 나와버린 강주는 다르다. 어느 ××씨한테 들릴 생각도 하지 않는다. 단순히 문화공론사 여기자로만 알고 있는 그들 앞에 떳떳이 나서기가 강주는 싫은 것이다.

강주는 내쳐 걷는다. 된장에 박았던 장아찌거나 무생채 같은 것에다 아침밥이라도 잘 먹어낸 날은 웬만한데, 그렇지 못한 김치 깍두기로 설치고 났을 경우면 욕지기와 함께 현기증이 일곤 해서 걸음도 제대로 걷지 못했다. 그렇더라도 ― 배가 불러오기 전에 죽어야 한다는 ― 항상 머리에서 떠나지 아니하는 생각을 되풀이해가며 큰 길이건 골목 길이건 발 닿는대로 걷는다.

사월의 바람이 심술궂게 먼지를 안고 와 덮어 씌워줄 것 같으면 강주는 눈을 부비면서 차라리 좋다는 생각을 하곤 한다. 흘러내리는 눈물이 먼지 때문이라고 생각하고 싶은 것이다.

눈물 속엔 언제나 불쌍한 어머니의 얼굴이 확대되어 오는 것이었다. 강주가 문화공론사에 취직이 되었다고만 편지를 띄웠는데 어머니는 월급의 절반이 집에 내려가려니 믿고 있고, 보통학교만 나온채 그냥 있는 동생을 데려다 공부를 시키려니 믿고 있는 편지를 보내왔던 것이다. 강주가 집을 떠날 때 한 말을 어머니는 그대로 믿고 있는 것이다.

집을 떠날 때 뿐이 아니고 강주는 어렸을 적부터도 어서 커서 훌륭한 인물이 되어 불쌍한 어머니를 도와드리게 하여 달라고 항상 빌어왔다. 좋은 것 앞에서도 슬픈 것 앞에서도 강주는 눈을 감고 손을 마주잡았다.

어느 설 밑엔가는 타관에 가 살고 있는 아버지 집에 돈타려 갔었다. 강주가 가는 때마다 아버지의 집에선 싸움이 벌어졌다. 싸움의 분풀이를 아버지는 강주에게다 마구했다. 실컷 얻어맞은 강주는 밤이 이슥해도 잠이 오지 않았다. 바닷소리는 높고 항구(港口)에 들어오느라고 혹은 떠나 가느라고 '윤선'⁵이 뿌와앙 뿌와앙 고동을 뽑는데 제야(除夜)의 종소리가 들려왔다. 강주는 눈물도 닦지 못하고 모두 잠든 틈을 빠져 밖으로 나왔다. 달이 휘영청 높이 떠 밝은 데서 강주는 종이 울려오는 그쪽 방향(方向)에다 손을 모아 잡고 빌었다.

— 얼른 커서 불쌍한 어머니를 도와드리게 하여 달라고.

집을 떠나온지도 반년이 넘고, 편지를 띄운지도 두달이다⁶ 되어 가건만 강주는 월급의 절반은 커녕 편지조차 다시 띄우지 못하고 있다. 강주는 월급을 받아 보지 못했다. 월급이란 말조차도 들어보지 못했다. 승현도 마찬가지었다.

문화공론사 사장은 문화공론사 사무실 초라한 방에다 그들을 거처케 하는 일과 몇 말의 쌀과 제철을 잃어서 냄새나는 김치와 깍두기, 그리고 어쩌다 보내오는 된장에 박았던 장아찌나 무생채로써 월급을 대봉하려는 눈치 같았다. 승현과는 이미 그렇게들 말이 오고 가고 했는데, 강주만 모르고 있는 것인지 몰랐다.

발 닿는대로 걷던 강주는 몇그루의 나무들이 서 있는 그 언덕으로 잘 갔다. 어느날 내쳐 걷다가 기진맥진해서 주저앉았던 곳이 바로 여기였다.

새들이 우짖는 소나무 밑에 소나무를 기대어 앉으면 얼마 멀지 않은 곳에 냇물이 흘러가는 것이 보였다. 뭉치구름이 떠있는 맑은 하늘이 내려드리운 탓으로 냇물은 제법 그럴듯한 강으로 느껴져 오는 것이었다. 강을 내려다보는 사이에 강주는 잠이 들어버린다.

으례 꿈을 꾼다. 꿈은 늘 찬란하고 충족하기만 했다. — 온갖 과일이 우박 퍼붓듯 쏟아지는 나무 밑에서 과일을 집어먹지 않고도 먹은 것 같이 흐뭇해지곤 하는 일도 있었고, 먼 나라 해안지대를 마차에 타고 앉아 달리는 옆에 바닷빛

---

5   예전에 '기선'을 이르던 말.
6   '두달이 다'로 띄어 읽어야 함.

망또를 걸친 기사(騎士)가 앉아 있다던가 하는 일도 있었다. 망또 자락이 깃발같이 펄럭거리던 소리가 꿈에서 깨어나고도 들리곤 했다. 이와 비슷한 꿈도 강주는 무수히 꾸었다.

강주의 병은 강주가 꾸는 꿈과 강주가 처해 있는 현실생활이 지나치게 차이가 지는 데서 생긴 것인지 몰랐다. 잘 먹지 못하는 것도 이유가 되겠지만 육체, 정신을 마구 학대하는 데서도 병은 올만했던 것이다. 낮이면 문화공론사 여기자로, 밤이면 승현의 여자로서 둔갑을 하게 되는 일은 강주를 더욱 못견디게 했다. 승현은 제일 처음 강주를 다치던 때나 마찬가지로 굴었다. 강주를 자빠뜨리곤 꼼짝을 못하게 구는 것이었다. 강주의 입을 그의 입으로 막았다. 필사적으로 반항을 계속하는 강주의 몸은 굳어질밖에 없었다. 승현이 제아무리 질풍같이 날뛰더라도 흡족한 결과를 치르지는 못했다. 승현은 질풍 같던 그 기세로 강주를 두들겨 패는 것이다. 어디라 없이 주먹이 가는대로 발길이 닿는대로 패고 차는 것이다. 강주는 패고 차는대로 몸을 맡겨버린다. 죽여버리라고, 하다못해 뱃속에 든 아이라도 떨어지라고 마음을 먹는 것이다.

병은 이래서 났는지도 몰랐다.

강주는 포장 뒤에서 앓아야 했다. 다다미 한장 반에다 고리짝 풍로 남비 쌀자루 등이 들어놓여 있고, 거기다 바람이 들이칠 때면 그 알량한 포장 뒤가 드러날 것을 미리 방지하느라고 책으로 포장기슭을 눌러놓고나면 실로 고양이 누울 자리만큼밖에 안되었다.

좁은 것은 그대로 참겠는데 기침을 할 수 없는 일이 난사였다. 병이 들면서 강주는 기침까지 겸하게 되었다. 청년 이외에 강주가 포장 뒤에 들어있다는 사실을 아는 사람이 없고, 여기자는 왜 안보이느냐고 묻는 인사들에게 여기자가 병이 나서 누워 있다는군 하고 나오는 승현의 대꾸가 아니더라도 포장 뒤에 들어 있다는 기미를 강주는 아무에게도 보이고 싶지 않았다.

열린 창으로 들이치는 바람으로 해서 포장이 불룩해질 때마다 강주는 기침을 얼른 하곤 했다. 결코 밖으로 내짖을 수는 없었다. 속으로 소리를 들이마시면서 짖는 것이었다.

포장 저쪽 사무실엔 사람이 찔[7] 새가 없다보니 강주는 진종일 그러한 고통을 겪어야 했다. 승현이 나가고 없으면 찾아오는 사람들이 왔다간 쉬이 가곤 할터이지만 사무실을 비울 수 없다면서 그는 줄곧 앉아 있었다. 찾아오는 사람마다 으례 '여기자'를 들먹이는 데는 더 질색이었다.

— 여기자가 그럴듯하던데…… — 하고 나오면 승현이 또 — 그만하면 괜찮은 편일 걸 — 해서 응수를 하는가 하면 — 여기자가 몸이 좀 약해 보이더군. — 하는 사람에겐 — 글쎄 몸이 약한 모양이야. — 해서 대꾸를 했다.

그들의 대부분이 강주에 관한 화제로써 시간을 보내었다. 허물없이 지내는 사이일 것 같으면 — 승현이 자네 서강주를 잡아먹으면 안돼. — 한다던가, — 너 여기자와 결혼하면 어때? — 하고 승현의 의중(意中)을 슬그머니 떠보는 축도 있었고, 또 강주와 연애를 하겠노라고 노골적으로 나오는 작자도 있었다. 승현은 어느에게나 적절한 말로 대꾸해 주곤 했다.

이러한 나날을 보내는 어느 해질 무렵의 일이다. 시끄럽던 손님들도 헤어져 가고 청년마저 돌아가고 없은 뒤라 강주가 포장 기슭에 눌려놓았던 책들을 거두려고 드는데 층계를 달려 올라오는 발소리가 들렸다. 삐걱거리는 층계여서 이때까지는 아무도 그렇게 달리는 일이 없었다.

강주는 거두려던 책을 도로 눌러 놓고 숨을 죽이며 앉아 있었다.

"야, 이새끼 너 여기 있었구나. 너 이새끼야 이렇게 숨어 있음 모를줄 알았지? 이새끼야, 이새끼야."

이 소리와 함께 차고 받고 때리고 하는 소리가 빗발치듯 했다.

"아이구 아이구. 이사람 한군, 말로 하세, 말로 하잔말이야."

7　찌다 : 들어온 밀물이 나가다. 고인 물이 없어지거나 줄어들다. 여기서는 '빠지다'를 뜻함.

그것도 소리를 죽여가며 폭력자 앞에 꼼짝을 못하는 승현의 모양새가 포장 뒤에서도 알만했다.

한군이 누굴까? 강주가 포장 뒤에서 전신을 확대시키고 있으면서 상찰[8]을 하는 것이나 얼른 떠오르지 않았다.

"말루? 너 같은 새끼한테 말이 무슨 소용이야. 너같은 새낀 죽여버려야 돼, 죽여버려야 돼, 이새끼야. 이 개같은 새끼야."

폭력자의 발과 손이 닿을 때마다 승현은 '아이구' 소리만 연발했다. 인젠 '말로 하자'는 말을 하지못했다.

"너 이새끼야. 또 누굴 골탕 멕일려구 채려놓구 있느냐 말이야? 누굴 또 골탕 멕일려구? 누굴 못살게 만들려구 이렇게 채려놨느냐 말이야? 날 골탕을 실컷 멕여 놓군 계집애까지 꿰 차구 넌 건건한 이층에서 실컷 거들거리느냐 말이야. 야, 이 개같은 새끼야? 이새끼야."

승현은 끼륵끼륵 할 뿐, '아이구' 소리도 못질렀다.

강주가 포장 밖으로 뛰어 나갔다. '아이구' 소리도 못지르고 끼륵끼륵 할 뿐인 승현이가 죽는다고 겁을 낸 것은 아니었다. '건건한 이층에서 실컷 거들거리느냐.'는 그 말이 너무 억울했던 것이다. 이때처럼 승현이가 불쌍하게 여겨진 일은 없었다. 승현을 사랑해야 되겠다고 강주는 생각했다.

강주는 폭력자의 허리를 안아서 콱 째려당겼다. 폭력자가 쉽게 나가 떨어졌다. 강주의 몸뚱이 어느 구석에 그런 힘이 있었던지 강주 자신도 모를 일이었다.

폭력자가 나가떨어지자 끼륵끼륵할 뿐이던 승현이 눈을 크게 떠 강주를 보았다. 승현은 곧 상찰한듯 피가흐르는 몸(코와 얼굴에서 흘러내린 것이 전신을 적시고 있었다.) 으로 폭력자를 일으키려고 했다.

"저리 치어. 비키란 말이야."

<hr>

8　생각하여 헤아림.

승현을 뿌리치며 폭력자가 일어났을 때에사 강주는 그가 한설초임을 알았다.

“너무해요. 어쩜 사람을 저모양으로 만들어 놔요? 동지요, 친구요 하던 사람을 저럴 수가 있어요?”

강주가 턱을 바싹 치켜 들고 그에게 빡빡 달려든즉 그는 이때까지의 기세를 푹 죽이며

“여기선 더 말하지 않겠어요.”

하고 한설초는 가버렸다.

그날밤 강주는 승현을 사랑하리라고 마음 속으로 다시 다짐했으며 죽겠다는 생각 같은 것을 하지 않겠다고 결심했다.

강주는 밤이 이슥하기까지 제 병은 돌려놓고 승현의 맞아댄 자리를 찜질해 주며 베개(?)가 딱딱하리라 여겨서(그들은 책을 포개어 베었다. 강주가 집에서 떠날 때 어머니는 강주에게 거풀 뿐인 베개를 고리짝에 넣어주며 서울 가거든 속을 넣어 베라고 일러주었는데 고리짝 속에 아직 그대로 들어 있는 형편이었다.) 무릎을 베어 주니까 승현은 이왕 나올량이면 왜 좀 빨리 나오지 않았느냐. 그놈한테 딱 발기고 나설 건 뭐냐는, 도무지 갈피를 잡지 못할 말을 내뱉으며 베어 주는 무릎을 밀어내곤 했다.

강주가 소형극장(小型劇場)을 찾아갔을 때, 한설초는 승현과 함께 작고 초라한 쪽대문 안, 뒷편 방에 앉아 있었다.

같이 간 우승국이 강주를 쥐색의 양복청년 앞에 소개를 시키자 쥐색의 양복청년이 한설초라고 부른다면서 강주에게 머리를 공손히 숙였다.

승현은 이름 외에 연출가노라고 제 입으로 들려주기까지 했다.

강주는 그날 길에서 우연히 만난 우승국과 둘이서 그리로 갔던 것이다. 동경시대에 알던 그는 강주를 만나자 잘 되었다고 반가와하며 다짜고짜로 소형극장 운동을 하지 않겠느냐고 강주에게 물었다.

강주가 눈을 크게 떴다. 소형극장 운동이 뭣인지 알지 못하지만 무대에 서거

나 스크린에 서거나 찬연히 날개를 펼쳐 보았으면 하는 꿈은 늘 가지고 있던 터이었다.

월급을 주느냐고 제일 먼저 강주는 그것부터 물었다. 아무리 꿈이 실현될 단계에 이르렀다 하더라도 월급의 절반을 기다리고 있을, 취직만 되면 서울로 데려올 줄로 믿고 있을 어머니와 어린 동생을 잊어버릴 수는 없었다.

잘되기만 하면 월급 같은 것은 문제가 아니라고, 전체 이익을 배당하게 된다고 우승국이 자신있게 나왔다.

누구의 것인지 모를 대본(臺本)을 승현이 어느 한 페이지를 펼쳐 주면서 한 대목을 읽어보라고 강주에게 말했을 때 강주는 주저주저 하며 그대로 좇았다. 승현은 또 강주더러 걸어보라고도 했다, 강주는 좁고 침침한 방안을 몇번이나 왔다 갔다 했다. 세사람이나 쳐다보는 속을 강주는 손발을 제대로 놀리지 못하면서 걸었다. 강주의 걸음걸이를 찬찬히 살피고 있던 승현이, 뒤로 자빠질 듯한 걸음걸이라는 평을 내렸다.

본래 엉덩이를 내밀고 걷는 듯한 결점을 숨기려고 강주는 너무 뒤로 제끼고 걸었던가 보았다.

— 이걸 어쩜 조아. —

강주가 풀썩 주저앉았다. 무대연출자 눈에 못난 꼴을 보였으니 인제 다 틀렸다는 절망밖에 솟지 않았다.

"아닙니다. 일륩니다. 그만하면 최상입니다."

한설초가 강주의 절망을 살펴주었던 것이다. 승현은 위안 될 하등의 말을 하지 않았다. 결과의 여하는 서면으로 통지를 하겠다는 말로써 끝을 맺었다. 강주는 임시로 거처하고 있는 고향 선배의 하숙집 주소를 적어놓고 거기를 나왔다.

강주가 적어 논 주소로 승현이 그날 저녁에 찾아왔었다. 낮의 결과를 알려주려 온 것으로 알고 마침 선배가 나가고 없는 방에다 승현을 허둥지둥 맞아들였다.

2회

　예측했던대로 승현은 강주가 기뻐할만한 소식을 전해주었다. 이제 곧 공연하게 되는 「배신자」에 주연을 맡게 되었다는 것이었다.

　'어머나' 소리와 함께 강주의 입이 저절로 벌려졌고, 마구 웃음이 터져나왔다. 승현은 바로 이때 강주를 안아버리며 다짜고짜로 저와 결혼해 달라고 말하곤 그의 입으로 강주가 무어라고 대꾸할 새도 없이 강주의 입을 틀어막았다.

　이것만은 강주가 예측하지 못했던 일이다. 대본을 읽히며 걸음을 걸려보던 승현과는 딴판으로 그는 점잖치 못하게 날뛰었다.

　강주가 소리도 못지르고 전체 몸뚱이로 버티었으나 최대한의 힘으로 날뛰는 남자 앞에 강주의 힘은 주먹으로 성벽(城壁)을 쥐어박는 폭밖에 못되었다.

　남자가 제 할대로 다 하고 물러났을 때 강주는 옷과 흐트러진 머리 매무새를 재빨리 고치며 남자더러 빨리 나가달라고 재촉했다.

　천길 낭떠러지에 뚝 떨어진 절망 속에서도 이것부터 서두르게 된 이유를 캔다면 선배가 돌아올 것을 겁낸 탓이라 하겠다. 선배는 그날 저녁 자기가 가르치는 어느 학동집에 저녁 대접을 받으러 간 터이므로 오래 지체되지 않을 것을 강주는 짐작했던 것이다.

　남자가 떠나가자 강주는 허둥지둥 선배의 이부자리와 제것을 깔곤 이불 속으로 들어갔다. 이불을 뒤집어쓰고 그제사 울음을 터뜨렸다. 그러나 울음소리를 크게 내지는 못했다. 몸부림을 마구 치면서도 소리를 속으로 끌어당기며 울었다.

　선배가 돌아와서 강주에게 우는 이유를 물었을 때 강주는 배가 아파서 그런다고 말했다.

　"체한게로구나."

　선배가 책상 서랍에서 소화제 한봉을 꺼내주며 먹으라고 했다. 강주가 그런 건 안 먹어도 된다고 말하니까 선배는

"그런데 그렇게 몸부림을 치며 울어? 어린애군."

했다.

강주는 선배의 말대로 '어린애'였으면 오죽 좋으랴 싶은 생각이 들면서 더욱 더 울음이 북받쳤다.

"너 정말 배가 아픈게 아니고 집 생각이 나서 그러지?"

선배가 이렇게 물었다. 저도 모르는 사이에 강주는 선배 말에 고개를 끄덕이며 속으로 끌어당기던 울음을 마구 내쏟았다. 정말 강주는 불쌍한 어머니를 생각했던 것이다. 죽어야 한다고 생각하면 할수록 어머니가 불쌍해 견딜 수가 없었다.

그러나 강주는 죽자는 생각을 줄곧 하면서도 죽지 못하고 소형극장으로 나갔다. 선배가 출근할 때면 저도 함께 하숙을 나섰다. 강주의 선배는 강주가 취직이 된 것으로 알고 있었다. 강주가 그렇게 꾸몄으니 그럴 밖에 없는 일이다.

너무 일러서 청개[9]천변과 파고다공원, 인사동 큰 길, 골목길, 할 것 없이 그 일대를 무수히 걷다가 강주는 열한시가 넘어야 소형극장 쪽으로 발을 돌린다. 그럴바엔 하숙에서 좀더 늦게 나와도 좋을텐데 혼자 있는 틈을 타게 될 승현이 때문에 그렇게도 못했다.

승현은 강주를 범하고 난 이튿날 아침에 다시 또 범했다. 아침밥도 먹지 않고 누운채로 암담해 있는 강주를 승현은 전날 저녁보다도 더 쉽게 범했다. 그리고 그는 강주더러 오늘부터 본격적으로 연극 연습을 시작하니 소형극장으로 나오라는 말을 일러놓고 먼저 가버렸다.

두번째도 강주는 소리를 못쳤다. 두번 다 입이 틀어막힌 탓도 있었지만 승현과의 이 두렵고 끔찍한 사실을 강주는 아무에게도 알려선 못쓴다는 생각이었다.

하늘과 땅 어디에도 알려져선 안된다는 생각이었다.

9　이하 본문에 나오는 '청개'는 모두 '청계'의 오식임.

저를 답싹보고[10] 함부로 달려드는 승현을 선배에게 알리자는 마음도 먹어보았
으나 근엄하게 살아가는 국민학교 훈도 앞에 입이 떨어지지 않기도 하려니와
아무에게도, 또 어디에도 이 두렵고 끔찍한 사실을 알려선 안된다는 생각에서
혼자 버둥거리는 것이었다.

그러면서도 윗 채와 떨어진 딴 대문 안의 하숙방을 강주는 원망스럽게 여기
기도 했다.

소형극장 그 방엔 열한시가 넘어야 단원들이 모여들었다. 그 시각 전엔 승현
과 한설초가 자고 있던가, 앉아 있던가 했다. 한설초만 있는 데서 승현과 마주
치기가 강주는 싫었다. 여럿이 많은 틈에서 마주치는 편이 좀 나았다.

강주는 「배신자」에서 임정옥역을 맡았다. 정옥이 돈이면 그만인 줄 아는 손
광모를 사랑하다가 투철한 사회주의자 배혁을 알게되자 차츰 정옥도 그 방면으
로 눈을 뜨게 되고 배혁을 도우며 그를 사랑하게 된다는 이야기인데 그 무렵에
흔히 있는, 공식화된 줄거리었다.

그런데 한설초는 손광모를 자기라고 여기는 기색이 농후하다가 한설초 자신
이 배혁의 역을 맡게 되면서 차차 기분을 회복해 가는 눈치였다.

희곡 「배신자」는 승현의 것이었다. 승현은 투철한 사회주의자를 자기로 여기
는 듯한 기색이었다. 정말 승현은 손광모를 한설초로 여기고 썼던지 모르는 일
이었다.

한설초는 영남 모부호[11]의 첩의 아들로, 집에서 훔쳐가지고 올라온 돈을 주색
가(酒色街)에 뿌리다가 승현과 우연히 만나게 되고 승현의 유치로서 소형극장
운동에 발을 들여놓았다고 우승국이 강주에게 말 해 준 일이 있다.

소형극장은 한설초의 금력으로 움직이는 셈이었다. 연극 연습중 단원들에게

10　왈칵 달려들어 냉큼 물거나 움켜잡는 모양을 뜻하는 '답삭'을 '답싹'으로 표기한 것으로
　　보임.
11　'모(某) 부호'를 뜻함.

간혹 있는 호떡 점심에 이르기까지도 거기에 달려있었다.

손광모의 역은 우승국이 맡게 되었다. 정옥이 그의 뺨을 후려갈기며 사회의 기생충이라고 그를 타도하는 대목에 이르러서 언제나 극치의 묘기(妙妓)를 보인다는 칭찬이었다. 치기에 알맞게 살점이 붙은 우승국의 뺨이지만 후려갈기고 나면 손바닥이 얼얼했으며 우승국은 갈기운 자리 뿐 아니라 얼굴 전체가 빨개지는 것이었다. 아무리 연극이라 할지라도 그다지 심하게 때리는 데는 강주가 자기에게 숙감(宿感)[12]이 있는게 아닌가 하는 의심을 우승국은 품고 있었다.

"내가 뭘 잘못한게 있어?"

우승국은 빨개진 얼굴로 한두번 강주에게 대어든 일이 있다. 강주는 여기에 대해서 다무런[13] 말이나 속을 드러내 보일만한 거동을 하지 않았다. 그래서 강주가 이 대목에 이르러 극중 인물 임정옥에서 서강주로 돌아온다는 사실을 아무도 모르고 있었다. 승현이만은 눈치를 채었던지 모를 일이었으나 승현 자신도 시침을 뚝 떼고 있으니 알바 없었다. 서강주는 극중의 배신자 손광운을 타도하는 것이 아니고 자기를 천길 낭떠러지에 떨어뜨린 조승현을 후려갈긴다고 여기면서 갈기는 것이었다. 그가 후딱 없어져버리기라도 하라고 후려갈기는 것이었다.

「배신자」는 정식 무대에 옮겨보지 못하고 소형극장 그 작고 컴컴한 방에서 복작거리다가 치워버리게 되었다. 총독부 도서과가 「배신자」의 공연을 중지시키기도 했으려니와 그것을 무대에 올리기까지에 소용되는 비용이 없었던 것이 더 큰 이유라 하겠다.

「배신자」의 공연이 중단되기 전날 승현과 한설초의 말다툼을 엿들은 데서 강주는 그것을 알아 내었다. 그날따라 열한시가 넘도록 단원들이 한 사람 나타나지 않은 방에 승현과 한설초는 미닫이를 닫은채 옥신각신하고 있었다.

---

12 오래된 원한이나 좋지 못한 감정.

13 '아무런'의 오식.

한설초가 검열 불통과 된 각본을 탓하니까 승현은 각본이 불통과 돼서 공연을 못하게 됐느냐. 공연하기까지의 비용이 얼만데 그게 어디서 조달되느냐고 한설초를 박아주었다. 그런즉 또 한설초 쪽에선 공연도 못할 각본으로 돈만 쓰게 할게 뭐냐고 승현을 몰아세웠다.

승현이나 한설초는 비용 조달이 안되어서라는 내막을 단원들에게 알리지 않았다. 어디까지나 총독부 도서과 검열에 걸렸다는 사실만을 내세우는 것이었다.

검열 불통과가 단원일동에게 공개되던 날로써 소형극장은 해체되고 말았다. 한설초는 아무말이 없고 승현만이 단원들에게 어떤 힘 앞에서도 우리의 투지는 꺾이지 말아야 한다면서 이번의 이 통분한 사건은 우리의 결의를 한층 굳건케 해주는 계기가 될 것이라고 기염을 뽑았다.

여기에 비분강개파는 주먹을 내두르며 '그렇다'고 웨쳤고 우승국 같은 나약파는 빛이 사라진 눈을 강주에게로 돌리는 것이었다. 강주를 소형극장에 인도하게 된 일을 미안하게 여긴다는 눈짓일 테지만 강주의 심중은 그렇지도 않았다. 날개를 펼쳐보지 못하고 만 일은 유감스러웠을지 모르나 월급도 못받는 일이라면 차라리 일찍 치워버리는 편이 났다는 생각이었다.

더더구나 승현과 날마다 마주치지 않게 된 일이 다행하다는 생각이었다.

그러나 그 뒤, 며칠 안돼서 승현의 아이를 배었다는 사실을 알았을 땐 강주 쪽에서 허둥지둥 승현을 찾지 않을 수 없었다. 강주가 찾아간 소형극장 그 방엔 승현도 한설초도 없었다. 밀린 방세를 못받고 그들을 놓쳐버린 주인이 무슨 할 짓이 없어서 젊은 년놈들이 삼사개월을 남의 방에 들어 지랄을 치다가 도주를 해버리는 게냐고 강주에게 퍼부었다.

강주는 그들(승현과 한설초)에게 가는 염증과 불신을 한층 더 깨달으며 돌아왔었다. 그랬으면서 그 얼마 뒤에 문화공론사 사무실에 살림을 차리자는 승현의 말을 좇았으니 (승현의 아이를 배었다는 현실 앞에선 좇지 않을 수도 없는 노릇이었다.) 강주가 승현 앞에 고분고분할 리 만무한 것이다.

"아직도 서방님은 추스지 못한게지? 밤이면 조용하게 말이야."

한설초의 구타사건이 있은 며칠 뒤에 집주인 마누라가 아침 쌀을 씻으러 내려간 강주에게 일부러 나와서 강주의 얼굴을 찬찬히 들여다보며 하는 말이었다. 밤이면 두들겨 패고 차고 하던 승현도 고분고분해진 강주앞에 폭력이 불필요하다보니 '이층이 조용하다'는 소리를 듣게 될밖에 없었다.

"추스지 못한게 아니고……."

승현을 변명하려 들었으나 강주가 그 다음의 말까지는 해내지 못했다.

매사에 고분고분해진 강주는 청년한테 돈을 달래서 남비도 한개 더 사고 접시 보시기도 몇개 샀다. 또 찬거리 살 돈을 타내기도 하고 승현의 와이샤쓰도 한벌 작만했다. 피가 밴 와이샤쓰가 종시 맑지 못한 탓이기도 했지만 그 지경으로 살면서 와이샤쓰 한벌로 지낸다는 일이 억울하고 또 측은스럽기도 했다.

청년은 강주가 요구하는 돈이면 문화공론사 사장인 삼촌한테 거짓말이라도 꾸며대서 얻어왔다. ― 누구 누구의 원고료라던가, 『문화공론』 출간에 관한 비용인 것처럼 말한다는 것이었다. 와이샤쓰의 경우에선 이삼차씩 거듭 꾸며대어 얻었다고 했다.

그것 뿐 아니고 청년은 된장, 고추장, 된장에 박았던 장아찌도 곧잘 가져다 주었다. 적극적으로 나오는 강주에게서 청년은 힘을 얻은 모양으로 이런 것들을 삼촌네 식구들이 잠든 틈을 타서 담아두었다가 몰래 가져다 주었다.

"그러다 들키면 어떡해요?"

강주가 염려스러워할 것 같으면

"들키면 말지요."

하고 청년은 얼굴을 붉혔다.

청년의 말대로 들키면 말만한 위치에 청년은 있지도 못했다. 청년은 중학을 나왔으나 직업이 없고 해서 잘사는 삼촌집에 와 있으면서 허드렛일을 거들어주는 처지에 있었다.

제손으로 끓이고 만든 찬은 강주를 풍성케 해 주었다. ××씨와 ××씨도 몇번씩 찾아가서 원고를 얻어오고 원고 부탁을 하곤 했다. 발닿는대로 길을 걷는다던가, 소나무가 서 있는 언덕을 찾아가던가 하는 짓을 강주는 하지 않았다. 그 언덕에서 꾸던 기사의 꿈이나 그와 비슷한 꿈들도 강주는 꾸지 않았다.

이렇게 되면서 강주는 종시 하기 힘들던 아이를 배었다는 말을 승현에게 할 수 있었다. 승현은 별 대꾸가 없었다.

"어떡해요?"

강주가 걱정스럽게 나오니까 승현은

"괜찮아."

했다.

"배가 불러오면 어떡해요? 어머니가 이런걸 아신담."

"결혼하면 될거 아냐?"

"배가 부르기 전에 식을 올려야지."

"글쎄 염려말아. 창간호만 내놓구 보자구…… 잡지만 나오면 일은 되는거야."

"위선 식부터 치루지 뭐. 간단하게라도."

"그게 아니래두…… 결혼 비용이 문제돼서 그러는 줄 알어? 적어두 천석군의 삼대독자야. 법률을 하라는 부모의 영을 어기구 배우나부랭이들하구나 얼려다니는 노릇을 하니까 부모는 물론, 집안 친척들간에 신용을 잃어서 현재와 같은 고생을 하는거야. 이제『문화공론』이 나오는 날이면 땅에 떨어졌던 조승현의 신용은 회복되는거지. 우리집에선 내가 잡지사 주간같은 건 못할 위인으로 알거든."

"어쩜. 그런걸 왜 지금사 말해줘요? 낼부터 더 열심히 돌아다녀서 잡지가 하루바삐 나오도록 해야 하겠네요. ……그런 집 삼대독자인 당신을 우리 어머니도 만족해 하실거예요."

강주가 펄쩍 뛰고 싶은 마음으로 이와같이 말하고, 강주는 또

"지금이라도 법학공부를 하면 안될까? 법학을 해서 변호사 노릇하는게 얼마나 좋아요? 잡지사 주간보다 훨씬 낫잖어요? 우리 어머니도 변호사 사월 더 좋아하실걸."

하고 덧붙였다.

강주는 속으로 소형극장이 해체되기를 잘했다는 생각을 했다. 그것이 해체되지 않았더라면 자기마저 시부모의 눈 밖에 나게 될뻔했다고 아슬아슬히 여겼다. 또 어머니인들 얼마나 낙심할 직업이더냐고, 강주는 배우가 안되기를 잘했다고 몇번이나 다행해 했다. 그리고 강주는 배우보다 여기자가 얼마나 월등하냐고 또 한번 자랑스러움을 깨닫는다. 『문화공론』이 나오는 날 즉시로 어머니한테 한권 보내리라 작정했다. 월급의 반을 보내지 못하는 대신, 잡지라도 보내서 월급의 반을 못받는 어머니를 이웃 친척들 앞에 뽑내보게[14] 하고 싶었다. 강주는 주인집 바가지를 빌려 쌀을 씻을 때마다 몸이 오그라붙는 듯한 송구스러움을 느끼지 않아도 될만큼한 여유를 가질 수 있었다. 승현이 '서강주씨'하고 부르면 '네'하고 쉽게 나왔다. 어떠한 싫은 일이더라도 배가 부르기 전에 결혼식을 거행한다는 그것으로써 참고 견딜만 했다.

그랬는데 바로 그 무렵 문화공론사 사장이 미두로써 아주 큰 손실을 보게 되었다. 들어있는 집까지 내놓기에 이르렀다는 이야기였다. 거기 따라 『문화공론』의 출간이 불가능하게 되었음은 말할 나위도 없는 일이었다. 그 영향이 강주가 그처럼 염원하던 결혼식 거행에도 미치게 될 뿐 아니라 그들은 당장 거처할 데가 없이 되었다.

그렇지 않아도 보증금 없이 한달치 월세밖에 내지 않고 석달씩이나 남의 집을 제집 쓰듯 하는게 어디 있느냐고 집 주인들은 벌써부터 찡찡대던 터이었다. 사무실을 계약할 때 보증금이 없는 대신 달마다 꼬박꼬박 월세만은 밀리지 않는다는 약속이었으니, 집주인들이 그럴만도 했지만 이 이층에 문화공론사가 자리를 잡은 뒤로 한적하던 거리가 차츰 번화해지는데서 집주인들의 이런 트집은 벌어지게 되었던게 아닌가 한다.

---

14 '뽑내다'를 '뽑내다'로 표기한 것으로 보임 .

그것도 그랬으려니와 청년의 발이 끊기게 되자 승현들의 식생활에도 위기가 오게 되었다. 청년이 미리 알고 한 일인지는 모르나 마지막으로 듬뿍 들어다 준 쌀도 자루 바닥이 드러날 정도요, 찬은 구경도 못하는 형편이다.

사장이 한번쯤은 다녀갈 법도 하다고 기다렸으나 종시 나타나지 않았다. 처음부터 사장은 문화사업에 뜻을 두고 나섰던 것이 아니고 고향 후배로서 알고 있는 터인 승현이 자주 드나들며 문화사업을 해보는게 어떻겠느냐고, 돈도 좋지만 성명 석자를 사회에 널리 알리는 것도 일생 살아가는 데 큰 의의가 있는게라고 설득시킨 데서 『문화공론』의 발간을 서두르게 되었던 것이라고 했다.

승현은 맨처음 사장의 이름으로 권두언(卷頭言)을 쓰는 일에 착수했다. 쓰는 일이 끝나자 '김문식'이라는 이름 석자를 서명해선 김사장에게 보여주었다. 주로 승현이 김사장을 『문화공론』의 발간에까지 이끌어오던 언어를 문장으로 옮겨놓은 셈이었다. 말하자면 '문화사업에의 의의'같은 것이었다.

권두언의 내용을 읽은 김문식 사장은 금시 명사(名士)라도 된듯한 기분으로 하루바삐 『문화공론』이 햇빛을 보도록 조군 필사의 노력을 아끼지 말아 주시오, 해서 승현을 독려했으며 승현은 또 사장 말에 들어맞는 언동으로써 맞장구를 쳤던 것이다.

"강주, 당신이 한번 김사장한테 가서 애원해 보면 어떨까? 창간호 준비가 다 돼 있다구, 인쇄에만 붙이면 책은 나오게 된거라구…… 한번 찾아가 간곡히 말해 보라구……."

"허지[15]에 나앉게 된 사람 앞에 가서 뭐라고 입을 떼요."

강주가 승현의 말대로 김사장을 찾아갔으나 김사장집은 다른 사람들이 들어서 집수리를 하느라고 어수선했다. 김문식 사장의 행방을 묻는 강주에게 새주인인 듯한 청년이 머리에 쓴 맥고모를 벗어들며 꼭 만나야할 일이라면 아주 찾을 수 없지도 않을 법하다면서 찾는 이유를 물었다. 강주는 바른대로 말을 못했

15　아무것도 없는 빈 땅.

다. 누구에게나 바른대로 밝히지 못하는 초라한 환경을 강주는 또한번 서글퍼
해 본다. 그 뒤에도 김사장의 행방을 알고저 세번이나 그집을 찾았지만 끝내 알
지 못하고 말았다.

다시 강주는 포장 뒤에 누워 앓게 되었다. 『문화공론』의 발간이 불가능하게
된 것을 모르고 그 중의 몇 사람은 여전히 여기자를 들먹이며 진종일을 여기서
보냈다. 승현은 전이나 다름없이 그들 말에 적당한 조처를 취하곤 했다. 복덕방
도 드나들었다. 한두 군데만이 아니어서 한군데가 다녀가고 나면 다른데서 왔
다. 으례 손님을 달고 왔다.

"에흠에흠 방보러 왔습니다."

고 조용히 드나드는 축이 있는가 하면

"이리 오너라. 저 이층방 보러 왔습니다아."

고 굉장히 떠들어대는 축도 있었다.

"사무실을 좀 번화가에 옮겨볼까 해서……."

승현이 이 면구스런 처지를 이런 말로써 메꾸려 드는 중에 어느번엔가는 복
덕방을 따라 올라온 좀스러운 중년 남자는 '다다미'도 갈아야 하겠군, 도배도
해야하겠는걸, 하면서 포장을 훌러덩 들쳤다. 책과 고리짝으로써 기슭을 눌러
놓았다지만 창으로 들이치는 바람보다 중년 남자의 기운이 세찼던 모양이다.
포장 뒤의 것이 있는 그대로 드러났다. 강주가 제일 우뚝 드러났다. 아무리 고
양이 누울 자리밖에 못 되는 데 누운 강주라 할지라도 거기 널려있는 것 중에선
부피를 차지하고 있기 때문일 것이다. 강주는 눈을 딱 감고 두 손으로 얼굴을
가렸다. 죽은 듯이 숨을 죽이고 있었다. 그밖의 달리 할 도리를 강주는 생각해
내지 못했다.

"하앗 이거 실례했군요. 미안합니다."

포장을 들친 중년 남자가 쩔쩔매었다.

"아뇨, 뭐가 미안해요? 방을 보시려면 샅샅이 보셔야죠, 저 천장 위까지라두
뚫고 보셔야죠."

거기 와 있은 승현의 친구 한기욱이가 아무렇지도 않은듯이 넘겨 버리려는 것이다. 승현의 소리는 없었다.

"하앗, 노형께서 그렇게 나오시면 제가 더 난처해집니다. 저는 돌아가겠읍니다. 돌아가겠읍니다."

"아니 저 저 천장 속은 안 보시구……아하 그만 보시구 가두 되겠읍니까?"

"네네 좋습니다. 그것으로만도 알만합니다."

"다행이군요. 그것만으로두 아실만하다니……."

중년남자의 발소리가 충계에 사라지자

"이자식아 우리집으로 가자. 뒤채 방이 비어 있어, 여기 있는 것들 신구 가기만하면 돼. 제발 좀 아닌첼 말아다구. 포장 한겹이 벽돌담장만한 줄 알았지? 다 알구 있었어. 알구 있었단 말이야……."

한기욱이 승현을 몰아세웠다. 승현은 통 말이 없었다.

"……그렇게 잡아먹으면 안된다구 일러줬는데 끝내……야 이자식아."

이번엔 그답지않게 낮은 소리로 속삭이듯 승현을 몰아주고 나서

"아주머니 일어나십시요. 아주머니두 이자식을 닮아가시는 모양이죠? 그 뒤에 숨어서 아닌체하시구…… 이 한기욱은 알구 있어요. 어서 일어나십시요, 내가서 구루맛군을 데리구 올테니……."

듣는 데선 '서강주씨'요, 듣지 않는 데선 '서강주', '서강주'가 아니면 여기자라고 하던 한기욱이 금새 강주를 '아주머니'라고 불렀다. 내처 그대로 눈을 딱 감고 두 손으로 가리운채 있던 강주가 비로소 얼굴을 드러내놓며 눈을 떴다. 수식없이 털털거리는 그의 말이면 강주가 본래 잘 웃곤했지만 올데 갈데 없는 처지에 이른 자기들에게 방을 빌려 준다는 데서 더욱 기뻤던 것인지 몰랐다.

그들은 그날 바로 이사를 하게 되었다. 강주는 '구루마'의 뒤를 따르다가 훌쩍 고궁을 쳐다보았다. 잘 피어난 녹색의 가지들이 시야가 미여질 정도로 들이밀렸다. 강주는 초라한 이삿짐 뒤를 따르던 초라한 자기 모습을 잠시나마 잊을 수 있었다.

한기욱은 도중에 '구루마'를 몇번씩 세워놓고는 쌀을 사 싣고 소반을 사고 놋바리대접과 놋수저등을 샀다. 놋그릇보다 사기가 낫지 않겠느냐는 승현의 말에 그래야 살림이 틀이 서 뵌다고 말해 주었다. 숯도 한 섬 사 실었다. 한기욱은 세간짐을 실을 때 그들 살림에 무엇무엇이 당장 필요하다는 것을 샅샅이 살펴둔 모양이었다. 강주는 그가 그들에게 베개가 없다는 사실을 알아채리지 못한 일을 다행하게 여겼다.

한기욱의 집은 삼십간이 넘는다는 기와집이었다. 도배 장판이 너무 말쑥해서 불안할 정도인 뒷채 큰 방에 그들은 들었다. 부엌세간은 옆에 달린 광 속에 두어두고 고리짝, 이부자리는 벽장에 넣었다. 책 몇권밖에 놓여있지 않은 방이 바다같이 넓고, 거기다 한칸쯤 되는 마루도 앞에 달려있어서 불편을 느낄 데가 없었다. 발이 미끄럽도록 마루는 반질거렸다.

"우리 두째가 장갈 들면 거처하게하려고 아침저녁으로 훔치고 닦고 하는데 그녀석이 종시 장가 들 생각이 아니군, 친구들이 서둘러서 얼른 장가나 들게 해주구려."

한기욱의 곱게 늙은 모친은 매우 상냥한데, 캐어 묻고 싶어하는 습성을 가진 듯했다. 그러나 그 습성은 할일이 없는 데서 생긴 것으로밖에 볼 수 없었다. 좀 더 할일이 있었더면 위선 그 모친은 뒷채에 들어오지 않았을 것이다. 큰 아들은 은행의 중역이고 며느리는 효부라고 했다. 귀여운 손자 손녀도 있었다. ─승현이 나가는 데가 어디며 양가(兩家) 부모님들은 생존이시냐? 혼례는 언제 어디서 치뤘느냐? 객지인 모양인데 시댁은 어디며 무엇으로써 생계를 이어가느냐 등등, 강주가 가장 대답하기 어려운 것들만 묻곤 해서 강주를 곤경에 빠뜨리기가 일쑤였다. 강주는 이러한 한기욱 모친 앞에 아주 어엿한 자세를 지어보이며 또한 그 자세에 손색이 없을만큼한 거짓말을 섞어가며 대꾸를 해준다. 그리고 나면 늘 강주는 쓸쓸한 심경이 되었다. 자기가 말한대로 정말 그렇게 순탄한 환경에 처해 있다면 오죽 좋으랴 싶어지면서 집에 편지조차 못하고 있는 처지에 한

숨을 몰아 쉬곤한다.

승현은 조반만 먹고나면 밖에 나갔다. 한기욱과 물론 동행이었다. 한기욱은 그들의 뒷치닥거리를 여전히 해주었다. 광에서 쥐가 쌀을 날라간다고 궤짝을 짜다주는 일까지 했다. 매일 어디로 그렇게 나가느냐고 나갈 때마다 강주는 승현을 가만 두지 않았다. 강주는 혼자 남아있게 되는 시간이 지루하고 고통스럽기 짝이 없었다. 한동안 안하기로 결심했던 '죽음'까지도 되살려 보곤했다. 아무래도 승현이 그 부모에게나 집안 친척간에 신용을 얻을만한 직업이 굴러떨어질 것 같지가 않았고, 그렇게 되느라면 결혼식을 거행하기는 틀린 일이라고 단안을 내리게 된 것이다. 계집애로서 아이를 낳는 날이면 어머니는 칼을 물고 죽어버릴 것이 틀림없다. 어머니는 그따위 짓을 제일 싫어하신다. 서울 가서 공부하고 내려온 동네의 현순옥이가 아이를 배어가지고 예배당에서 결혼식을 거행하던 날, 그런 일이 세상에 어찌 있을까보냐고, 어머니 자신이 그런 딸을 두었다면 칼을 물고 죽어버린다고 말씀한 일이 있다. 어머니는 딸에게 그따위 일이 생길까봐 미리 단단히 다짐해두느라고 하신 말씀인지, 당신의 딸만은 그런 따위의 계집애들하곤 다르다는 자랑스러움에서 불쑥 하신 말씀인지 모르나 아무튼 강주는 그때의 어머니 얼굴이 자꾸 떠올라서 매일 괴로왔다.

승현은 강주가 물을 때마다 희망적인 태도로 받아 주었다. '가만 있어 보라구. 이제 곧 좋은 수가 생길테니.' 한다던가, '내가 으리으리한 자리에 안게 된다면 서강주라는 저 여잔 자연 중역부인이 될테지.' 한다던가 하는데, 어느날 아침엔 금새 큰 수가 생긴듯 승현은 강주를 뎅강 안더니 사오바퀴를 빙빙 도는 것이었다.

"일이 다 됐어요? 일이 다 된 모양이군요? 그럼 나는 중역부인이 된단 말이지? 그렇게 된다면 배부르기 전에 결혼식을 거행할 수도 있겠지?"

강주는 사오바퀴를 돌린 탓으로 현기증이 마구 일었으나 그까짓것쯤이 뭐냐고 참아가면서 좋아했다.

그날 저녁따라 승현은 열두시가 넘어서야 들어왔다. 한기욱도 마찬가지였다. 여니때보다도 술이 퍽 취해있었다.

"어떻게 됐어요? 일이 다 됐어요?"

진종일 그것만 생각하며 기다리고 있었는데 술이 취했다고 묻지 않을 수가 있으랴.

"다 되지않구…… 보란 말이야. 이걸 이걸 말이야."

승현은 비틀비틀하며 포케트에서 돈을 한뭉치나 꺼내어 강주에게 주느라고 주는데 몸이 바로 닫지 않으니까 그것들은 방바닥에 흩어졌다.

강주는 흩어지는 돈을 주을 염도 못하고 눈을 크게 뜨곤 그것들을 내려다볼 뿐이었다. 승현의 포케트에서 돈이 나왔다. 강주가 그를 알고나선 그의 포케트에서 나온 일이 없는 돈이다. 이 대견스럽고 벅찬 광경 앞에 말이나 행동이 있을 수 없었던 것이다.

이튿날 아침, 강주는 승현에게 아무것도 묻지 않았다. 좋은 일에 이러니 저러니 하고 나대지 말자는 마음이었다. 승현이 나가고 나자 강주는 거리로 나갔다. 이 집에 와서 처음 있는 외출이었다. 강주는 사고싶던 것들을 적어서 손에 꼭 쥐었다. 베갯속 승현의 베갯감 양말 내의 넥타이 와이샤쓰 그가 집에서 입을 옷가지와 누비이불 등이었고 그외에 강주의 옷감과 핸드빽 양말이 적혀 있었다. 전에 있던 하숙집 밥값을 물러 가기 위해서 옷감과 핸드빽을 멋진 것으로 하겠다는 마음을 강주는 먹어본다.

사고 싶은 것들을 사고도 돈이 남았다. 찬거리도 맛맛이 가추었다. 면사포와 웨딩·드레스를 세주는 가게에도 들렀다.

"이런건 바루 전날 서둘러도 될 일인걸."

돌아오는 강주의 모양새는 우스웠다. 다른것은 모르겠는데 두 개의 베갯속이 들어있는 자루가 꽤 부피를 차지하고 있기 때문이었다. 그래도 강주는 고되지도 않았으며 부끄럽지도 않았다. 거리의 시선이 자기에게로 쏠리는 것을 알면서도 강주는 바람을 탄듯이 치맛자락이 날리게 걸었다.

<h1 align="center">3회</h1>

강주는 돌아오는 길로 승현의 베개부터 만들려고 서둘렀다. 쉽게 생각하고 손을 대었으나 한번도 만들어본 일이 없었던 탓인지 의외로 까다로와서 어머니가 고리짝에 넣어준 베개 거풀을 들쳐내어 본보기로 해야만 되었다.

두개의 베개에 속을 넣고 나서 저녁을 지었다. ─이제 앞으론 나도 여늬 여자들처럼 별생각 없이 때가 되면 쌀을 꺼내 밥을 질테지.…… 문화공론사 이층 방의 악몽같던 생활은 이젠 없을거야.…… 그건 꿈으로 돌려야지. 이제 곧 결혼식을 올리고…… 어머니가 식에 못오시더라도 식만 거행한다면 되는 것이다. 결혼식을 올리면 제집을 가질게 아니냐. 나는 아무의 눈치도 보지 않고 대문을 두들기는 승현에게 문을 열어줄 수 있겠지. 그럴때 어색하게 굴믄 안돼. 승현이 저건 자랄 때부터 가난뱅이로 살아와서 저렇거니 알기 쉬우니까 말이야.

끝없는 생각 속에 설레설레 고개를 젓기도 하고, 끄덕이기도 하면서 강주는 저녁상을 얌전히 보아 놓는다.

─새옷을 차려입고 못치룬 밥값을 하숙집 주인 아주머니한테 치뤄주곤 이제 곧 결혼식을 거행한다고 하고 그땐 하숙집 주인 아주머니도 창옥언니와 함께 와 줘야 한다고 할 것 같으면 주인 아주머니는 온갖 일을 샅샅이 알고싶어서 캐어묻겠지. 자신있게 나는 모든것을 똑바로 응대해줄 수 있다. 허둥지둥 할 필요가 이젠 없는 것이다. 창옥언닌들 얼마나 부러워 할까. 뭐니뭐니해도 중역이란 명칭부터 매력적이다. 엄숙하게 사는 사람일수록 그런걸 더 원하는 법이다.

바느질감을 매만지면서도 강주의 머릿속엔 이런 생각들이 빙빙 맴을 돌았다. 재봉틀이 있다면 손수 저고리도 지어볼텐데 하며 강주는 치마폭을 호아[16] 갔다. 강주는 저고리도 지을 줄 알았다. 아무리 하늘의 별을 따오는 재주를 가졌더라도 여자란 살림꾼이라야 한다는 것이 어머니의 지론이었다. 그것도 함부로 해

---

16 호다 : 형겊을 겹쳐 바늘땀을 성기게 꿰매다.

선 안되고 얌전히 해야 한다고 들려 주었다. 어머니는 여름방학에 돌아온 강주에게 틈을 주지않고 이런것만 시켰다.

승현은 밤이 늦어서야 돌아왔다.

"어흠, 흐으 내가 취했나. 어허 바느질을 다 한다. 서강주가 바느질을 하다니 좋아 좋아."

취하기도 했으려니와 강주가 바느질을 해 본 일이 없었기 때문에 승현은 새삼스러운 것을 느꼈던지 몰랐다. 겨우 양말 꿰매는 일이 아니면 조금씩 터진 데를 꿰매는 정도였으니 굳이 승현이 보는데 펼쳐놀 필요가 없었던 것이다.

승현이 다짜고짜 달겨들어 강주 무릎 위에 놓인 바느질감까지 강주와 함께 휩쓸어 갔다.

"어쩌나. 이봐요. 이게 못쓰게 돼요. 이걸 보라니까. 아이 참."

강주가 옷감과 함께 몸을 끄집어내려고 한즉

"그까짓게 뭐가 대단해서 그래? 새루 또 사다 만들믄 되잖어? 응 그렇잖어?" 해가며 허푸장[17]을 마구 썼다. 이런 경우의 승현은 늘 그러했다.

"낳요. 술이 취해가지고 왜 이래요?"

"술이 취해? 내가. 그렇지만 따악 알맞게 취했단 말이야. 알겠어?"

"그건 더 지긋지긋한걸."

알맞게 취했다는 때의 승현이 더욱 맹렬함을 강주는 알고 있는 것이다.

"저녁이나 먹어야지.……"

"저녁이 문제야?"

승현은 막무가내였다.

"베개랑 누비이불이랑 좀 보란 말이애요. 오늘 새로 장만한건데……."

"그런것 다 소용 없어."

17　실제보다 지나치게 과장하여 믿음성이 없는 말이나 행동을 뜻하는 '허풍'을 '허푸장'으로 표기한 것으로 보임.

"밤낮 한다는 소리가.⋯⋯꼭 짐승새끼같이. 좀 점잖게 살아봐요.⋯⋯"

"어떤게 점잖은 건구."

"이건 밤낮 뭐예요? 속상해 죽겠는데⋯⋯나 오늘 결혼식에 입을 옷 봐 둔걸."

강주는 이런 경우에도 결혼식 거행을 잊어버리지 못했다.

"으응?"

"세가 얼마냐고 물을래다 말았지."

"그래 그래."

"그래 그래가 뭐예요? 식을 빨리 거행해야잖아요?"

"그렇지 그렇지."

"결혼식땐 당신 부모님도 오시게 하고 우리 어머니도 오셔야 돼요."

"그럼 그럼."

"그 전에 하숙집에도 다녀와야 해요. 밥값을 갖다주고 하숙집 아주머니랑 창옥언니도 오시라고 일러야겠어요."

"그러라구. 그러란 말이야."

승현의 대답은 수월했다.

팔월로 접어들면서 뱃속의 아이가 놀기 시작했다. 바른쪽 갈빗대 밑을 힘차지는 않으나 툭툭 올리받았다. 그렇게 되면서 강주의 몸매도 어지간히 굵어져였다.[18]

그렇게 되도록 강주의 염원인 결혼식을 그들은 아직 거행하지 못하고 있었다. 그뿐 아니라 하숙집의 밀린 밥값을 갚겠다는 그 작은 일마저도 이행하지 못했다.

죽어버렸으면 좋겠다는 생각이 다시 강주의 머리를 점령했다. 바닷빛 망또의 기사의 꿈도 꾸어지지 않았다.

조승현을 만나게 된 과거사 만이 저주스러울 뿐이었다. 길에서 우승국을 만나지 말았었더라면⋯⋯ 아니, 승현이 찾아왔을 때 선배만 있었더라도⋯⋯ 나

18　'굵어졌다' 또는 '굵어져 보였다'를 의미하는 듯함.

는 왜 그때 소리를 못쳤을까.

으리으리한 자리에 앉는다던 승현의 말이 허풍이었다는 사실이 쉽게 판명되었다. 한기욱의 형이 자기가 근무하는 은행에 승현을 들여놓으려고 했으나, 승현이 숫자에 밝지 못해서 그것조차도 불가능하게 되었다는 것을 강주는 알게 되었다. 눈이 어글어글한 한기욱의 형수가 남편에게서 들은 얘기를 강주에게 그대로 옮겨 주었기 때문이었다. 그리고 또 한기욱의 형수는 한기욱이 색시 선보러 시골간다고 형한테서와 모친한테서 적지않은 여비를 타가지고는 색시는커녕 족재비 한마리 보고 온 일이 없다고 시동생의 흉을 보기도 했다.

그 얘기를 들었을 때야 강주는 승현의 주머니에서 나왔던 돈의 정체를 비로소 알 수 있을 것 같았다.

강주는 가슴이 철렁 내려앉는 것 같았다. 그러나 한기욱의 형수가 있는 앞이었으므로 강주는 먼 하늘로 얼굴을 들리고 가만히 길다랗게 한숨을 쉬었을 뿐이었다.

그날 저녁도 승현은 늦게 들어왔다. 강주가 힐끗 시선을 던지다 말고 오두마니 쪼그리고 있는 앞에 승현이 한약 두첩을 불쑥 내밀었다.

"이거 몸 보하는 약이니 푹 대려 먹으라구."

"갑자기 보약을 왜?"

강주는 고양이같은 얼굴을 하고 쏘아붙였다.

"몸이 점점 쇠약해 가니 대려 먹으라는 건데 뭘 그래?"

"약 두첩에 몸이 추서게 됐어요? 약 못먹어서 내 몸이 쇠약해 가는거요?"

"저게 왜 이렇게 기승을 부리구 이러는거야? 어디라구 빡빡 대들어?"

"어디긴 어디야. 천석군의 삼대독자요, 으리으리한 자리에 앉을 중역나리시지."

"요것 봐라. 아주 맹랑해 간다. 보자보자하니 할어버지 상투를 잡구 맴을 돌자는데."

"다 당신 덕분이지. 다 여기 와서 배운 버릇이란 말이애요. 왜 어물어물 하면서 날 골탕먹이는 거예요? 다른건 다 그만 두고라도 남의 돈으로 꾸려가는 이 생활은 아주 지긋지긋해요. 왜 남의 돈을 쓰면서 제건 체 해요? 제발 좀 말만 앞세우는 짓은 이제 그만 해요.”

강주는 눈이 새파래서 처음으로 승현에게 맹렬한 기세로 대어들었다. 쌓이고 쌓인 불평을 털어놓다가도 승현이 적당한 방법으로 나오면 꼼짝을 못하고 수그러졌던 것이 지금까지의 강주였다.

“옳아 알았어. 너 기욱이란 놈하구 수작을 부렸구나. 그놈이 뭐라구 지꺼렸지? 그놈이 여기 들어왔었지? 나 없는데 이방에 들어왔단 말이지?”

“에이구 저소리를 좀 들어보라지. 그이가 당신 없는데 나왔으면 어떻단 말이애요? 그래 그 존 친구를 헐뜯어야 하겠어요? 온통 쉬쉬 해가면서 온갖 걸 다 돌봐 주는 친구한테 그런 소리가 나와요? 한기욱씬 아무말도 없었어. 그 형수가 말하니까 알았지.”

“그 자식이 형수한테 지꺼렸으니까 알았을게 아냐. 그놈의 새낄.”

“기욱씨 형수는 남편한테서 들었다는데 무슨 딴소리요.”

“너 이러기냐? 그놈의 역성을 들기냐?”

승현이 소리를 빽빽 지르며 대어드는 강주의 머리채를 답싹 잡아쥐었다. 마침 강주는 머리를 풀고 있어서 머리채는 쉽게 잡혀졌다.

“이년아. 이 개같은 년아. 소리를 왜 이렇게 빽빽 지르는 거냐? 그놈이 들으라구 시위를 하는거야? 응 이 개같은 년아.”

머리를 잡아쥐지 않은 다른 한손으로 승현은 강주의 면상을 마구 후려갈겼다. 질투의 불꽃이 머리끝까지 치솟은 모양같았다. 아무렇지도 않은 사람과의 사이도 터무니 없이 의심하는 것이 그의 버릇인지 몰랐다.

“왜 때리는 거요? 아주 죽여 버려요. 이렇게 사는 건 죽는것만도 못해요. 배가 부를대로 불러올랐으니 이젠 결혼식도 못할게 아니겠어요. 그러니 더 살아서 뭘해요? 아예 죽는게 낳지. 죽여 버려요, 죽여버리란 말요.”

강주는 드디어 울음을 터뜨렸다. 이렇게 울어보기도 처음이었다. 이제까지 수

없이 눈물을 흘렸지만 늘 속으로 울음소리를 끌어들이며 느껴 울었던 것이다.

"이게 왜 이 야단이야? 이젠 미치는가봐."

당황한 승현이 거기 펼쳐져 있던 누비이불을 황급히 강주에게 씌워주었다. 강주는 푹 씌워논 누비이불 속에서 몸부림을 치며 여전히 목이 꺽꺽 막히도록 울었다.

"이게 언제부터 이렇게 개망나니가 됐을까?"

한참동안 잠잠하던 승현이 누비이불을 벗기며 강주에게로 다가들었다. 강주는 울던 울음과 몸부림을 일시에 딱 멈춰버렸다. 물어뜯고 싶도록 증오의 감정이 솟구쳤으나 가만히 있었다. 승현이 강주가 가만 있지 않을 때에 쾌감을 느낀다는 사실을 강주는 알고 있는 것이다. 울고 있는 강주라야 관능적인 미를 약간씩이나마 발산하더라고 승현이 말한 일이 있었다. 그외의 경우의 강주는 나무토막과 같은 것이라고 그는 덧붙이기도 했다.

"사실 저 약은 말이야, 실상은 보약이 아니구 낙태시키는 약이야. 우리 고향 어른이 청량리 쪽에서 한약방을 채리구 있는데…… 내가 오늘 거길 갔댔어. ……그래 강주얘길 안했겠나. 그랬더니 좋은 약이 있다면서 저 약을 지어 주더군. 저걸 두첩만 먹으면 뱃속의 것이 응어리 하나 없이 녹아버린다는 거야. 인제 배가 부를걸 걱정할 필요두 없어. 결혼식을 성대히 올리구 떳떳이 아일 가지면 얼마나 좋아…… 안 그래? 그렇지? 이게 뭐야? 하등의 반응이 없으니. …… 그래? 안그래?"

강주는 종시 대꾸를 하지 않았다. 승현의 긴 말을 지꺼리고 있는 사이에 모든 언어를 잊어버린 것처럼 잠잠히 눈을 감고 있었다. 본능적으로 오둘오둘 떨 뿐 강주에겐 무엇을 생각할 여지조차도 없었다.

"왜 이렇게 딱딱해 가지구 이래?"

승현이 참다 못해 한마디 역증을 내질렀다. 그러나 그는 곧 잠이 들었다. 여늬때와 다름없이 입을 헤벌리고 코를 골았다.

안채 대청에 걸린 괘종시계가 밤 두시를 알리는 소리가 들려왔다. 고요한 밤중이라 매우 크게 들려왔다. 시계소리가 퀭하니 누워있는 강주를 치기나 한듯이 강주는 오뚤 일어나 앉았다. 밝은 달빛은 미닫이를 밀고 들어와 방안을 마치 물속처럼 푸르게 만들어 놓았다.

강주의 시선은 밥상 위에 놓인 두첩의 약으로 갔다. 마침내 강주는 달빛에 파랗게 보이는 여윈 손을 내밀어 그것을 집어들었다. 역한 냄새가 훅 끼쳐 왔다.

미닫이 밖에 발을 내디디는 순간 강주는 움칠했다. 달빛이 너무 밝은 탓이었다. 안채의 지붕이며 장독대의 그림자가 아주 선명하게 부각되어 있었다.

강주는 공포를 느끼었다. 이렇게 밝은 밤에 혼자되어 있다는 그런 공포감.

강주는 힘을 주어 발을 내디뎠다.

열린채로인 광속에도 달빛은 꽉차 있었다. 강주는 무서운 생각을 누르며 광속에 들어가 풍로에 숯불을 피우고 약을 앉혔다. 두첩 다 밥짓는 솥에다 앉혔다. 약은 정성스레 달여야 한다는 어머님의 말씀이 생각났으나 될대로 되라는 막된 마음에서 먹을 약인데 두첩 다 한데 앉히면 어떠랴 싶었다.

문화공론사 이층방에서 밤마다 승현에게 얻어맞으며 채우며 하던 때에도 이런 막된 생각이 들지 않은 것은 아니지만, 그 몇배 이상으로 심각했던 것이다.

강주는 진하디 진하게 달여진 약을 달이 다 져서 어두운 광속에서 두 첩 다 한꺼번에 마셔버렸다.

죽어 버리라고 마신 것이다.

그랬으나 강주는 죽지 않았다. 아이도 떨어지지 않았다. 바른쪽 갈빗대 밑을 툭툭 올리치던 생명체는 배꼽 아래 내려가서 미동(微動)도 없이 웅크리고 있는 것이었다. 그것은 매우 땅땅했다. 마치 돌덩이처럼.

"무슨 놈의 배때기 속이 그래? 이틀씩이나 죽어 있도록 독한 약에 아무 응기[19]도 안보이니……."

19　응하는 기색.

강주의 배를 짚어보던 승현이 마치 그것이 강주의 잘못이기나 한것처럼 누워 있는 강주에게 오만상을 찌푸려 보이는 것이다.

"내가 이틀이나 죽어 있었어요? 난 그동안 꿈을 꾸고 있은걸요. 오랫동안 안 꾸던 꿈을 꿨어요."

승현과는 달리 강주의 소리는 부드러웠다. 꿈에서 깨고 나서도 망또 자락이 깃발같이 펄럭이던 기사의 모습을 보고 있는 탓인지 몰랐다. 먼나라 해안지대를 마차에 타고 앉아 달리는 강주 옆에 바닷빛 망또를 걸친 기사가 앉아 있었던 것이다. 그 기사는 강주를 좀 슬픈 눈빛으로 지켜 보고 있었다.

"어느 누구도 나를 그런 눈길로 보아준 사람은 없었어."

강주는 꿈속의 광경을 눈앞에 떠올리며 혼미한 정신으로 누워 있었다. 죽으려다 죽지 못했다는 사실은 아무렇게도 느껴지지 않았다. 애초부터 이렇게 될 줄 알았었다는 듯한 느낌마저 들었다.

배꼽 아래 내려가서 옹크리고 있던 태아는 삼사일 가량 그러고 있다가 움직이기 시작하면서 전의 위치로 되올라오고 있었다. 전만은 못한 힘으로 갈빗대 밑을 치기도 했다.

강주가 뱃속의 이러한 사정을 승현에게 알린즉 승현은 화를 불끈 내며

"두첩이면 응어리 하나 없이 녹아버린다는데 뭐가 그모양이야."

그날 저녁 승현은 또 한약 두첩을 들고 들어왔다.

강주는 먼젓번과 마찬가지로 두첩 다 한 솥에 앉히곤 달여서 또 마찬가지로 한꺼번에 마셔버렸다.

이번에는 사흘만에 다시 정신이 들었다. 강주가 눈을 떴을 때 방안은 노란 기체로 꽉 차 있었고, 승현과 한기욱이 그림자처럼 그속에 앉아 있는 것이 흐미하게 보여 왔다.

"이 철없는 자식아. 태모에 보약을 잘못 쓰면 큰일 나는거야."

한기욱이 승현을 몰아주는 소리가 들렸다. 한기욱은 강주가 눈을 뜨는 것을 보자 안도감을 느끼면서 말했다.

"몸은 점점 쇠약해 가구 해서 복용시켰더니 그 모양이군."

승현의 말소리에 강주는 겨우 뜬 눈을 다시 감아버렸다. 승현이 한기욱에게 거짓말을 했다는 사실을 강주가 알고 한 일이었다.

"뭘 좀 드셔야지. 사흘 동안을 빈 속으로 지내셨으니…… 아주머니 뭘 드시겠어요?"

강주는 고개를 흔들려고 하였으나 꼼짝도 할 수가 없었다.

"어떻게 됐어? 아직두 아무런 응기가 없나?"

한기욱이 나가고 없자 승현이 강주 옆에 다가와 물었다.

강주는 눈을 감은 채 잠잠히 있었다.

"두첩이면 알아본다는 약을 네첩을 먹어두 그모양이니 도대체 어떻게 된 뱃속이야?"

이 말에도 강주는 잠잠히 있었다.

"이 독종아."

승현이 강주에게 여늬때와 다름없는 동작으로 다가왔다. 강주는 다가오는 승현을 발로 콱 찼다. 강주의 힘이 의외로 강했던지 승현은 '아이쿠' 소리를 냈다. 혼미상태 속이어서 그런 힘이 생겼던지 몰랐다. 아니면 죽으려다 죽지 못한 강주의 힘은 자신이 가지고 있던 이상의 것을 발로시켰던지도 몰랐다.

승현이 되달려들곤 했으나 강주는 끝끝내 막아내었다.

배꼽 아래 가서 웅크리고 있던 태아는 일주일 가량 그 상태로 있더니 고물고물 미동을 보이며 바른쪽 갈빗대 밑에까지 되올라왔다.

승현이 또 약을 두첩 지어 왔다. 강주는 또 달여 먹었다.

그해 십이월 이십일 오후 일곱시에 아이는 세상 밖으로 나왔다.

아이의 울음소리는 높았다. 제 운명에 보복하려는 심산이었던지도 몰랐다. 이 소리는 안채에까지 들려서 한기욱의 모친과 형수가 뛰어나왔다.

며느리가 들락거리며 아이의 옷과 포대기 등을 준비해 주었다. 그것들은 자기 아이들이 이미 입고 쓰고 난 것들이었다. 태아와 함께 죽기만 바랬던 강주로선 아이 옷이며 포대기 준비를 할 경황이 없었다.

“이것 보게나 고추가 달렸어.”

아이를 받은 한기욱의 모친이 환성을 질렀다.

이 소리에서 비로소 아이가 사내라는 것을 강주는 알았으나 아무것이면 뭘 하랴. 병신임에 틀림없을 텐데. 숫제 죽어서 나오기나 했더면 하는 생각이 들었다.

한기욱의 모친은 며느리가 갖춰 들고 온 옷을 아이에게 입히고 포대기로 덮어 주었다. 어느새 미역국과 쌀밥을 번져지게[20] 해들고 나오기도 했다.

“다 먹으라고. 산모는 잘 먹어야 젖이 얼른 돌아요.”

한기욱의 모친이 이런 소리로 강주에게 국과 밥을 권하고 나가자 강주는 이제까지 참아왔던 울음을 터뜨렸다. 이때 아이도 큰소리로 처음 울던 울음과 같은 것을 내질렀다. 강주는 움칠했다.

—아이가 왜 울까? 약을 먹은데 원인이 있을 것 같아서 겁이 덜컥 났다. 강주는 눈물을 닦지도 못하고 허겁지겁 아이를 살폈다. 아이는 가죽 뿐인 얼굴 전면에 주름살을 널어놓며 울었다.

“어디가 아픈가? 응 응 저런. 내가 잘못했다. 죽지도 못하면서 그따윗짓만 자꾸 해서. 내가 죄가 많아서.”

강주는 이때까지 한번도 느껴보지 못했던 아픔을 가슴 복판에 느끼며 다시 눈물을 흘렸다.

이 눈물은 이제까지 강주가 흘려온 모든 눈물과 성질이 다른 것이었다.

강주는 또닥또닥 아이의 어깨잠께를 두들겨 보았다. 손 멜 데라곤 없는 지극히 작은 것이었지만 또닥또닥 두들기면서 강주는 무궁 무진한 것을 느끼는 것이었다.

늦게 돌아온 승현이

---

20 ‘번듯하게’ 혹은 ‘번지르르하게’를 뜻하는 말인 듯함.

"요놈두 독종일거야, 그 지독한 약에 끄덕 없었으니."

하고 말했을 때 그것도 말이라고 하느냐고 죄스런 생각이 조금치라도 있다면 그런 소리가 나오지 못할 것이라고 박아 준즉, 승현은 또 어느새 벌써 모성애를 발휘하는군 그래, 하고 빈정대었다.

아이가 백날이 되던 날 한기욱이 아이의 사진을 찍어주었다. 조그마한 백날 잔치도 베풀어 주었다. 승현에게 돈을 주어서 마치 승현이 차리는 것같이 꾸몄지만 강주는 알고 있었다.

백날사진은 잘 나왔다. 강주는 아이의 사진을 어머니에게 보내고 싶은 생각이 간절해졌다. 결혼식을 거행하지 않고서 난 아이지만 아이가 커갈수록 어머니가 크게 꾸중을 해 보내더라도 상관없다는 생각이 들었다.

사진 뒤에

'외할머니께 드립니다.'라는 글귀 밑에 '조 성환 백일기념(曺 聖煥 百日記念)'이라고 써넣었다.

편지엔 많은 사연을 쓰지 않았다. 집의 안부와 근황을 묻고, 어머니를 즐겁게 해드리는 좋은 딸이 되고싶었지만 뜻대로 되지 않더라고만 적었다.

어머니의 회답은 사진과 편지를 낸지 열흘만에 왔다.

강주 보아라.

어린것의 사진을 선반에 언저두고 하루에도 칠팔차씩 꺼내어 본다. 여폐 누가 업기만 하면 내려다 보고 보고 한다. 어린것의 애비되는 사람도 보고 싶고나. 이름이 뭣이며 몇살인고? 부모가 다 계시고 올흔 집안 자식인지? 이왕 그렇게 되었으니 자세한걸 알리기나 하여라. 부도에 어긋나는 일이 업도록 남편을 섬겨라.

연필로 쓰여진 서투른 글씨가 주정이라도 하듯이 이쪽 저쪽으로 쏠렸다. 동생들 중 어느 아이에게도 부탁하지 않고 손수 쓴 이유를 강주는 충분히 알 수 있었다. 강주의 생활을 자기 외에는 아무도 알아선 안된다는 어머니의 생각을 강주는 심장을 맞댄 듯이 느끼고 있었다.

강주는 아이가 젖을 깨문다고 여기지 않았다. 승현이 다가오는 것이라고 알고 힘 자라는대로 찼다. 아이가 악을 써 울었을 때에야 젖을 물리고 잠이 들었던 사실을 상기해 내고 눈을 번쩍 뜨면서 또 그만큼 한 속도로 일어나 아이에게로 갔다. 아이는 구석에까지 쌔리워[21] 갔었다. 방이 넓은 탓으로 구석에까지는 상당한 거리가 있었다.

아이는 운다기보다 바르르 떨었다. 잘 울지 않아서 우는 아이를 목격한 일도 별반 없었으려니와 이렇게 바르르 떠는 아이를 본적은 더구나 없었다.

"아니야. 성환인줄 몰랐어, 몰랐어."

아이를 안고 강주는 어디 다친 데라도 없나 허둥지둥 살피며 젖을 물렸다. 젖만이 아니고 전신을 아이에게 물린다는 마음으로 물렸다.

젖을 물렸건만 빨 것처럼 하다간 빨지 않고 울음을 그대로 계속하는데 아이 눈에선 눈물이 흘러내리지 않았다. 불을 켠듯 눈이 화안 했다. 강주는 전등불을 맞받은 탓인가 싶어 아이를 안은채 전등불 밑을 얼마간 피해 앉았으나 여전히 아이는 울었고, 눈의 불은 그대로였다. 한참동안을 그러더니 그대로인 그 눈으로 울던 아이가 울음을 뚝 멈추곤 강주를 빤히 쳐다보는 것이 아닌가. 강주는 '악'소리를 치려다가 못치고 말았다. 약을 달여먹고 나면 배꼽 아래에 돌같이 땅땅하게 뭉쳐 있던 아이가 고물고물 미동을 일으켜선 갈빗대 밑으로 올라오던 그 당시와 흡사한 공포에 강주는 떨었다.

"성환이 어디 아픈가? 아파하는 울음소리야."

한기욱의 모친이 아이의 울음소리를 듣고 나온 것이다.

한기욱의 모친은 아이가 난 뒤로 그들 방에 더 발이 잦았으며 아이를 몹시 소중해 했다. 그 자신의 말로도 제손으로 받은 놈이라서 그런지 늘 마음이 키인다

---

21 쌔리다 : 손이나 손에 든 물건 따위로 아프게 치다.

는[22] 것이었다. 손주가 아직 없으니까 그러시는게 아니겠느냐고, 떠보자는 것은 아니지만 강주가 이런 말로 내받으면 글쎄 손주가 나 봐야 알 일이지만 이놈이 손주만 못하지 않을 것같아. 하면서 한기욱의 모친은 아이의 버둥거리는 다리를 잡아 흔들던가, 주먹을 입에 넣고 빨아대는 아이를 얼러가며 진실로 아이가 귀여워 못견디는 낯색을 드러내곤 했다. 이럴때면 으레 한기욱과 그의 형을 기르던 당시의 이야기를 많이 하는데 주로 그들 둘이 다 몹시 영특했었다는 것이고 그럼으로 해서 그들이 성장한 오늘에 이르러서도 남보다 뛰어나 있다고 자랑했다. 큰 아들은 더 말할것도 없고 둘째만 하더라도 몸이 약한 때문에 공부를 할대로 못해서 남의 윗자리에 앉지는 못할망정 은행 이자만으로도 중역이나 고급관리 부럽지 않게 돈을 물쓰듯 할 수 있으며 남의 신셀 한번 져본 일이 없다는 것을 강조하곤 저희 선친의 말씀인즉 사내란 남을 돌봐주는 자리에 있어야지 도움을 받는 자리에 있어선 못쓴다잖어. 이렇게 덧붙이기도 해서 강주의 가슴을 내려앉힌 일이 한두번이 아니다.

"애비는 아직도 안들어왔군. 어디 좀 보자고. 어디가 아파서 그래?"

강주가 아직 공포에 사로잡혀 있느라고 묵묵한데 한기욱의 모친이 강주에게서 아이를 안아갔다.

"걔가 저를 빤히 쳐다봐요. 울음을 뚝 그치곤……."

강주가 또한번 몸을 떨면서 말했다.

"그게 에미 낯을 익히느라고 하는 짓이야."

자기도 한때 지내보아서 알고 있는 사실이라는듯 한기욱의 모친은 대수롭지 않게 넘겨버렸다. 한기욱의 모친은 이런 종류의 소리를 종종 들려주어서 육아(育兒)에 지식이 없는 강주에게 도움을 주기도 해왔지만 이때만은 달랐다.

"눈에 불을 화안이 켜가지고 보던 걸요."

"불은 무슨 불일까? 원 별소릴 다 듣겠네. 그래서 에미가 때렸구나. 우리 강

---

22 키이다 : 마음에 걸리다.

아지가 그래서 급한 소릴 쳤구만."

강주는 다시 입을 떼지 않았다. 한기욱의 모친만이 늘 하던대로 아이를 들어 올리며 얼러대었다.

언제 울었더냐는듯 아이는 얼러대는 소리에 '우흐해' '우흐해'를 시끄럽도록 연발하며 맞장구를 쳤다. 아이는 강주더러도 그렇게 하자고 빤히 쳐다본 것일 까.

"애비는 왜 여지껏 안들어올까? 애빌 기다리느라고 우리 강아지도 에미 말마따나 눈에 불을 화안히 켜가지고 있는건가? 전에 우리 막내 눈이 똑 이랬거든."

이 말 꼬리에 한기욱의 모친은 한기욱이가 장가 갈 소리를 한다는 말을 훌쩍 해버렸다.

"결혼요? 어디 색시라도 보아두셨대요?"

훌쩍 해버린 말이라고 그대로 지내칠 수가 없었다. 한기욱이 결혼하는 날엔 그들 방을 비워줘야 한다는 것을 강주는 줄곧 마음에 두고 있었으니까.

"규수를 봐 둔 모양이야. 어머님 마음에 드실 위인은 못됩니다 고 하는 소릴 들으면……."

한기욱의 모친은 무슨 소리를 더 하려다 말고 강주에게서 아이에게로 눈을 돌렸다.

"저도 이런걸 얻고 싶은게지. 에구 어느새 잠이 들었군."

아이가 잠든 것을 보자 한기욱의 모친은 아이를 눕혀주고 애비는 왜 이리 늦 는담. 우리 막내는 벌써 들어왔더구만. 이런 소리를 중얼거리며 들어가버렸다.

그러고도 한시간 가량 지나서 승현이 취해 돌아왔다.

"한기욱씨가 결혼한다면서?"

강주는 승현에게 저녁을 어떻게 했느냐는 말을 묻지도 않고 단도직입으로 대 어들었다.

"한기욱이 결혼하는데 왜 코를 세우구 야단이야? 기욱이가 결혼 안했음 좋겠 어? 이 비러먹을 년이 남의 사내가 결혼한다는데 왜 질투야? 뭐. 뭐뭐. 더럽다."

최정희 소설 전집 **6**

비틀거리던 승현이 빳빳이 곧아졌다. 강주와 맞서서 강주를 한대 후려갈기려 들다 말고 침만 퉤퉤 뱉아 주었다.

"질투? 질투할만한 여유가 생겼음 얼마나 좋아. 당장 쫓겨날 주제에 질투가 다 뭐야? 흥 이번엔 또 누구의 신셀 지지? 그래 남을 돕는 자리엔 생전 못 있어 보고 밤낮 남의 도움을 받는 위치에서 쩔쩔매기만 할테야? 무슨 남자가 그꼴이야."

강주는 한기욱의 모친이 말해준 말을 풀어놓고야 말았다. 그동안 항상 머리 속에서 맴을 돌곤 하던 소리다.

"그런 뿌르죠아지 놈들을 좀 뜯어내면 어떻단 말이야. 민망할거 하나두 없어."

"뿌르죠아진 당신이 아냐? 천석군이라면서?"

"이 비러먹을 년이 왜 이리 누깔이 뒤집혀가지구 이래?"

앞은 데를 다치운 탓인지 승현이야말로 눈이 뒤집혀서 강주의 머리를 답싹 쥐어잡곤 발로 주먹으로 차고 박았다. 강주는 죽어도 좋다는 의기(?)로 그에게 몸을 맡기며 상대방을 꼬집고 집어뜯고 했다. 이렇게 살바엔, 하는 막된 마음에 서였다. 강주가 죽어라고 날뛰는 바람에 아이가 깨었다. 놀라서 깨어난 아이가 가만 있을리 없었다. 큰 소리를 터뜨려 놓았다. 아까 한번 놀란 일이 있은 탓인 지 아이의 울음소리가 유난히 높았다. 승현이 잡아쥐었던 강주의 머리에서 손 을 풀며 아이에게 젖을 물리라고 소리를 쳤다.

"젖은 무슨 젖이야. 다 죽어버리자고. 이제라도 죽어버리자고. 뱃속에 있을 때부터 죽이자던 앤데 못할게 어딨어."

강주가 우는 아이에게로 씨잉 달려가 아이를 안아가지고 어디다 어떻게하면 저도 죽고 아이도 죽을 것인가를 살폈다.

"이게 정말 미쳤나. 웨 이래?"

승현이 강주가 안은 아이를 빼앗았다. 강주는 빼앗아 가는 아이를 빼앗기지 않자고 악을 썼다. 아이가 점점 더 큰소리로 울었다. 끝내 한기욱의 모친이 나오고야 말았다.

"왜들 이러는가? 어린것한테 무슨 죄가 있다고 이러는거야? 원 별꼴도 다 보겠네."

한기욱의 모친이 둘이 맞붙은 사이에서 아이를 빼어내었다. 아이를 빼어내고 나니 둘의 사이엔 간격이 생길밖에 없었다. 그들은 피차 이 간격을 침범하지는 않았다. 더 많은 간격을 지었을 뿐이다. 승현이 먼저 뒤로 물러나고 강주 또한 구석쪽에 가 쪼그리고 앉아 있었으니 말이다.

아이는 한기욱의 모친 품에서 다시 잠이 들었다. 한기욱의 모친은 잠든 아이를 제자리에 눕혀주었다.

"이놈은 내게만 오면 잠이 쉬이 든단 말이야."

늘 하던 말을 자랑스럽게 또 했다. 늘 되푸리하는 말이지만 이 말만은 듣기싫지 않았다. 아이가 자기에게 가면 쉬이 잠든다고 생각하기 때문에 한기욱의 모친은 아이에게 더 살뜰해지고 그럼으로해서 강주 자신은 또 한기욱의 모친에게 가는 정이 두터워지는 것이다.

"대관절 이 밤중에 왜들 싸우는거야? 싸우는 이유가 뭐야?"

아이를 쉬이 재웠다고 자랑스럽게 나오던 한기욱의 모친이 그와는 다른 낯빛을 드러내며 둘의 앞에 거만스럽게 나오는 것이었다.

승현은 아무말 못하곤 흩으러진 머리만 쓸어올리고 있고 강주가 그러는 승현을 한번 흘깃 보고나서

"잠도 못주무시게해서 죄송해요. 어서 들어가 주무세요."

했더니

"젊은 사람들이 버르장머리가 없게스리 이 밤중에 이웃동네가 덜썩 떠나가게 싸우는게 어디 있담."

하고 한기욱의 모친은 꽤 큰소리로 강주보다는 오히려 승현이 쪽에다 대고 호령을 쳤다. 승현은 아직 머리만 쓸어올리며 잠잠했다. 강주가 곧은 눈으로 자기를 보고 있다는 기미를 알아채었던지 얼굴마저 푹 떨궈버리고 있었다.

"댁의 아드님이 장갈 들면 우리가 방을 비워내야 하잖어요? 당장 갈 데가 없으니 싸운거예요? 인제 속 씨원이 아셨으니 들어가셔서 주무세요."

아이로해서 두터워졌던 정이 말짱 사라져버린다고 느꼈다. 그리고 승현에게 가는 분노만이 치솟아 오르는 것을 감각할 뿐이었다. 한기욱의 모친이 그들 앞에 그런 자세로 나온다는 것은 그들에게 방을 빌려줬다는 것, 그 아들의 신세를 그들이 지고 있다는 사실 이외에 무엇이 있으랴.

"하여튼 젊은 사람들이 밤중에 싸우는게 아니야. 남이 웃는 법이야."

한기욱의 모친은 이런 소리를 남기고 들어갔다. 강주가 딱 맞섰던 탓인지 소리가 아주 낮았으며 어지간히 폈던 가슴도 되오그라뜨리는 것이었다.

"기욱이 결혼을 쉽게 하지는 않을거야."

한기욱의 모친이 들어가자 승현이 강주를 겨우 건너다보고 말했다. 강주나 승현은 앉았던 자리에서 조금도 이동하지는 않았다.

"그것도 말이라고 해? 한기욱이가 평생 결혼 안하고 살았음 좋겠어?"

"또 이러기야? 조용이 하라구. 기욱의 여자란 별게 아니야. 나두 알구 있어. 종로 어느 식당에 있는 여잔데 일종 동정에 지나지 않을 뿐이지 기욱이가 사랑하진 않아. 그런 시시한 여자하구 결혼할 생각이야 할라구……."

"식당에 있는 여잔 시시하다, 그건 뿔죠아니 푸로레타리아니 하고 떠드는 사람 입에서 나올만한 소리가 아닌데…… 그 입치레 뿐인 말은 작작하고 진실성 있는 말과 행동을 좀 보여달란 말이야. 허지에 나앉아 살며 모래를 씹는 한이 있더라도 그래줬음 원이 없겠어."

승현은 더 말이 없었다. 오히려 강주의 말을 못들은 체 해버렸다. 피곤하다면서 아이 곁에 손수 자리를 깔고 누워버렸다.

"이놈은 누굴 닮았는가?"

아이 곁에 눕더니 아이를 그냥 들여다보던 승현이 한마디 중얼거렸다. 혼잣소리처럼 중얼거린 말이나 강주는 놓치지 않았다.

"누굴 닮긴. 걔가 닮아줬음 좋겠어? 걔가 당신같은 사람을 닮는다면 일찌감치 안고 물에 빠져버릴테야.”

“제발 좀 닥치라구. 닥치라구.”

승현이 이 말과 함께 울음을 터뜨리며 아이에게 얼굴을 파묻었다. 그의 어깨가 격동하는 것을 보아서 그가 몹시 울고 있다고 알았다. 소리를 내지는 않았다. 그러나 그는 얼마 오래지 않아서 곧 코를 골았다. 아이에게 얼굴을 파묻은 채로―.

한참동안 말과 동작을 중지하고 앉아만 있던 강주가 그리로 다가갔다. 다가가기까지는 아이에게 얼굴을 파묻은 승현을 바로 눕히자는 마음에서였다. 아이가 불편하고 더웁겠다는 생각만 했던 것이다.

그런데 정작 다가가서 본즉 아이는 아니고 승현이 쪽이었다. 땀과 눈물로 범벅이 된 얼굴. 쑥 들어간 편인 눈은 어지간해선 드러나지 않더니 언덕처럼 높았다.

뭉클 가슴 복판으로 몰려오는 것이 있었다. 너무 지나쳤다는 뉘우침밖에 들지 않았다. 언제나 자기를 변명하려고만 하던 승현이 말 한마디 못하고 푹 숙으러진 것은 그 까닭이 아니고 무엇이랴. 승현인들 좋아서 남의 신세를 지랴. 승현인들 방을 비워줄 일이 좀 기가 막히랴.

수건에 물을 적셔서 범벅이 된 승현의 얼굴을 씻어주고 강주는 그 옆에 누워주었다.

아이가 난 뒤로는 한번도 그의 옆에 눕지 않았다. 아이를 사이에 두고 누웠다.

강주가 누워주었으나 승현은 코만 골았다. 강주는 코를 고는 승현이었기 때문에 누워준 것인지도 몰랐다. 안집 대청에 걸린 시계가 두시를 쳤다. 시계소리가 처량하게 들려왔다.

잠이 오지않았다. 읽다 둔 부인잡지를 더듬어다가 펼쳐들었다.

어느 명사의 젊은 아내의 「육아일기」에 눈이 갔다. 꽤 길게 적은, 아이가 나던 시각에서부터 첫돌을 맞는 때까지의 기록이었다.

명사의 젊은 아내는 시종 ‘아기’ ‘아기’해 가며 실상인즉 아이가 나던 시각부터가 아니고 태동이 있기 전, 태기가 있으면서 그 증후를 낱낱이 기록했었다.

아이가 갈빗대 밑을 툭툭 박아주는 때면 그 남편의 손을 끌어다가 짚어보게 하고, 그 남편은 또 그런 증후를 손바닥으로 만져 알고는 젊은 아내를 얼싸안았다고 적혀 있었다. 또 명사는 그런것을 당하고 있는 젊은 아내를 위해서 보약과 온갖 영양 있는 음식물을 먹였다는 것이었다.

잡지를 놓고 강주는 성환의 손을 끌어다 꼬옥 쥐었다. 따스한 온기와 함께 몸 전체로 온기보다 강렬한 무엇이 들이쏠리는 것을 느꼈다. 강주는 아이의 다른 한손마저 끌어다 쥐고 눈을 감았다. 감은 눈에서 눈물이 흘러내렸다. 눈물이 흐르려고 해서 강주는 눈을 감았던 것 같기도 하다.

한기욱은 결국 결혼을 했다. 그해 오월이십오일 오전 열한시에 예식장에서 꽤 호화로운 식을 거행했었다. 청첩장에 보면 신부의 이름이 홍선애라고 했다.

홍선애는 코가 낮고 얼굴이 넙데데한 위에 눈이 작았다. 또 키도 작았다.

강주들은 결혼식을 하기 사흘 전에야 방을 비워주고 행랑방으로 쓰이던 문간으로 옮겼다. 승현이 방을 얻는다고 아침 일찌기 나가고 여니때보다도 더 늦게 돌아오곤 했으나 방을 얻지 못했다.

강주는 처음부터 방을 얻어내려니 하는 신뢰감을 갖지는 않았다. 공연히 얻는체만 하는 것으로 알고 있었다. 그러면서도 강주마저도 한기욱의 집식구, 그 중에도 한기욱의 형수에겐 금새 방을 얻는체를 해보였다. 한기욱의 형수는 시모가 성환을 소중해 하면선 강주에게 적의같은 것을 가지고 있었다. 시모에게도 그 비슷한 감정을 가지는듯 보였다.

행랑채 문간방으로 강주들을 내보낸 한기욱은 몹시 딱해하며 자기들 방에 하는 도배 장판과 함께 강주들 방도 말짱히 꾸며주었다. 강주는 오히려 부끄럽고 무안하기만 했다. 승현은 모르는 체해버렸다.

홍선애는 이어 아이를 배었다. 한기욱이 출근할때면 선애를 강주들 방에 있으라면서 두고 갔다. 한기욱은 결혼하고 나서 직장을 가졌다. 항아리 속에 들앉은듯한 부자유함이 싫다고 이때까지 직장을 가져본 예가 없었다는 그가 결혼 직후 곧 그의 형이 알선해 준 금융조합에 나가고 있었다. 한기욱은 직장에서 돌아오면 자기네 방 앞에 얼마 안되는 공지에 화초를 가꾸어 방과 마당을 온통 즐거운 분위기로 만들었다. 승현에게 본보기를 보여주려는 것같이 강주는 보는 때가 있었다.

"우리집 그인 아들을 낳겠거든 성환이같은 앨 낳으라고 그래요…… 딸은 성환 어머니같은 걸 낳라나요."

넓데데한 얼굴 전면에 웃음을 널어놓는 홍선애가 어느날 강주에게 이런 말을 했다.

한기욱의 모친은 또 성환의 고추를 두손가락 위에 흔들어대며 우리 둘째도 요런게 달린 걸 낳아야 할텐데, 하고 몇번을 말한 일이 있다.

한기욱이 퇴근해 올 때면 선애를 위해 과일이며 수박 참외 등을 손수 들어다 주던가, 사람을 들려서 갖다 주던가 했다. 부인잡지에서 읽은 명사와같은 일을 그는 곧잘 했다. 이런것은 강주와 함께 먹도록 한기욱이가 서둘어 주었다. 때때로 홍선애는 주책없는 소리를 지껄여서 신랑을 당황케 하는 일이 있었다. 제가 식당에 있을 때의 이야기를 끄집어내는 것이었다. 내가 식당에 있을 땐 하고. 그렇게 되는 경우면 한기욱이 얼른 말을 막아놓곤, 저게 저모양으로 철이 없단 말이야. 저렇지만 않았더면 내가 데려오지 않았을지 모른다고 말하고 강주더러는 아주머니 잘 가르쳐 주십시요. 친동생같이 생각하시구…… 했다. 이럴 때마다 홍선애를 시시하다던 승현의 말을 강주는 떠올리는 것이나 홍선애를 시시하게 여길 도리는 없었다. 남을 돕는 자리에 있는 떳떳한 남편이 홍선애 뒤에 버티고 있는 것이다. 어느날은 홍선애가 성환이 엄마 참 불쌍해요, 해서 강주를 분격케 한 일이 있다.

"선애씨가 날 불쌍하다고 할 하등의 이유가 없어요."

"제가 그러는게 아니고 우리집 그이가 그러던걸요. 그 존 여자가 왜 저렇게 살게 되는지 모르겠다고 하던데요."

강주는 다시 말을 못하고 한기욱의 새색시의 넓데데한 얼굴을 물끄러미 보아 줄 뿐이었다.

그날 강주는 오전 열한시를 기해서 집을 나섰다. 그런 곳에 모이는 축들이 그 때쯤이라야 움직인다는 것을 강주는 소형극장 시절에 경험해서 알고 있다. 손에는 오려낸 신문광고가 쥐어 있었다. 아이는 한기욱 모친에게 잠깐 다녀온다고 말하고 맡겨 놓았다.

작열하는 태양을 머리에 떠 이고 강주는 신설동 ×번지의 현대극단을 찾았다. 바람이 좀 있어서 강주의 치맛자락을 휘날렸다. 강주는 이 치마를 두번째로 입는다는 생각을 잠깐 했다. 그 한번은 한기욱의 결혼식에 입었다. 하숙집에 밀린 밥값을 치르러 갈 때 입으려고 지은 것이건만 끝내 가지 못하고 말았다. 그때 가지 않기를 잘했다는 생각도 들었다. 갔더라면 상당히 높은 자리에 앉을 승현과 결혼하게 된다는, 이미 준비해 둔 말을 했을 것이 분명하다. 그러면 하숙집 아주머니나 선배언니는 강주가 언제 결혼식을 거행하게 되는가를 기다릴 것이 분명하다.

현대극단은 이층 다다미방이었다. 소형극장에 비길 데가 아니었다. 『문화공론』 사무실보다도 훨씬 나았다. 사무실이 이만하면. 강주는 우선 안도감이 생겼다. 털어놓고 말한다면 월급이 나올만한 데라는, 그런 생각인 것이다. 월급이 나오지 않아선 안된다. 그것도 방을 얻을만한 액수라야 한다. 현재 든 행랑방만 못한 것이더라도, 하다못해 움막을 얻을만한 것이더라도 좋다.

강주는 인제 어머니나 어린 동생 때문에 월급을 받아야 한다는 생각은 할 수가 없었다. 어머니나 동생을 생각하면 뼈가 저려왔지만 보다 더한 현실 앞에선 어쩌는 도리가 없었다.

"여기가 현대극단입니까?"

대여섯명 둘러앉아 있고 이쪽에 등을 돌려대고 앉아서 무엇을 쓰고 있는 사람이 있었다. 여자도 한명 있었다.

"네 그렇습니다. 어떻게 오셨죠?"

둘러앉은 중의 한사람이 물었다. 코가 높고 잘 생긴 편이었다.

"신문광골 보고 왔는데요."

이 소리에 이쪽에 등을 돌려대고 앉아서 무엇을 쓰고 있던 사람이 홱 돌려댔다.

'어쩜.'

강주는 소리를 칠뻔했다.

강주가 소리를 칠뻔한 이유가 다른 데 있지 않았다. 이설초[23]가 끼어 있는 데가 뭣이 신통하랴 하는 생각이 훌쩍 올리밀었기 때문이었다. 물론 생각지도 않았던 장소에서 그를 만난 놀라움도 있었겠지만.

이설초가 벌떡 일어섰다.

"오셨군요."

벌떡 일어선 기세하고는 소리가 너무 낮았고 얼굴은 굳어져 있었다.

"단장이 본래 아시던 분이군요? 인젠 일이 되나부죠?"

코가 높고 잘생긴 남자가 만면에 웃음을 띄고 말했다.

"뭣이 돼?"

이설초도 굳어졌던 얼굴을 활짝 펴면서 쾌활한 소리로 나왔다.

"상대역이 생겼으니 말이죠. 저 황수봉입니다."

코가 높은 남자는 이설초와 강주를 번갈아보며 강주에게 머리를 꾸벅했다.

"누가 황군에게 주역을 맡긴다구 했던가?"

역시 웃으면서 이설초가 반문했다. 둘러앉은 사람들이 와하하 웃었다. 그 맞은 편에 앉은 여자만은 웃지 않았다.

황수봉의 말대로 「사상(思想)의 적(敵)」이란 극에 그가 주연이고, 강주더러는 그 상대역을 맡으라는 것이었다. 강주는 한참동안 망설였다. 이설초와 승현의 사이를 알고 있고 이설초를 목격하자 가졌던 월급문제도 염려된 까닭이

---

23 작품 앞부분에 '한설초'라는 이름으로 나오다가, 이 부분부터 '이설초'로 나옴.

었다.

「사상의 적」은 제목만 큼직하게 달았을 뿐 내용은 그럴만한게 못되었다. 「배신(背信)」[24]과 엇비슷하게 꾸며져 있는데 좀 다르다면 끝머리에 '사상'과 '주의'를 입으로만 떠드는 악질도배, 즉 사상의 적으로부터 사랑하는 여인을 빼앗아 데리고 농촌인 고향에 돌아가 둘의 힘으로 황폐해가는 농촌을 떠 일으킨다는 이야기일 것이다. 이설초작으로 되어 있었다.

오후 세시가 되자 강주는 가보아야 하겠다면서 일어났다. 대본을 세번 읽었을 뿐이고 이제부터 본격적인 연습으로 들어갈 참이었다.

"아니 가시다니?"

황수봉이 눈을 크게 떴다.

"내일 또 오지요."

"그야 낼 오실건 정해논 일이구."

이설초는 잠잠히 있었다. 강주가 나오자 강주의 뒤를 따랐다.

"점심이나 잡숫구 가십시요."

"가봐야 할 일이 있어서 그래요."

강주는 아이 때문에 애가 바득바득 키었다. 젖을 잔뜩 먹이느라고 했지만 네 시간이 지나선 안될 것을 알았다.

"가보시긴 해야겠죠. 애기두 울테니까."

"어머나."

이설초가 강주의 마음속을 꿰뚫고 있는 일도 놀라왔지만 강주가 아이를 낳았다는 사실을 알고 있는 일도 또한 놀라왔다.

"가십시다. 할 이야기도 있구 하니……."

눈을 크게 뜨고 입을 좀 벌린채인 강주에게 이설초가 다시 서둘며 앞을 서 걸었다. 할 이야기두 있구, 라는 말에 강주는 이끌리어서 그의 뒤를 따랐다. 뇌리

24　앞서 나온 연극 「배신자」의 오식으로 보임.

에 자리잡고 있는 것은 월급이다.

그들은 중국집 이층방에 마주 앉았다. 강주가 말을 꺼내기 전에 이설초가 이야기를 꺼내었다. 그동안 부친이 돌아가고 자기 앞으로 돌아온 유산을 팔아서 서울에 집을 사고 모친을 모셔왔다는 것이고 그러고 남은 것으로는 연극운동에 쓰겠다는 것인데 연극운동에 적극 발을 들여놓게 된 동기는 조승현을 알게 되고 서강주를 알게 된 데 있다고 말했다.

"승현군에게 행패를 부린건 늘 후회돼요. 철없는 짓이었지요."

긴 이야기 끝에 그가 이렇게 덧붙였다. 그러고는 입을 다물었다.

"그럼, 단원들한테 월급도 주고 그럴 수 있어요?"

강주가 우동을 저어가며 준비했던 말을 했다. 그리고 승현과 부부가 되어 있다는 것, 아이는 바로 승현과의 사이에서 난 것이라고 들려주었다.

"알구 있었읍니다. 월급이 필요하실 것두 알구 있읍니다."

이설초의 음성이 몹시 굵직하다는 사실을 강주는 비로소 알았다. 소형극장 때의 이설초의 음성은 그렇지 않았던 것 같다. 승현을 두들겨 패던 때의 음성도 그렇지 않았던 것 같다. 그때는 그의 음성같은 것을 간아들을만한 경황이 없은 탓이었던지 몰랐다.

"낼두 나와 주시겠지요?"

점심을 먹고나자 강주를 건너다보고 이설초가 물었다. 건너다보는 이설초의 눈이 꿈이면 해안지대에서 만나는 망또의 기사를 닮은 데가 있다는 생각을 하며 강주는 그의 눈을 들여다보느라고 보는 것도 아니면서 들여다보았다.

"다시 뵙게돼서 기쁩니다. 힘껏 일해 봅시다."

이설초는 아직도 그런 시선을 짓고 있었다. 강주는 그제사 그의 시선에서 눈을 돌리며 내일 나오겠다는, 하지 않아도 좋을 말을 하고는 자리를 떴다.

아이는 울지 않았다. 자고 있었다. 그 옆에서 한기욱의 모친이 부채질을 해주며 앉아 있었다.

"이렇게 순둥이가 어디 있을라고. 배고파 하는것 같아 밥 끓인 물을 떠넜더니 자는군그래. 그런데 생전 안나가던 사람이 어딜 갔댔나?”

강주는 한기욱의 모친에게 취직자리을[25] 구했다고 말했다. 한기욱의 모친이 입을 딱 벌리며 어디 그리 쉽게 취직자리가 있더냐고 물었다. 강주는 어느 회사라고만 말하고 극단 배우가 됐노라고는 하지 못했다.

“애비가 그렇게 쉽게 됐음 졸걸. 사내가 벌어듸레야지 여편네가 벌어들이는 걸 사내가 들앉아 먹어서야 쓰나.”

“아빠도 곧 될테죠.”

강주는 한기욱 모친의 소리가 듣기 싫었다. 강주 자신이 그렇게 생각하고 있는 탓이기도 할 것이다.

“어디 말해논덴 있나? 우리 둘짼 여간 걱정이 아니야.”

“이제 곧 될거예요. 걱정하지 마시라고 하세요.”

이제 곧 방을 얻어나가면 그만 아니냐는 생각에 헛소리를 강주는 마구 지껄였다.

<h2 style="text-align:center">5회</h2>

저녁 늦어서 들어온 승현에게도 강주는 어느 회사에 취직했다고만 말해놓고

“당신이 직장을 얻기까진 그렇게라도 해야지 않겠어요. 남의 신셀 지느니 보다는…….”

채 마치지 않고 끊어버린 것은 승현이 오만상을 찌푸리고 있기 때문이었다.

“뭣하는 데야?”

오만상을 찌푸리고만 있던 승현이 한참만에 툭 나왔다.

“그건 묻지 말아요. 처녀라고 속이고 들어갔거든.”

강주는 바른대로 말하지 못하고 꾸며댔다.

---

25 ‘취직자리를’의 오식.

“속이구 들어간 덴 알아서 못쓰나?”

“알면 당신이 찾아올지도 모르니까… 얼씬도 말아야 해요.”

“이거 왜이래! 더럽게스리 예편네 직장엘 찾아다닐줄 알어. 까불지마.”

그리고 승현은 펴논 자리에 벌러덩 누워버리더니 꽤 있다가 감았던 눈을 뜨면서

“한기욱이 소개로 됐지?”

하는데 역증이 나는 소리었다.

“한기욱씬 왜 또 들먹여요? 신문에 난 광골 보고 찾아간건데….”

“대관절 뭣하는 데야?”

“그걸 알아서 뭘해요. 이러구 살기보다는 좀 나을테니까 나가는 것 뿐인걸. 당신이 일자릴 얻기까지만 임시 나갈테니까.”

“그렇다구 안가르쳐 줄건 없잖어?”

“굳이 알아서 뭘해요. 어서 잠이나 주무세요.”

“나 원… 더러워서.”

승현은 흰자위가 많이 드러나는 눈으로 앉아있는 강주를 비스듬이 쳐다보았다. 승현은 비상사태에 이를 때면 흰자위를 많이 드러내었다.

“어서 주무시기나 해요.”

승현에게 강주는 다시 자라는 말로 권했다.

승현이 말없이 눈을 다시 감았다.

강주는 앉은채로 조심스레 승현의 기미를 지키고 있었다. 그가 다시 눈을 뜨지말고 잠속에 들기를 바랬던 것이다. 그것은 강주를 아주 홀가분케 해주는 일이 되었다. 승현이 아무 요구없이 강주를 밤에서 풀어주는 일이 될 뿐 아니라 이설초 극단에 나간다는, 강주의 불안과 고민을 일시나마 덜어주는 폭이 되기도 하는 것이다.

이튿날 아침은 승현이 더 일찍 나갔다. 네가 돈벌일 한다고 내가 들앉아 아이를 볼줄 알어. 하는 얼굴이었다. 너 어디 골탕을 먹어보라는 기색이기도 했으나

강주는 아무말 없이 하는대로 내버려두었다.

그렇지 않아도 승현은 한기욱이 결혼을 하고 그가 직장에 나가면선 아침에 일찍 나갔다 저녁 늦게 들어오는 일 외엔 달리 방도가 없었다.

나가는 데가 어디며, 나가서 무얼하는 것인지 알 바 없었다.

그는 근자에 와선 자기를 합리화 하려고 꾸며대던 일도, 여러 말을 번지르르 늘어놓아 앞치레만 하던 짓도 하지 않았다. 그저 한기욱의 식구중 누구와도 마주치지 않으려고 일찍 나갔다 늦어 들어오는 것으로써 유일한 도피구(逃避口)를 삼았다.

강주는 조반을 일찍 지어서 그가 먹고 나갈 수 있게 그리고 저녁 늦어서 돌아오는 그를 기다렸다가 소리 안나게 대문을 열어주는 일로써 하루의 일과를 끝내는 것이었다.

강주가 일터에 나간다고, 더구나 설초의 극단에 나가면서 승현에게 아이를 보라고 할 생각은 티만치도 없었다. 승현이 편에서 응해준다 치더라도 강주가 그 노릇을 승현에게 시킬 생각이 아니었다. 한기욱의 집이 아니고 다른 데 옮겨 앉는 경우더라도 그런 짓은 할 수 없을 것같았다.

강주는 한기욱의 모친이나 한기욱의 새 신부에게 성환을 맡기는 수밖에 없었다. 그것도 며칠간 뿐이었다. 날이 거듭되게 되면서 보아달라는 말을 입이 떨어지지 않아서 못했다.

그로부터는 벌벌 기어다니거나 번듯이 누워서 작난감을 흔들어대는 성환에게 훌쩍 눈을 던지다 말고 나와버린다. 아침 일찍 나가고 저녁에 늦어 돌아오는 승현의 도피구와 다르게 어디 있느냐는 생각을 하면서 쫓기는듯 걷는 것이다. 돌아올 때까지 울겠으면 울어라. 놀겠으면 놀아라. 하는 될대로 되라는 심리인 것이다.

이런 심리 속엔 한기욱의 모친이나 한기욱의 새 신부가 보아주리라는 기대도 없지 않았다. 강주는 아무렇게나, 맵시나 걸음걸이 같은 것을 돌볼 여유도 없이 그곳에 나갔다.

언제나 강주는 지참[26]이었다. 승현이 모양으로 밥만 먹으면 나가게 되는 것이 아니었다. 아무리 살림같지 않은 살림이라 하더라도 강주의 손이 가야 할 일이 한 두가지가 아니었다.

강주의 지참을 심양혜가 번번이 들고 나섰다. 이 여자는 강주를 첫날부터 눈에 가시같이 여기는 눈치를 보이곤 하더니 강주에게서 티를 잡아내려고 삼각이 진 샐쭉한 눈을 잠시도 가만 두지 않았다. 그러느라고 연기가 늘지 않는다고 고월애는 심양혜를 평하고 있었다.

그 값으로 심양혜는 고월애의 입이 헤벌어진 때문에 정조 관념이 헤프다고 박아주는 일이 있었다.

"그 애리애리한 아기 총각까지 잡아먹었단 말이야."

회계도 맡고 소도구 일을 보면서 꽤 연기력을 가지고 있는 하군을 이르는 말이다.

고월애와 하군과의 염사는 그들 둘이서 한그릇의 냉면을 같이 먹던 날부터 시작되었으리라는 것이었다.

그날 점심을 시켜다 먹는 중에 고월애만 뱃속이 편치않아 먹지 않겠노라고 점심 주문을 그만두더니 하군이 먹는 냉면 그릇에서 어느새 둘이 먹고 있었다는 것이다. 같이 먹게 된 경위, 누가 먼저 같이 먹자고 했던지 그것은 모른다는 것이다. 고월애가 아기 총각을 설득시켰으리라고 추측은 그렇게들 하고 있었지만 굳이 그것까지 캐려고 하지 않았다.

"키쓰 안해 줄테야?"

고월애의 여늬때보다 높은 소리에 모두들 시선을 그쪽으로 돌렸을 때 고월애와 하군과는 아주 가까운 거리에 입과 입을 두고 있었다. 가까운 거리에서 두고 있는 입과 입엔 냉면이 그득 물려 있었다. 그득 물린 입과 입으로 피차에 빨아들이다 보니 끝내는 그 거리에까지 이른 모양이었다.

---

26 정하여진 시각보다 늦게 참석함.

먹던 냉면을 중단하고 일어서는 하군의 하얀 얼굴이 노을처럼 물들어진 것은, 부끄러움 때문만이 아니라는 중론이었다. 본래 얼굴을 잘 붉히고 애리애리한 애티를 벗지 못했다고 해서 아기 총각이란 별명까지 붙었지만 이때의 붉은 낯빛은 좀 다르게 보이더라는 것이다. 그런데, 심양혜가 예리하기는 했다. 소형 극장 때 승현이 지적한 바 있는 약간 궁둥이를 내밀사하고 걷는 강주의 걸음걸이를 보아내었다. 주연배우의 스타일이 그래서야 쓰겠느냐고 빈정대곤 했으나, 이설초가 중요시하는 인물이기에 그 이상 나오지는 못했다.

강주가 아침 설겆이를 하고 있고 승현은 이미 나간 뒤에 문화공론사에서 강주들에게 편리를 보아주던 청년, 김사장의 조카가 찾아왔다. 예측지도 못했던 청년의 방문을 받고 그때나 이때나 그저 그렇게 살아가는 초라한 꼴을 보이게 된 강주가 당황해 하는데,

"시굴 갔을 때 가져온 건데 계신델 찾지 못해서 지금사 겨우. 조선생님 부친께서 보내시더군요."

청년이 봉서 한장을 내밀며 떠듬거렸다.

"조선생님 부친이시라고? 승현씨 아버님께서?"

강주가 손에 물기를 닦으며 봉서를 받아드는 즉시로 뒤집어 들고 거기 적힌 발신인의 성명을 살피고 나서,

"상경하신대요?"

하고 청년의 낯색을 분주히 살폈다.

"아뇨. 모친이 상경하실겁니다."

"모친이라니? 승현씨 어머님께서 말이죠? 곧 상경하신대요?"

다조차[27] 묻는 말에 청년은 편지를 보면 알게라고 간단히 말하곤 돌아서버렸다. 청년의 얼굴이 몹시 붉어져 있는 것을 강주가 보았으나 펄쩍 뛰고 싶은 마

---

27 다좆치다 : 일이나 말을 매우 바짝 재촉하다.

음이어서 그 까닭을 캐어내지 못했다. 강주는 내버려 뒀던 자기들을 이제라도 결혼식을 거행케 하려나부다고 기뻐만 했다. 그러느라고 돌아서는 청년을 막 잡지도 못했고 김사장집 소식이며 청년의 그 뒤의 안부를 한마디도 묻지 못하고 말았다.

편지의 사연을 읽고 나서야 강주는 본래 청년이 난처하거나 계면쩍은 경우에 얼굴을 잘 붉히던 일을 상기해 냈다. ― 고향에선 살길이 없어 온 가족이 상경해야 할 판국인데 우선 일차로 모친부터 상경하니 그리 알라는 사연이었다.

그 사연대로 승현의 모친은 강주가 좀 늦게 극단에서 돌아오던 날 저녁에 와 있었다. 강주는 이다지 빠르게 이런 기가 찬 사태가 터지리라고는 생각지 못하고 있었다. 승현에게도 편지의 사연을 알리지 못하고 있던 중이었다. 그 기가 찬 사태가 터지리라는 사실을 스스로 믿고싶지 않았던 때문이기도 했다.

"자네 시모님이야. 큰 절을 하고 뵈와야지."

넋이 빠진 듯 서있는 강주에게 거기 와 있던 한기욱의 모친이, 그들을 주관할 권한은 자기에게 있다는 얼굴로 강주를 보아가며 승현의 모친을 보아가며 서슬을 피웠다. 강주가 에누리를 해온 거랑, 그밖의 모든 것을 그동안 다 들었다는 서슬일테지.

강주는 "하느님"을 불렀다.

전에 어머니가 이렇게 "하느님"하고 부르는 소리를 강주는 몇번이나 들었다. 입밖으로 부르는 소리는 말할 것도 없고 입속으로 부르는 경우도 많았다.

그날은 통고도 없이 아버지가 작은댁한테서 난 젖먹이를 안고 집에 돌아왔었다. 아이 어미인 작은댁과 헤어지기로 하고 아이만 떼어가지고 왔다는 것이다. 돌이 지나지 않은 아이에게 어머니는 젖을 먹이던 찬주의 젖을 먹이기로 했다. 아버지는 어머니가 아이에게 소홀히 할까 싶어서 아이 곁을 떠나지 않았다. 그 때 그 찬주는 아버지의 아이보다 두달 일찍 났다. 먹던 젖을 못먹게 된 찬주가 보채면 어머니는 친주에게도 젖을 먹이곤 했는데 아버지는 두달 먼저 난 찬주는 젖을 안먹여도 될테니 먹이지 말도록 하라는 것이었다. 어머니가 아버지의 명한 바대로 찬주에게 젖을 아주 안주게 되자 찬주는 갑자기 떨어진 젖 때문에 줄곧 칭얼칭얼 보채었다.

하루는 아버지가 보채는 찬주를 아무렇게나 안아서 아무렇게나 마당에다 동댕일 쳐버렸다. 동댕일 치운 찬주는 울지도 못하고 파랗게 질려 바르르 떨었다.

마당으로 쏜살같이 달려나간 어머니 입에서 "하느님" 소리가 크게 터져나왔다.

"왜 그리고 서있나? 어서 어룬을 뵈야 할께 아냐? 아직 뵌 일도 없다면서……."

재차 한 한기욱의 모친 소리, 그 소리에 강주는 이끌리기나한듯 절을 나부죽이 하고 일어나면서 승현의 모친을 비로소 살펴보았다. 승현의 모친은 작고 초라했다. 기름기가 반지르르한 한기욱의 모친 앞이어서 더욱 심해 보였던지 모르겠다.

"네 고생이 말이 아니라지? 너는 그래 네 위에 띤 고생이니 하는수 없지만 주인댁 어룬께서 무슨 횡액이냐. 에미가 나가고 없는 애놈까지 봐 주세야 하니……."

승현의 것처럼 흰자위가 많은 눈이 풀어져 있었다.

"어머님 좀 누워 쉬세요. 고단하실텐데."

한기욱의 반지르르한 모친을 떠나게 하고싶은 생각과 승현의 모친을 쉬게 하고싶은 생각이 강주에겐 있었던 것이다.

"그래, 좀 쉬시요."

한기욱의 모친이 일어서니 승현의 모친이 따라 일어섰다. 다리의 뼈마디가 두서너번 뚝뚝 소리를 내었다. 그래도 괴로운 빛을 보이지 않고 툇마루 아래까지 내려서서 평안히 들어가시라고 정중한 인사를 차렸다.

방에 들어온 승현의 모친을 강주는 다시 누워 쉬시라고 말했다. 그밖에 다른 할말이 없었다.

승현의 모친은 강주의 말대로 누웠다. 잠든 성환이 곁에 살포시 누워서

"이놈이 너희 시어룬을 쏙 뺐구나. 눈매하며 영낙없구나."

해가며 성환의 손을 만지작 만지작 만지고 있었다.

"어서 좀 주무세요."

강주는 승현의 모친이 무슨 말을 털어늘까 겁이 났다.

늦게 돌아오는 승현을 모친은 꼬박 기다렸다. 이제사 오느냐는 모친 음성에 승현은 눈을 크게 뜨다가 푹 주저앉았다. 아뭇소리도 없이 올라오시면 어떡하란 말이냐는 소리를 한참만에사 그는 할 수 있었다.

"왜 아뭇소리도 없어. 창식이 저형편에[28] 너 어룬이 편질 보내잖았더냐?"

"언제 편질 보냈어요?"

"안보내고 보냈다고 하겠나. 창식이 저어 형이 전했다고 하면서 여기까지 데려다 줬단다."

"편지 받았어요. 제가 받고 아빠한테 알리잖고 있었어요."

강주의 이 말이 떨어지자 승현의 주먹이 강주 얼굴로 날아왔다. 그는 모친의 상경에 기가 차는 풀이를 주먹으로 풀어보자는 심산인 것같았다.

강주 코에서 즉시로 피가 터져 흘렸다.

"아니 야가 이게 무슨 짓이냐? 에밀 치지 못해 이러는 거냐? 에밀, 에밀."

모친이 말을 더 못하고 히잉 울음을 터뜨렸다. 소리를 크게 내지는 못했다. 낮에 만난 한기욱의 가족들이 듣지 못하도록 울었다.

"어머님."

강주가 흐르는 피를 수건으로 닦아내고 시모에게로 다가갔다. 내 어머니처럼 불쌍하고 슬퍼 보였다.

"낼 아침에 내려가세요. 여기 계실 데가 어디 있어요."

"월급 받을 날이 며칠 안 남았는데 방을 얻고 나가게 되면 같이 계실테니 당신 좀 가만 계셔요."

강주가 승현의 말을 막아주었다.

---

28 '저 형 편에'로 띄어 읽어야 함.

모친이 울음을 뚝 그치고 오죽하면 편지 한장 없는 불효막심한 자식을 아들이라고 찾아왔겠느냐고, 병신 딸과 막내 아들, 영감을, 딱 눈을 감아 진저리를 치는 큰집에다 짐짝 꾸려박듯 꾸려박고 왔다는 것이고, 먼저 올라와서 사정을 두루 살핀 후에 영감과 아들딸을 데려올 작정이었노라고 털어놓았다.

잠잠히 듣고 있던 승현이 아까와는 아주 다르게 부드럽고 낮은 소리로 모친을 가끔 보아가기도 하면서 자기가 직장을 얻을 때까지는 큰집에 가 계시는 수밖에 없지 않겠느냐고 달래듯 했다.

"네 취직이 언제쯤 되느냐?"

모친이 아들의 말에 반문했다.

"언제 되던 돼야하지 이래가지구서야 살겠어요."

"암, 이래가지고선 못살지. 애에미가 들앉고 네가 벌어 드레야지. 막내둥이도 학교에 보내야 할께 아니냐. 대학까진 못시키더라도 중학교는 해야되지."

"저두 생각이 있어요. 내려가 계시면 집이랑 마련해 놓구 모셔올께요."

모친은 더 말이 없었다. 안집 대청에 걸린 시계가 두시를 치는 소리가 들려왔다. 밤 두시와 자기와는 어떤 인연을 가졌나부다고 강주는 생각했다. 낙태시키는 약을 달여 먹던 밤에도 두시 치는 소리를 들었다. 한기욱의 결혼으로해서 승현과 싸우던 밤도 두시 치는 소리를 들었다.

승현의 모친은 쉬이 잠이 들었다. 승현이 코를 골때와 같은 소리로 코를 골았다.

승현은 모친의 코 고는 소리를 기다렸다는 듯 벌떡 일어나서 강주에게로 왔다. 대문간에 켜논 외등이 비춰서 그의 거동을 환이 알 수 있었다.

성환을 중간에 눕혀선 못쓴다는 미신적인 시모의 말을 좇느라고 강주가 눕고 성환을, 그리고 모친 다음에 승현이었다.

강주는 그가 하는대로 맡겨 두었다. 시모 옆에서 이러저러니해도 안될터이고, 그렇잖아도 극단에 나간 뒤로는 사뭇 고분고분한 터이었다. 무슨 트집을 잡을까 두렵기도 했지만 설초와 대하고 나면서 일어나는 승현에게 가는 측은한 감정. 이것은 속일 수가 없었다.

골던 코를 승현의 모친이 뚝 그쳤다. 승현은 그것을 전연 눈치채지 못하고 있었다. 승현의 모친이 그들을 기다리고 있다가

"이놈아! 이놈아!"

만 연거푸 뇌였다.

울음소리를 죽이듯이 이 소리도 아주 낮게 내었다. 신음소리와 흡사하게 가늘게 떨렸다. 승현의 모친은 어둠속에서 아들의 날뛰는 행위를 관망했던 것이다. '이놈아!'의 뒤에는 여러가지 말이 붙을 것이다. — 올라왔다고 구박을 실컷 주던 에미를 옆에 뉘여 놓고 그럴 수가 있느냐는 말도 되리라.

— 부모 형제는 걸레쪼가리같이 돼 있다는데 무슨 경황에 그짓을 성수가 나서[29] 하는거냐는 말도 되리라.

날이 훤이 밝아왔다. 승현은 코를 골고 있었다. 승현은 모친이 "이놈아"를 연발하는 도중에 코를 골기 시작했었다. 코를 고는 소리가 끊겼다간 나고 나곤 하다가 그치는 것으로 미루어보아 승현의 모친은 자다, 말다 하나보았다.

강주만이 꼬박 새웠다.

며칠 뒤에 곧 방을 얻게 된 것은 다행이었다. 그러나 방은 또 하나밖에 얻지 못했다. 시어머니가 아들 내외와 한방에 거처한다면 남이 웃을 일인데 당하는 당사자들도 또한 견디기 어려웠다.

승현의 모친은 밤이면 감시의 눈을 번득이고 있고 그렇다고 승현이 주춤할 리 없었다.

강주는 밝은 햇빛 아래서 승현의 모친을 바로 쳐다보지 못했다. 승현의 모친이 흰 눈알이 더 많은 눈길로 강주를 쏘아보는 때면 그 눈길을 피하려고 애를 썼다.

승현은 아무렇지도 않아 했다. 승현은 방을 옮기고 나선 모친더러 집에 내려

---

29 성수(가) 나다: 일이 잘되어 신이 나서 기세가 오르다.

가란 말을 하지 않았다. 모친이 아니었더면 승현이 자신이 성환을 보아야 하게 될지도 몰랐다는 생각에서일 것이다. 더구나 이 집은 열개나 되는 방마다 셋군을 들여서 세대수만 하더라도 열집이고 그 가족들을 합치면 도합 사십명이 넘는 수효다.

그런 집안속에 여편네가 벌이를 나가고 없는 방에서 아이를 본다면 폐물과 다를 것이 무엇이랴.

강주도 성환을 보아주는 승현의 모친에게 따스한 마음을 가질 수 있었다. 승현의 모친에게 가는 한가닥의 따스한 마음은 오직 이것 뿐이었다.

강주는 승현의 모친을 시모로서 받들고 웃어른으로서, 더구나 자기 어머니와 비슷하게 가난하고 불쌍한 이 노파를 사랑하자고 결심해보지만 종시 되지 않는데, 성환을 사이에 두고서만은 가리운 것 하나 없이 되었다.

이런 감정은 승현의 모친에게서만 느끼는 것이었다. 한기욱의 모친이 아이에게 부어준 정이 적지 않은 것도 알건만 그것과는 달랐다. 오히려 귀찮은 경우엔 아이를 어떻게 하지나 않을까, 혹은 했을지도 모른다는 의심을 가지는 때가 있었으나, 승현의 모친에게선 그런 기우를 가지는 일이 없다.

성환도 강주보다 할머니를 더 따랐다. 할머니에게 업혀서 밖으로 나도는 일이 즐거운 모양이었다. 안에 들어오기만 하면 손가락으로 바깥 먼데를 가르키며 어어부 어부우 했다.

"이놈이 이 영특한걸 좀 보지."

아이를 끌어안고 정신없이 뺨이며 입술에 입을 맞춰주는 승현의 모친은 이때만은 흰 눈자위가 덜 보였다.

때때로 성환을 통해서 속을 보여주는 일이 있었다. 아이가 할아버지를 닮았다는 말을 끄집어내어 승현이나 강주의 주의를 환기시키려고 했다. 큰댁에 걸레쪼가리 처박듯한 영감과 아들딸을 잠시인들 잊지 못할 승현의 모친 마음을 모를 리 없겠으나 속수무책이었다.

아들의 눈치를 살피다 못해 어떻게 되느냐고 직접 대고 물으면 승현은 강주에게 해온 거와 같은 말로써 모친의 말을 막았다.

승현이 끝내 강주가 어디를 나간다는 것을 알게 되었다. 「사상의 적」이 무대
에 오르게 되는 날이면 승현이 아무래도 알게 될 터이므로 강주편에서 앞질러
말했던 것이다.

그러나 강주가 설초의 극단이라고는 하지 않았는데 승현은 그것마저 알아버
리고야 말았다.

<h2 style="text-align:center">6회</h2>

"서강주. 그래 처녀라구 해가며 정부와 놀아나는 재미가 어때? 개같은 년."

강주가 문턱을 넘어서자 넌지시 드러누워있던 승현이 배암이 되살아나는 듯
한 모양새로 상반신만 일으켜 세우곤 욕을 퍼부었다. 그런 욕을 퍼부으려고 승
현은 일찍 들어와서 벼르고 있은 모양같았다.

강주도 그날 꽤 일찍 들어온 편이었다. 극단에 나가노라고 그에게 실토를 해
놓고 나선 불안해서, 공연(公演)이 가까와 오자니까 밤 늦게까지 모두들 동작 연
습에 불을 뿜는데도 아이가 앓는다는 핑계로써 강주 저만 벌써 사흘째나 일찍
빠져나왔던 것이다.

"왜 이래요? 떠들구 나설 작정이요? 정 그렇담 내가 할 소리가 더 많은걸."

열세대의 사십명 가까운 인구가 다는 돌아왔을 시각이 아니라 하더라도 듣겠
으면 들으라는 소리로 강주도 소리를 마구 높였다.

물론 할말이 있기도 했지만 그것보다는 그렇게 소리를 높여야만 승현의 버럭
버럭 지르는 기세를 꺾을 것같았기 때문이다.

"어허. 요것 봐라. 적반하장격인데 처녀가 아일 놔두 할 말이 있다, 이 소리겠
다? 흥 어디 두구 보자."

엷은 그의 입술이 파르르 떨리며 이를 부득 가는 모진 모습을 보일 뿐으로 다

시 입을 열지는 않았다.

그런데 승현이 다시 입을 열지 않은 까닭이 그때 바로 승현의 모친 뒤를 따라 들어온 서영주로 해서인지, 강주가 세게 나온 탓에 있었는지 강주는 아직 모르고 있다.

"언니 웬일이야? 언제 왔어?"

청천의 벽력이 아닐 수 없는 광경이었지만 강주는 마당으로 달려나갔다. 이런 경우엔 다리가 오그라붙지 않으면 달려나가야 하는 도리밖에 없을 것이다.

"네 사촌언니시라는구나. 서대문댁엘 찾아 오셨잖아."

승현의 모친이 턱을 좀 치켜들고 을씨년스런 눈길로 주위를 두루 살피는 서영주를 돌아다보아가며 강주에게 말해 주었다.

"너 잘 있었구나? 그러면서 편지 한장 없어서 딴멜 찾아가게 해?"

사촌언니가 턱을 치켜든채로 강주를 나무랐다.

"이사온 지 얼마 되지 않아서……."

"애애. 너이 어머니가 안 가리켜 준다는 주솔 겨우 알아가지구 찾았더니…… 네가 여기서 산다는걸 알구서야 그냥 지나갈 수 있니? 나 방학에 왔다 다시 동경 들어가는 길이야."

사촌언니 말소리는 높았다. 이방 저방에선 강주네 같이 초라하게 사는 형편에 저런 하이칼라 손님이 왔나 하는 눈으로, 마치 곡마단 구경이라도 하듯이 내다보고 나와 보고 하는 것이었다.

"들어가요. 언니."

강주가 저희들의 초라한 방을 뒷눈질해 가리키며 영주에게 들어가기를 권했다.

서영주는 강주가 뒷눈질해 가리키는 쪽을 치켜들었던 턱을 좀 낮추고 기웃이 들려다보더니

"애애. 저이가 너이 하즈야? 멋쟁인데."

하고 물으면서 입가에 웃음기를 띄울 뿐 아니라 다시 턱을 치켜들지 않고 더

한번 유심히 방속을 들여다보았다.

강주가 옴추린 가슴을 펴면서 숨을 화알 내쉬었다. 온통 초라한 중에서 승현이만이라도 좋게 보인 일이 다행하다는 생각이었다.

이 소문은 곧 강주네 온 집안엔 물론, 마을 전체에 퍼질 것이며 그렇게 되는 경우면 어머니의 어깨가 으쓱해질 것임에 틀림없는 일이다.

"언니 들어가요."

이번엔 뒷눈질을 하지 않고 좀 자신 있게 강주는 말 할 수 있었다.

"그래, 들어가자."

오히려 언니편에서 앞을 서서 방에 들어갔다.

그들이 방에 들어서자 승현이 한쪽으로 비키며 일어섰다. 그는 아주 자연스럽게 자기의 이름을 말해 서영주에게 일러 주었다.

이때까지 이처럼 자연스런 승현의 태도를 강주는 본 일이 없었다.

"저 서영주라구 해요. 강주 사촌언니예요. 뵙긴 처음이지만 잘 알구 있어요."

승현의 뒤를 사촌언니도 익숙한 솜씨로 받았다.

그리고

"잡지를 발간하신다구요?"

하고 한마디 덧붙였다.

"그동안 그런 일두 해 왔읍니다만 본업은 극 연출입니다."

"네. 그러세요? 그래서 그렇게 뵈였군요."

"어떻게요?"

"아주 멋지게요."

"아. 그래요? 감사합니다."

그들은 이런 말 끝에 소리를 내어 웃었다. 강주도 따라 웃을 수 있었다.

"앨 받아라."

그들 웃음에 마음이 놓였던지 성환을 업은채로 마당에 서성거리던 승현의 모친이 성환을 강주 앞에 내려놓았다.

　성환은 젖 먹을 생각도 없이 그때 마침 옆방에서 들려오는 하모니카에 일어서지도 못하면서 우쭐우쭐 장단을 맞추었다.

　"어쩜 이렇게 영리해요? 돌이 지났나요?"

　영주가 아이의 하는 양을 보아가며 승현이 쪽에다 물었다.

　"아직…… 참 돌이 언제지?"

　영주 말에 승현이 강주에게 물었다.

　"두달도 더 있어야 해요. 십이월 이십일이니까."

　"이녀석두 예술가가 될 모양인게지? 생기기두 잘 생겼어. 꼭 아버진데."

　서영주가 강주의 대꾸는 듣는둥마는둥 승현의 얼굴을 새삼 찬찬히 들여다보았고 승현은 만족한 웃음을 입가에 흘리고 있었다.

　"애가 여기 와서 갑자기 소리에 민감해졌어요. 옆방 아이들이 하모니카만 불면 이런 우스꽝스런 모양새를 짓는대요."

　이때 강주는 아이 자랑을 늘어놓았다.

　"옆방 아이들은 창가란 창가는 다 알구 있더군."

　승현이 맞장구를 쳤다. 강주더러 개같은 년이라고 하던 일은 잊어버린 듯한 얼굴이었다.

　"하모니카가 셋씩이나 되는걸요. 저것 봐요 지금도 셋이서 합주하는 거거든."

　옆방엔 스무살 먹은 맏이로부터 일곱살짜리 막내둥이까지 사내아이만 일곱인데 모두 음악(?)에 능했다. 집에 들기가 무섭게 그들 형제들은 창가를 부르거나 하모니카를 불거나 했다. 일곱살짜리 막내둥이까지도 하모니카의 명수다. 형들이 부르는 곡이면 무엇이나 척척 맞춰 갔다.

　대가리 대가리

　무슨 대가리

　노서아 병정

하는 창가는 매우 쌍스러운 것이어서 그것을 부를 때면 이 집안 사십명 인구를 웃기기도 하고 눈살을 찌푸리게도 했으나 성환에겐 한층 신바람이 나는 창가이기도 했다.

그들의 부친이 삼류 순회극단에 나팔기수로 있었다고 해서 이 집안 인구들은 그들 가족을 가리켜 '풍각쟁이네'라고 불렀는데 풍각쟁이도 많은 세월을 흘려보내다보니 머리에 흰 털이 성성했으며 주름살로 얼굴을 덮게 되었다. 나팔을 불어 낼 힘이 진하기도 했었다.

그는 시외 작은 정미소에서 일을 거들어 주고 저녁 늦게 종이 봉투에 쌀 한 되씩을 들고 돌아왔다.

그의 마누라는 남의 집에 드나들며 허드렛일을 거들어 주고 얼마간의 돈푼이거나 옷가지며 찬 등속을 얻어 들여서 그것으로 그 일곱 아이들의 뒤추배[30]를 이어 나가는 형편이라고 했다.

강주가 아니더라도 승현과 영주는 서먹서먹하지 않을 수 있으므로 강주는 저녁을 지으려고 마루밑 부엌으로 나갔다.

"그냥뒤라. 내가 할께. 모처럼 오신 언니하고 놀아라."

승현의 모친이 손을 살살 내저으며 마루밑을 막아섰다.

강주가 다시 들어왔을 때에도 성환은 아직 음악에 우쭐우쭐 장단을 맞췄다. 승현과 서영주는 성환의 장단엔 눈도 돌리지 않고 끊일 사이 없이 이야기를 이어가고 있었다.

저녁상이 들어와서야 그들의 이야기는 끊기었다.

소반 위엔 번지르르하게 찬이 여러가지였다. 승현의 모친은 외상을 맡아 들이더라도 군색하지 않게 상을 보아 놓는 솜씨가 있었다. 강주는 여기서도 다행

---

30 '뒷바라지'를 의미하는 듯함.

한 숨을 내쉬었다.

강주의 어머니라면 도저히 이 형편에 이만한 차림새로 갖추지 못했을 것이다라는 생각을 했다. 어머니는 이만한 찬을 갖출 수 있는 형편이더라도 나중을 생각해서 애껴 두는 성미다.

승현의 모친은 나중같은 것은 염두에 두려고도 하지 않는다.

강주의 어머니와 승현의 모친이 공통하게도 가난하면서 이 점에 이르러선 아주 판이한 것을 보여주는 것이다.

이러한 허풍장스런 모친의 성격이 승현에게 와서 맺힌 것이라고 강주는 알아차리고 성환이만은 부디 그들을 닮지 말았으면 하는 바람이 늘 가슴 한 구석에 서리어 있었다.

저녁을 지나자 그들은 밖으로 나왔다. 화려하고 풍부한 것만을 추종하는 영주였으나 강주들의 초라한 살림에 관해선 빈정대는 눈초리 한 번 보내지 않는 그가 강주는 실로 고맙게 여겨졌다.

"언니 참 많이 달라졌어."

강주가 승현과 나란히 걷는 그들 뒤를 따르며 말했다.

그들은 강주의 소리를 못들은 모양으로 저희들 이야기를 그냥 계속했다.

"언니 많이 달라졌단 말이야."

소리를 크게 강주는 질렀다. 저 혼자따돌린듯한 느낌이기도 했지만 영주에게 한 말인데 영주가 듣지 않았다는 일은 싫은 것이었다.

"그래? 살이 쪘지? 방학동안 잘 먹어서 그런가봐."

영주가 강주의 소리는 들었으나 강주가 한 말의 뜻은 알아듣지 못했다. 그렇더라도 강주는 그 뜻을 굳이 밝히고 싶은 생각은 없었다. 그저 거기서 끊기더라도 상관없었으니까.

승현의 모친이 먼데, 골목 어구에까지 따라나와 사돈아가씨를 연신 외워가며 여러 말을 했다. 떠나기 전에 한번 더 오라는 말쯤은 할만도 하지만 여자의 몸으로 동경을 문앞 다니듯 하느냐. 돈을 많이 들여서 그렇게 높은 공부를 할량이면 높은 벼슬을 할게 아니겠느냐는 말같은 것은 순전히 영주의 화려한 차림새에 눌려서 하는 소리임에 틀림이 없었다.

이 점에 있어서도 강주의 어머니하고는 아주 달랐다. 어머니는 어떤 사람 앞에서나 굽실대는 것을 보지 못했다. 할 일을 힘껏 해가는 그런 자세만을 보였던 것이다.

여관 뽀이가 잠근 방문을 열어 주는 방안엔 큰 트렁크 두 개와 반질거리는 고리짝이 놓여 있고 한벌의 원피스와 또 한벌의 투피스가 벽에는 걸려 있었다.

그다지 화려하고 풍부하지는 못했지만 강주 자신도 유학의 길을 떠났던 일이 있었다.

그렇게 길지는 못했다. 진학을 못하게 되는 강주를 염려하여 모교는 가난한 재정으로 강주를 유학의 길을 떠나게 한 것까지는 좋은데 불우하게도 일제의 탄압으로 모교가 폐쇄되게 되자 강주의 학업도 중단되었다.

언니가 여관 뽀이를 불러 과일을 가져오게 했다. 포도 배 복숭아가 그득히 담긴 쟁반을 뽀이가 언니 앞에 정중히 놓고 나갔다.

풍성한 가을 향취가 훅 끼쳐 온다. 마당 어느 구석에선 풀벌레도 성히 울었다.

강주는 성히 울어대는 풀벌레 소리를 아득히 들어가며 과일을 먹는다. 입속에 스며드는 과일 맛이 슬프기만 했다.

쟁반에 그득 담긴 과일이 비어갔다. 언니는 과일 먹는 일엔 익숙했을 것이다. 앵두로부터 시작해서 온갖 과일이 그들 집 과수원엔 무르익었었다. 제철마다 강주는 어머니랑 같이 과수원에서 과일을 따주었다. 좀 상한 듯한 복숭아나 같이 먹으리 배는 맛이 유난했으나 먹어볼 엄두를 못내었다.

언니네 식구, 그중에도 언니의 어머니인 큰 숙모의 암상이 무서웠던 것이다.

그렇지만 집에 돌아온 어머니는 배나 복숭아 한두어개는 꼭꼭 숨겨가지고 와서 동생에게 주었다. 이 경우에만은 어머니가 에누리를 했던 것이나 강주는 싫지 않았다. 강주 자신이 어떻게 하면 동생에게 배나 복숭아를 갖다 줄 수 있을까 하고 줄곧 생각했었으니까.

과일이 비어가는 사이에 승현과 언니는 그만큼 많은 이야기를 했다. 승현은 언니에게서 동경 이야기를 들었으며 언니는 승현에게 극에 대한 것을 물었다.

승현은 능숙한 말솜씨로 소형극장운동을 했다는 것, 앞으로도 해야겠다는 것을 말했다. 일제(日帝)와 맞서는 유일한 길이 바로 그거라고 주장도 했다.

만약에, 언니에게서 궁한 티를 엿보았더라면 승현은 푸로레타리아를 쳐들어가며 화제를 전개했음에 틀림이 없었을 것이다.

"강주 너두 얘기 좀 하렴."

시종 잠잠히 있는 강주를 영주가 건드렸다.

"무슨 얘길해요. 얘기는 언니하고 둘이만 하세요."

강주는 아무말 말고 가만이 있고 싶었다.

벽에 걸린 언니의 옷이 두벌 다 열린 문으로 들이치는 바람을 받아 나풀거렸다. 원피스쪽이 더욱 심했다.

그들은 꽤 늦어서야 여관을 나왔다.

"참 언니 언제 떠나요?"

길목까지 나온 영주에게 강주가 물었다.

"글쎄. 낼이나 모레쯤 떠날까 해."

영주의 확실치 못한 일정을 듣고 있던 승현이 뭐 그렇게 빨리 서두를 게 있느냐, 대학이야 며칠 늦어두 되는거 아니냐고 만류하려 들었다.

"아주 실컷 논걸요."

언니가 콧소리를 섞어가며 아양 비슷이 나왔다.

"더 실컷 노시는 것두 좋지 않을까요?"

승현과 영주는 이 말끝에 소리를 내어 웃는데 강주는 웃을 말도 아닌데 웃는다고 여기면서 저는 웃지 못했다.

번거로운 야시(夜市)를 빠져 청개천변에 이르렀을 때 승현이 언니를 극구 칭찬하고 나서

"여자란 그래야 해. 너그럽구, 또 풍만하거든. 바삭 바삭 메말라가지군 남자를 흡족케 못하는 법이야."

했다.

강주는 승현의 말에 아무 말도 못하고 침을 꿀꺽 삼켰다. 바삭바삭 메말랐다는 소리는 강주 자기를 두고 한 것임을 직감했던 것이다.

그렇다고 승현이 그날밤 강주를 내버려둔 것은 아니었다. 오히려 승현은 한결 더 날뛰었다. 바삭바삭 메마른 강주를 흠뻑 추겨라도 준다는 듯이.

줄곧 관망하고 있던 승현의 모친이 어둠속에서 몇 번간 한숨 같은 가는 소리로 '이놈아'를 주절거리다가 밖으로 나가버렸다. 승현의 모친이 올라온 첫날밤 '이놈아'를 불러대던 한기욱의 집에서의 소리보다도 더 더 가늘고 낮았다.

그동안 승현의 모친은 이튿날 아침이면 말없이 강주를 흰 눈알이 더 많은 눈길로 보아오던 그것마저도 하지 못했던 터이었다. 며느리가 받아들이는 월급으로 사는 일이 승현의 모친은 송구했을 뿐이기 때문에 그 버릇조차도 어느새 없애버리고 말았던 것이다.

강주는 하염없이 울었다. 이런 경우에 이런 심경이 되어 울어보기는 처음이었다. 마구 흐느끼고 싶은 충동을 참지 못했다. 승현이 우는 자기를 혹해한다는 염려같은 것도 하지 못하고 눈물을 좌알좔 흘렸다.

이튿날도 마찬가지로 강주는 일찍 돌아왔다. 전날 '어디 두구 보자'던 승현의 위협이 두려웠던 것이다. 덩치에 비해 발소리가 작은 승현이라 바람소리에도 동료들의 연극연습하는 말소리에도 깜들깜들 놀라기만 하다가 돌아온 것이다.

설초에겐 승현의 행패를 보이더라도 상관없지만, 설초는 승현도 알고 있고 강주와의 사이의 온갖 것을 통찰하고 있을 것임에 틀림없으므로 새삼 싸고 감출 것이 못되지만, 단원들 앞에서만은 우스꽝스런 광경을 보여서는 안되겠다는 생각이었다.

강주가 승현을 두려워할 두드러진 사건이 있는가 하면 그런것도 아니었다. 설초의 극단에 나가고 있다는 사실, 그리고 미리 그 사실을 알리지 못했다는 것

뿐이었다.

그 밖에 꼭 한번, 보느라고 본 것도 아닌데 설초의 눈이 강주가 항상 보아온 꿈의 기사(騎士)와 같은 것으로 느껴졌다는 것. 이것은 강주가 그런 꿈을 꾸게 되는 사유를 탓하면 탓했지 그밖의 다른 방법은 없는 것이다.

승현도 없고 승현의 모친도 있지 않았다. 승현의 모친은 성환을 업고 파고다 공원이 아니면 청진동댁이거나 서대문댁에 갔을 것이다.

청진동은 문화공론사 사장집이고 서대문댁은 한기욱의 집이다. 문화공론사 사장은 미두에 파산을 당했다더니 그새 벌써 되일어나서 청진동에다 네귀벌쭉 한 기와집을 잡았다는 것이었다.

승현의 모친은 이 두 집에 갈 수 없는 날 파고다공원으로 간다. 이 두 집에 그냥 놀러간다면 그다지 진저리를 낼 것도 없겠는데 아들의 취직 부탁을 연신 하다보니 좋은 낯으로 맞아 주기가 쉽지 않은 것이다.

강주는 저녁을 지어 누구거나 들어오는대로 먹을 수 있게 상을 보아 놓고 언니의 여관으로 갔다.

대문 안에 들어서는 강주더러 사무실 사람이 누구를 찾아왔느냐고 물었다. 강주가 언니의 이름을 대었다.

"저 뒷방으로 옮겼습니다. 지금 아마 손님이 계실걸요."

사무실 사람이 손을 들어 가리켜 준 방쪽으로 강주는 걸어가면서 어떤 손님인가, 하고 생각해보았다. 닫혀 있는 문을 두들기며 '언니'를 불렀다.

손님이란 소리가 아니었더면 강주는 그냥 미닫이를 열었을 것이다.

영주가 강주냐, 고 소리만 내보내고 문을 열지는 않았다. 강주는 선채로 서서 방속을 살피자거나 엿듣자는 생각도 없이 기다렸다.

"강주 거기 있나?"

"있어요."

"옷을 입을테니 좀 저쪽으로 비켜서라. 일찍 좀 자려구 자리에 들었던 참이야."

"그래요? 그럼 가겠어요. 주무세요."

"아냐. 좀 있다 들어오면 돼."

강주는 영주의 말대로 외진 저쪽으로 좀 비켜 섰다.

"인제 들어와두 좋아."

한참만에 언니가 미닫이를 쫘악 열어제꼈다. 강주는 서슴치 않고 문턱을 넘어섰다. 뒷문까지도 열려 있는데 담배 냄새와 아울러 떠도는 내음새가 묘했다.

"손님이라더니 아무도 없군?"

강주가 방안을 둘러보며 꼭 어디서 맡아본 듯한 냄새를 후각으로 느끼며 말했다.

"손님은 벌써 간걸."

언니가 시침을 떼고 아무렇지도 않은 얼굴을 지었다. 그러나 방안에 떠도는 내음새로 보아 벌써 간 성싶지가 않았다.

"너이 신랑 참 멋이 있더구나. 남자중에 남자겠더라."

"그래요?"

어저께 승현을 칭찬할 때와 같이 강주는 다행하다는 생각을 하지 않고 영주가 지금 막 뒷문으로 보냈을 손님은 틀림없는 승현이리라는 예측이 갔다.

"큰 언닌 어떻게 됐어?"

영주의 언니 난주의 얘기를 강주는 꺼내고 싶었다. 난주는 정신착란증이라는 병명으로 친정에 와서 앓고 있고 난주의 남편은 영주와 연애를 해서 마을안을 덜썩 뒤집은 일이 있다.

"그저 그러구 있지 뭐."

"지금두 언닌 난주언니가 죽었음 좋겠어요?"

한창 형부와 열이 오를 무렵에 영주는 강주 듣는 데서 언니가 죽었으면 좋겠다고 말한 일이 있다.

"지금은 그렇지두 않아. 이번에 나와보니까 형부는 아주 바스라지구 촌뜨기가 다 돼 있잖어. 그렇게 멋쟁이드니……"

“언닌 멋쟁이만 골라가며 연앨하려 드는군.”

“얘얘. 너이 신랑을 빼앗을까봐 그러니? 걱정마라. 동경엔 그 이상 가는 멋쟁이가 수두룩해.”

“좋겠구려. 언니 구미에 맞는 멋쟁이 사나이들 뿐이라서……”

강주의 말투가 순탄치 못함 강주는 문득 깨닫고 주춤 말을 멈췄다.

“내가 틀린 소리야. 너이 신랑은 동경 갖다놔두 일류겠더라.”

“그러니까 연앨하란 말이요.”

“얘는 낼 갈지 모레 갈지 모르는데 언제 연앨 하니?”

“동경 데리구 가서 하구려.”

“넌 어떡하구?”

“난 없어도 돼. 그까짓 남자가 아니면 못살겠어. 되려 편할텐데……”

“애. 헛소리 치지 마. 이 세상에 남자가 없어 봐라. 살 재미가 있는가. 사막같을 거야. 사막이야. 사막. 어어음.”

영주가 연극대사나 외우는 듯 억양을 붙여가며 두 팔을 쭉 올려 기지게같은 것을 켜다가 거기 깔아논 자리에 덜썩 드러누웠다.

“자기나 해요. 난 갈테니.”

영주가 드러누운 것을 보자 강주는 자리에서 일어나 나왔다.

강주가 그들 방에 돌아왔을 때 승현은 누워 있고 모친은 성환을 업어 재우느라고 마당안을 왔다갔다 했다.

“어디 갔댔어?”

승현이 강주가 방안에 들어서기도 전에 물었다.

“언니한테.”

“저녁을 먹지 않구 간 모양이라구 어머니가 걱정하시던데.”

승현은 전에 없이 살틀히 말을 건네었다.

“당신은 어디 다녀왔어요?”

강주가 승현에게 어디 다녀왔느냐는 말을 묻기는 처음이었다. 아침 일찌기

나갔다 밤중에 오거나 말거나 내버려 두기만 했던 것이다.

"나, 두루 돌아다녔지."

"그래요?"

"나두 거기나 갈걸."

"왜 가지 못했어요?"

강주는 뒷문까지 활짝 열어 놓고도 방 안에 떠돌던 내음새를 승현에게서 찾아내려고 하며 승현을 건너다보았다.

승현의 모친이 성환을 재워가지고 들어와 강주에게 받으라고 했다. 강주가 성환을 눕히고 저희들 자리를 깔았다.

승현이 자리를 깔자 이어 누웠다. 강주가 그 옆에 누웠다. 승현의 모친도 전등을 끄고 누웠다.

전등을 끈 뒤에 강주는 승현에게로 다가들었다. 언니 방에 떠돌던 내음새가 뭉클 코와 입으로 스며들었다. 강주는 한쪽 다리를 승현에게 얹으며 팔을 둘러 그를 껴안았다.

승현의 모친은 이어 코를 골며 잠들었다. 그렇지 않더라도 강주는 승현을 사랑할 생각이었다. 승현을 사랑하겠다고 하고선 사랑해본 일은 한번도 없었다. 불쌍하다고 여긴 것이 고작이었다.

"나 언니한테 공연히 당신을 데리고 가라고 했어. 공연히……."

강주는 어리광부리는 아이같이 굴었다.

"언니한테? 어딜 데리구 가라구 그랬어?"

"동경으로 말이야."

"그런 소린 왜 했어?"

"언니가 당신더러 멋쟁이라니까 그랬지."

"멋쟁이믄 데리구 가야되나?"

"데리고 가서 연앨 하라구 그랬는데 공연히 그랬단 말이야. 나 놓치지 않을테야. 꼭 붙잡아 매두구 사랑할테야. 힘껏 힘껏 으스러지도록 사랑할테야."

강주가 승현에게 얹은 다리와 두른 팔을 조이면서 몸을 부볐다.

"언니같이 풍만한 여자두 없을거야. 실로 여자중의 여자일거야."

승현이 아무런 반응도 보이지 않고 냉랭히 이런 말만 했다. ─옳아. 서영주가 하던 말을 본받았구나.

"당신은 남자중의 남자구?"

강주가 영주에게서 들은대로 옮겼다.

"남자 중의 남자와 여자중의 여자하구 얼린다면 굉장 할거야. 천둥같은 불이 툭툭 튈거야."

"이봐요, 응 나두 여자중의 여잘지 누가 알아? 때에 따라선 말이야. 바삭바삭 메말랐다고만 알아선 안돼. 안된단 말이야."

강주가 이러고 있는 중에 승현은 코를 골았다. 강주가 다리와 팔을 아무리 조이곤 해도 그는 잠깐씩만 골던 코를 그칠 뿐으로 이어 제대로 골곤하는 것이었다.

이튿날은 강주가 극단에 나가지 않고 승현을 지킬 작정이었다. 그까짓 연극은 안해도 된다는 생각이었다. 설초가 무어라 하건 단원들이 무어라 하건 그런 것은 대단치 않다고 여겼다. 승현을 사랑하자는, 승현을 영주에게 빼앗기지 않겠다는 일념으로 꽉차 있을 뿐이었다.

"왜 오늘은 안나가나?"

승현이 기다리던 끝에 물었다.

"나 오늘 쉴테야."

"공연이 곧 있으리라면서 쉬면 돼?"

"어느땐 정부와 놀아난다구 야단이더니 오늘은 왜 이리 후할까 원."

"말만 짹짹 말구 가보란 말이야."

"안가기로 했대도 그래."

"언젠 내가 안나가서 못나간 일이 있었던가?"

승현이 강주의 말에 다시 대꾸가 없이 나갔다. 강주는 그의 뒷모습을 뚫어지게 바라보았다. 후리후리하게 큰 키와 떡 벌어진 양 어깨, 이때까지 알아내지 못했던 그의 체구를 살피며 강주도 멋장이라는 생각을 하지 않을 수 없었다.

십이삼분의 사이를 두고 강주도 따라 나섰다. 십이삼분이면 승현이 영주의 여관으로 갔으리라는 예상으로 그랬지만 강주가 여관에 이르렀을 땐 그 방에 아무도 없고 잠을쇠가 문에 드리워져 있었다.

"저 뒷방 손님 어떻게 됐어요?"

어제저녁 방을 일러 주던 사무실 사람에게 물었다.

"아까 나가시던데요."

사무실 사람은 무심히 말해 주었다.

"혼자요?"

"네."

"언제쯤이나 돼요?"

"한 사십분 정도 될걸요."

"누가 와서 같이 나간건 아니예요?"

참아 웬 남자가 와서 같이 나간건 아니냐고 묻지 못하고 어딜 간다는 소리를 하지 않더냐고만 물었으나 사무실 사람은 모르겠노라는 대꾸로서 막아낼 뿐 제 할일을 보았다.

강주는 멍청히 서서 숨이 끊어질 듯한 아픔을 가슴으로 느꼈다. 어제저녁에 울던 풀벌레가 귀뜨라미 소리 속에 끼어 울고 있었다.

강주는 먼 하늘을 쳐다보며 걸음을 떼어 놓았다. 먼 하늘을 보는 때문에 돌뿌리에도 채우고 저자에 내어논 물건에도 부딪치고 했다. 물건 임자는 강주에게 걷어채운 물건을 주섬주섬 거두며 강주더러 미치광이 같은 년이라고 욕설을 퍼부었다.

강주는 방에 돌아와서도 남자 중의 남자와 여자중의 여자만을 눈 앞에 떠올리고 있었다. 그러다가 잠이 꼬박 들었다.

숲이 찍찍하게 서 있는 언덕 아래로는 바다같은 강이 흘렀다. 강건너 저편엔 하이얀 암콤이 서 있고, 강 이쪽엔 까만 털을 뒤집어 쓴 수콤이 서 있었다.

암콤은 암놈 중에 암놈은 저라고 우쭐대었고 숫놈은 숫놈중에 수컷은 저라고 자만스럽게 나왔다. 두 마리의 그것들은 강을 사이에 놓고 꽤 오랜 동안을 싱갱이질을 하다가 어느 쪽이 먼저였던지 모르나 철벙철벙 강 속으로 서로 들어갔다. 강 한복판에서 탁 부딪쳤다. 늠실늠실 구비치는 강물과 함께 그것들은 꿈틀거리고 있었다. 강물 속엔 하이얀 구름과 찍찍한 숲이 내려드리우고 있어서 수컷이 하이얀 구름쪽으로 암컷이 찍찍한 숲쪽으로 혹은 암놈이 하얀 구름쪽으로, 수컷이 찍찍한 숲쪽으로 끊임없이 이동해 가며 꿈틀거리는 것이었다. 강물은 출렁출렁 소리를 내었다. 물살이 허옇게 부서지기도 했다.

7회

강주가 눈을 떴을 때 열린 들창으로 흰구름이 떼를 지어 흘러가고 있는 것이 내다보였다.

그 아파아트, 지붕 너머에 떠 있던 구름과 흡사하다고 강주는 무뜩 지난날에 있었던 일을 생각해내는 것이었다. 그것은 마치 날개를 펼친 날짐승과도 같이 포르르 날아서 강주 가슴 위에 와 얹혔다.

그 아파아트 지붕 너머의 흰구름은 항상 떠 있었다고는 생각지 않는다. 그날 강주가 창가에 기대서서 훌쩍 쳐다보느라니까 그쪽 하늘에 흰구름이 떼를 지어 흐르고 있는 것이 시야속으로 들었던 것이다. 그때 강주는 아파아트가 갑자기 멀어지는 것을 의식했었다. 이편 창을 열어제끼고 또 그쪽 창문을 열어놓을 것 같으면 피차의 음성까지를 식별할 수 있으리만큼 가까운 거리에 마주 앉아있는 아파아트가 — . 그래서 그랬던지 강주는 그날 오한영의 생각을 비로소 하게 되었다. — 애 우리 오빠 네가 여기 오게 된 뒤로 살맛이 난대. 그러니까 요즘의 우리 오빠 날마다 살맛을 느끼고 사는 셈이지.

강주가 방을 옮겨온 뒤, 이삼일 만에 한순이가 와서 이런 뚱딴지같은 소리를 널어놓고 갔다. 그 뒤로 한순은 또 학교 교정에서거나 어디서거나 이와 비슷한 소리들을 무수히 늘어놓곤 했었다. ― 애 우리 오빠 학교에서 돌아오기만하면 널 볼 수 있는 쪽의 창을 열어 제끼는 일에 몰두하구 있어. 오빨 위해서 난 창이 열려 있을 이 씨이즌을 어디다 얽어매둬야 하겠는걸. 창문과 문이 온통 닫치는 날의 오빠의 슬픔을 막으려면 그래야 하지 않겠어?

어느 날은 또 ― 애 요새 우리 오빠 속눈썹이 길어졌단 사실을 너 알아야 해. 인간은 슬퍼지는 때 속눈썹이 길어진다는 걸 난 알았어. 아하 참 재미있는 세상이야, 슬퍼지면 눈을 스르르 내려감거든. 내려감으면 속눈썹이 있는대로 다 드러나니까 길어뵐 수밖에.

이렇게 많은 말을 늘어놓았어도 강주는 한순의 오빠. 라는 인간에게 흥미조차 느끼지 않았으며 되려 아파아트를 향해 있는 쪽의 창은 열지 않으려는 노력까지 했었다.

강주에겐 오한영들과는 근본적으로 가까와질 수 없다는 관념이 깃들어 있었다. 오한영과는 길목 어구에서 몇번 스쳤을 뿐이지만 한순과는 학교에서 책상을 나란히 하고 앉아 있는 처지였다. 스페인 여인처럼 잔뜩 주름을 잡아 입은 한순의 치마, 그 치마폭에선 항상 바람이 이는 듯한데 그 바람은 결코 저절로 이는 것이 아니고 그 아버지의 돈과 권세를 몸 전체에 내걸고 휘휘 내두르는 탓으로 일곤 하는 바람이라고 알았다. 한없이 넓다란 챙이 달린 모자밑으로 화사하게 드러난 한순의 얼굴, 거기서뿐만 아니라 전신에서 물물 풍기는 불란서 분내음새마저도 강주에겐 역겨운 것으로 느껴졌던 것이다. 따라서 그 오빠에게 가지는 감정도 역겨운 편에 속해 있었음이 분명했었다. 한마디로 말해서 그들을 프롤레타리아의 적(敵)으로 단정해버린 것이다.

이것은 그때 몇권 읽지않은 서적을 통해서 얻은 사상(?)이기도 하겠지만 강주네가 영주들 집 아랫방에 살면서 그들집 종이 된 듯하던 한때의 몸소 겪은 모진체험에서 얻은 사상이기도 했다. ― 오한영 따위를. 좋고 훌륭한 남자들이 있을 텐데 하필 그런 족속을 생각해낼께 뭐라.

“흥!”

강주는 열린 들창쪽에서 눈을 떼며 콧방귀를 한껏 튕겼다. 좋고 훌륭한 남자들이 많은 중에서 하필이면 조승현이 따위를 잡았더냐 하는 생각에서였다.

잡은 것이 아니고 잡힌 것이지만. 잡혀서 허덕허덕하고 있는 중에 강주에게 부르좌지를 적으로 밀어버리게 한 장본인 서영주에게 승현을 빼앗겼으니 콧방귀를 튕기지 않고서야 배길 수 있으랴.

강주가 몸을 와락 일으켜 앉았다. 골속에서 째앵 소리가 났다. 멀미가 일기도 했다.

몸을 지탱하는 수가 없어서 눈을 감은채 더듬더듬 문지방을 찾아 잡았다.

“어디 앓으냐?”

승현의 모친이 보고 있었나보았다.

“아뇨. 기운이 없어 그래요.”

“낮잠을 너무 자서 그렇다. 나와서 찬물을 얼굴에 끼얹기나 해라.”

“성환이 어딨어요? 성환이.”

강주는 성환을 안고 싶었다. 성환에게 매어달리고 싶었다.

“저거 아냐. 애들 축에 껴서 놀고 있구나.”

강주가 눈을 벌려 뜨며 아이들이 떠들어대는 마당을 내다보았으나 마당안이 그저 뿌옇기만 했다. 꼭 성환을 낙태시키려다 깨어났을 때와 같은 노란 기체가 마당 전체를 덮어버려서 아무것도 보이지 않았다.

“성환아! 성환아! 성환이 어딨어?”

강주가 있는 소리를 다 내질러 성환을 찾았다.

“얘가. 아니 잘 노는 앨 왜 고래고래 소릴 질러 부르느냐?”

한껏 못마땅히 여기는 시어머니의 소리였다.

“아일 부르면 어떻단 말예요? 왜들 날 이렇게 못살게 굴어요? 왜들…… 난 견딜 수 없어요. 정말 이대론 견딜 수가 없어요.”

강주는 시어머니에게 달려들었다. 성환에게 매어달리자던 연약한 마음은 이미 사라져버리고 마치 사람을 물어뜯으러 달려드는 미친 개와도 같은 몰골로 변하는 것이었다.

"아니 네가 환장을 했냐? 실컷 자빠져 낮잠을 자고 나더니 미쳤구나. 아니 네 눈엔 시에미도 안뵈냐? 으응? 시에미도. 못사는 시에미한텐 아무래도 좋다는 말이냐? 너 어디서 배와먹은 버리장머리냐? 으응?"

"내겐 시어머니고 뭐고 다 없어요. 다 없단 말예요. 아무도 소용없어요."

좀 어쩌기만 하면 모여들기를 잘하는 이 집안 인구들이, 다는 아니더라도 쭈욱 모여들었다. 그렇다고 강주나 시어머니가 싸움을 중단하지는 않았다. 강주가 여전한 기세로 내지르니까 시어머니는 울음을 터뜨렸다. 치마폭으로 눈물을 훔쳐가며 쭈욱 모여든 사람들에게서 동정이라도 사려는 듯 풀이 죽은, 그러나 흑흑 느끼는 소리로 강주의 뒷치닥거리를 해왔다는 사실을 밝혔다.

이 말에 강주는 또 그런 일을 누가 해 달라더냐고, 그까짓 일은 해주지 않아도 좋으니 걱정 말라고 막아버렸다. 시어머니는 아주 목을 놓아 울고야 말았다.

그러자 언제 어떻게 들어왔는지 성환이가, 말을 주워대느라고 치켜든 강주의 입을 막대기로 사오차 연이어 찰싹찰싹 후려갈기는데 성환의 얼굴은 적의(敵意)에 꽉 차 있었다. 제 보기엔 할머니를 몰아세우는 어머니가 승(勝)한 것같았던 모양이었다.

성환은 이때뿐 아니고 이 집안의 아이들이거나 어른들이 싸우는 경우에 승해 보이는 편을 막대기로 때리기를 잘했다. 그것은 어머니들이나 아버지들이, 그의 아이들이 서로 싸울 때 약한 편을 돕고 승한 편을 나무래주든지 때려주든지 하는 광경을 보아온 데서 생긴 버릇인지도 몰랐다.

"이 비러먹을 놈의 새끼."

강주도 아이와 같은 얼굴로 아이와 맞섰다. 아이가 벽에 가 쾅 떨어졌다.

"잉년이 정녕 환장을 했구나. 어쩌믄 이걸 그렇게 메다꼰지느냐? 애이고 하누님 맙시다."

벽에 가 떨어져서 울음도 못 울고 있는 아이를 승현의 모친이 와락 안았다.

승현의 모친은 와들와들 떨었다.

막대기는 옆방 아이들이 창가를 하는 때면 우쭐우쭐 장단을 맞추려는 아이에게 승현의 모친이 마련해준 것인데 아이가 이 막대기를 집윗 식구에게 사용하기는 처음이었다.

승현과 강주, 강주와 승현의 모친, 이들 사이엔 여느 다른 사람들보다는 싸늘한 공기가 떠도는 때가 많았지만 이들은 주위를 살펴서 한번도 마음 내키는대로 떠들어보지를 못했다. 피차에 낮은 소리로거나, 낯빛으로, 혹은 거동으로써 나타내든가, 승현과 승현의 모친은 흰자위가 많은 눈으로써 내면을 표시하는 경우가 많았다.

강주는 쭈욱 모여든 사람의 성을 뚫고 밖으로 뛰어 나왔다.

갈 데가 있은 것도 아니요, 어디로 간다는 계획이 있었던 것도 아니다. 나오는 이외의 다른 거동을 취할 수가 없었던 까닭에 나온 것뿐이다.

청계천변쪽으로 발길이 돌아갔다. 많이 걸어본 길이어서 발이 그쪽으로 움직였는지 강주 자신도 모를 일이었다.

구정물이라도 흐르고 있으니 좀 났다든가, 그런 흐르는 물에도 구름이 같이 흐른다든가, 하는 따위의 생각조차도 할 여지가 없이 강주는 거기를 수없이 걷다가 끝내 영주가 묵고 있는 여관쪽으로 향했다. 처음부터 그쪽으로 향했어야 하겠던 걸음인 것같기도 했다. 머리카락은 고추 서고 바람에 둥둥 부른 치맛자락이 종아리 전부를 드러낼 정도로 흩날렸다. 바람이 이는 것도 아닌데 —.

이때까지 지나오는 사이에 이와같은 모습을 드러내게 한 일은 강주에게 한번도 없었다.

여관 방문엔 아직 자물쇠가 죽은 듯 드리워 있었다.

안도의 숨 비슷한 것을 강주는 내뿜었다. 그 방에 자물쇠가 열리고 승현의 구두와 영주의 것이 나란히 놓여있을 광경을 눈앞에 전개하면서 거기에 도달했기 때문에 이런 숨을 내뿜었는지도 모른다.

"조금만 했더면 만나실 걸 그랬읍니다. 그방 손님 지금 막 다녀나갔는데요."

“네. 그래요.”

여관 사무실에서 내다보고 일러주는 사무원 말에 강주는 아무렇지도 않은 듯한 표정을 지어보이며 참 아무렇지도 않은 듯이 대꾸를 했다.

누구랑 함께더냐고, 혀끝에 매달리는 말을 삼키곤 강주는 다시 청개천변으로 발을 돌렸다.

“바보. 바보. 바보.”

발을 동동 구르며 강주는 자신에게 화풀이를 하는 것이다. 틀림없이 승현과 함께였을 것인데 그렇더냐고 묻지 못한 일이 더욱 부화가 났다.

청계천변을 두바퀴도 돌지 못하고 강주는 여관쪽으로 향했다. 아까 그 사무원이 강주가 무어라고 하기 전에

“아직 안들어오셨읍니다. 코오트를 가지구 나가시는걸 보면 늦을 모양이던데요.”

하고 일러주었다.

또 아무소리도 강주는 못하고

“네.”

라고만 해버렸다.

누구랑 함께더냐는 말을 물었다가 그렇더라고, 그게 바로 승현임을 확인하게 된다면 그 뒤에 오는 절망을 어떻게 처리하랴 싶었던 것이다.

서쪽 하늘에 붉게 타오른 노을이 청계천을 덮는 듯 가득했다. 구정물이 흘러내린다고 누가 말하랴. 찬란한 비단같이 청계천은 찬란했다.

청계천이 찬란하다고 해서 강주의 고통이 적어진다거나 하지는 않았다. 그렇게 된 청계천을 내려다보는 강주의 가슴은 오히려, 꽉 막히는 듯 숨도 내쉬지 못할 지경이었다.

고추 섰던 머리카락이며 바람에 둥둥 부른 치맛자락이 어느새 잔잔히 내려누웠다. 푹 주저앉았으면 싶은 마음이었지만 강주는 걸음을 멈추지는 않았다.

그런 걸음으로 청계천변에서 여관 길을 걸었다. 야시장이 벌어지기 시작했

다. 야시장은 청계천변에서 여관으로 가는 도중에 벌어지고 있었다. 호젓하기보다는 벅짜지껄한 편이 나았다. 사람 무리 속에 몸이 숨겨질 수 있다는 사실을 다행히 여긴 것이다.

노을이 진 뒤에 달이 떴다. 그 사이가 어느 정도 경과했는지 그것은 모른다. 달이 청계천 속에 내리드리웠을 때 강주는 여관 쪽으로 발을 돌리지 않겠다고 마음을 돌려보았다.

여관 쪽으로 발을 돌리지 않으려면 청계천변밖에 걸을 데가 없었다. 허구 많은 길이 이 지상(地上)엔 얼키설키 무수히 나 있건만 강주가 걸을만한 데라곤 왜 여기밖엔 없단 말인가. 이 길은 마치 강주의 운명을 설명해주는 것같기도 했다. 허구많은 남자가 이 지상엔 모래알처럼 무수한데 그 중에서 하필이면 승현이같은 위인이 걸려가지고 이 지경이란 말인가. 강주가 승현을 만나고나서 이 청계천변을 걸은 이(里)수로 따지더라도 몇백리는 넘으리라. 눈을 감고 걷더라도 이 길은 무난히 걸을 수 있게 강주에겐 익숙한 길인 것이다.

"퉤. 퉤퉤. 제까짓게."

강주는 발을 무뚝 멈추고 침을 마구 뱉으며 소리를 내질렀다. 내지른 소리와 함께 강주는 울음을 터뜨렸다. 눈물만 흐르는 울음이 아니고 내지른 소리보다 더 높은 소리로 울었다.

"으엉엉엉, 엉엉 으엉 엉엉."

청계천변은 눈을 감고도 걸을 수 있었으므로 강주는 울면서도 그 길을 거침없이 걸었다.

울음소리는 어머니의 울음소리와도 같았고 동생의 것과도 같았고 성환의 것과도 같이 들렸다. 나중엔 어느것과 더 흡사한가를 가려 들으려고까지 하며 울었다. 그러면 그럴수록 분간해내지 못하게 되어버리고 그리고 또 더욱 서러워지는 것이었다.

8회

강주가 발을 무뚝 멈추고 침을 마구 뱉으며 승현을 실컷 경멸해 주는 소리를 지르는데 승현과 영주가 저 앞에서 희희낙락 오고 있는 것이 아닌가.

그들 둘의 주변엔 희뿌연 달무리같은 것이 둘리워 있었다. 그것 때문인지 승현이나 영주의 몸뚱이 전체가 하늘에 오르는 듯 둥둥 뜨는 것같아 보였다.

그런것을 목격한 강주는 몸뚱이가 천근도 더 되게 무거워지는 것을 깨달았다. 발이 땅에 딱 달라붙으면서 떨어지려고 하지 않았다.

승현과 영주는 이런 사태를 전연 모르고 희희낙락 강주 앞을 통과해가는 것이었다.

— 어디로 가는 것일까. 여관과는 딴 방향이다. 승현의 집 쪽도 아니다. 정말 하늘에 오를 작정인가?

강주의 떨어 안지던 발이 저절로 떨어졌다.

강주는 그들 둘이 가는 방향을 향해 저도 따라 걸었다. 이제 강주는 승현을 경멸해줄 마음도, 영주를 미워할 생각도 아니다. 그런 생각은 사라지고 없었다. 사라졌다기 보다는 강주의 전 신경이 마비되어 있다고 말한다면 맞을 것이다. 오히려 강주는 선망의 눈초리를 보내며 그들 둘의 뒤를 따르고 있었던 것이다. 어릴때 곡마단 패거리를 따라 진종일 돌아다니던 것과 흡사한 기분이라고나 할까.

한창 벌어진 야시장(夜市場) 때문에 수차 앞이 가로막혔다. 수차 가로 막히는 사이에 강주는 그들 둘을 잃어버렸다.

강주는 허겁지겁, 참으로 바삐 찾아보았다. 앞을 달려가보기도 하고 좌우 양쪽을 좌왕우왕하기도 했으나 없었다.

밝은 달만이 구름을 헤치며 허위허위 떠가고 있었다.

강주는 왈칵 울음을 터뜨렸다. 소리를 크게 내어 주위의 사람들이 듣거나 말거나 그런것은 염두에 두지도 않고 울었다.

 　　　　　　　　　　　　　　　　　　　최정희 소설 전집 **6**

차차 제 울음소리에서 어머니의 울음소리를 찾아내게 되었다. 그것은 또 동생 찬주의 울음소리와 같기도 하다고, 더 지나서는 성환의 것과도 같다고 여기면서 울었다.

이와같은 여럿의, 이 지구상에서 가장 살뜰히 피를 나눈 사람들의 울음소리를 섞은 제 소리에 이끌리어 강주는 더욱 우는 것이고 자꾸 걷기만 하는 것이었다.

초저녁부터 이슬이 잔뜩 내리더니 밤이 이슥해지면선 아주 싸늘해졌다. 골목길과 큰길을 줄곧 헤매는 강주의 몸뚱이와 눈물에 젖은 얼굴이 어름같이 찼다.

강주는 집에 돌아갈 생각은 그래도 없었다. 일인(日人)순사에게 붙들렸을 때에도 집이 어디라고 가르켜 주지 않고 파출소 나무걸상에 앉히운채 거기 피워 논 화롯불에서 숫내를 먹기 전까지는 집이 없다고만 우겼다.

오호. 그러냐고 일인 순경은 아주 혹해하는 낯색을 드러내며 저하고 같이 살자고, 저는 아직 결혼도 하지 않고 본국에 어머니 혼자 아들의 건재를 빌고 있을 뿐이라고 하고나서 새삼 강주의 이름을 물었다. 강주는 김순희라고 일러주었다.

일인 순경은 '김순희'라고 불러가며 시커먼 수염이 무성한 얼굴로 강주에게 다가들었다.

"이거 왜이래요. 내가 정말 집이 없는줄 알아요? 난 버젓이 남편이 있는 사람이라요. 나의 남편은 날 얼마나 귀중히 안다구. 내가 없으면 내 이름을 수백번도, 수천번도 더 쓴다오. 난 나의 남편이 나 없는 이 밤에 수천번의 내 이름을 써줄걸 기다리며 이렇게 돌아다니는 거라요."

숫내를 먹은 것인지, 어름같이 차던 몸이 녹느라고 그랬든지 강주는 술에 취한 사람처럼 몸을 가누지 못하며 나오는대로 주워댔다.

그러나 강주는 제가 거짓말을 지꺼렸다는 것을 의식하고 있었다.

"이제 나는 돌아가서 나의 남편이 백지 위에다 수없이 써 논 내 이름자들을 들여다보며 행복해 할 판인걸."

강주는 이런 말을 외치듯 부르짖듯 해가며 허칭거리는 발을 내디뎠다.

그때 마침 순회하러 나갔던 동료 순사가 들어왔다. 뭐냐는 눈초리로 강주를 보다가 동료를 보다가 동료를 보다가 강주를 보다가 하는 것이었다.

"아무것도 아니야. 저 여자가 이 앞을 무수히 왔다갔다 하길래 데려다 몇마디 물어본 것 뿐이야. 정신이상자군 그래."

시커먼 수염이 시치미를 따는 것인데 그는 정말 강주를 정신이상자로 알고 있는 낯색이었다.

"그거 안됐군. 얼굴은 꽤 해사하게 생겼는데."

"그렇긴하나 벌레먹은 장민걸."

"그래, 그래. 벌레먹은 장미는 즐거운 나의 집으로 돌아가는 거야."

밤공기는 여전히 싸늘하고 달은 그냥 허위허위 구름을 헤치며 떠가고 있었다.

"달아 잘도 가는구나. 너는 어디로 가는거냐? 너는 승현이하고 영주가 간 델 모르느냐? 이 땅위에 없으니 네가 떠 있는 하늘에 올랐을거 아니냐? 달아 잘도 가는구나."

"혼자 보내선 안되겠는데."

하늘을 쳐다보고 부르짖듯 외치듯 하는 강주를 내다보던 동료 순사가 따라나섰다.

강주는 필요없다고 그를 만류했으나 정신병자로 알고 있는 그가 굳이 말을 들으려고 하지 않으며 강주가 걸으면 따라 걷고 강주가 멈추면 멈춰서서 어서 집에 가야 하지 않겠느냐고, 즐거운 당신집 가족들이 당신이 돌아가기를 얼마나 기다리겠느냐고 타일러 주었다.

이 순사는 파출소에 남아 있는 검정수염과는 같지 않았다. 강주의 이름을 묻는 일도 없었으며 정말 정신이상자로 알고 있는 듯 측은히 여기는 눈치였었다. 그는 끝내 강주를 집에까지 데려다 주었다.

강주는 집에 돌아가지 않기 위해서 얼마나 많은 길을 걸었는지 모른다. 동이 훤히 터 오를 무렵까지 먼 길 가까운 길을 빙빙 돌았다. 일인 순사도 강주와 한 가지로 먼길 가까운 길을 빙빙 돌았다.

동이 훤히 트이자 거리에 사람들이 나타나기 시작했다.

"인젠 돌아가 주어요. 우리집 근처에 다 온걸요."

일인 순사가 강주의 말을 믿을 리 있으랴. 동료에게서도 들어서 알고 있는 터이지만 자기 보기에도 틀림없는 정신이상자다.

"당신이 당신집 대문 안에 발을 들여놓기 전엔 당신을 떠나선 안되게 돼 있오."

강주는 가늘게 비명을 질렀다. 그 비명이 서릿발같이 차가와진 가슴팍으로 되돌아오는 것을 강주는 느끼면서 집이 있는 방향으로 발을 돌렸다. 사십명 인구가 득실득실한 그 집속으로, 그 집속에 제일 작고 초라한 그 방으로 가야하는 것이다.

밤새껏 걸어야, 밤새껏 생각해보아야 이 땅 위에 강주가 갈 데라곤 아무데도 없었다. 먼길 가까운 길을 쫓아 일인 순사와 걷는 외엔 달리 방도가 없었던 것이다.

대문은 잠겨있지 않았다. 문간방의 물장수들이 벌써 나간 모양이었다.

대문안에 들어서자 강주는 빗장을 딱 잠가버렸다. 일인 순사의 뚜벅뚜벅 멀어져가는 구두소리를 얼마동안 가눠 듣다가 돌돌돌 재봉틀을 돌리는 춘식이네 방으로 얼굴을 돌렸다. 그 방에만 불이 켜져 있었다. 급한 바느질거리라도 들어온 모양이라고 강주는 처절한 경황 속에서도 좀 흐뭇해지는 것을 깨달았다.

한집안 속에서 똑같이 바느질 품팔이로 살아가는 부용 어머니가 춘식 어머니에겐 눈에 티같은 존재가 되어 있었다.

춘식 어머니의 바느질은 구식이라나. 부용 어머니의 솜씨는 거기 비해서 아주 신식이라는 것이다. 그래서 부용네 쪽엔 언제나 바느질이 밀리도록 많은 대신 춘식이네는 장학금으로 공부하는 단 하나 뿐인 아들의 뒷바라질을 하기에도 힘이 들 정도라 했다.

춘식 어머니의 말인즉 부용 어머니의 바느질 솜씨란 뻔하다는 것이다. 기생 색주가 등 잡스런 것들의 옷을 거죽만 번지르르하게 만져낸다는 것이고 자기는 적어도 얌전한 양가집 바느질에 알뜰히 손을 대게 되자니까 자연 드나드는 손님들도 그럴싸 하다는 것이고, 딸자식 가진 부용네 집엔 색주가 기생 나부라기들이나 들끓게 되니 부용의 앞날이 걱정된다고 춘식 어머니는 그것을 내세우는 것이었다.

강주는 겨우 자기들 방쪽에 눈을 돌렸다. 캄캄했다. 그 방은 낮에도 캄캄하다. 북쪽을 향했다는 것도 이유가 되겠지만 다른 방에서들 덧붙여 둘러논 가마니 부엌칸들이 가리워서 종일 가야 볕 구경을 못했다. 변소와 맞닿은 들창으로 넘어가는 해볕이 잘 드는 것 뿐이었다.

강주는 캄캄한 자기들 방이 자기 마음속과 같다고 여기면서 그대도[31] 그 방으로 향해 발을 옮겼다.

거진 무의식 중에 미닫이에 손을 대었다. 이제 밀기만 하면 되는 것이다. 덧문이 닫혀있다면 고리가 걸려있을 것이지만 다행(?)히도 이 방엔 그것이 없다. 언제 열어도 열리게 마련이었다. 걸음마를 완전히 타지 못하는 성환이까지도 수월히 열게 되어 있었다. 성환은 마당에서 아이들이 떠들썩하기만 하면 저혼자 미닫이를 열고 나간다. 기기도 하고 어청어청 걷기도 하면서 저도 아이들 틈에 한목 끼는 것이다.

미닫이만인 방은 이것 하나밖에 없었다. 변소 때문에 사방 네모를 똑바로 내지 못했고 삼각형이나마 제대로 되어있지 않아서 미관상으로도 볼품이 없는 방이었다.

그대신 세가 제일 적은 편일 뿐더러 아주 삼각형이 못된 혜택을 톡톡히 입는 일이 있는데 그것은 밤에 자게 되는 때다.

---

31 '그대로'의 오식.

길이가 긴 쪽으로 승현이 눕고 강주, 강주 옆에 성환이고 그 다음으로 승현의 모친 차례다.

승현의 모친은 키가 작은 편이건만도 한번 제대로 쪽 펴고 눕는 것을 못보았다. 꼬부리고 눕는 승현의 모친은 낮에보다도 초라했다.

— 내가 너무했어.

강주는 어제 낮에 승현의 모친을 지나치게 괄세했다는 뉘우침이 들었다. 칠칠치못한 아들 때문에 며느리의 눈치를 줄곧 보아가며 온갖 뒷바라지를 치르어가는 시모의 일이 새삼 가긍하게 가슴 복판에 뭉쿨와 놓이는 것을 알았다.

그 옆에 자고 있을 아이의 얼굴도 떠올랐다.

— 불쌍한 그것에게, 이세상에 못태어날뻔하다가 태어난 그것에게.

강주는 아이에게도 너무했다는 생각이 들면서 코허리가 찌잉 아려오는 것을 알았다.

어떻게 생각하면 승현도 가엾다. 여편네를 벌이를 시키는 일이 계면쩍어서 이 집안속 허줄구레한 인간들 앞에서까지도 떳떳한 낯색을 한번 제대로 지어보지 못하고. 떳떳한 낯색을 제대로 못짓는 탓으로 그는 늘 턱을 치켜드는 것인데 이 집안 사람들 중엔 여편네 덕에 살면서 턱주가리는 꽤도 잘 치켜든다고 뒷숭을 본다는 것이다. 그 중에서도 흥렬의 모친이 더하다는 것이다. 이런 얘기는 능혜 엄마가 강주에게 일러주어서 알고 있다. 능혜 엄마는 이 집안에서 강주를 제외하고는 인테리에 속하는 여인이요, 강주보다 나이는 세살쯤 더 먹었다. 강주의 동정자로서 정을 나누고 있는 유일한 이집안 속의 친구인 것이다.

남편과는 화합지 못했으나 능혜 하나가 그들 둘의 사이를 얽어메고 있다는 것을 능혜 엄마는 강주에게 여러번 말한 일이 있다.

그렇게 강주의 동정자이면서도 능혜 엄마는 승현을 나무라는 눈치라곤 털끝만치도 없었고 오히려 시대를 잘못 타고난 사람이라고 승현을 싸 주었다. 강주 앞에서만이 아니고 이 집안 사람들에게도 승현을 싸주려고 든다는 사실을 강주는 알고 있다.

— 정말 시대를 잘못 타고난 사람인지 몰라. 그만한 재주에 그만한 체모면 어디 나서도 빠지지 않을거야. 서영주가 반할만도 한 일이지. 그까지껏 동경으로 떠나면 그만 아닌가. 겁날 것 없어.

강주가 미닫이를 열었다. 더운 김과 함께 퀴퀴한 공기가 훅 끼쳐왔다.

승현과 그 모친은 여느때나 다름없이 코를 골기에 분주하고 그 사이로 아이의 숨소리가 쌔근쌔근 새어나왔다.

문턱 안에 발을 들여논 강주는 아이와 승현이 누운 사이를 딛고 서 있어야 했다. 강주 하나가 없다고 해서 그 자리가 비어있도록 되어 있지는 않았다. 항상 꼬부리고 자야했던 승현의 모친이 길이가 긴 쪽으로 몸을 내민 것이다. 고의로 한 짓은 결코 아닐 것이다. 그만큼한 여지가 생기자 저절로 몸이 펴졌을 것이고 몸이 펴지니까 자연 길이가 긴 쪽으로 내밀게 됐을 것이 분명했다.

방바닥을 딛고 섰는 발바닥을 통해서 온기가 전신으로 퍼지며 강주는 무척 노곤해지는 것을 깨달았다. 조으름도 함께 엄습해오는 것이었다. 눕고 싶었다기보다 그냥 쓰러지고 싶었다.

아이와 승현의 사이를 뚫으며 주저없이 몸을 쓰러뜨렸다.

승현의 모친이 누운 저쪽으로 약간의 빈자리가 있었지만 거기 가서 꼬부리고 눕기는 싫었다. 아이와 승현의 사이라면 늘 눕던 자리라는 점도 있고 눕기만 하면 몸을 펼 수 있다고 생각했던 것 뿐이다.

“이거 누구야? 아하 이거…”

승현이 강주 몸에 메달리듯 하며 중얼거렸다. 강주로선 전연 뜻밖의 일이었다. 그저 쓰러진다고 쓰러진 몸을 가눌 수가 없었던 강주였지만

“나요. 나. 당신은 영주하고 하늘에 승천한 줄 알았더니 여기 누워 있었구만. 고마워요. 고마워.”

라고 하면서 저도 승현이 하듯 그에게로 다가들었다.

“영주, 인젠 내 곁을 떠나선 안돼. 그까짓 세상같은 게 문제야. 우리만 사랑하면 그만 아니야 영주.”

다가드는 강주를 더욱 굳세게 받아들이며 승현이 이와같은 말을 중얼거렸다.

강주가 아무 소리없이 있는 힘을 다해서 승현을 밀쳐버렸다. 승현이 벽에 쿵 박히는 소리가 났다.

"이게 도대체 뭐야? 네년이었구나."

승현이 벌떡 일어났다.

"그래 나였어. 서영주가 아니고 서강주였단 말이야."

"너 이년아. 밤새껏 서방질을 하다가 지금사 들어와 가지구 무슨 트집이야? 이 개같은년아."

오히려 제편에서 고래고래 소리를 지르며 강주의 머리끄덩이를 잡아쥐는 것이 아닌가.

저도모르는 사이에 승현의 좀 길어서 잡기쉬운 하이칼라 머리에 강주도 손이 올라갔다. 이때까지는 없었던 일이다.

패고 차고 쥐어박히면서도 죽기밖에 더하랴. 차라리 죽기나 하라고 내던진 막된 마음으로 지내온 터이었으나 지금에 이르러서는 달랐다. 그렇다고 강주의 내던진 그 막된 마음이 가셔버렸다는 말은 아니었다. 내던진 그 막된 마음 위에 한 겹의 치받친 악이 겹놓인데 불과했던 것이다.

"아니 너희들 왜이러니? 어멈아 넌 밤새껏 나가 있다 와서 아범 말마따나 생 트집이냐? 이웃이 시끄럽게스리. 참 별꼴 다 구경하는구나."

승현의 모친이 따라 일어났다. 되도록이면 강주의 잘못을 드러내려는 방향으로 소리를 높였다.

"이걸 놓지 못해? 이걸 썩 노란말이야."

승현이 강주 손아귀에 틀어잡힌 머리를 흔들어대었다.

"아니 저년이. 아니 어딜…. 머리를 웅켜잡은 게 아니냐? 저런, 저런, 저게 웬일이겠어? 아니 사내란 하늘이요 계집은 땅이거든 저런…… 세상에 사내 머리털을 잡아쥐다니…… 하느님 맙시사. 저년이 필경 상것 집에서 배워먹지 못한 년이지. 네 이년 이걸 놓지 못해 놓지 못하냐 말이다아."

승현의 모친이 다가와서 강주의 손을 풀려고 들면서 강주를 쥐어박았다.

승현도 강주에게 잡힌채로 강주를 발로 찼다.

어느새 일어나서 또 어느새 막대기를 집어들었던지 성환이 승현과 승현의 모친을, 낮에 강주를 때리던 것처럼 사정없이 찰싹찰싹 갈기는 것이었다. 채 밝지 않은 속에서도 아이는 용케도 강주 쪽은 다치지 않았다.

"이자식은 푼수도 없이 왜 이러느냐? 낮엔 에미년이 나쁜 줄을 알아채리더니…… 어둑컴컴해서 안보이는게지."

아이 막대기에 맞아대던 승현의 모친이 아이를 안으려고 했을 때 아이는 더욱 막대기를 치켜들고 승현의 모친을 맹렬히 두들겨댔다.

"이놈아 환장을 했니? 에미년모양 환장을 했구나."

강주를 때려주던 때의 아이에게 가졌던 소중한 마음은 어디 가고 아이를 난폭하게 승현의 모친은 밀쳐버리는 것이었다.

밀쳐버렸건만 아이는 울지 않았다. 강주에게 쨰리워서 벽에 나가떨어지던 때와는 다르게 승현과 그 모친에게 한사코 달려들었다. 아이의 막대기가 아팠던지 혹은 한사코 강주편을 들려는 아이를 살펴서였던지 승현의 손이 강주 머리채에서 풀려났다.

강주도 승현을 놓았다. 승현이 저를 놓아주었다고 해서가 아니고 승현의 손이 풀리니까 놓여졌던 것이다.

그리고 강주는 그자리에 스르르 쓰러졌다. 쓰러지고 싶던, 잠깐 중단됐던 의사(意思)가 되살아난 것이다. 오히려 한층 심하게 피로는 밀물이 밀려오듯 엄습해왔던 것이다. 승현이 매달리 듯해가며 영주의 이름을 불러대던 불유쾌하고 괘씸하고 억울하고 분하고한 생각조차도 잊어버릴만큼 강주의 몸은 흐느적거렸던 것이다. 마치 손가락 사이로 흘러내리는 세사(細沙)처럼 강주의 육체는 땅속으로 조올졸 흘러내리는 것이었다.

그렇더라도 강주는 그 마당 안의 식구들이 온통 다 쏟아져 나왔거나 혹은 자기네들 거처에서 강주들 방쪽으로 전신을 쏠리고 있으리라는 것을 느끼고 있었다. 와글거리는 소음으로써도 충분히 짐작이 가는 일이었고 또 이때까지의 예로써도 그들은 검부러기가 바싹만해도 무슨 일이 일어나지 않는가, 호기심과 흥미를 가지는 족속들임을 강주는 알고 있었다.

하모니카 소리가 먼데서 오듯 아스라이 들려왔다. 옆방 아이들 중의 어느 하나가 불 것이라고 알면서도 그 소리가 강주 귀에는 멀기만 했다. 강주는 하모니카 소리를 아스라히 느끼며 옆방 아이들은 강주네 방쪽에보다 하모니카나 창가에 흥미를 느끼는 것이라고 생각한다.

거기 맞춰 성환은 또 우쭐우쭐 장단을 맞출 것이리라. 또 엄마를 지켜주리라. 자기는 지금 외로운 편에 서있는 것이다. 외롭다는 것은 약하다는 말이나 마찬가지다. 성환은 약한 편을, 승자가 아닌 편을 보아주고 있는 아이다.

강주는 이와같은 두서없는 생각을 하면서 몽롱한 의식 속으로 흘러들었다.

그로부터 강주는 이틀밤과 사흘낮을 쭈욱 잠속에 있었다. 죽었던거나 다름없이 무엇이나 모르고 있었다.

서영주가 동경으로 떠나느라고 인사를 왔더라는 것도 능혜 엄마가 나중 알려주어서 안 일이고 서영주가 떠나면서 승현이마저 행방불명이 되었다는 사실도 전연 모르고 있었다. 서영주를 따라 동경으로 갔으려니, 나중에사 짐작했던 일이다.

강주는 잠에서 깨어나자 극단으로 나갔다. 시모의 흘기는 눈초리를 피하느라고 한 일에 지나지 않았다. 승현의 모친은 밤을 타서 나돌아다니고도 오히려 제 터에서 사내 머리끄덩일 틀어쥐는 그런 몹쓸년을 가만 놔둘 수 있으랴 하는 낯색을 그 집안속 전부에게 알리려고 흰자위가 많은 눈을 내굴리는 것이었다.

다른데 어디 갈데가 있더라면 강주는 극단쪽으로 발을 돌리지 않았을지 모른다.

"어디 편찮으셨군요? 저런 몹시 편찮으셨던게죠."

설초가 강주를 다시 살피며 말했다. 강주는 아무런 대꾸도 할 수 없었다. 그저 몸이 후들거릴 뿐이었다. 강주는 잠에서 깨고나서도 음식물을 입에 대지 않았다. 잠 속에 들기 전, 그날 아침도 점심도 저녁도 먹지 않았던 것이다.

강주의 돌발적 불참으로 공연이 중지되는 것이 아닌가 하고 초조로와 하던 설초는

"인제 됐읍니다. 집을 알기나 했으면 사람을 시켜서라도 소식을 묻기나 하죠. 이러지두 저러지두 못하구 속만 푹푹 썩이고 있었죠."

하면서 큰 숨을 내쉬는 것이고 단원들도 강주의 재출현으로 새삼 활기를 띠우는 것이었다. 단 한 사람, 그동안 강주의 대역을 맡아보기도 하던 심양혜만이 이건 어디 쓸개빠진 년이 있는 줄 알아. 며칠씩 빠지고도 주역을 해야되는 팔자가 부럽다는둥 샐쭉한 눈을 샐쭉이며 빈정대었다.

「사상의 적」은 강주가 나온 이틀만에 무대에 올렸다. 한성극장이 그리 크지는 못하다고 해도 좌석이 빈 데가 없이 관객이 꽉 찼었고 연극도 성공이었다고 기뻐들 했다. 더우기 설초는 이때까지 살아온 보람을 비로소 느꼈노라고까지 말했다.

강주의 연기는 입신(入神)의 경지(境地)에 들었더라고 설초는 몇번 거듭해 강주를 칭찬해 주었다.

"강주씬 일류 연기잡니다. 그 이상 훌륭할 순 없겠던걸요. 무대에서 쓰러진 것두 관객들은 연기로 알았으니까……."

강주가 무대에 몰두하고 있은 것만은 사실이다. 더 다른 것을 생각지 말자고, 더 다른 생각이 떠오를까봐서 강주는 연극만 했었다. 그 모든것을 털어버리자고 머리를 마구 흔들어가며 무대 위에서 움직였었다.

승현으로 여겨지는 극중 인물과 맞서는 경우마다 강주는 무대라는 것을 잊어버리고 오직 제게서 떠나 서영주와 함께 동경으로 갔을 조승현을 해치운다는 의식밖에 강주에겐 없었다.

후들후들 떨리는 몸으로써 두어차례만 때려야하는 상대방의 뺨을 강주는 무수히 난타하게 되었던 것이다. 그럴 때마다 관객들은 떠나갈 듯한 박수를 쏟아

놓았었다.

강주는 이 쏟아놓는 박수를 아주 먼데서 오는 바람소리거나 나울소리와 같은 것으로 알고 있었다. 그 소리는 아주 크게도 들리고 꺼져가는 듯 작게도 들리기도 했다.

이래서 강주는 무대에서 쓰러졌던 것이다.

공연이 끝난 뒤에 이 집안 사십명 가까운 족속들은 강주가 여배우라는 것을 알게 되었다. 그중의 얼마쯤은 글쎄 그런 여자니까 밤을 나가 자고 올테지. 조소와 멸시의 눈을 돌리는가 하면 또 얼마쯤은 멸시와 선망의 시선을 반씩반씩 보내기도 하는데 옆방 하모니카 형제들만은 완전히 강주에게 반해버린 것이다.

"아주머닌 좋으시겠어요? 아주머니 언제부터 극단에 나가셨어요? 저두 한번 아주머니같이 돼보구 싶어요."

큰아들은 강주를 만나기만하면 이런 말로 나왔으며 그럴 때마다 그의 동생들도 우루루 몰려와 강주를 둘러쌌다.

그들의 초라한 아버지마저

"봐하니 어려우실 것같긴 합디다만 힘을 잃지 마시구 꾸준히 나가주십시요."

강주에게 용기를 북돋아 주었다.

승현의 모친은 항상 못마땅한 언동을, 꼭 그것도 성환을 사이에 두고 빈정대었다.

풍각쟁이 에밀 뒤서 좋겠다느니 우쭐우쭐 하모니카나 창가에 맞춰 장단을 맞추려드는 경우면 손수 만들어 준 막대기까지 빼앗아 팡가치며 남부끄럽게 왜들 이러느냐. 집안 망신시킬 짓들일랑 제발 좀 고만 해라 하는 등 강주를 괴롭히는 일이 한두번이 아니었다.

강주는 그럴 때마다 고만 집어치우고 어디로 훌훌 떠나자는 생각을 하곤 했다.

어느날 강주가 극단에서 돌아왔을 때 승현의 병신 누이동생과 막내동생이 와 있었다. 승현의 모친이 전에 와 있던 것처럼 방에 주룽주룽 앉아있는 것이었다.

강주는 '하느님'을 부를 수도 없었다. 승현의 모친 때와도 달라서 '하느님'을 부를 여지조차 없었다. 승현이 없어지고 나서 그들의 모친이 그들을 불러올렸음이 분명했다.

승현의 모친은 아들과 병신 딸이 상경한 데 대해서 추호도 미안해하지 않았다. 집안 망신을 시키는 배우 며느리를 그래서나 부려먹자는 낯색이었다. 또 거기다 유부녀의 몸으로서 밤에 나돌았다는 것은 얼마나 씻지 못할 허물이더냐. 승현이 집을 나간 이유도 여기에 있다고 승현의 모친은 트집을 잡으며 윽박질렀다.

강주의 잠자리가 변경된 것은 당연한 처사라 볼 수밖에 없었다.

승현이 나가고나서 승현이 자리에 강주가 눕고 성환이, 승현의 모친 순위였는데, 그렇게 눕자고 해서가 아니고 자연적으로 그렇게 순위가 되었던 것인데 아들과 딸이 상경하고 나선 막내아들 창현이가 승현이 자리에 눕게 되고 다음으로 그 모친이고 딸이 누운 다음에 성환이, 강주의 순위가 되었다.

그러니까 승현의 모친이 펴지 못하고 누웠던 자리에 강주가 그보다 더 꼬부리고 눕게 된 것이다.

'너두 어디 거기 누워서 견뎌봐라.'

말은 입밖에 내지 않았으나 흰자위가 많은 눈으로 승현의 모친은 그것을 충분히 표시하는 것이었다.

모친의 이런 눈치를 병신 딸이 알아채게 되었다. 병신 딸은 차차 모친을 그르게 여겼으며 강주의 편을 들어주기에 이르렀다.

어느 날 저녁은 강주 자리에 제가 눕고 강주를 제 자리에 누이는 것이었다.

"난 꼬부리지 않고도 누울 수 있잖어요?"

제자리가 정해 있는데 바꾸긴. 하고 굳이 말리려드는 모친 말에 병신 딸은 역증을 와락 내었다. 꼬부릴 것도 펼 것도 없다보니 그 자리라고 해서 편치 않을 리는 없다는 것이다.

잠자리를 바꾸는 일 외에도 병신 딸은 매사에 강주가 편리하도록 보살펴주려고 했고 강주를 구박하려는 모친과 맞섰다.

"염치도 너무 없어요. 입이 열다섯개가 달렸어도 할 말이 없겠구만. 그렇게 부끄러운 일을 왜 시켜요. 들이앉혀놓고 곱게 입히고 멕여줄게지."

집안 망신을 시킨다는 모친 말을 박아 주는가 하면, 승현이 집을 나간 이유를 강주에게 뒤집어씌우는 경우에 병신 딸은 또

"오빠가 나간건 잘한 일이지. 집구석에 들앉아 여편네가 벌어들이는 걸 먹어서야 돼요."

그날 저녁에도 강주가 밤을 나가 새운 말을 곱씹곤 하는 모친을 박아주다가 심상치 않은 사태를 벌려놓았던 것이다.

"언닌 어머니가 말하는 그런 여자가 아닌 것같아요. 들앉으면 살림도 할 줄 아는 알뜰한 여잘 것같아요. 밤을 나가 세웠다는 것으로써 언니의 품행을 의심할 수도 없는 일이고 밤을 나가 새우면서까지 남에게 의심 받을만한 일을 저지를만하게 언닌 어리석지는 않아요."

"병신같은 년, 저런 병신 좀 보겠나. 저를 위하는 척 해주니까 거기 쑥 빠져가지고 저런년 저 병신 꼴 좀 보겠나."

모친이 거품을 불면서 '병신'을 연발했다.

"그래 난 병신이요. 병신을 누가 낳랬어? 왜 병신을 낳가지고 괴롭히는 거요. 여기까지 불러올려다가 왜 망신을 시키는거요. 난 오빠가 살게 마련해놓고 오라는 줄 알았어. 이꼴이 뭐란 말이요. 무슨 낯짝으로 말이 어디서 나와요. 이런 꼴을 뵈주려고 스물이 넘은 병신을 불러올렸구려. 흥, 병신한테도 생각은 있다오. 남이 시집가는 걸 보믄 시집도 가고 싶고, 남과같이 학교에 다니고도 싶다요. 어깨너머로 배운 글만 가지고 가뜩이나 병신이 뭘한단 말이요."

딸의 입에서도 실꾸리가 풀려나오듯 걷잡을 수 없게 말이 풀려나왔다.

"저런년 보겠나. 에민들 병신을 낳고 싶어 낳겠나? 이 배라먹을 병신같은 년아."

거기 놓였던 성환의 막대기를 주워 들고 모친이 딸을 후려치기 시작했다. 그

볼끈 솟아오른 등어리 하며 전신을 헤아릴 바 없이 마구 후려갈기는 것이었다. 딸이 처량한 목청으로 울음을 터뜨렸다. 그러자 이때까지 사태를 살피고 있던 성환이 그들 모친에게서 막대기를 빼앗으려고 뒤퉁뒤퉁 일어섰다. 모친이 막대기를 단단히 쥐지 못했던지 (너무 몸이 떨린 탓으로) 성환에게 막대기를 빼앗겼다.

성환은 빼앗은 막대기로 그들의 모친을 어느 때보다 더욱 세게 두들겨 팼다.

모친도 울음을 터뜨렸다. 성환의 때리는 매가 아파서 우는 것처럼 소리가 높았다. 딸과 모친의 소리는 흡사한 데가 있었다. 이 집안 속의 족속들이 거진 다 마당으로 몰려들었다.

성환은 둘이 울고 있는데도 아직 할머니만 때렸다. 강주가 막대기를 빼앗았다.

「사상의 적」은 그 뒤에 청년회관에서와 천도교 강당에서 닷새씩 공연을 한 일이 있고, 지방공연을 떠나려는데 승현에게서 편지가 왔다. 와이샤쓰 두벌과 내의를 보내달라는 사연 외엔 누구의 문안 한마디 쓰여 있지 않는 간단한 편지였다. 십일월 초엿샛날 동경에서 보낸 것이었다.

강주는 편지를 읽고 마당을 내다보았다. 무성하던 철에 보고선 못보았던 하모니카 형제들 집 부엌 옆, 손바닥한한 공지(空地)에 심은 과꽃이 시야속으로 들어 밀렸다. 그것들은 거진 다 조락되어가고 있었다. 하모니카 형제들의 어머니가 아침 저녁으로 구정물과 거름이 될만한 것을 뿌리박은 쪽에다 부어주고 묻어주고 해서 유독히도 꽃송이가 탐스럽더니 그 사이에 저 모양새가 되었구나, 하는 생각이 무뜩 들면서 강주는 승현이 떠나간 지도 그러니까 짧지 않은 세월이 흘렀다고 새삼 느끼는 것이었다.

9회

강주는 편지를 찢어버리려다가 핸드빽 속에 아무렇게나 집어넣었다. ― 제까짓게, 춥겠으면 추우라지, 무슨 염치로. 퉤 퉤 퉤.

근자에 이르러 저도 모르게 붙어버린 버릇으로 침을 마구 뱉으며 (승현이 거기 있기라도 한 것처럼) 벌떡 일어났다.

편지의 사연이 문안이라거나, 군소리 한마디라도 집어넣은 것이었더라면 강주는 끝끝내 아무에게도 알리지 않고 견디었을 것인데 눈보라를 섞은 찬 비가 내리고 보니 도저히 그냥 있을 수는 없었던 것이다.

능혜 엄마에게 말해보았다. 능혜 엄마가 어서 내복으로 보내든가, 돈으로 부치든가 하라고 서두르는 것이었다. 능혜 엄마의 대답이 으레 이러하리라고, 그런 기대를 가지고 강주는 나온 일이다. 다른 사람을 다 젖혀놓고 능혜 엄마를 택한 것부터 능혜 엄마가 승현을 항상 싸고 돌았던 것에 연유한 일이지만 정작 능혜 엄마 쪽에서 그렇게 서두르고 보니 강주로선 순순히 상대편의 의견을 듣고 싶지 않은 감정이 북받쳤다.

"내복을? 돈을? 내가 그걸 보내야 할 이유가 어디 있어요? 난 그래도 동경까지 가지는 않았으리라고 믿고 싶었어요, 쫓아갔으리라고 단정은 하면서도 설마하는 생각을 십분지 사 쯤은 가지고 있었던 거예요. 이제 십분지 사의 신망조차 아주 포기해버렸는데도 내복을? 돈을? 난 못 부쳐요. 제까짓게 춥겠으면 추우라지, 무슨 염치로, 퉤……."

강주는 또 튀어나오려는 버릇을 참았다.

"성환 엄마 분해하실 것 없어요. 오히려 자랑스런 일로 아세요."

능혜 엄마가 조용히 말해 주었다.

"자랑을? 뭘 자랑으로 알란 말이예요? 떠나간 남자, 다른 여잘, 남도 아닌 사촌 언닐 쫓아갔는데두 자랑을 느끼란 말이예요?"

강주 얼굴에 핏기가 싹 가시었다. 소리를 지른다고 지른다는 게 소리가 속으로 기어들어가기만 했다.

"성환 엄마 심정을 몰라서 하는 말이 아니예요. 그렇지만 많은 여자들이 반할 수 있는 남자, 더구나 그 멋쟁이 사촌 언니가 반해버릴 수 있는 남자를 소유하구 있다는 자랑을 느껴보시란 말이예요. 평생 제 여편네하나밖에 모르고 사는 남자, 그거 얼마나 따분한지 지나보지 않구선 몰라요.”

능혜 엄마는 말을 마치곤 눈을 가게 쪽에 잠깐 돌렸다. 그쪽에 있을 남편을 의식하는 것이었다.

“난 대학교수하구 결혼하려고 했어요. 콩나물이나 팔구 앉았는 남자, 게다가 나이가 열한살이나 위인 중늙은이가 내 남편이 되리라군 꿈에도 생각지 못했던 일이었어요.”

능혜 엄마의 말소리엔 이때까지와는 다르게 심한 억양이 붙어갔으며 얼마만큼한 애조가 섞이기도 했다.

강주는 삼킬 수도 뱉을 수도 없었다. 능혜 엄마의 입은 좀체로 닫혀질 성싶지 않았던 것이다.

“동경시의 한 지역이긴 하지만 조선 사람들이 많이 모여 사는 초라한 후까가와에서 태어난 사찌꼬, 사찌꼬의 부모는 조그마한 반찬가게를 경영해가며 거기 사는 조선사람들 치고는 어렵지 않게 산 셈이죠. 부모님들이 열병으로 한꺼번에 세상을 뜨지 않았더면 사찌꼬의 꿈인 대학교수의 아내는 틀림이 없었을 건데…… 여학교 졸업반에서 혼자 달룽 남은 사찌꼬는 어찌할 바를 몰랐어요. 가게는 문을 열지도 못하고 물론 학교에도 못나가고 들앉아 울기만 했죠. 이럴 때 가게에 식료품을 배달해 주던 우가와 청년이 가게문을 열어주고 모친까지 데려다 살림을 돌봐줬던 거예요. 난 그때 그걸 끔찍이 고마와했어요. 순전히 호의로만 알구 있었어요.”

능혜 엄마의 소리가 더욱더 높아갔다. 애조같은 것도 섞여 있지 않았다.

“호의임에 틀림없었을 거예요. 능혜 아버지 성격을 봐서 짐작이 가는걸요.”

강주가 능혜 엄마의 높아가는 소리를 달래려고 했다.

“안예요. 늙은 총각이라 처음부터 꿍꿍이가 있었던 거예요.”

“그렇지만 사찌꼬를, 참 능혜 엄마를 행복하게 해 주겠다는 마음이 능혜 아버지 가슴속엔 꽉 차 있었을 거예요. 지금두 그래 뵈니 말이예요.”

"그럼 뭘해요. 그런다구 행복해지나요. 그러면 그럴수록 난 더 불행해지는걸 요. 더 싫어지는 걸요. 능혜만 생기지 않았더면 그를 따라 여기 나오지 않았을 텐데…."

"여기 나오신지 오래돼요?"

"벌써 십년째 돼가나 봐요."

"식은 동경서 거행했던가요?"

강주는 그것이 알고 싶었다.

"식이라니? 결혼식 말이예요?"

"네."

"식이 다 뭐예요? 식을 거행할 새가 언제 있었던가요? 우가와의 모친이 병으 로 돌아간 뒤에 불야불야 여기 나온 걸요. 배가 불러오니 어쩝니까."

결혼식을 거행하지 않고 아이를 낳은 여자가 또 하나 있다는 안위감(安慰感)같 은 것을 느끼며 강주는 이때까지와는 다른 정을 이 여자에게서 느끼게 되었다.

그러고도 강주는 승현의 내복을 부쳐주지 않았다. 돈으로 부친다는 일은 생 각지도 못했다. 돈으로 부치는 경우면 그 돈이 내복으로 바뀌어질지 의문이기 도 하지만 영주와 둘이 써버릴 것도 염두에 두지 않을 수 없는 일이었다. 십이 월에 들어서서야 내복을 부치게 되었다. 바로 지방공연을 떠나게 된 전날이었 다. 지방공연은 시월중순께부터 서둘렀으나 이회 삼회 공연에서 예상 이외로 흥행성적이 나빴던 까닭에 종시 떠나지 못했다. 부친의 유산으로 연극운동을 자신있게 약속하던 설초도 벌써 동이 드러났던지 집을 저당잡혔다는 단원들의 뒷소문이었다.

떠나기 사흘 앞두고 설초는 월급보다는 좀 적은 액수의 돈을 나눠주면서 한 달치 살림살이를 마련해 놓고 떠나자는 말을 단원들에게 해 주었다.

그 돈에서 강주는 승현의 내복과 와이샤쓰 두벌을 산 것이다. 나머지는 시누 에게 몽땅 쥐여주었다.

“언니 이건 웬거예요?”

어리벙벙이 지나쳐서 시누이는 천치같은 얼굴을 드러내었다. 시누이들이 올라오고선 극단에서 월급이 한 몫 나와 본 일이 없었고 찔끔 찔끔 나오는 돈으로 강주가 그때그때 쌀이면 쌀, 나무면 나무를 사 들였으니 그럴 만도 한 일이었다.

“한달 동안을 살아가야 할텐데 그만도 안해가지고 돼요. 나 한달 동안 집을 비게 될테니까 누이가 이걸로 살아 주세요.”

“언니가? 한달 동안을?”

천치같던 시누이의 얼굴에 절망과 공포의 빛이 물결처럼 일렁이는 것이었다. 쌀과 나무를 보장하던 강주가 없어지는 것이 아닌가, 시누이는 그것을 겁내는 것이었다.

“한달 안으로 올지도 몰라요. 극단에서 지방순회를 떠난대요.”

“극단에서? 시굴가서 연극을 하는군요?”

“그래요. 내일 아침 첫차로 떠나요.”

시누이도, 또 옆에서 줄곧 흰자위를 많이 드러내며 주시하고 있은 모친의 얼굴도 확 풀리며 제 색으로 돌아왔다.

“제발 무사히 다녀오기나 해라. 집엣 권속들이야 있는 돈으로 들앉아 끓여먹겠지만 추운때 네 고생이 말이 아니구나. 저것도 한달동안이나 에밀 못볼걸 생각하니…… 성환아, 아가, 에밀 떨어질 것도 모르고 저 녀석이 쯧쯧.”

모친이 막대기를 들고 씨적씨적 방안을 왔다 갔다 하는 성환을 얼굴로 좇으며 중얼거렸다. 모친은 딸과 크게 말다툼을 하고 나선 강주에게 숙으러져 왔었다. 딸과 크게 말다툼을 하고난 뒤엔 이 집안 사람들의 동정이 거진 강주에게로 쏠리고 있다는 눈치를 채기도 했지만 말없이 떠나간 아들에게선 편지 한장 없고 며느리 덕으로 살자니 계면쩍기 짝이 없었다.

“이녀석아 에미가 낼 아침에 가는 것도 모르고 저래. 성환아, 젖이나 푹 먹어 둬라.”

모친이 아이를 끌어오려고 했다.

"왜이래?"

아이는 할머니한테서 빠져나가려고 하며 제가 가장 분명하게 발음할 수 있는 말로써 할머니에게 짜증을 부렸다. 성환은 두어 달 전부터 '왜이래?'를 분명치 않은 발음으로 말해 오더니 돌을 지나고 나면선 아주 어른처럼 말했다. 그는 이제 곧 하모니카 형제들 방에서 들려올 창가나 하모니카를 기다리고 있는지 몰랐다. 한참 저녁때기도 하고 날씨가 추워지니까 아이들은 온통 방에들 있었다. 하모니카 형제들도 저녁을 먹는 모양으로 벽을 통해 들려오는 수젓소리, 후루룩 후루룩 마시고 먹는 소리들이 보는 듯 가깝게 들렸다.

"성환이도 하모니카나 사 줄까?"

"응, 하모이까 하모이까…… 엄마 하모이까 응 응."

성환이 강주 하는 말을 이어 알아듣고 강주에게로 다가들었다.

"제가 가서 사와요."

모친 옆에 쪼그리고 앉았던 창현이 움쭉 일어섰다.

"하모니카보다 북이나 나팔 쪽이 좋찮을까요?"

강주가 빽에서 돈을 꺼내려고 하니까 시누이가 얼른 손에 쥐인 것 중에서 한 장을 동생에게 던지며 아직은 부는 쪽은 힘이 들테니까 두들기는 쪽이 좋지않겠느냐는 의견을 물었다. 그렇겠다고 강주는 그 의견에 좇았다.

꽤 제 모양새를 갖춘 북이었다. 생후에 처음 가져보는 장난감, 두들기기만 하면 똥 땅똥 나는 소리가 신기한 모양으로 성환은 저혼자 두들기다간 북을 높이 치켜들고 옆방을 향해 신나게 두들기기도 했다. 하모니카 형제들이 일제히 노래와 하모니카로 마주 응수해 주었다. 성환이 엉덩이 짓을 해가며 고개까지 마구 흔들었다. 걸음발이 확실해진 탓도 있겠지만 그는 한번 쓰러지는 일도 없이 우쭐거렸다.

하모니카 형제들이 모두 그치고 잠잠한 뒤에도 성환은 북을 두들겼다. 주위가 민망해서 강주가 젖을 물리려 들어도 성환은 북을 중지하지 않다가 밤이 이슥해서야 북을 낀채 자리에 들었다.

강주는 성환에게 젖을 흠뻑 먹이려고 가슴을 내맡겼으나 성환은 얼마 빨지 않고 잠이 들어버렸다.

성환에겐 이유기(離乳期)가 이미 지났다. 그러면서도 이때까지 그대로 둔 까닭은 이유기에 먹일만한 음식물을 대기가 어려운 것이 첫째 이유이고 다음으로는 젖을 떼느니 어쩌느니 하느라면 성가실 테니까 내버려둔 것 뿐이다. 젖을 뗄 무렵의 동생들을 보아 온 강주는 그것을 알고 있었다.

늦게 잔 탓으로 성환은 엄마가 손을 만지작거리는 것도, 제 뺨에 뺨을 대주는 것도 모르고 쌔근쌔근 잠들어 있었다. 창문만이 희끄무레할 뿐 방안은 캄캄했다.

강주가 옆의 사람을 다치지 않으려고 애쓰면서 빠져나왔으나 시누이가 묻어 일어나고 시모가 또 허겁지겁 일어나며 조반을 먹고 떠나야 하지 않겠느냐고 서둘렀다.

"조반은 모두 한데서 먹기로 돼 있어요. 염려마시고 더 주무세요. 어머님."

강주는 말꼬리에 구지 '어머님'을 붙였다. 이때까지 시모에게 '어머님'을 붙여 본 기억이 강주는 나지 않았다. 절망 속에서 늘 경황없이 살아온 탓도 있겠지만 시모의 말마따나 없이 사는 시모라고 함부로 대했던지도 몰랐다.

"어머님 가서 이내 편지 드리겠어요. 편히 계셔요."

이번엔 '어머님'을 말머리에 붙였다.

시동생은 툇마루에 나와 서 있고 시모와 시누이는 골목 어귀에까지 나와 주었다. 강주는 굳이 그들을 돌아다보지 않으려고 했고 그들에게 편지를 띄우겠다고 마음을 먹었으며 돈이 생기면 이어 부쳐주리라는 생각도 하면서 골목길을 바삐 빠졌다. 바람이 쌀쌀했다. 채 넘어가지 않은 달이 유난히 차거와 보였다.

역에는 남녀단원들이 빠짐없이 다 나와 있었다. 대합실 밖에서 기다리고 있는 듯한 설초가 조반을 어떻게 했느냐고 강주에게 물었다. 먹었노라고 강주가 대답했다.

"전 급히 나오느라구 못먹었읍니다. 새루 두시나 되두룩 잠이 와야죠. 그러다 꼬빡 잠이 들었던 모양인데 어머님이 깨워서 눈을 떠보니 사십분밖에 시간이 안 남았더군."

"시장하시겠어요."

"뭘. 밥 생각같은 건 없는데 어머님이 차에서 먹으라구 잔뜩 싸 주시더군요."

설초가 전등이 화안한 이등대합실 한복판에 서서들 떠들어대는 단원들 쪽으로 목을 돌리는 것이었다. 싸가지고 나왔다는 조반을 그들 중 누가 들고 있는 모양 같았다.

그들은 원족을 떠나는 소학생같이 온통 즐거워 보였다. 이번 지방공연에 처음으로 가담한 악대원들까지도 강주에게 꾸뻑꾸뻑 인사를 하며 익숙하게 한마디씩 하곤 했다.

그들 넷은 각기 자기 소유물인 악기를 소중히 들고 있었다. 북을 가진 청년을 유심히 바라보며 엊저녁의 성환을 눈앞에 떠올렸다.

— 가엾은 것. 눈앞이 뽀오얘지는 것을 깨닫자 강주는 손수건을 꺼내어 코를 푸는 체하다가 눈 언저리를 닦았다.

고월애의 과거의 애인이던 역원이 알선해 주어서 삼등차표를 들고도 이등개찰구로 통과했으며 또 차내에서도 띄엄띄엄 떨어져 앉지 않고도 되었다.

"어때? 헌칠하니 잘 자란 뽀뿌라나무 같잖어? 그렇지만 겉모양 뿐야. 알심이라곤 통이 없다나."

고월애는 알심이 없다는 과거의 애인 앞에서 그 특유한 괴음(怪音)을 연신 발해가며 교태를 부렸다. 그 특유한 괴음을 발하면서 교태를 부릴 것같으면 어떤 남자건 제 앞에 굴하지 않는 자 없더라고 고월애는 뽑내기도 했다.

아침해가 눈이 부시게 차창으로 들이비쳤다. 창가에 자리를 잡고 앉은 강주는 커튼을 드리워서 햇빛을 막았다.

설초가 싸가지고 왔다는 조반을 펼쳐놓고 먹을 사람을 불러대자 나도 나도 모두 달려들었다.

"이것 가지군 안되겠는데."

차가 떠나기 전에 기회를 놓치지 않으려고 '벤또'를 외치는 판매원을 불러 설초가 '벤또'를 수두룩히 사들였다. 서고 앉고 한데 몰려서 먹고 있는데 강주는 커튼이 내려진 창가에 그냥 앉아 있었다.

"강주씨 이리 오십시요."

다른 때에 비해 설초의 소리도 명쾌했다.

"전 먹고 나왔어요."

강주는 그저 그렇게 앉아 있고 싶었다.

"잡수셨드라두 같이 얼리심 어때요? 저리 가십시다."

전세민(田世民)이 강주를 일으켜 안다시피 하여 한데로 이끌었다.

설초가 삶은 계란 한개를 강주 손에 들려 주었다.

"계란보다 밥을 드세야죠. 암만 조반을 들구 나오셨다구 하시지만 저 보기엔 못잡수신 상인걸요."

세민이 싱글거리며 강주의 얼굴을 찬찬히 살폈다.

"왜요? 제 얼굴이 부어 있어요?"

"암요 부어 있는 걸요. 사람이 못먹으면 부어 있게 마련이거든요."

세민의 말에 모두들 기탄없이 웃었다. 강주도 웃었다. 오래간만에 웃은 웃음이다.

"부으신 분, 많이 드십시요."

설초가 강주에게 삶은 계란 한개를 더 얹어주었다.

"단장님 고마워요."

강주 소리에도 다분히 장난기가 띠어 있었다. '단장님'을 붙여 보기도 처음이었으니까.

"강주씨 여기 앉으십시요."

설초가 움쭉 일어나며 모서리에 걸터 앉은 강주에게 제 자리를 내어주었다.

"전 여기가 좋아요. 단장님이 애쓰셨는데 그냥 앉으세요."

서로 앉으라고, 안 앉겠다고, 승강이질일 때 세민이 강주를 끌어다 설초 자리에 콱 눌러앉혔다.

와하하 또 웃음이 한바탕 터졌다. 강주도 기껏 웃었다.

"이번 공연은 틀림없이 성공일 겁니다."

세민이 입에 가득찬채로 말했다.

"왜?"

설초가 눈을 벌려 뜨고 서 있는 세민을 올려다보았다.

"연극엔 서루의 친화력이 중요하니까요. 이만한 친화력이면 두려울 것 없어요."

"난 또 무슨 큰 수가 생겨서 그런다구."

설초가 벌려 떴던 눈을 내려뜨렸다.

"이보다 더 큰수가 어디 있겠어요. 강주씨가 저렇게 함께 웃으시구 명랑해 하시는데……."

세민이 정색을 하고 말했다.

"그렇긴 해."

설초가 세민의 말을 긍정했다.

두 사람의 말을 듣고 있던 강주가 뜨끔해졌다. 세민의 말대로 자기는 친화력을 가져본 일이 없었고 그런 생각조차 못했다. 연극을 하느라고 한 것이 아니고 월급을 받으려고 나온 장소로 알고 있었을 뿐이었다. 무대 위에선 제 아픔이나 화풀이를 쏟아놓았을 뿐이었다. 그것 외에는 아무것도 없었다.

연극에서만이 아니고 강주가 매일 움직이고 있는 일 전체가 그랬던 것이다. 그저 그날 그날에 질질 끌려서 가고 있었다. 마치 고삐에 끌린 우마(牛馬)와같이 운명의 고삐에 끌려갔을 뿐이었다. 사고력같은 것을 가지고 움직여본 일이라곤 전혀 없다시피 하고 있었다.

이번 지방공연도 가게 되니까 가는 것이다. 강주는 희노애락의 정(情)을 잃은 지 이미 오래다. 차일처럼 둘러쳐 있던 지난날의 찬란한 꿈은 자취도 없이 날아가버리고 말았다. 완전히 잔해밖에 남지 않은 느낌이었다.

"미안해요. 저 연극할 자격도 아무것도 없어요."

강주의 고개가 저절로 여러사람 앞에 숙으러졌다.

"강주씨가 자격이 없음 나같은 건 어떡하죠? 죽어야 하게……."

고월애가 강주의 말을 받았다.

"말이나 알아 듣구 지껄이라구. 연극을 인제 완전히 알게 되셨다는 말씀이야."

주동호가 고월애를 박아 주었다.

"아니 일류여배우가 인제사 연극을 알다니……똥딴지같은 소리 좀 작작하란 말이야."

고월애도 가만 있지 않았다.

"저야말로 똥딴질세. 하면 할수록 모를 게 연극이야. 알어? 정말 죽어야 할밖에 없겠군."

"걱정말어. 남이사 죽든지 살든지 무슨 걱정이야."

"아니 여긴 무대가 아니여. 좀 있다가 싸우란 말이여."

항상 눈가에 웃음기를 머금고 있는 효식군이 무대에서 싸우게 되어 있는 그들 싸움을 눈웃음으로 지켜보다가 나섰다.

"동호군 말대루야, 강주씨가 이제 연극이 어려운 것을 아신 거야."

밥을 다 먹고 나앉은 세민이 어느때보다 엄숙한 얼굴을 지었다.

"존 얘기들인데……."

설초가 강주와 세민을 번갈아 보았다.

"무슨 일이나 알게 돼가는 과정에서 어려운 것을 알게 되는 게 아닐까요? 전 근자에 와서 각본에 질질 끌려가는 연기가 싫어졌어요. 배우가 각본 이상의 연기를 창조해야 한다구 봐요. 입으로나 몸으로 연기를 보이는 것이 아니라구 깨달았어요. ……그리구 또 한가지, 낡은 것두 아니구, 그렇다구 새것만두 아닌 본질적인 것, 가슴과 가슴이 서루 통해지구 뜨근뜨근해지는 그런 걸 하고 싶어요. 무엇이 낡은 것이구 무엇이 새것이라구 따지구 싶지두 않구요.”

세민이 띄엄띄엄 말을 이어갔다.

“세민군. 그러나 낡은것과 새것을 구별할줄은 알아야 될 거야. 낡은것과 새것의 구별은 엄연히 돼 있으니까 말이야.”

설초가 세민의 말에 이의를 내세웠다.

“그렇다면 단장은 어떤것이 새것이구 어떤것이 낡은 것이라구 규정을 지으시겠어요?”

“그야 꼭 집어 말할 순 없지만……가령 「장한몽」이나 「춘향전」같은 것을 새것이라구 내세울 수 있겠나?”

“그렇다구 그것들이 낡았다구 버리구 갈 순 없어요. 낡은걸 끌고 가면서 그 위에다 새것을 창조해야 된다구 봅니다.”

“세민군, 시대는 앞으루 자꾸 이동해 가는 거야. 그따위 낡은것들을 끌구 갔댔자 아무 소용이 없어. 알겠나?”

“전 모르겠어요. 「사상의 적」에서 많은 회의를 품게 돼요. 이렇게 입으로 부르짖기만 하는 것이 연극일까? 아무 감동없이 지꺼리구 움직여두 관객이 뜨겁게 받아들일 수 있을까? 말하자면 내가 뜨거워지지 않는데 관객이 뜨겁게 받아들일 수 있을까, 하구 생각해봤어요. 첫회 공연 땐 그냥 열을 가지구 움직였읍니다마는 두번째, 세번짼 제대루 움직여 주지 않았어요. 이회 삼회 공연에 실패한 원인이 거기 있었으리라구 확신해요.”

“그렇담 세민군, 자네 지방공연에 따라나서지 말아야 할게 아냐? 그런 사상이면서 따라나설게 뭐야?”

설초의 얼굴이 빨갛게 달아올랐다.

“전 연극이 하구 싶은 겁니다. 다른 데선 그만한 것두 못하게 되니까요. 노여워 마시구 데리구 가 주십시요. 첫회 공연때만큼 열을 낼게요. 단장님이 낡았다구 생각하는 것과 제가 낡았다구 알구 있는 그 틈바구니에서 피차 옳은걸, 새걸, 찾아내면 될 거 아니겠어요.”

설초는 다시 말이 없었다. 단원들은 세민이 설초에게 굴복하는 거라고 짐작했던지 안도의 숨을 내쉬었다. 두 사람의 토론을 듣고 있던 승객들도 길게 뺐던 목을 들이밀었다. 승객들은 어디서나 있듯이 그들을 광대라고 경멸하면서도 친밀감은 보이는 것이었다.

C시 정거장에는 하루 앞을 당겨간 아기총각 하군 외에 사오인의 영접인이 나와 주었다. 여관에 짐만 풀고 그들의 안내로 점심겸 저녁을 먹고는 저녁에 공연이 있을 극장으로 갔다.

당일치기 공연이었으나 모두들 열연이었고 관객들도 적지않은 편이어서 단원들은 피곤을 잊을 수 있었다. 세민도 제 말대로 일회때만큼 열을 내어 주었다. 하루 앞당겨 내려온 하군의 노력도 있었을 것이고 지방공연을 알선해준 지방동지들이 미리부터 포스타를 붙인다, 삐라를 뿌린다 해서 선전에 몰두한 덕택이라고 단장은 그들에게 치하를 했다.

포스타엔 단원 전체의 사진이 나 있고 삐라엔 강주와 세민의 얼굴만 도려서 내었는데 강주 얼굴 밑에다간 동경유학을 마치고 온 인테리 여성의 불을 뿜는 연극을 보시라 했고, 세민의 얼굴 밑에다간 법학전문학교를 마친 법학사, 이 호남아의 주연은 과연 무엇을 외치며 부르짖을 것인가! 라고 써 놓았다. 중도 퇴학이라는 그들의 학력은 밝히지 않았다.

C시에서 공연을 마치고 얼마 떨어안진 군청소재지인 E군으로 옮아갔다. 여기엔 극장이 없었다. 가설극장을 세운다고 서둘렀으나 비용관계로 중지되고 여관집 마당에 광목 포장을 치곤 무대를 올렸다.

이백평이 된다는 마당이라지만 이백명도 앉을만하지 못한 옹색한 장소였다. 거기서나마 뒷자리는 텅텅 비어 있어서 이틀 공연에 관객의 수효가 C시에서의 하루치만도 못했다.

그런 중에 공연을 마치자 내리기 시작한 눈이 하룻밤 사이에 한자 넘게 무지

워서 기차 통행에까지 지장을 초래했다. 줄곧 하루 앞서서 행선지(行先地)로 떠나게 되어 있는 하군이 떠나지 못하게 되다보니 단원 전원이 묵던 곳에 그냥 처박혀 있을 수밖에 없는 일이었다.

남자 측에선 술자리를 벌려놓고 흥이 나 했다.

"우리도 뭐 사다 먹어야겠어요. 혼자서들만 흥을 돋구기예요?"

고월애가 불평을 털어놓며 구슬렸다.

"뭐나 먹구 싶은 걸 사다 먹으라구. 참 미처 생각을 못했는데."

설초가 포켓에서 돈을 쥐이는대로 집어주었다.

"호떡 사 먹을까?"

"과자가 낫잖아?"

"꽈배긴 어떨까."

신입생인 유라까지 한목 끼어서 의견이 분분할 때 밖에서 그들의 소리를 듣기라도 했던 것처럼 엿을 사라고 소리 치는 소녀가 있었다. 강주가 문을 바삐 열었다. 예상한 바대로 머리에 함지박을 인 소녀가 거기 서 있었다.

"들어와."

강주는 참 부드럽고 따듯한 목소리로 소녀를 불러들였다.

"그게 뭐게? 떡이냐?"

심양혜가 소녀를 쳐다보고 물었다.

"엿이요."

소녀가 기어드는 소리로 대답했다.

"내려놔라."

강주가 소녀의 이고 섰는 함지박을 들어 내리워 주었다.

"그럼 엿이라도 먹어 둘까."

고월애가 함지박을 헤치고 들어앉았다.

"에그. 엿이 왜 이래? 질질 흐르게 생겼어."

"눈이 오니까 그런게죠. 아무리 겨울이더라도 눈이나 비가 오면 그렇게 돼요.”

강주가 엿을 나무라는 고월애에게 제가 알고 있는 지식을 일러 들렸다.

“아무리 눈이 온다고 겨울인데 이래?”

뒤적거리던 고월애가 함지박을 밀어내며 손을 훌훌 털었다.

“여기다 다 내놔라.”

고월애가 밀어내는 함지박을 강주가 끌어당겼다.

눈을 맞아 더욱 초최하기만 하던 소녀 얼굴에 화기가 돌았다.

“집에 더 있냐?”

엿을 다 비운 소녀에게 강주가 물었다.

“네, 또 있어요.”

소녀가 양쪽 입귀를 뎅강 들어올리며 더 가져 오라느냐고 물었다.

“아니다. 인젠 그만하겠어. 네가 더 가지고 올까봐 하는 말이야, 다시는 오지 말아라.”

소녀의 뎅강 들어올려졌던 양쪽 입귀가 내려앉았다.

“다시 가지고 옴 안된다. 우린 오늘밤만 자면 떠나니까.”

소녀를 보내고 강주는 엿을 그들 앞에 밀어 놓았다.

“엿이 어지간히 잡숫고 싶었던 게죠. 어서 많이 잡수세요.”

트집을 잡던 고월애가 좀 무안해 하는 낯색으로 말했다.

“난 엿을 좋아 안해요. 어서들 잡수세요.”

강주는 그들이 쩝쩝 먹는 곁에서 엿장수 소녀를 생각하고 있었다. 다시는 오지 말라고 일러 주기를 잘했다는 생각을 하고 있었다.

분명 소녀만했을 것이다. 신파광대가 남문 안 큰 객주에 들었다는 소문이 들리더니 과연 분칠을 하고 연지를 빨갛게 찍은 여자들과 남자들이 줄을 지어 큰길로 나왔다. 그들은 북을 치고 새납과 날라리를 부는 뒤를 흥청흥청 따르는 것이었다. 강주는 장에서 엿을 팔다 말고 저도 그들 뒤를 따랐다. 뒤가 아니라 제일 예쁜 여자 곁에 바싹 다가서서 걸었다. 줄곧 그렇게 하고 따르니까 제일 예쁜 여자가 네가 이고 있는 게 뭐냐고 물었다. 강주가 엿이라고 대답했다. 뭘하려고 이고 따라다니느냐고 제일 예쁜 여자가 또 물었다. 장거리에 나앉아 팔던 게라고 강주가 대답했다. 이따 끝나거든 객주집으로 찾아오라고 제일 예쁜 여자가 일러주었다. 이 소리를 듣고서 강주는 북을 치고 새납과 날라리를 부는 소리에 맞춰 아주 신나게, 저도 흥청흥청 걸었다. 약속대로 제일 예쁜 여자는 강주의 엿을 몽땅 사주었다. 강주는 그 돈으로 구경을 들어갈까 생각했으나 엿을 고다가 우시던 어머니를 생각하고 그만두었다.

강주네는 떡장사도 하고 엿장사도 했다. 떡은 실수 없이 해낼 수 있었으나 엿은 그렇지가 못했다. 엿죽이 잘 괴지 않으면 엿주머니가 툭툭툭 터지며 엿물이 바로 내리지 않았다. 쉬기도 잘했다. 잘 괴지 않든가, 쉬든가 하면 어머니는 울상이 되었다. 어머니가 울상이 되면 아이들도 따라 울상이 되었다.

엿틀엔 찬주만 빼놓고 어머니와 강주와 남동생이 올라앉았다. 주루루 올라앉으면 똑 홰에 올라앉은 닭들과 흡사했다. 이 일은 줄곧 밤에만 있기 마련이었다. 낮엔 엿을 판 돈으로 수수를 사서 방아에 찧어야 하고 엿죽을 쑤어야 하니까. 잠을 못자건만 아무도 싫어하는 얼굴을 짓지 못했다. 모두 긴장을 하고 있었다.

"갑돌아 네 팔목에 찍은 도장을 여기다 좀 문질러 안 주겠니?"

강주가 제 손목을 쓱 옆집 갑돌이 앞에다 내밀었다. 공중까지 올라간 길다란 깃대를 들고 맨 앞에 서서 가던 갑돌이를 강주는 보았던 것이다. 깃대를 드는 아이에겐 신파광대들이 손목에다 도장을 뚝뚝 찍어 주었다. 갑돌이는 전에도 깃대를 들고선 손목에 찍힌 도장을 다른 아이에게 문질러 주는 걸 강주는 보았던 것이다. 그렇게 문질러 준 도장은 갑돌이 것만큼 분명치는 못해도 문직이가 별소리 없이 다른 아이를 들여놓아 주었던 것이다.

"그래라."

갑돌이가 강주의 요구를 쾌히 들어 주었다.

그날 저녁 구경을 다 하고 집에 돌아가선 구경을 했다는 소리를 하지 않고 신파광대들 패에다 엿을 파느라고 늦었다고 거짓말을 했다.

"더 가지고 가봐라."

희색이 만연한 어머니가 엿동이에 손을 넣어 엿을 뜯어내기 시작했다. 부리나케 동그라미를 만든 엿을 이고 강주는 큰 객주에 다시 가서 제일 예쁜 여자를 찾았다.

"얘얘. 웬 엿이 그렇게 시어빠졌다냐? 그것두 남아있어. 도루 가져가라."

제일 예쁜 여자가 칼날같은 날을 얼굴에 세우곤 강주를 쏘아붙였다. 강주는 어리둥절해 있었다.

"어서 가거라. 인젠 엿 안 산다."

어리둥절해 있는 강주에게 분칠한 남자가 일러주었다. 강주는 줄달음질을 쳐 큰 객주를 빠져나왔다.

"맛이 어때? 시진 않아요?"

강주가 엿을 쩝쩝 먹고 있는 고월애들에게 물었다.

"맛있어요. 좀 드세요."

유라가 입에 엿을 그득 물고 권했다.

강주가 엿을 떼어 입에 넣었다. 시지 않고 달았다.

10회

그들은 나흘째 되던 새벽에사 E군을 떠날 수 있었다. 너무 이르다는 핑계로 조반은 먹지 않기로 했다. 조반을 먹게 될 것 같으면 '똘똘이'(다음행선지(行先地)로 따라 떠나는 빚장이를 말함)를 달고 떠나야 할 판이므로 ─. 벌써부터 밥값을 못치러서 빚장이를 달고 다닌다는 소문을 퍼뜨리기는 싫었다.

E군에서의 수입은 반나절치 비용밖에 되지 않았다. C시에서 그만한 수입이 없었더면 그들은 좀더 일찍 곤경에 빠졌을 것이다.

"그잘난 놈의 촌구석에 끌려와서 공연히 비용만 냈어."

심양혜가 속의 말을 입밖에까지 내어 두덜거렸다. 단원 전부가 하고싶은 말이었을지 모르나 심양혜 외엔 이와같이 노골적으로 나온 사람이 있지 않았다. 심양혜가 고월애의 새로운 염사(艶事)³²를 제일 밉게 여기고 있은 까닭인지 몰랐다.

하기는 고월애의 새로운 염사가 아니었더면 원체 예정지(豫定地)도 아닌 E군에서의 공연은 없었을 것인데 고월애의 새로운 염사 대상자인 K씨가 돌격적으로 발생한 자기들의 염사를 좀더 향락하기 위해서 그들 극단을 자기 향리 E군에까지 끌어갔던 것이다.

K씨는 현대극단이 C시에 도착했을 때 정거장에 마중 나와 준 인사의 하나였다. 극단의 누구와도 알고 지낸 처지도 아니면서 C시에 현대극단이 내려온다는 소문을 듣고선 C시에 미리부터 묵으며 서둘렀다는 것이고 본래 연극운동에 뜻을 두고 있으나 몸소 뛰어들지 못하는 형편이므로 열렬한 지지자로서나마 정열을 받치겠노라고 K씨는 침을 마구 튀우며 정열적으로 말하는 것이었다. 그럴 때 곁에 앉은 C시의 한 인사가 이 근방에선 유일한 지방유지(地方有志)라고 덧붙여 준 일이 있다.

고월애는 근방에서 유일한 지방유지라는 인사의 말을 듣자 벌써 활활 타는 눈길을 K씨에게로 쏟기 시작했다. 고월애의 이 활활 타는 눈길엔 견디어내는 수가 없나 보았다. 그런 눈으로 보지말아 달라고, 자기는 장가를 들었노라고 비명(?)을 지르는 남자도 있긴 있지만 거개는 거미줄에 뛰어든 불나비처럼 그 눈길에 감겨드는 것이었다.

K씨의 어린 아들과 딸이 여관 앞 언덕 위에 기어올라서 여관집 안속을 탐지한다는 소리를 어느날 아침에 심양혜는 여관집 안주인에게서 들었다. 심양혜는 이소리를 듣곤 문들을 열어제끼면서 언덕을 내다보라고 눈이 푹푹 내리는 언덕을 손질했다. 언덕 위에, 눈이 푹푹 내리기 때문에 더 작아 보이지만 그러

32　남녀 간의 정사(情事)나 연애에 관한 일.

나 그들은 일곱살과 다섯살쯤은 되리라고 짐작되는 사내아이와 계집아이는, 푹푹 내리는 눈속에서 여관집 안속에만 정신을 팔고 서 있는 것이었다.

문이 열리니까 그들은 그 작은 몸뚱이를 구부려서까지 방안을 들여다보려고 했다. 그들이 서 있는 언덕 저편도 언덕 이쪽도 일색(一色)으로 아득하기만 한 것이었다.

"문을 닫으라구."

강주가 아득한 언덕에서 시선을 돌리며 말했다. 딴데 가서 딴 여자와 사는 아버지를 기다리던 제 모습과 흡사한 그 아이들이 보기가 싫었던 것이다.

"애들 눈엔 연극배우란 게 무척 신기해 보이나부지."

함께 내다보고 있던 고월애는 아무것도 모르고 이런 말을 했다.

"애애. 그애들이 누군지 알어? 바루 K씨의 아들과 딸이란 말이야. 그 빚존 개살구격인 지방유지의……."

심양혜는 벌써 몇번이나 빚존 개살구격인 지방유지라고 고월애 앞에서 K씨를 빈정대었다.

"남이사 빚존 개살구던 뭐던 무슨 참견이야. 누가 널 더러 데리고 살랬어?"

고월애도 가만 있지 않았다.

"애애. 너때문에 연극쟁이 전체가 욕먹는거나 알어라. 너같은 것때매 도매금으로 넘어가긴 원통하다는 말이야."

"나때문에 너까지 도매금으로 넘어간다구? 나같은게 있어야 얌전한 너같은 여자가 돋뵐게 아냐? 그렇지만 쓸쓸할거다. 쓸쓸해서 넌 남의 일에 눈을 밝히구 극성을 부리는거야. 남자 사랑을 받지 못하고 남잘 사랑하지 못하는 너같은 년은 남의 일에만 평생 눈을 밝히고 있어라."

"아니 인년이, 그게 그래 남잘 사랑하는 거냐? 그건 유희야. 작난이야. 아무 남자나, 여길 가면 여기서, 저길 가면 저기서, 가는 곳마다 좀 어떻다는 남자면 흥걸거려가지군 홀려내는거, 한참 장난을 치구선 뚝 떼어버리는 그게 사랑이냐? 그건 개짐승이나 하는 짓밖에 안돼. 그래 넌 언덕 위에 서 있는 저 애들을 보구도 양심에 가책이 안되냐?"

"난 그런걸 몰라. 누굴 사랑할 땐 아무것도 생각할 수가 없어. 네년의 눈엔 개 짐승이나 하는 짓같이 보인다고 지껄이지만 난 어떤 남자든 사랑하는 동안만은 전력을 다해 사랑하는거야. 목숨을 바칠 각오를 하고서 달려드는 거야."

"그렇게 바치다가 목숨이 백설흔다섯개가 있어도 모자랄걸. 체."

심양혜의 치열한 공박과 K씨의 아이들 두 어린것의 처량한 모습에도 불구하고 고월애는 결국 K씨를 그의 향리에 떨어뜨리지 않고 함께 떠났다.

그러니까 그들 극단엔 뜻하지도 않은 객원(客員)이 한 사람 붙은 것이다.

눈은 내리지 않았으나, 이미 내린 눈 때문에 지공일색(地空一色)을 이룬 속을 그들을 실을 기차가 그들을 향해 오고 있었다. 기차는 허공을 기어오는 듯 보였다. 창으로 흘러나오는 불빛이 신비롭기까지 했다. 강주는 어느 소설 속의 눈 장면을 떠올리며 기차에 올라탔다. 아낙도 피했다. 입을 헤벌리고 쏘파에 걸누워[33] 자는 중년 남자도, 망건만 쓰고 대꼬창이같이 꼿꼿이 앉은 영감도 다 지나쳐버리고 앞으로만 갔다. 차창에 비치는 자기를 아름답다고 느껴줄 청년이라도 찾는 것일까?

"여기선 우리끼리만 모여앉게 못될겁니다. 빈자리거든 아무데나 한자리씩이라두 차지하십시요."

자꾸 지나치기만하는 강주의 뒤를 쫓다가 설초가 말했다. 설초의 소리와 함께 강주는 빼액 내지르는 어린 아이 울음소리에 딱 부딪쳤다. 어린아이의 울음소리는 어느 한 부분에 와 딱 부딪치는 것이었다. 가슴도 아니요, 머리도 아닌 갈빗대 밑을 툭툭 치받던 성환이가 돌덩이처럼 땅땅하게 뭉쳐있던 저 아랫배 쪽이었다.

강주는 아무데나 가까운 빈자리에 주저앉아버렸다. 아랫배 쪽에만 부딪쳤다고 느꼈던 어린아이의 울음소리는 아주 거대한 음향으로 번져가면서 강주의 몸

---

33 '걸터 누워'를 뜻하는 듯함.

전체를 삽시간에 땅땅한 돌덩이처럼 굳쳐버리게 했던 것이다.

"추워 보이는군요."

강주 맞은편에 따라앉은 설초가 외투를 벗어 강주에게 걸쳐주었다.

현대극단은 가는곳마다 공연에 실패를 거두게 되었다. 그러다보니 자연 '똘똘이' 사태가 터지는 수밖에 없었다.

'똘똘이'들은 약삭빠르게도 제각기 제빗을 받자고 극장문간을 지키려 들었다. Y시 같은 데선 사오명의 '똘똘이'가 들끓었다. 한곳 공연으로선 '똘똘이' 하나밖에 처리하지 못하는 형편이었다. '똘똘이' 사태 때문에 공연에 실패를 거듭하는지도 몰랐다. 돈을 받기 위해서 그들은 수단 방법을 가리지 않았다. 저희들끼리 치고받고 힘을 겨누어 힘센 자가 이기고 나면 싸움에서 패배한 약골은 극단측에 행패를 부렸다. 아무리 패배하고 난 약골이더라도 극단측의 어느 누구보다는 강자였다. 어느 누구 하나가 아니고 온통 다 합세를 한다 치더라도 당해내는 재주가 없을 터인데 극단측에선 비슬비슬 뒤로 물러서기만 하자니까 그들은 더욱 기승을 부리는 것이었다.

그중에서 최종지(最終地)까지 따라다닌 S시에서 따라온 '똘똘이'만은 그렇지가 않고, 돈을 달라는 말 한마디 못해보고 그들의 마지막 판까지 목격하게 되었다. 목격했다기보다 자신도 그들과 함께 최후의 고난을 당해야 했다.

'똘똘이'라면, 그 이름이 풍기는 바와같이 암팡지고 똘똘하고 근육이 불끈불끈 내밀어서 약골은 감히 쳐다보지도 못하게 생겼을 것이라고 보는데, S시에서 따라온 '똘똘이'만은 키가 크고 허리가 줄쭉하기만한게 도무지 맥을 써보지 못하게 생겼다.

수개처를 따라다니는 사이에 극단측과는 정이 들기도해서 오히려 그들의 사정을 딱하게 여기고 돕는 한편 하찮은 역같은 것을 무대에서 무난히 해낸 일도 있었다.

그 반대로 그의 마누라는 어느곳 여관집 안주인보다 사나왔다. 남편을 그들에게 따라보내면서 그의 마누라는 온갖 당부를 다 했다. 극장문간 바루 대목에 서서 들어오는 돈일랑 모조리 받아넣라고 했고, 그래서도 채 차지 못하거들랑 악기나 기물을 들고 떠나라고 그 뚱뚱하고 거창스런 몸을 벋치곤 양팔을 폈다 가뒀다 하는 것이었다.

남편이 아니었더면 이미 극단측은 악기와 기물들을 이 여인에게 뺏겼을 것이다. 부득부득 기를 쓰는 아내에게 남편은 따라가서 돈을 받아오는 편이 낫지, 그까짓 하찮은 것들을 받아가지고서야 돈이 몇푼 되겠느냐고 볼타구니의 디룩거리는 근육에 경련까지 일으키는 아내를 능쳐주었다.

"집에 일이 아니면 내가 쫓아가야 할건디이."

아무래도 여인은 남편을 믿지 못하는 얼굴로 기차에 오르는 남편에게 한 말을 되씹고 되씹어 이르곤 한 뒤에 기차가 떠나려고 삐악 고동을 울리니까 밥값을 못 받아가지고는 집에 들어올 생각도 말라고 높은 소리로 외쳤던 것이다.

H시가 그들의 최종지였다. 여기선 더 어쩔수 없이 되었다. 숨을 내쉴만한 여지조차 없는 궁지에 빠져 있었다.

악대원들이 제각기 제가 가진 악기를 결사적으로 불고 치고 하면서 거리를 돌았건만 소용이 없었다. 고월애 심양혜 유라만이 아니고 거리를 도는 일만은 한사코 반대해 오던 강주도 무대화장으로 나섰고 남배우들까지 다 함께 추럭에 편승해서 악대의 뒤를 좇았으나 효과를 드러내지 못했다. S시의 '똘똘이'는 그 길쭉한 체구에다 지게를 지곤 거리를 향해 온갖 추파를 보냈다. 그는 시골길에 지게를 지고 지나치는 한 농군일 뿐이었다. 고월애의 남자는 갓을 쓴 풍채 좋은 영감으로 분장했었다.

그들은 H마을 H여관에 강주 하나를 남겨두고 떠나게 되었다. 이것은 극단 전체의 의사(意思)거나 어느 한사람의 주장도 아니었다. 여관주인의 강압으로 해서 비져진 일이었다. 한달만이면, 어쩌면 한달안으로 돌아갈 것을 말해두고 떠난 강주에게 있어선 커다란 비극이 아닐 수 없었다. 한달이 지나면 승현의 가족들과 강주의 어린것은 기아와 추위에 견디어내지 못할 것이다. 주림에 허덕이는 그들의 오둘오둘 떠는 모습이 강주를 괴롭혔다. 그러나 여관주인은 강주가 아니고선 극단의 그들 전부를 놓아주지도, 거기 머물게 해주지도 않는 것이다. 강주 하나를 남겨두고 가서 그동안의 밀린 밥값을 변통해 오라는 것이 여관측의 독촉이었다.

차일피일 하는 사이에 스무날 너머를 먹은 밥값은 턱을 치받을 정도로 되었다.

강주 하나를 남긴다는 일이 박절해서 두사람으로 하자는 극단측 제안에도 여관측은 종시 불응했으며 강주 이외의 다른 배우로 하자는 제안에도 고개를 저었다.

하나를 두고 먹이기보다 둘씩 먹인다는 일이 그들로선 불리하기도 했겠지만 둘이면 남는 측이나 남기는 측이 덜 절박해질 것을 여관측으로선 알고 있으니까.

서울로 향하기보다 지방 가까이 있는 친척을 찾아 떠나는 축이 더 많았다. 서울까지 걸어가기는 너무 멀었다. 뿔뿔이 떠나는 마지막날 설초는 강주를 참으로 오래 바라보다가,

"이게 무슨 일입니까."

하고 말했다.

그것은 언어가 아니고 처절한 음향이었다.

그는 그동안 여관 주인과 극단원들에게 무한히 시달림을 받느라고 목을 돌릴 만한 여지도 없이 지내왔다.

어느 한곳 '똘똘이'에게 악기를 빼앗긴 악대원들은 설초에게 몰매를 때렸다. 세민은 공식적인 에룽테룽한[34] 연극운동을 청산하고 새로운 이념을 가지고 연극에 임하라고 설초를 몰아세웠다.

---

34 여러 가지 빛깔의 큰 점이나 줄 따위가 촘촘하게 무늬를 이룬 모양을 뜻하는 '어룽더룽'을 '에룽테룽'으로 표기한 것으로 보임.

고월애의 남자까지도 온통 한편이 되어서 공연히 남을 골탕 먹이는 짓은 섣불리 하지도 말라고 공박했다. S시의 '똘똘이'만은 오히려 설초를 감싸주려고 들었다. 다같이 공동으로 행동하고선 이제와서 한 사람의 잘못으로 돌릴게 어디 있느냐는 것이었다. 밥값을 못 받아가지곤 집에 들어올 생각도 말라던 사나운 아내의 말같은 건 그는 잊어버린 듯싶어 보였다.

설초가 서울에 가야만 돈이 된다는 사실을 알고 있는 여관에선 설초에게만은 차비를 주어서 보냈다.

강주는 얼마 되지 않는 짐과 구두와 외투를 여관집에 고스란히 빼앗겼다. 도주를 염려한 데서 나온 일이라고 보았다.

들창을 열면 바다가 곧장 내다보이게 바다가 가까운 집이어서 철썩거리는 바닷소리가 언제나 들린다. 강주는 바로 턱에 닿는 들창 문턱에다 턱을 고이고 진종일 바다를 내다보았다. 달이 뜨는 것도 보고 해가 뜨는 것도 보았다. 그것들이 올리밀 때면 수평선이 손에 다을듯 싶었다. 올리미는 해와 달은 매우 붉고 커서 덩덩덩 소리가 들리는 듯했다. 바닷소리는 누워서도 들렸다. 베개밑에서 철벅거리는 것이었다.

강주는 이 바닷소리 때문에 더욱 견디기 어려웠다. 궤짝만한 작은 방에 가득 차있는 바닷소리 속에서 강주는 물에 빠진 매미처럼 하루종일 허우적거렸다. 그래서 강주는 들창 문턱에다 턱을 고이고 진종일 바다를 내다보는 것이다.

강주가 이러고 있은 지 열흘가량 돼서 설초의 편지와 돈 십원이 왔다. 그러나 강주는 편지만 받은 셈이 된다. 편지 속에 넣은 돈 십원을 여관주인들은 집어내고 편지만 강주에게 주었던 것이다. 설초의 편지에 보면 밥값을 만들어 보낼 동안에 용돈으로 쓰라는 사연이고 그리고 마지막 끝에 가서 ― 당신을 맞으러 갈 그날을 위해 온 정력을 기울이노라는 소리를 적어놓았었다.

주소는 적혀 있지 않았다. 주소가 적혀 있었더면 강주는 꽤 긴 편지를 썼을 것이다.

설초가 아니더라도 강주는 누구에게든 편지를 쓰고 싶었다. 그런데 아무데도 쓰지 못한다. 얼마든지 긴 사연을 써서 보낼 간절한 사람들이 자기 주위엔 수두룩한데 쓰지 못한다.

위선 강주는 승현의 가족, 병신 누이에게도 쓰고 싶었다. 참 오랫동안 편지 한장 못하고 지내온 어머니에게도 쓰고 싶었다. 하다못해 능혜 엄마에게라도 쓰고 싶었지만 결국은 아무데도 못쓰고 만다.

편지조차 쓸 수 없게 된 역경에만 부딪치는 자신이 강주는 역겨웠다. 얼굴을 뒤로 제끼고 강주는 마구 흔들어 댔다. 흔들리는 얼굴에서 눈물이 방울을 지어 뚝뚝 흘러내렸다.

설초에게서 다시 편지가 없었고 맞으러 와 주지도 않았다.

여관에선 강주에게서 바닷소리가 가득 차있는 작은 방까지 빼앗았다. 강주는 안방에서 안주인이랑 한데 지내게 되었고, 밥 짓는 일, 집안 치우는 일을 식모와 같이 하고 있었다. 여관측에선 많은 밥값을 못받으면서 강주를 그냥 먹이며 놀리는 일이 억울했던 것이다.

이 여관에서도 안주인 쪽이 사나왔다. 바깥주인은 마치 S시의 '똘똘이' 모양으로 키가 헌칠히 크고 마음이 물렀다. 강주가 고생하는 꼴을 보아내기가 안되어 하는 때가 많았다. 아내가 없는 틈이면 감춰뒀던 구두를 강주에게 내어주며 바람이라도 쏘여보라고 하기도 하고, 어느날은 과자 한봉지를 안겨주면서 먹으라고 했다.

강주가 식모와 함께 과자를 먹고 있을 때 어디 나갔던 안주인이 돌아왔다. 강주는 미처 어떻게 하지 못하고 과자를 우물우물 씹던채 그냥 있는데 식모가 과자봉지를 들고 빙빙 감출 데를 찾았다.

"아아니 그게 뭐야? 그거 이리 내놓란 말이여."

안주인이 쏜살같이 달려들어 식모에게서 과자봉지를 빼앗아서 그것을 방바닥에다 쌔려던지며 누가 이런걸 줬느냐? 누가 이런걸 먹으라고 하더냐고 꼬치꼬치 물었다. 식모가 강주만 흘끔흘끔 건너다보며 말을 못하니까 안주인은 식모의 팔을 끌어다 집어뜯으며 대라고 서둘렀다. 그래도 식모는 아야얏 소리만 지르며 강주를 흘끔흘끔 보기만하고 말을 못했다.

"아저씨가 먹으라고 주셨어요."

강주가 말하는 수밖에 없었다.

안주인이 식모에게서 과자봉지를 빼앗을 때보다 더한 기세로 내달았다. 비러먹을놈, 주리를 틀놈, 주책둥이같은놈, 그 주제에 꼴값을 피운다는 둥 욕설을 퍼부으며 남편을 앞세우고 들어온 안주인은 입에 거품을 부글부글 물어가면서 식모 팔을 집어뜯던 것처럼, 오히려 더 집어뜯어가면서 숱한 광대년놈들이 먹어댄 밥값을 못받아 잡아둔 년에게 밥 먹이는 것도 원통해 못 견디겠는데 돈을 들여 과자까지 사먹이는 이유를 대라고 악을 썼다.

이런 사태는 그 뒤에도 몇번 벌어졌다. 감춰뒀던 구두를 내어주다가 들켰을 때에도 그랬으며 물을 들고 들어오는 강주가 돌에 채여서 물을 엎질렀을 때에도 그랬던 것이다. 아내는 남편이 강주를 놓아보내주지 않을까 염려하는 가슴 한구석에 저년을 오래 두었다간 심상찮은 사태가 벌어지지 않을까 경계와 감시를 하기에 바쁘기도 했다. 강주가 입은 치마를 벗기고 속치마 바람으로 두는등, 속치마바람의 강주를 남편 앞에 보이지 않으려고 애쓰는등 아주 눈이 돌아갈 지경이었다.

여인은 식모에게까지 강주를, 그리고 그 남편을 감시하라는 명을 내렸다. 줄곧 집어뜯고 때리고 욕설만 할것같으면 식모는 안주인이 하라는대로 곧잘 움직였다. 식모때문에 남편은 아내에게 수없이 집어뜯겼던 일이 있다. 바깥주인이 아무렇지 않은 말을 강주에게 건네는 경우에도 식모는 안주인에게 일러바쳤다. 그러고선 강주에게 잘못했다고 빌었다. 식모는 실로 강주와 바깥주인의 사이를 의심하고 있는지도 몰랐다.

버들강아지가 살이 흠뻑 올랐을 때에사 설초가 '강주를 맞으러' 내려왔었다. 자기를 맞으러 내려온 설초가 강주는 반갑지도 원망스럽지도 않았다. 석달만에 옷을 차려입고 구두를 신고 정식으로 밖에 나섰어도 아무런 감회가 돌지 않았다. 밥값에 잡혀 오래 갇혀있던 여광대가 이제사 놓여 제고장으로 돌아간다고 나서서 심심풀이로 구경들 하고 있는 사이를 헤치고 나오면서도 계면쩍은 감정같은 것을 느끼지 않았다.

기차에 올라서 설초와 마주앉아 있으면서, 시시로 그의 눈과 눈이 마주치는 경우에도 강주는 외면(外面)으로나 내면(內面)으로나 하등의 변화를 보여주지 않았다.

"강주씨 그동안의 고생은 말로 표현할 수 없었을 거라구 알구 있읍니다. 집을 팔아서 돈을 만들기까지 저로서두 뼈를 깎는 아픔을 느꼈읍니다. 강주씨를 거기다 떨궈두구 온 마음은 거기서 고생하시는 강주씨만 못하지 않았읍니다. 우리 다시 모여 지금 다 뿔뿔이 흩어진 단원들을 모여가지구 힘껏 발돋음을 해봅시다. 인제부터 하는 연극은 옳고 바른 것일 것임에 틀림없읍니다. 고생한 값을 찾아야 하지 않겠어요? 강주씨 그렇잖아요?"

설초의 이와같은 말에도 강주는 감동을 느끼지 못했다.

"강주씨 용서해주십시요. 용서해주지 않으시렵니까?"

설초는 강주의 몸 가까이 제 몸을 굽히면서 양팔로 강주를 흔들어대기라도 할 것처럼 굴었으나 강주는 멀건이 바라보고 있을 뿐이었다.

그사이에 승현이 돌아와 있었다.

"잘 놀아났구나 잘 놀아났어."

승현은 강주가 들어서자 이렇게 첫마디를 던지며 강주를 노려보았다. 강주는 아무런 응대도 못하고 눈을 똑바로 뜨고 말뚝처럼 서서 그를 보았다. 악을 악으로 써야 다 못쓸 판이니까 숫제 입을 벌리지 않았던 것일까. 입이 미여지도록 말을 쏟아도 다 못쏟을 판이니까 숫제 그러고 있었던 것일까.

"엄마 엄."

성환이 엄마를 부르며 강주에게로 달려들었다.

"에밀 기다리기도 하더니 쯧쯧."

승현의 모친이 성환의 모습을 지켜보다가 말했다.

강주는 다가드는 어린것을 밀어내며 말뚝처럼 뻗친 몸 그대로 벌떡 누워버렸다. 강주가 잠이 들 수 있었다는 사실은 기적이라 할 수밖에 없었다.

강주가 눈을 떴을 때 승현은 있지 않았다. 아침을 지내고 극단 사무실로 내뺄 차부새[35]를 서둘고 있으려니까 성환이 엄마 치마자락에 매달리는 것이었다.

"쯧쯧 가엾지. 에밀 기다려서 문도 못닫게 하잖니 글쎄. 밤늦도록 엄마엄마를 부르며 문을 열어놓라는구나. 오늘일랑 어린걸 데리고 집에서 푹 쉬려므나."

승현의 모친이 강주를 막 잡으려고 했다.

강주는 어린것을 함부로 밀치고 미닫이 문턱을 바삐 넘어섰다. 골목밖에 나서서야 걸음을 늦췄다. 늦춰 걷는 다리가 무거웠다. 강주는 잠을 자고 싶었다. 잠 잘 데만 있으면 며칠이고 잠을 자고 싶은 것이다.

극단 사무실엔 설초가 나와 있을 뿐 아무도 없었다.

"벌써 나오셨어요? 어젯저녁 나오시라군 했지만 오늘은 쉬실거라구 알구 있었는데……."

설초가 벌떡 일어서며 얼굴에 희색을 띠었다.

"차에서두 말씀드렸지만 우리 이제부터 옳은 연극을 해봅시다. 세민군이 주장하는 가슴과 가슴에 피가 오고 갈 수 있는 연극을. 인제 저두 그런걸 알겠어요. 실패를 거듭하는 사이에 차차 깨달아지는군요."

강주는 기차에서처럼 아무 대꾸도 하지 않았다. 강주는 실내를 쭈욱 둘러보았다. 잠을 잘 수 있는 장소라도 강주는 찾고 있었는지 모른다. 먼지만 파묻히게 앉은 데다가 화기(火氣)하나 없으니 눕긴커녕 앉아 있기도 싫은 장소였다.

강주가 무턱대고 일어서려고 할 때 층대를 올리걷는 발소리가 났다. 이 발소리로해서 강주는 동작을 무뚝 멈추고 예민하게 귀를 기울였다. 귀에 익은 발소리이기 때문이다. 강주는 푹 주저앉았다. 땅속으로 들어가기라도 하라는 듯.

---

35 '차림새'를 의미하는 듯함.

"년놈이 식전 새벽부터 벌써 맞붙어 앉았구나. 수개월을 맞붙어 있었으면 인제 그만 좀 뒤보지. 응 안그래."

승현의 소리는 나즉나즉 하다가 마지막에 가서 억양을 쓱 높이더니 설초가 앉은 테이블에다 칼을 탁 꽂는 것이엇다. 날이 파랗게 선 칼이다.

"일어들 서라구. 년놈다."

설초가 묵묵한채 일어섰다.

"네년은 왜 안 일어서?"

강주는 승현을 보고만 있었다.

"당돌한데, 년이."

강주의 눈을 승현은 꼿꼿이 받으며 말했다.

"일어서 나가자구."

설초가 승현의 말을 못알아들었는지 그냥 서 있고 강주는 자리에서 일어섰다.

"걸으란 말이야. 년놈이 같이."

승현이 테이블 중앙에 꽂힌 칼을 빼었다. 파랗게 선 칼날이 유리창으로 들이민 햇살을 예리하게 받았다.

설초가 앞서고 강주가 섰다. 승현은 그들 뒤에 섰다.

밖엔 택시가 머물러 있었다. 승현이 타라고 문을 열어 주었다. 설초가 물러서며 강주더러 먼저 오르라고 했다.

"이설초씨가 먼저 타시지."

승현이 점잖이 그러나 빈정대는 소리였다.

강주는 그런 소리에도 불구하고 설초가 하라는대로 먼저 올라타려고 했다.

"서강주씨가 내리구 이설초씨가 먼저 오르는 게 어떨까?

승현의 손은 이미 강주의 팔을 집어 끌어내리고 있었다.

택시가 한강철교 턱밑에 이르고 있을 때 승현이,

"스톱"

을 명했다.

택시가 머물고 그들이 내렸다. 승현이 요금을 기세 좋게 척척 세어서 운전수에게 지불해 보냈다.

뉘연히 내려다보이는 백사장으로 그들은 외줄을 지어 내려갔다. 강은 푸르게 흐르고 있고 좀 떨어져 있는 포플라가지도 제법 푸르러 보였으나 바람이 아직 차가왔다. 꽤 광활한 한 지점에 승현이 뚝 멈춰섰다. 설초와 강주도 멈출밖에. 승현이 예(例)의 칼을 뽑아서 백사장 한복판에 꽂았다. 테이블 중앙에 꽂을 때보다 더욱 파랗게 빛을 돋군다. 직사광(直射光)을 그대로 받기 때문일 것이다.

"죽여보란 말이야, 칼을 땅에 꽂지 말구 내 목에 찔러보란 말이야."

설초가 승현에게 대어들었다.

"야 이놈봐라. 적반하장격이구나. 어디 좀 죽어보려나?"

승현이 이 말과 함께 행동으로 옮아갔다. 설초의 면상을 양쪽 주먹으로 쉴새 없이 난타하는 것이다.

설초 역시 승현과 마찬가지로 들이치는 주먹을 막아가며 승현을 때렸다. 권투선수처럼 누가 먼저라 없이 두 남자는 일시에 코피를 터뜨렸다. 붉은 피가 얼굴에서 몸으로 흘러내렸다. 강주는 강이 보이는 위치에 털썩 앉아서 푸르게 흐르는 강물에 시선을 보이고 있었다. 강주는 어느 남자가 이기고 어느 남자가 지던 상관하고 싶지 않았다. 이기겠으면 이겨라. 지겠으면 져라. 하는 허탈증같은데 빠져 있었다.

그 사이가 어느 정도 되었는지 모르는데 설초가 백사장 위에 꺼꾸러져 있는 것이 드러났다.

강주는 설초가 승현을 때려주던, 문화공론사 건물에서 있은 일을 눈앞에 떠올렸다. 그땐 설초가 승세했던 것이다. 승현은 코피를 쏟았고 얼굴이 터졌었다.

— 이번엔 졌구나 하고 뇌이는 순간에 승현의 손이 강주 머리끄덩이를 잡아족쳤다. 다른 데라면 여전히 잠잠했을지 모르겠는데 머리끄덩이는 견딜 수 없었다.

"이건 밤낮 뭐야? 뭘 어쨌다고 이짓이야? 무슨 염치로 누굴 때리고 치고 하는 거야?"

이런 소리를 내뱉고 난 뒤엔 아무것도 몰랐다. 병원 베드에서 강주는 의식을 회복했던 것이다. 그 사이가 얼마나 되는지도 강주는 전연 모른다.

11회

여기가 어딜까?

강주가 눈을 벌려뜨고 상찰하려는데 도어가 열리며 능혜 엄마가 들어섰다. 다홍빛 쟈케트에다 곤색 모직스카트를 입고 칠피구두를 신은 능혜 업마의 맵씨가 전에없이 멋이 있었다.

"살아나셨군. 글쎄 사람을 이지경으로 박살을 내는게 어딨어요? 성환 엄마가 설령 의심받을만한 점이 있다 치더라도 성환 아빠가 무슨 염치로…… 글쎄 어저께 점심때가 다 지나서 여관엘 들어오더니 년놈을 해치웠다고, 한강변에다 죽여넘어뜨렸다고, 호언을 하드라는거예요. 그래서 영인씨가 날 불러가지고 한강엘 나간거죠. 영인씨하고 다꾸시[36]를 몰아 한강으로 달렸죠. 그런데 한강 바루 어디쯤인지 알게 뭐예요. 철교근방에서 우선 내렸죠. 영인씨가 내 손목을 붙잡고 한강 아랫쪽으로 달렸어요. 없잖아요. 다시 한강 윗쪽으로 달렸어요. 영인씨의 긴 머리카락이 흩날리고 넥타이가 나풀대잖아요. 내 치마자락과 옷고름도…… 난 빨강치마에 흰저고리를 입었거든요. 우리들 구둣발은 모래사장으로 푹푹 빠졌어요. 그렇게 푹푹 빠지는 백사장을 한참 달리고나니 거기 글쎄 두 사람의 시체가…… 난 그때 꼭 시체로 알았으니까. 하나는 저쪽으로, 하나는 이쪽으로 하늘을 향해 누워 있는게 아니겠어요. 영인씨가 내 손목을 놓고 성환 엄마부터 진맥해 보더군요. 살아 있다고 내게 알려줬어요. 저쪽으로 향한 시체도

---

36 택시를 뜻하는 일본어 タクシー.

또 그렇게 하더니 살아있다는 거예요. 한 사람씩 영인씨가 들어다 다꾸시에다 실었어요. 그렇게 해가지고 이 병원으로……."

"영인씨라니?"

강주가 능혜 엄마의 말을 중단시키고 물었다.

"아니. 참 영인씨 모르시겠군요? 김영인씨라고 성환 아빠하고 동경서 함께 나온 분이예요. 성환 아빠가 동경 가서 그 사촌언니란 여자하고 떨어지면선 줄곧 영인씨 신세만 졌다잖아요. 그 사촌언니하고 성환 아빠하고 살고 있는 옆방에서 영인씨가 살았대요. 후스마³⁷ 하나를 사이에 둔 방이더래요. 꼭 닫기지 않는 후스마 틈으로 영인씬 그 두 남녀의 농후한 생활을 늘 훔쳐보았다는군. 그 사촌언니란 여잔 사루마다³⁸를 전혀 입지 않고 지내더라니까. 속치마바람으로 내처 지내더라니까. 날씨가 추워지면선 오바는 입을망정 내의는 죽어라 입지 않더래요. 십일월 중순까지 그러고 살다가 반찬거리 사러가는 척하고 나가더니 돌아오지 않더래요. 그 이튿날부터 성환 아빠의 생활은 영인씨가……."

"알겠어요. 그만해 두세요."

강주는 이 말과 함께 눈을 딱 감아버렸다. 그랬으나 능혜 엄마의 입은 다물지를 못했다. 능혜 엄마는 김영인의 이야기가 몹시 하고 싶은 모양이고 그의 신세를 동경에서도 지고 있었고 여기 와서도 지고 있는 승현의 행색을 폭로하고 싶은 모양이었다.

거진 석달을 동경서 승현과 같이 지내온 김영인은 승현을 부호의 아들로 알았으며 E전문학교 졸업반인 그의 누이동생은 절세의 미인으로 만인의 이목을 끌고 있다는 것도 알게 되었다. 서울 와서 보름이 넘도록 김영인은 그것을 믿고 있다가 어느 하루는 승현을 미행해서 승현의 집을 알아내었다. 대문안으로 들어가는 승현을 보고 있는 김영인은 그때까지도 승현의 말을 믿고 있었다. 바깥

---

37 넓은 공간을 나누기 위해 설치한 문을 뜻하는 일본어 襖.

38 일본의 남성용 속바지. 허리에서 허벅지까지 덮는 속옷.

에서 보기엔 고옥(古屋)이 그럴듯했던 때문이다.

　김영인은 절세의 미인 승현의 누이동생인 E전문학교 졸업반생에게 가는 호기심을 버릴 수가 없었다. 승현에게 누이동생을 소개해 달라고 김영인은 수없이 졸랐다. 승현은 집안이 엄격한 탓으로　그렇게는 하지 못하겠으니 우연히 만날 기회를 엿보는 수밖에 없겠다고 말해왔다. 우연히 만날 기회를 김영인은 어느 한시각을 빼놓지 않고 엿보았다. 학교에 갈만한 시각과 파해서 돌아오는 시간을 놓치지 않기 위해서 승현의 집골목 어구를 항상 지키고 있었다. 그럴듯한 여자가 나타나면 그는 가슴을 뛰우며 그여자에게 조승현씨의 누이동생이냐고 묻기를 수없이 했다.

　김영인은 불면증에 걸렸다. 더 참아내는 수가 없었다. 승현의 누이동생이 집에 있을만한, 그리고 승현은 집에 없을만한 시각을 틈타서 사십명 인구가 득실거리는 그 집속으로 들어갔다. 김영인은 조승현을 찾았다. 조승현을 찾는 소리를 조승현의 집 식구에게보다 능혜엄마에게 먼저 들렸다. 승현의 집식구들은 조승현을 찾는 소리를 들어본 경험도 없으려니와 제일 구석진 방인 데다 가마니로 두른 옆집 부엌 때문에 바깥 소리가 쉽게 들리지 않게 되어 있었다.

　능혜 엄마가 나타나자 김영인은 승현의 누이동생인 줄만 알고 승현이 여관에서 기다리고 있다는 소리를 해서 능혜 엄마를 그가 유숙하고 있는 여관에 데리고 갔다. 승현이 있을 리 없었다. 처음 만나는 남자요, 누구인지도 모르는 남자를 따라간 능혜 엄마가 성환 아빠가 어디 있느냐고 물을 수밖에 없었다. 승혜씨, 용서하십시요. 승혜씨를 만나기 위해서 거짓말을 했어요. 오빠가 오라구 하지 않았어요. 오빠는 모르는 일입니다. 승혜씨를 만나기 위해선 거짓말이라도 해야 했읍니다. 승혜씨, 내가 누군건 아시겠지요. 승현군한테 들으셨겠지요. 동경서 승현군과 함께 나온 김영인입니다. 승현군과 연극운동을 하려구 나온 김영인입니다.

　능혜 엄마는 동경이라는 남자 소리에 놀라듯 네? 하고 반문했다. 남자는 승현군이 아무것도 알리지 않았더냐고 물으며 다가왔다.

　　　　　　　　　　　　　　　　　　　　　　　　

능혜 엄마가 자기는 승현의 누이동생 승혜가 아니고 그 옆방에 사는 여자라고 말하고 자기도 동경서 태어났으며 동경에 가고 싶어하는 사찌꼬라고 대어주었다. 그리고 승혜는 꼽추요, 학교문전에 가본 일도 없다는 말과 승현의 집 사정을 낱낱이 알려주었다.

참 나쁜 놈이군. 아주 망할 자식이야. 김영인은 굳어진 얼굴로 말하는 것이었다. 능혜 엄마는 동경서 온 이 남자가 몹시 가엾다는 생각이 들었다. 인제부터라도 속지 말면 되잖아요. 그 사람을 여기 붙이지 마세요. 능혜 엄마는 승현을 늘 감싸주던 마음과는 달리 동경서 온 남자와 옛날부터 알던 것처럼 한편이 되어 승현을 몰아세우고 싶어졌다. 그러자 동경서 온 남자는 커다란 눈에 슬픔같은 빛을 가득 담으며 능혜 엄마에게로 다가왔다. 그는 긴 머리카락이 내리 드리운 이마를 쓸어올리며 자기는 나를 조승혜라고 생각할 테라고, 동경서부터 마음속으로 사모해오고 조승혜로 해서 펼치곤 하던 온갖 꿈을 버릴 수는 없다는 것이었다. 조승현을 따라 나오게 된 것도 조승혜에게 가는 사모의 정이 넘쳐흘렀기 때문이라고 말했던 것이다.

좋아요. 저를 조승혜라고 생각해도 무방해요. 제가 조승혜를 대신하겠어요. 동경서 오신 당신을 실망시키고 싶지 않아요.

능혜 엄마가 다가오는 남자를 맞아줄 준비를 해가면서 말했다. 다가오는 남자, 다가오는 남자를 맞아줄 준비를 하고 있는 여자, 남자와 여자는 누가 먼저라 할 것도 없이 서로 쓸어안았다.

"사찌꼬는 행복했어요. 이때까지 그리던 꿈을 실현한 거예요. 영인씬 대학교수는 아니지만 대학출신이라요."

눈을 딱 감았으나, 눈을 딱 감았기 때문에 강주는 능혜 엄마의 긴 이야기가 더 잘 들렸던지 모를 일이다.

"사십구호실에 전할 말 없으세요? 성환 엄마."

"사십구호실?"

눈을 감은채 가라앉은 소리로 강주는 되물었다.

"그이 말이예요. 이설초씬 사십구호실에 누워 있거든요. 그이도 얼굴이 문둥인걸요. 성환 엄마보단 좀 덜 하지만…… 영인씨가 지금 그 병실에 와 계셔요. 나도 인제 거기 가봐야겠어요. 설초씬 어제저녁 곧 깨었대요."

능혜 엄마의 목소리는 전에없이 가벼웠다. 강주는 도어 밖으로 또각또각 멀어져가는 능혜 엄마의 발소리도 눈을 감은채 듣고 있었다.

늑골이 부러지고 척추에도 금이 갔다는 진단을 받은 강주는 기부스에 싸여 있지 않으면 안되었다. 움쩍도 못하고 누워 있노라면 줄곧 벽에 걸린 성모마리아의 초상만 뜨이게 되는 것이었다. — 성모마리아여 당신은 고난을 사랑하라고 하셨읍니다. 고난을 사랑할만한 여지(餘地)를 저에게 베풀어주실 수는 없는 것일까요? 때로는 이렇게 빌어보기도 하지만 또 어떤 땐 성모마리아에게 가는 증오감이 불길같이 일어나는 것을 알았다. — 네가 무엇을 알았더냐. 네가 겪은 고난이 얼마만큼이나 했더냐고 소리를 버럭 지르기도 했던 것이다. 설초는 곧 일어났다. 그는 외상(外傷)뿐이지 뼈가 다친 데는 없었다고 했다. 설초의 알선으로 유라가 와서 강주의 시중을 들게 되고, 그러자니까 극단인들이 대부분이 드나들게 되었다.

고월애만은 나타나지 않았다. 고월애는 새로 창립됐다는 대중극장에 나가고 있고, 애인이던 지방유지 K씨는 극장 문간을 지키고 있다는 것이다. 고월애는 이미 대중극장 지배인 C씨와 한창 열중하는 중이라고들 떠들었다.

"빚존 개살구격인 지방유지만 골탕을 먹은 거지 뭐얘요. 어느날 그 꼴좀 보자고 극장엘 가잖았겠어요. 아니 글쎄 정말 문간을 보고 섰는 거예요. 좋던 풍채도 말이 아니던걸요. 빚존 개살군 옛날이던걸요."

심양혜는 아직도 그들의 염사를 못마땅해하는 얼굴이었다.

눈이 푹푹 내리는 언덕, 이쪽도 저쪽도 아득하기만 한데서 K씨의 두 어린것들이 여관집 안을 그 짧은 허리를 구부리고 들여다보던 모습이 강주의 눈앞을 훌훌 스쳐갔다.

"여자 때문에 아주 망해보는 것도 존 거야."

세민이 심양혜 말을 받았다.

"세민씨 자신은 망해볼 생각이 아니면서 남이 망하는 건 통쾌한 모양이죠?"

"이제 망하게 될지 알어."

"관둬요. 망하긴 다 틀렸지 뭐. 신혼생활에 깨가 쏟아지면서 언제 망해요."

"망하는 걸 구경했음 속이 씨원하겠어? 한번 보여줄까?"

"이미 때가 늦은걸요. 나 역시 결혼했으니."

"아아, 때는 이미 늦었더냐? 애석하여라. 전세민이 망해볼 기회는 아아 살아졌구나. 살아졌구나."

세민이 두 손을 가슴에 얹고 영탄조로 연극대사 외우듯 하니까 모두들 웃음을 터뜨린다. 강주도 약간 웃었다. 오래간만에 웃는 웃음이었다.

"심양혜씨 신랑은 뭘하시는 분이셔?"

강주는 남색치마에 분홍저고리를 입은 새색씨의 모습을 새삼 훑어보며 심양혜에게 물었다. 신랑의 직업 여하에 따라 심양혜의 행 불행이 결정될 것이라는 생각이 무뜩 들었던 것이다.

"의사, 외과의사라요. 개업하고 있죠."

"의사?"

를 되뇌이곤 강주는 지난날의 일을 생각한다. 자기는 결혼같은 걸 할 생각을 하지 않았으나, 어머니는 장차 의사를 꿈꾸고 공부하는 청년에게 점을 찍어두고 그 청년의 어머니와 가까이 지내는 눈치를 강주는 알아채었다. 강주 형제들에게도 잘 안 주는 엿이며, 떡을 마수거리도 하기 전에 갖다주곤 했는데 그럴 때면 으례 강주더러 심부름을 하라고 했었다. 청년의 어머니도 심부름을 가는 강주의 일거일동을 낱낱이 살피며 친절히 굴었으며 강주는 그러는 청년의 어머니가 싫어서 돌아오는 길에선 누가 늬네집에 시집을 간댔어. 흥. 하고 콧방귀를 치곤 했었다.

김영인이 강주 병실에 자주 나타났다. 능혜 엄마와 둘이서 오는 일이 더 많고 설초랑 셋인 경우도 적지 않았다.

능혜 엄마와 둘인 경우엔 강주가 눈을 감고 잠을 청했다. 강주가 긴 잠에서 깨어난 뒤에도 그들은 정열을 피차에 아끼지 않았다. 그들은 곧 도피처를 남산 밑에 마련하고 숨어서 살았다. 그러고나서도 둘이 같이 병원엘 자주 드나들었다. 능혜 아버지가 가엾지 않으냐고 강주가 말하면 능혜 엄마는 가엾지만 그를 동정해서 자기의 한 생애를 희생시킬 수는 없다는 것이었다. 능혜가 보고 싶지 않으냐는 말에는 보고 싶다고, 그렇지만 너무 크고 넓은 날개 밑에 푹 쌔워 있기 때문에 그런것 저런것을 다 잊어버리게 된다는 것이었다.

"능혜 아버지한테 들키시면 어쩌시겠어요?"

"들키잖어요. 그 위인이 가게문을 닫구 날 찾아떠나진 않을 테니까. 가게문을 닫친 뒤, 밤이면 몰라도. 가게 문을 닫는 걸 목숨 끊는 일만큼 대단하게 아는걸요. 그러니까 명절날에도 가게문을 어디 닫던가요. 아, 난 돈만 아는 그런 구두쇠한테서 용케도 풀려났어요. 이 행복감, 이 만족감을 저 하늘에, 저 땅에, 저 나무들에게 알리고 싶은 충동에 가슴을 뛰우고 있어요."

능혜 엄마는 어느새 가슴에 두 손을 얹고 치켜뜬 눈으로 외계(外界)를 내다보며 대사를 외우듯 했다. 이 날만은 김영인과 같이 오지 않았었다.

꼭 반년만에 강주는 퇴원할 수 있었다. 부득불 승현의 가족들이 사는, 그리고 자기가 살아온 그 귀퉁이 방을 찾아가게 되었다. 거기밖에 갈 데가 강주에겐 없었던 것이다.

입원하고 있는 중에 꼽추 시누이가 두번 다녀간 일이 있을 뿐 그외의 인간은 얼씬하지도 않았다.

승현은 한강변 사건을 치른 뒤 한 열흘만에 아주 행방을 감추었다는 이야기도 시누이에게서 들었다. 승현이 그렇게 되지 않았다면 강주는 그쪽으로 발을 돌리지 않았을지도 몰랐다.

강주는 그집 대문안에 들어서며 성환의 모습부터 찾았다. 성환이 아이들 틈

　　　　　최정희 소설 전집 **6**

에서 이젠 꽤 익숙한 동작으로 놀고 있으리라고 상상해가며 살폈다.

한낮의 폭양이 내려쪼이는 마당에 여전히 아이들은 놀고 있었다. 강주는 눈을 참 많이 벌려 뜨고서 그 속을 찾았으나 아이는 없고 하모니카 형제 중 막내둥이가 반색을 하며 달려오는 것이었다.

"성환이 시굴 갔어요."

"시굴?"

강주는 외마디소리로 그 아이의 말을 받았다.

"네, 벌써 갔어요. 할머니가 업구 간걸요. 저것 봐요. 아무두 없잖어요. 저방엔 다른 물장수들이 왔어요."

강주가 아이놈이 손짓하는 방쪽으로 눈을 보내었다. 미닫이가 열려 있고 방은 비어 있었다.

강주는 아이들 속에 멍하니 정신을 잃고 서 있었다. 아이들마다 동작을 멈추고 강주를 둘러쌌다. 강주는 둘러싸인 아이들 속에 한참 서 있다가 주인네들 방으로 들어갔다.

아이들이 우르르 따랐다.

"너희들은 저리 가서 놀지 그래."

강주가 목이 잠겨서 나오지 않는 목소리로 아이들을 물리치려고 했다. 그중에 몇만 되돌아 가고 몇몇은 쭈욱들 문앞에 서 있었다.

주인댁은 뒤꼍 툇마루에 고쟁이 바람으로 앉아서 부채질을 할랑할랑 하고 있다가,

"아니, 어떻게 왔군 그래. 딴 델 갔다더니."

하고 강주를 찬찬히 쳐다보았다.

강주는 그 말엔 대꾸도 아니하고, 대꾸할 소리도 못되었지만 승현의 가족들 사정부터 물었다.

"낙향했지. 아들은 종적을 감추고 벌어들이던 며느린 딴 냄편을 얻어갔으니 모랠 씹으며 살 수도 없고, 할수 있어야지. 굶다 굶다못해 낙향했지 별수 있어."

"어린것도 데리고 갔어요?"

"그럼. 데리고 안가고 어떡해. 내던질 수도 없잖어. 능혜 에미가 아일랑 에미한테 맡기라고 하더구만서도 딴 냄편 얻어간 에미한테 아일 맡기겠어. 굶어죽으면 죽었지, 안그래? 능혜 에미란 년도 바람이 나가지고 뒹경서 왔다던가, 그런 사내놈과 배가 맞아서 떠나버렸지. 나 원 방셀 놔먹다가 별꼴들을 다 본다니까."

주인댁은 더 열심히 부채질을 할랑할랑 하는 것이었다. 그러면서 이야기를 그치지 않았다.

떠나는 그들 가족의 행색은 꼭 곡마단패거리에 지나지 않았다는 것이다. 시모가 아이를 업은 위에다 솥을 얹은 소반을 이었다. 시동생은 이부자리 보따리를 짊어졌었다. 꼽추 시누이는 그릇나부랑이와 풍로 등속을 싸서 이었다. 꼽추 시누이 때문에 곡마단 패거리로 보였다는 말도 주인댁은 사정없이 했었다.

입을 다물 듯하던 주인댁이 곧 입을 열었다.

"글쎄 아이놈은 그 알량한 짐을 꾸리는 어른들 틈에서 왔다갔다하며 신바람이 나 하는거 아냐. 시누인 끝까지 이부자리며 세간 나부랭일 안가지고 가겠다고 뻗댔지만 욕심꾸레기 늙은이가 말을 들어주나. 온통 있는대로 가져가는 게 아냐."

강주는 잠잠히 듣고 있으면서 속으로 그것들을 다 가져가더라도, 강주 자기의 껍데기까지 벗겨가더라도 그들이 좀 낫게 살아줬으면 하고 빌었다.

"참 편지 온 거 있겠군. 친정 모친한테서 온 건가부던데. 딸자식을 키울 땐 저럴 줄 몰랐을 테지…… 뒹경 공부까지 시켜가지고…… 쯧쯧."

주인댁이 제 일처럼 한숨을 내쉬고선 벽장속에서 꺼내주는 편지를 강주는 바삐 받아들고 도망치듯 나왔다.

"성환 어머니."

모퉁이를 돌아서 골목 어귀로 빠지려는데 부르는 소리가 들렸다. 능혜 아버지가 헐떡거리며 달려오고 있는 것이다. 폭 젖도록 그는 땀을 흘렸다.

"안녕하셨어요?"

강주가 이렇게 인사를 하자,

"안녕이구 뭐구가 어디 있어요. 개판인걸. 하여간 성환 어머니 가게로 좀 가십시다."

그는 이쪽 의사같은 건 살피려는 기색이 아니었다.

가게 마루에 그와 강주가 걸터앉았다. 능혜 모를 못보았느냐는 것이 첫마디의 말이었다. 강주는 보았다고도 못보았다고도 할 수가 없어서 육개월 동안이나 자기는 입원을 하고 있었노라고 말했다.

"그래요? 정말이요?"

그는 거칠게 말을 뱉곤 강주를 흘깃흘깃 두어번 살폈다. 그는 강주가 입원했던 사실을 모르고 있는 눈치였다. 그 한사람 뿐 아니고 그 집안 속의 사십명 인구들의 아무도 그 사실은 모르고 있는 것같았다. 승현의 허물을 덮기 위해선 승현의 가족들은 그런 체를 하지 말아야 했을 것이다. 강주가 바람이 나서 딴 남자에게로 가버렸다고만 내세웠을 것이다.

능혜가 땀을 촐촐 흘리며 들어섰다.

"울엄마가 없어졌어. 도망갔어."

능혜는 강주를 목격하자 울음을 터뜨리며 지절거렸다.

강주는 능혜를 끌어안고 눈물과 땀이 범벅이 되는 능혜 얼굴에 제 얼굴을 들여대고 저도 눈물과 땀이 범벅이 되었다.

"능혜엄말 만나면 집에 돌아가시라고 말하겠어요."

강주는 진정 그렇게 하고 싶은 마음으로 가게를 나왔다. 능혜가 더 목을 놓아 울면서 "울엄마 집에 오라구 해. 빨리 오라구 해 아줌마." 강주는 이 울부짖음을 돌아다보지 못하고 머리를 크게크게 끄덕여 보이기만 했다. 엄마를 떠난 성환이도 저처럼 울부짖을 것이라고 생각하니 뒤로 모가지가 돌아가지 않았다.

강주는 땀을 씻는 시늉을 해가며 줄곧 울었다. 기브스를 뗀 탓인지 몸이 공중에 뜨며 다리가 제대로 놓이지 않았다. 하긴 기브스를 떼던 날은 다리가 뻣뻣하니 움직여주지 않아서 기브스를 댔을 때나 마찬가지로 운신을 못하고, 나흘이나 그대로 누워 있었다.

강주는 그런 몸으로 줄곧 걸었다. 걸음을 연습하기라도 하는 것처럼. 해가 지자 어디로 가나? 하고 초조해졌다. 몸이 완전히 자유로울 때까지 누워 있으라던 설초의 말이 생각났다. 극단 사무실로 갈까 하는 생각도 해보다가 치워버렸다. 설초에게서 얼마만큼의 돈을 받아들고 나온 일까지 역겹다는 생각이 들었다. ― 무엇으로써나 그 대가(代價)를 치루면 그만일 테지. 무엇으로? 강주는 자문해보는 것이다. 인제 무대에도 설 생각이 없었다. 우선 마음놓고 울 수 있는 장소를 찾아내고 싶었을 뿐이다. 여학교때 함께 있은 일이 있는 해순네 집이 머리에 떠올랐다. 그집은 영도사 근처에 있었다. 그들 둘이 있던 방은 뒤꼍으로 깊숙이 들앉아 있고, 절에서 울려주는 종소리가 들렸었다.

이 종소리 때문에 강주는 그집을 무뜩 생각해냈던지도 모른다. 이왕이면 그런 방에서 아무도 몰래 몸부림을 치고 싶었던지 모른다.

강주는 영도사 근처 정류장에서 전차를 내렸다. 한참 걸어야하는 영도사 앞 길엔 어둠이 완전히 내리깔리고 있었다. 눈물에 젖는 얼굴을 땀을 씻는 시늉을 해서 씻을 필요도 없었다. 흘러내리는 눈물대로 버려두었다.

― 해순네가 그냥 살기나 했으면. 거기도 있을 수 없게 된다면 어디로 가는 걸까. 이런 불안을 느끼며 해순네 집 대문 안에 들어섰다. 안방과 건넌방에만 불이 켜져 있고 모두 캄캄했다. 안방을 향해 해순이 있느냐고 불러보았다.

"해순이라니? 이게 웬 소리냐?"

미닫이를 걷어차며 바삐, 허리가 굽은 해순 어머니가 나왔다. 모습만으로선 알아낼 수가 없었지만 가라앉은 탁한 소리이긴 해도 목소리에서 해순 어머니를 확인했다.

"저 서강주예요. 해순일 찾아왔어요."

"해순일."

기가 탁 차는 목소리로 한마디 뇌이곤 마루 아래 섰는 강주를 뚫어지라고 내려다보았다.

강주는 불길한 예감이 무뜩 있었으나 잠잠히 서 있었다.

"좌우간 들어오라구. 서강주가 오다니."

해순 어머니가 앞서서 들어가는 방으로 강주는 따라 들어갔다.

네댓살 됨직한 어린것이 배에다 홑이불을 걸치고 잠들어 있을 뿐 아무도 없었다.

"해순인 죽었다. 저녀석을 낳구선 죽었단 말이야."

"네에?"

불길한 예감을 이미 느끼고 있은 까닭에 그다지 강주는 놀라지는 않았다.

"그럼 여학골 졸업하자 이내 결혼했던게죠?"

"그렇지. 결혼을 어디 바루 하기나 했으면사 덜 원통하지. 전문학교 시험준빌한다고 선생을 들이앉혔다가 아일 배게 되니 선생놈은 뺑소닐 쳐버리고 달이 차서 아일 낳다가 해순인 죽었단 말이야."

해순 어머니가 치마자락으로 눈물을 닦아내며 훌쩍거렸다.

관계에 나가던 해순 아버지도 해순이보다 먼저 세상을 떴다는 것도 말해 주었다.

사람의 세상이 이렇게 허무하고 억울할 수가 어디 있을까부냐고 해순 어머니는 강주를 건너다보고 중얼거렸다.

무엇으로 생계를 이어가느냐고 강주가 물었다. 토요일 오후부터 일요일에 절을 찾아오는 손님들을 상대로 밥장사를 한다고 해순 어머니는 들려준 다음, 달밥을 먹는 사람도 있다면서 불이 켜진 방을 턱으로 가리켰다.

"저두 여기 있을 수 있겠어요? 우리가 있던 저 뒷방 그냥 있다면 거기 있고 싶어요."

강주 이 말에 해순 어머니는 갑자기 만면에 희색을 띄우면서 그래라, 그래라. 그 방이 비어 있다는 것과 강주가 있어줬으면 해순일 보는 듯 마음 든든할 거라고 기뻐했다. 해순 어머니는 강주더러 가만히 앉아 있으라고 일러놓고 그 방 소제를 해야한다고 나갔다.

강주는 그 사이에 배에다 홑이불만 걸치고 잠들어 있는 아이에게로 다가갔다. 손을 만지작 만지작 만져주며 아이에게서 해순의 모습을 찾아내려고 했다. 뺑소니를 쳐버린 아빠의 모습도 섞여 있을테지. 하는 생각도 하다가 성환은 승현의 어느 부분을 닮았을까 하고 생각해 보았다. 성환은 얼굴이나 성격이나 실티만큼이라도 저의 아빠를 닮지 말아야 한다고 머리를 저어가며 강력히 주장했다.

해순 어머니가 치워논 방에 들어갔을 때 강주는 해순과 함께 지내던 기억이 물커덩 떠올랐다. 해순과는 여학교 삼학년에서 같이 있게 되었다. 아들은 낳는 족족 죽이고 나머지 딸 하나인 금지 옥엽의 해순을 혼자 먼 길에 통학시키기도 애처로왔으려니와 더구나 그 부모들은 해순의 학교 성적을 올리고자 해순이 보다 성적이 우수한 동급생을 동숙시키려고 꾀했던 것이다. 해순은 반 중에서 이 아이 저 아이를 골라보다가 강주가 제일 적당하겠더라고 해서 강주를 선택했던 일이다.

부모들의 그러한 뜻임에도 불구하고 해순과 강주는 활동사진 구경에 더 열중했다. 돈이 생기면 우선 극장으로 가기가 바빴다. 해순은 결석을 하면서라도 극장엘 가자고 졸랐으나 강주는 그렇게는 한번도 하지 않았다.

그들 책상머리엔 서양 남녀배우의 푸로마이드가 쭈욱 붙어 있었으며 그 옆에다간 나의 사랑하는 아무개여 라던가, 나의 숭배하는 아무씨 라고 써 붙이기까지 했다. 해순은 제가 좋아하는 여배우의 표정을 줄곧 흉내내느라고 거울앞을 떠나지 않았다.

강주는 배우의 푸로마이드만으로선 흡족치 않아 그 책상머리엔 잡지 등속에서 오려낸 성화니 모나리자니, 이런 것들이 붙여져 있었다.

해순은 아침에 눈을 뜨자마자 이불속에 누운채로 사과나 밥이나 곶감 등, 혹은 떡같은 것을 잘 먹었다. 강주더러도 먹으라고 권유했으나 강주는 이불속에서 먹어본 일이 없었다.

이빨두 안 닦구 더러워서 어떻게 먹을 수가 있느냐고 말하면, 애애 깨끗한체

하지 마. 목 넘어는 그냥 똥인데 뭘 그러느냐고 윽박질렀다.

「진홍의 문자」(나타니엘·호손 작)라는 활동사진을 구경하고 오던 날 저녁, 해순과 강주는 오래도록 이야기에 취해서 잠을 이루지 못했다. 목사가 교인 중의 유부녀를 사랑해서 아이를 낳았다. 남편이 출타한 틈에 아이를 낳은 여인은 가시쇠줄을 둘러 논 집속에서 바깥 세상과 등지고 살았다. 그의 아이가, 둘러 논 가시쇠줄 안에라도 나타나기만 하면 동네 아이들이 돌팔매질을 해서 견디지 못하게 군다. 여인의 가슴엔 「진홍의 문자」가 붙어 있다. 어느날 밤 목사는 자기도 여인의 가슴에 붙어 있는 문자를 붙여야 하겠다고 각오하고 뻘겋게 달은 화저로써 가슴에다 문자를 새긴다. 지글지글 타는 살 냄새가 풍긴다. 목사의 가슴에도 여인의 가슴에 붙어 있는 문자와 동일한 문자가 새겨진다. 여인의 것은 옷에 새겨졌지만 목사는 가슴팍 살에다 새긴 것이다.

해순은 「진홍의 문자」를 새겨 달고라도 그런 사랑을 해보았으면 좋겠다고 말했다. 강주는 그런 건실치 못한 사랑은 싫다고 말했다. 강주는 그들의 사랑을 무한히 슬퍼하면서도 딴 곳에 가서 딴 여자와 살고 있는 아버지를 몇번씩 떠올렸던 것이다.

강주는 꼬리를 잇는 생각들을 물리치며 빽 속에 든 어머니의 편지를 뜯어 읽기로 했다. 여전히 술주정이라도 하는 듯한 비뚤비뚤하는 연필 글씨였다.

강주보아라,

네편지 밧아본 지가 일년이 넘는고나, 아이놈도 인젠 뛰어다닐 시기가 되엇슬테지. 마음대로 속에잇는 말을 쓱쓱 쓸줄 알것갓흐면 날마다라도 편지를 쓸 생각일텐데 너는 어찌하여 그리도 편지를 못하느냐.

영주가 작년 여름방학에 동경 들어가던 길에 너희들 집에서 너희들 사는 꼴을 일일이 큰댁에 적어 보내여서 이곳에서는 너희들 소문을 손에 쥔듯 알고들 잇다. 큰댁에서는 과거급제나 한듯이 조와서 야단들이다, 동네에서는 비방이 대단하고나, 장학금을 타서 공부하던 장학생인 네가 공부 못하는 자기네 아이들만 못한 꼴이 되었다는 고소한 생각일테지만 에미는 나츨 들고 나가다니기가 붓그럽고나, 살님이 찢어지게 궁한 데다가 시댁권속들까지 한테 엉키고 계다가 돼지울이만한 방이라니 네 고생이 눈에 환하다, 그러니 편지할 경황이나 있겠느냐마는 한달에 한번쯤만이라도 편지가 잇섯스면 애가 덜 타겟다, 찬주는 이제나 저제나 네 편지를 기다리다가 금융조합에 규지(급사)로 들어가더니 착실히 보엿든지 금융조합 리사가 중학교공부를 보내주어서 집을 떠난 지도 벌써 반년이 되여간다, 에미는 인제 아주 혼자고나, 혼자서 너희들이 건강하고 하느님의 뜻에 어긋나지 안는 자식들이 되기를 밤낮으로 기도하고 잇다, 그러나 저러나 어린놈이나 몸 성히 잘크고 너희 내외가 화평하게 지내주엇스면 더 이를 데가 업겟고나………….

사연이 아직 남아 있었으나 강주는 더 읽지 못하고 깔아논 자리위에 푹 쓰러졌다. 물 묻은 종이처럼 몸이 흐늘흐늘 풀려나가는 것같았다. 그렇게 느끼고 있는 사이에 강주는 잠을 잘수가 있었다. 책상 위에 얹은 물그릇이 쏟아져 흐르는 바람에 강주는 눈을 떴다. 강주는 눈을 뜨고 나서도 얼맛동안을 승현이 끼얹은 세수대야의 물로 알았다. 성환이놈을 부동켜안은 강주가 친정어머니 앞에 성환이놈을 바싹 갖다대며 우리 성환이 이만큼 큰걸요. 어머니 좀 안아보세요. 얼마나 무거운가를…… 하고 흐드득거리는데 승현이 세수대야로 하나가득한 물을 그들 사이에 콱 끼얹는 것이었다. 어머니는 어떻게 되었던지 몰랐다. 성환과 강주는 물에 빠진 쥐가 되었다. 강주는 차가운 것도 잊어버리고 마른 치마폭을 골라가며 성환을 훔쳐주었다. 성환은 간지럽다고 웃어냈다. 강주는 웃어대는 성환을 마구 얼싸안고 흐드득거렸다. 한참 뒤에사 강주는 성환을 안았다고 알았던 팔안에 책상다리가 안겨 있는 것을 알았다.

그때 영도사에서 종소리가 들려왔다. 종의 아가리만큼 강주는 크게 입을 벌려대고 소리를 질렀다.

"사람이 밥을 먹어야 살지, 백지장같이 하고 누워만 있음 어쩔라구 그래."

강주에게 해순 어머니는 이렇게 말하고 나서 해순아 너 본 듯이 보려고한 강주까지 애를 먹이니 나는 어쩌면 좋겠느냐고 해순이 거기 있기나 한 것처럼 책상머리를 쓰다듬어가며 중얼중얼 하는 것이었다. 해순 어머니는 해순이 덮던 이부자리와 베개, 받아먹던 소반그릇 등을 고스라니 두어두고, 그것들을 끄집어내보는 습관이 붙어 있었다.

그럴때면 강주가 섬찍해 왔지만 그 섬찍한 기분을 오래 가질 수 없게 강주는 자기 아픔에 몸부림을 치고 있는 것이다.

새가 나무에 와 울어도 같이 울고, 달이 창을 비쳐도 울었다. '엄마' 부르는 아이들 소리는 그렇게도 들리는 것일까. 산에서도 들에서도 길목에서도 등성이에서도 아이들은 '엄마'를 부른다. 싸워서 지게 돼도 '엄마'를 부르고 놀다가 쫓겨가게 돼도 '엄마'를 부른다. 밥을 먹겠다는 말도 '엄마'를 불러서 하게 되고 사탕을, 장난감을 사 달라는 말도 '엄마'를 불러서 하게된다. 아이들은 '엄마'를 부르기 위해서 세상에 태어난 것만 같다.

─ 성환인 '엄마' 대신에 누구를 부를까. '엄마' 소리가 들릴 때마다 강주는 그 소리는 가슴도 아니요, 머리도 아닌, 갈빗대 밑을 툭툭 치받던 성환의 돌덩이처럼 땅땅하게 뭉쳐있던 저 아랫배 쪽에 와서 딱딱 부치는 것이었다.

12회

어느날 설초 세민 두 사람이 강주의 처소를 찾아들었다. 그들은 거리에 나갔다가 우연히 만난 고월애로부터 강주의 소식을 듣고 즉시로 달려온 것이라고 한다.

"하늘아래 안 찾아본 데가 없었는데……이번 일은 순전히 바람둥이 덕을 본 걸. 그 바람이 아니드면 이런데 숨은걸 알아낼 재간이 있어야죠. 후유─"

목줄기로 구비쳐 내리는 땀을 씻을 생각도 하지 않고 세민이 긴 숨을 내뿜으며 말을 맺었다.

세민의 내쉬는 긴 숨 뒤를 설초도 따랐다. 세민이 한 말과 같은걸, 그 이상의 걸 할 수 있다는 얼굴을 지으며. 그러나 그는 입을 떼지 않고 방 안과 강주를 살피는 것이었다.

강주는 못에 걸린 옷을 내려서 입는다, 깔렸던 자리를 걷어 벽장 속에 집어넣는다, 꽤 바삐 서둘렀다. 강주로서는 근래에 없었던 일이라하겠다.

여기 온 뒤로 한달이 넘었어도 마당출입도 하지 않고 지낸 터이고, 음식물까지 전폐에 가까울 정도로 지냈으며 미닫이는 항상 닫아두고 북쪽으로 뚫린 들창 하나만을 열어놓았을 뿐이었다.

고월애들이 오던 날도 그렇게 하고 있었는데, 이 방이 좋겠군. 아주 조용하겠어. 하는 미닫이 바깥 소리에 강주는 이상하게도 귀를 번쩍 들었던 것이다. 그 코멘 듯한 특이한 소리를 알긴 하겠는데 얼른 알아내지 못해서 귀를 들고 있는 중에, 주저없이 미닫이가 열리고 고월애의 상반신이 들어 왔던 것이다. 그렇더라도, 아 고월애씨. 강주가 이렇게 소리를 치지만 않았어도 고월애는 누운채로 귀를 들기만 한 강주를 알아보지 못했을 것이 분명하다. 고월애는 눈을 크게 떠 방안을 들여다보며, 아니 강주씨 여기 와계셨군. 우리도 놀러왔는데. 여보 이리 좀 와요. 여기 내 친구가 와 있군요. 고월애는 미닫이를 열어논채 손을 흔들어, 키가 작달막하고 딱바라진 중년이라기보다 장년에 이른 남자를 미닫이 앞에 세우고 곧 이어서 '현재의 애인'이란 명사를 붙여가며 강주에게 인사를 시켰다. 장년의, 키가 작달막하고 딱바라진 남자는 반쓰봉을 넙적다리까지 올라가게 입고 있으면서 짧은 목엔 답답하게도 빨간 나비넥타이를 붙이고 있었다. 하경수라구 불러주십시오. 하는 인사범절도 그러했으려니와 '현재의 애인'이라는 고월애의 소갯말 하며 모두 희화적(戲畫的)일밖에 없었다.

설초 세민이 방에 들어오려고 툇마루에 올라섰을 때 해순 어머니가 들통에 그득히 냉수를 들고 오고 그 뒤를 해순의 아이 용태가 대야 두개를 포개어 들고 따랐다.

"우물가에 나가시게들 할껄."

강주가 미안해하니까,

"여기서 시원히들 씻으시요. 강주가 일어나 움직이는걸 보니 내가 기운이 나는구나. 인간이 기신을 좀 해야지 주야로 백지장같이 방바닥에만 붙어 있구 식음을 전폐하니……원."

해순 어머니는 혼잣소리하듯 중얼중얼하다가 가버렸다. 해순 어머니의 혼잣소리는 해순이 죽은 뒤에 생긴 일이 아닌가 강주는 짐작했다. 전에는 그런 버릇이라곤 있지 않았다. 남편을 극진히 섬기는 일과 단 하나인 외동딸을 키워가는 일에만 묵묵히 진력을 했을 뿐인 여인으로 강주는 알고 있는 것이다.

"아니. 퇴원하시구두 그저 그러신게 아닙니까."

방에 들어와서야 강주의 그릇된 골몰을 알아채고 설초가 미간에 두 줄을 세우며 강주를 찬찬히 보았다. 어쩔수없이 절박했을 경우에 그는 미간에 두 줄을 세우는 모양으로, 지방순회 때 최종지(最終地) H시에 강주를 인질로 잡히고 떠나려는 직전에 그가 그런 줄을 미간에 세우던 것을 강주는 상기했다.

"건강이 그지경 돼가지구서야 어디 무대에 서겠읍니까."

강주의 말이 있기 전에 세민이 또한 걱정스런 낯색을 지었다.

"무대에 서요? 인젠 아무것도 하지 못하겠어요. 할 생각이 나지 않아요."

"군주의 폭력이 무서워서요?"

세민이 강주의 말을 가볍게 받았으나 강주는 더 입을 떼지 않고 눈에 눈물을 그득히 담으며 고개를 떨어뜨리는 것이다.

"그런 정당치 못한, 그렇게 의심스러울 지경이거든 문턱 밖에 발을 내딛지 못하게 해야지 뭐란 말이예요. 두려울거 하나 없어요. 그런 따위의 폭력이라면 얼마든지 막아낼 자신이 있읍니다."

세민이 주먹이라도 내두를듯 의기를 보였다.

"그런것도 아녜요. 그 사람은 어디론가 가버리고 여기 있지두 않아요."

강주는 거진 느껴워지는 목소리로 세민의 말을 받았다.

"그럼요?"

세민이 강주의 떨어뜨린 얼굴에 제얼굴을 가까이 가져가며 물었다.

"젊은양반들 진지들 드시구 강주랑 오래 놀다 가시요. 한달 전에 꺼질듯이…… 와가지구선 도무지 원."

어느새 해순 어머니가 한상 가득 차려서 식모와 맞들고 왔다. 강주는 한달이 넘도록 있으면서 해순 어머니가 이렇게 상을 손수 들고 서두는 일을 눈치채어 본 일이 없었다. 강주도 떨어뜨린 얼굴을 들며 두 손으로 눈을 씻었다.

"아주머니 웬걸, 어느새."

"새 한 마리 찾아오는 일두 없구, 글쎄 어느날 다 저물무렵에 꺼질듯 내집을 찾아온 뒤루 말 한마디 없이 문을 처닫구 백지장같이 누워만 있으니…… 오늘 일랑 젊은 양반들하구 얼려서 좀 먹어봐라."

해순 어머니는 이런 말만 하곤 가버리고 그들은 말없이 상앞에 다가앉는데 해순 어머니가 소주병과 작은 유리컵을 들고 와서 들여놓는다. 이번엔 말을 하지 않았다.

"자, 한잔씩 듭시다."

세민이 강주에게다 잔을 건네어주고 소주를 따랐다.

"세민군은 내가 따라주지."

설초가 입을 떼었다. 미간에 세웠던 두 개의 줄이 저절로 펴져갔다.

"그럴수야 있읍니까. 단장님께 제가 먼저 따라야죠."

그들은 물 마시듯 소주를 마셔버린다.

강주는 마실 엄두를 못내고 들고만 있었다.

"쭈욱 들이켜보십시오. 꽉 막혔던게 뚫립니다."

그런 말을 기다리기나 한 것처럼 강주가 단숨에 마셔버렸다. 진정 세민의 말대로 답답하던 가슴이 환히 트이는 것같았다. 그 맛에 강주는 세민과 설초가 따라주면 주는대로 받아 훌훌 마셨다.

"그런데 강주씨 연극을 안하겠다는 이유가 어디 있읍니까? 도대체 무대를 버리겠다는 이율 말씀해 달란 말입니다."

세민이 끊겼던 화제를 되살리는 것이다.

"무밸 버리자는건 아녜요……그건 아니구 내가 지금 그런델 올라갈 기력이 없단……말입니다. 기력이…… 난 꾕장히…… 슬퍼요. 내 아이가 가버렸어요. 곡마단같이 떠나는 저희 할머니가 업구 갔대요. 내가 병원에서……나와보니까 없잖어요. 그앤……그앤……."

오래 비어있은 속에 여러잔의 소주가 강주를 폭 취하게 했던 것이다. 그러면서도 강주는 갈빗대 밑을 툭툭 치받던 아이가 돌덩이같이 땅땅하게 뭉쳐있던 배꼽 저 아랫배의 통증을 느끼고 있는 것이다. 그래서 강주는 말을 채 못마치고 끊었다.

"그앤……그앤, 없어선 안돼요. 내 곁에 있어야…… 있어야 돼요."

강주는 울 수밖에 없었다. 폭풍우에 못견디는 수목처럼 강주는 몸을 마구 흔들어가며 흑흑 느껴 울어야 했다.

"이러지 마시지. 젊은 여자가 아이 하나 때문에……이건 너무한데요. 실망인데요. 이것 보십시요. 강주씨, 나 강주씨한테 꼭맞을 각본 하나를 썼단 말입니다. 제목이 뭔지 아세요? 제목이……제목이 「실컷 울던가, 웃어라.」어때요. 인제 그만큼 실컷 울었으니 웃어보란 말입니다. 무대에서 실컷 울던가 웃어보십시오. 강주씨 이렇게 해두 괜찮겠죠? 무대가 아니라구 뿌리치지는 않겠죠? 그럼 제가 무안할테니까……."

세민이 아직 폭풍우에 못견디는 수목처럼 마구 흔들어대는 강주를 두 팔 안에 꼼짝을 못하게 안아버리는 것이었다. 강주는 세민이 하는대로 가만 있었다. 그것을 용납한다던가 하지 않는다던가 하는 의식조차도 없이 울기에만 강주는 몰두했던 것이다.

"제목부터 너무 뼈대가 없는 것같아."

설초가 세민과 맞선다.

"단장님은 그렇게 말씀하지만 이건 삼십년 뒤의 사람들에겐 대환영 받을 각본입니다. 내용이나 제목이나."

세민도 가만있지 않는다.

"자신이 있는건 좋아."

"자신만이 아닙니다. 신앙 이상읫 걸 가지구 있어요. 제가 하는 일에 그런걸 안 가지구서야 할 의욕이 생깁니까?"

"검열에 어떨까가 걱정인데. 실컷 울던가, 웃어라. 하는 그 언어가 어떻게 보면 반항적으로 들리기 쉽거든."

"그럴 경우두 생각해봤어요. 제이차 제목까지 준비해뒀으니까."

"뭣이라구?"

"사랑하여라, 싫것 사랑하여라. 이겁니다."

"그건 더한데."

"더하다니?"

"더 뼉다귀가 없이 뵌단 말이야."

"천만에요. 우리는 사랑의 정의를 바루잡아야해요. 정의를 바루잡는다기보다 사상 사상하구들 떠드는 사이에 사랑의 이념을 상실해버렸단 말입니다. 온 정신과 육신을 다 바치는 승화된 사랑, 이걸 우리는 바루 배워야 하구 현대의 젊은사람들에게 배워줘야 합니다. 일제의 탄압에 눌려가지구 고갤 들지두 못하면서 사상 사상하구 모기소리만한 소리로 부르짖군 하지만 그 소리는 아무에게두 전달이 안되구 말어요. 제 목구멍으로 도로 넘어가구 마는 겁니다. 영원하구 끈질긴 사랑에 발을 붙여야 하겠습니다. 여기에 발붙인 뒤에 움트는 사상이래야 견고할 겁니다. 사랑은 진실 이외엔 아무것두 없기 때문입니다."

세민에게 아기처럼 포근히 안긴 강주도 설초와 세민의 대화를 몽롱한 속에서 듣고 있었다. 강주는 이런 몽롱한 기분을 체험하기도 처음이었다.

마당에서, 영도사 그 일대의 모든 쓰르라미들이 아우성치는 소리가, 여니 다른때보다도 더욱 요란했다. 온천지(天地)에 쓰르라미로 꽉 차있는 듯싶었다.

강주는 몽롱한 머리를 흔들어제끼며 세민의 팔을 풀었다. 강주는 몽롱했기 때문에 이때까지 세민에게 아기처럼 포근히 안겨 있었는지 몰랐다.

세민과 설초의 대화는 끊기었다. 그들도 강주가 울음을 그쳤다는 사실을 그제서야 알았다.

"인제 속이 씨원히 뚫렸을겁니다. 밥을 좀 드십시요."

설초가 안도의 숨을 내쉬며 강주를 건너다보았다.

"그런데 무슨 인연으로 여길 오게 되셨죠?"

세민이 인제 궁금증을 풀 심산인가 보다.

"갈 데가 없으니 온 것뿐이예요."

"여학교 동창생 집이예요. 여학교때 그애하구 이 방에 있었어요."

"그애두, 실례. 그 동창두 지금 여기 살아요?"

강주는 머리를 흔들어 보일 뿐 말은 하지 않았다.

"추억의 집이 되겠군."

세민이 이런 말을 할 때 설초는 쓰르라미가 아우성인 마당을 내다보았다. 설초는 쓰르라미들이 앉아 아우성치는 나무들을 살피고 있었다.

"추억의 숲이라 해두 좋겠는데."

다른 나무들도 많았지만 이파리가 널따란 오동나무가 사오그루 있어서 침침하기까지 했다. 그것들 아래에 놓인 평상에서 해순과 강주는 여름을 서늘하게 지내던 일을 또한번 상기한다.

해순 어머니가 강주더러 미음을 마시라면서 미음 대접을 들여놓다가 강주의 상기된 얼굴을 목격하고 굽은 허리를 펴며 눈을 크게 떴다.

"에그 인제야 제모습으로 돌아왔구나. 옛날에야 바루 저랬지요. 떠오르는 달 같다구 우리집 양반이 밤낮 칭송이더니……쯧쯧쯧."

"아주머니 저……술을 마시겠어요. 미음같은건 집어……치우세요. 아주머니 저 술 마셔도……괜찮지요? 술을 술을 마시니까 가슴이…… 환히 뚫려요 그리구 풍선처럼 몸이……둥둥 뜨네요. 아주머니 술이란거 괜찮은 거지요?"

강주는 감기는 눈을 벌려뜨리려고 하고 흐트러지는 자세를 바로잡으려고 하면서 헛나가는 소리로 말하는 것이다.

"쯧쯧쯧. 네가 한달 넘어를 함구무언만 하더니 오늘은 입을 놀리는구나. 네게

필경 무슨 곡절이 있는줄 알지만 문을 처닫구 백지장같이 누워만 있으니 물을
수도 없더니…… 쯧쯧쯧 약주라도 마셔라. 아무러면 어떠냐. 죽은 정승이 산 개
만 못하다더구나. 명이나 질겨라. 명이나……."

해순 어머니가 혼잣말처럼 중얼거리다가 사라지더니 아까와 똑같은 소주병
을 들고 와서 이번엔 잠잠히 들여놓고만 가버리는 것이었다.

세민이 제가 마시던 잔을 강주에게 건네어주며 소주병을 기울였다. 취기가
서리운 강주의 뱃속으로 소주가 활개를 치며 내려간다. 강주는 울던 때와는 딴
판으로 웃음이 터져나오려는 자신을 느끼게 된다.

"웃고 싶어져요. ……아까 ……그 세민씨가 쓰셨다는 각본……말입니다. 그
거……제목이 뭐? 뭐랬지…… 실컷울던가……, 실컷 웃으라구…… 그렇지요.
웃거나… 울거나 그거……똑같은…… 똑같은 거라요……똑같은 거……죠. 그
거 똑같은……거죠. 아, 하하하하하 하하하하하."

강주는 끝내 웃고야 말았다. 강주가 이처럼 입을 아무렇게나 크게 벌리고 소
리를 내어 웃기는 처음일 것이다. 취중에서도 강주는 제 웃음소리가 제것같지
않아서 더욱 웃었던 것이다.

"강주씨 바루 그거죠…… 맞았어…… 실컷 웃는 거나 우는거…… 마찬가질
수가 있는 겁니다. ……말하자면 ……더 어쩔수없는…… 이런걸 굳이 명명해
말한다면 극한의식(極限意識)이라구 할겁니다……실컷 울 수 있는 인간이
면……실컷…… 실컷 웃을 수두 있는게 아니겠읍니까. ……그게 필요한 겁니
다. 쉑스피어가 우리에게 중요시되는 건 그가 극중인물을 울리구 웃길 수 있었
다는 사실이 아니겠어요……. 강주씨…… 그 지금의 그 기분과 그 의기루 무
대…… 무대에 서 주십시오. ……각본은 말입니다…… 바루 강주씰 위해
서……써진 겁니다. 강주씨…… 아시겠어요?"

세민의 얼굴이 벌겋게 달아오는 것은 취기에서만이 아닐 것이다.

"강주씨 저두 부탁드리겠읍니다. 무대에 서주실 생각은 버리지 말아주십시
요. 슬픔과 아픔을 눌러 밟으면서…… 굳세게 살아주십시오. 전 강주씨의 고통

을 본래부터 알구 있는 사람입니다. 그건……소형극장시대부터 짐작하구 있은 일이죠. 착하구 아름다운 강주씨의 고통이 제 뼛속으로 스며드는 것을 느끼군 했습니다. 소형극장이 해산되구 강주씨의…… 행방을 알 수 없었을 때 그때 저는 찾아내구야 만다는 한다는 각오가 생겼읍니다. 그게 승현군의 행방을 탐지하게 된 동깁니다. 그래서… 그만 문화공론사 사무실에서…… 추태를…… 그때 일을 생각하면……생각하면 어디서든 얼굴이 확확 달아오릅니다. 승현군은 나쁜 사람은 아닙니다. 야망과 꿈이 컷을 뿐, 그것 뿐입니다. 그리구 맘이 약한 것 뿐입니다. 야망과 꿈을 실현할 수 있는 환경에만 처해 있었더라면……조건이 좋은 어느 국가에 태어났더라면 훌륭한 인물…… 그의 꿈인 예술가가 됐을 겁니다. 그에겐 좋은 국가두 사회두 가정환경두 허용되지 않았읍니다. 너무 빈한했읍니다. 그래서…….”

“앗하하하, 아니 단장님은……단장님은 왜 여기 있지도 않은 사람의 애길 저렇게 하실까. 하하하하하 웃음이 터져나와 죽겠는데……연극애기나 하십시다. 아까 그 각본, 멋이 있어요. 싫것 울던가 웃으라구……그렇지 그게 젤이거든. 난 무대에서…… 그럴테예요. 마구 웃구 울구……할테예요.”

강주가 설초의 긴 말을 막으며 히롱거리는 것이었다.

“훌륭한 연기야. 바루 그거면 돼요. 강주씨…… 지금 입고 있는 그 옷차림으루…… 그리구 지금 하던대로 무대에서 움직이면 그것으로두 갈채는 틀림없어요.”

세민이 다홍치마와 흰 깨끼를 받쳐입은 강주의 매무새에 눈을 박으며 열을 내었다.

“이 옷차림으로? 이게 좋단 말이지요? 이거…… 해순이가 즐겨 입던 옷이라요…… 해순은 다홍치마에 은조사 깨끼저고릴 항상 입었지요. ……여름이면 말입니다. ……그래서……해순 어머니가……해순 어머니가 저한테 해 입힌 거지요. 해순일 본 듯이…… 해순일 본 듯이 보려구…… 아하하하하, 하하하…… 그렇지만 이거 해순이 입던 건 아니라요. 새로 지은 거라요. 해순이 입던 옷, 덮던 이부자리…… 그건 다치지 않고 고이고이 간직해 두거든요……해순 어머니는 가끔 꺼내 보면서 해순이가 거기 있는 것처럼……꼭 있는 것처럼 중얼중얼 얘길하는 거예요……아하하……아하하하하, 사람의 세상 재미있거든. 재미있어.

　해가 산마루턱을 넘어간 지도 이미 오래된 뒤에 설초 세민이 떠나갔다. 강주더러 누워 있으라면서 자리랑 보아주고 했으나 강주는 그들의 발걸음소리가 멀어지기도 전에 벌떡 일어났다. 비틀비틀 벽에 걸린 체경 앞으로 다가갔다. 다홍갑사 치마에 은조사깨끼를 받쳐 입은 여인상이 우뚝 마주선다.

　너 참 아름답구나. ……달덩이같다구? 달덩이는…… 아니야. 달덩이라면…… 달덩이라면 떠오르는…… 달일테지…… 그럴테지. 떠오르는 달은 아니야…… 넘어가는 달일거야…… 넘어가는 달…… 차겁고 슬프고…… 그런 달은 될 수 있지만 떠오르는 달은 될 수 없어. 달덩이가 다 뭐야…… 해순 아버지의 표현은 촌뜨긴데…… 그렇지만, 그렇지만 이집식구들은 고마워…… 고맙구말구……해순이가 살았음 얼마나 얼마나 졸까……해순인 멋쟁이지. 제맘대로 살구 또 맘대로 죽었으니까…… 늘씬한 키엔 뭣을…… 걸치던 멋이 있었어. 해순아……네가 있었으면. 그랬음 내가 이렇게 이렇게 슬프지는…… 않았을거야. 적막하지는 않을거야…….

　슬프다는 말이 떨어지자 강주 눈에선 눈물이 준비라도 되어 있는 것처럼 방울방울 흘러내렸다. 울려는 생각같은 것은 전혀 없었는데.

　그렇지만 해순이만 있어가지구도 안돼. 안돼. 이건 전에 해순이가 내게 한 말이나 마찬가지 말이야. 강주야 네가 없이는 한시도 견딜 수 없을 것같아. 그렇지만 너만 있어가지곤 안되겠다. 적막해서 말이다. 이건 네가 바루 내게 하던 말이야…… 그랬는데…… 내가 지금, 지금 네가 하던 말을 그대로 하고 싶구나. 나 정말 적막하다…….

　"아즘마, 울어? 아즘마 왜 울어?"

언제 거기 와 있었던지 해순의 아이가 문턱에 배를 걸놓고[39] 들여다보았던 것이다.

"용태가 ……용태가 거기 있었구나. 아즘만 몰랐는데…… 몰랐어."

강주는 취중이면서도 눈물을 훔치며 자세를 바로잡으면서 용태한테로 갔다.

"아즘마, 아빠같은 사람들 다 갔지?"

"아빠같은 사람들?"

강주는 용태의 뚱딴지같은 말을 받고 용태를 들여다보았다.

"응. 아까 술 먹은 사람들 말이야. 아즘마하구……."

"으응 그 아저씨들? 갔지. 갔어. ……그런데 용탠 그 아저씨들이 아빠같아 보였어? 용태 아빠가 그 아저씨들같이 생겼던가?"

"아니야 난 몰라."

강주가 해순의 아이를 와락 끌어안아들였다.

"용태는 참 아빨 못봤대지."

강주가 바싹 껴안은 아이 얼굴에 제 얼굴을 들여댄채 말해주었다.

"응. 엄마두,"

"그렇지. 용탠 엄마 아빠가 보구싶어?"

"응. 아즘마, 울엄마 아냐?"

"아즘마가? 아니야. ……아즘만 용태 엄마 동무야."

"아니야. 엄말거야."

"왜? 용탠 그렇게 생각되나?"

"응. 할머니한테서 들었어."

"할머니가 뭐라구 하셨어?"

"엄마가 먼데 먼데 갔다구 그랬어. 인제 올거라구 그랬어. 아빠두 올거라구 그랬어."

---

39 걸놓다: 무엇에 의지하여 걸쳐서 놓다를 뜻하는 북한어.

강주는 무어라고 대꾸할 소리를 찾아내지 못하고 지금 떠나가고 없는 성환을 안은 듯 아픈 심정으로 용태를 안고 있었다. 인제 강주는 취기도 적막감같은 것도 싹 가셔버렸다.

"인제 낼두 아즘마 방에 와두 괜찮어?"

한참만에 용태가 말을 또 이었다.

"그럼 괜찮구 말구. 자꾸 와도 좋아요, 용태."

"문을 꼭 닫아버리는걸 어떡해. 낼두 문을 열어놀테야?"

강주는 그제사 미닫이를 열어놓지 않아서 용태가 방에 오고 싶어도 오지 못했다는 것을 깨닫고 그럼 용태는 문이 닫혀서 아줌마 방에 못들어왔었더냐고 물었다.

"응. 언제든지 닫구 있잖어. 순구랑 놀구 와두 또 닫구있구 있구 했어."

"오, 그랬던가. 인젠 그럼 닫지 말지. 언제든지 열어 놀테니 용태 놀러와요, 응."

용태가 강주 품에 안긴채로 고개를 몇번이나 끄떡였다. 말은 하지 않았다. 그 길로 용태는 잠이 들어버렸다.

강주는 아이를 제 곁에 재울 생각도 하다가 그 아이로 해서 일어날 복잡한 고통을 염려한 나머지 저희 방으로 안아갔다.

해순 어머니는 불도 켜지 않고 긴 대에 담긴 담배를 뻐억뻑 빨고 있었다. 그러나 동창으로 들이비치는 달빛 때문에 방이 어둡지는 않았다.

"아주머니 왜 불도 안 켜시고……."

강주는 술이랑 먹은 일이 부끄럽고 미안해서 작은 소리로 말하며 아이를 자리에 눕혔다.

"달이 존데 불은 켜서 뭘해. 그래 몸은 견딜만하냐."

"의외로 괜찮아요, 오늘 너무 피곤하시겠어요. 아주머니 정말 고마워요."

"네가 기신[40]을 하는걸 보니 고달픈 것두 모르겠더구나. …… 얘 강주야 그 사

---

40 몸을 움직여 일어남.

람들…… 두사람 중에 네 배필될 사람이라두 있느냐?"

해순 어머니가 좀 주저해가며 물었다.

"아뇨."

강주가 놀라듯이 대답해놓고 이때까지 제 신상에 대한 이야기를 해순 어머니에게 들려주지 않았다는 사실에 스스로 미안해했다.

"말해봐라 너두 인제 과년한데 부끄러울게 어디있느냐. 네가 밤낮 문을 처닫구 백지장같이 누워만 있으니 물어볼 염을 못하고 있었다마는 필시 네 신상에 무슨 곡절이 있지 싶으게만 짐작은 하구 있었어. ……속 시원이 말이나 해보렴."

"아주머니. 아주머니가 생각하시는대로 제가 아직 배필을 구할 수 있는 처지라면…… 제게는 아이까지 있어요."

이런 말부터 시작한 강주는 해순 어머니에게 자기의 이야기를 모조리 해버렸다. 결혼식을 끝내 못하고 아이를 낳았다는 사실까지 밝히고야 말았다.

"네게두, 너같이 착한 아이한테두 그런 고통이 있었더냐. 하늘두 무심하시지. 쯧쯧쯧. 세상은 고해라구 그러더니……고해임에 틀림없지. 틀림없어. 그렇더라두 애아범을 찾아서 살아야지. 살아야지. 쯧쯧쯧 하늘두 무심하시지…… 그런 고통이 있더라두 명이나 질겨라. 쯧쯧쯧. 죽은 정승이 산 개만 못하다구. 명이나 질겨라. 쯧쯧쯧."

해순 어머니는 더 말없이 담뱃대를 입으로 가져갔다.

이쪽 저쪽 절간에서 목탁 두드리는 소리가 밝아오는 달빛을 흔들어놓으며 밤은 그대로 깊어가나 보았다.

이날밤 뒤의 해순 어머니가 강주에게 바치는 정성은 지극한 것이었다. 강주는 이 정성에 못이겨 밥을 먹기도 하고 일어나서 마당을 거닐기도 했다. 또 해순의 아이는 끊임없이 강주를 졸졸 따르며 떨어지지 않았다. 방에 들어오면 방에 따라오고 마당을 거닐면 따라 걸었다. 아뭇 소리없이 따르기만 해도 좀 낫겠는데 이건 줄곧 말을 시켜서 견디는 수가 없었다.

“얘. 넌 동무들하고 나가 놀려무나. 왜 어린애가 어른하고만 놀려구 그러니.”

짜증스런 말로 강주는 해순의 아이를 몰아버리려고 했으나 아이는,

“나, 동무들하구 노는거 싫어. 아즘마하구 놀테야.”

이렇게 말하는가 하면 강주더러 제 엄마가 아니냐고 줄곧 물어대었다. 한두 번도 아니고 너무 자주 묻는 데는 역기까지 재촉할 정도였으니까. 차차 강주는 해순의 아이를 미워하게 되고 나중엔 그 아이가 막 무서워지는 것을 깨달았다.

강주는 해순의 아이에게 가는 감정이 이렇게 됨에 따라서 해순 어머니의 친절이 역겨워지는 것도 알게 되었다.

어느날 강주는 설초와 세민에게 이집에서 옮겨갈 방을 얻어달라고 말했다.

“아니, 조용한데서 좀 더 정양을 하시지. 숙박비두 몇달치 선금을 할머니께 드렸는데…….”

설초가 의외라는 듯 눈을 크게 뜨며 의아해했다.

“숙박비는 왜 미리 주셨어요. 전 이집에 물렸어요. 음식에도 물리고 사람에도 물렸어요.”

강주는 해순의 어머니와 해순의 아이를 증오하는 마음을 걷잡지 못하면서 말했다.

“노파의 정성과 저 쓰르라미 소리에 물리신게 아닙니까? 아닌게 아니라 여기 올 때마다 할머니가 너무 극진하시니까 마당에 발을 들여놓을 때면 섬찍해지기두 하더군.”

세민이 강주의 속을 모르고 저대로 제 의견을 피력하는 것이다.

“두말할것도 없어요. 아뭏든 방을 곧 얻어주세요.”

강주는 세민의 그 집에 대한 말까지도 듣기가 싫었던 것이다.

강주는 그 집을 떠나는 날 해순 어머니와 해순의 아이 용태의 슬픔같은 것은 실끝만치도 생각지 않고 떠나버렸다. 그들이 먼데까지 따라나오며 울음소리를 내어우는 것을 돌아보지도 아니하고 도망하듯 해서 큰길에 나섰다.

해순 어머니와 해순의 아이 용태가 장질부사로 이틀을 사이에 두고 둘이 다

죽었다는 소식을 들었을 때 강주가 미친 듯이 날뛰었던 까닭은 해순 어머니의 은혜를 생각해서도 아니고 해순의 아이가 불쌍하다는 생각에서도 아니었다. 그들을 지겨워하고 미워한 마음의 뉘우침이 컸던 것이다.

강주는 해순네 집으로 뛰어갔다. 그새 벌써 해순네 친척이라는 사람들이 와서 살고 있었다. 도배도 새로 말쑥하게 치워놓고 있었다. 강주가 있던 방에도 손님이 든 모양으로 남자의 구두와 여자의 구두가 나란히 댓돌에 놓여 있었다.

그집 사람들은 강주가 놀러온줄 알고 안방에라도 들라면서 권유했다. 해순 어머니와 해순의 아이 용태가 자고 먹고 하던 방인 것이다. 불도 켜지 않은 데서 달이 밝아오는 동창을 멀거니 바라보고 앉아 긴 대에 담긴 담배를 뻐억뻑 빨던 해순 어머니의 모습이 거기 무뚝 나타나는 듯한 환각을 강주는 느꼈다. 세상은 고해라더니, 하며 명이나 길라고 일러주던 해순 어머니의 좀 거치른 듯한 목소리가 들리는 듯했다.

강주는 그집 사람들에게 간청해서 해순 어머니와 용태가 묻힌 곳을 가르쳐 달라고 말했다. 심부름하는 아이인 듯한 사내아이가 강주의 앞을 섰다. 묘지는 절간 뒷산에 있었다. 여덟개의 묘가 두 줄을 지어 있는 속에 아직 흙도 채 마르지 않은 두 개의 작고 큰 무덤이 해순 어머니와 해순의 아이의 것이라고 직각되었다. 나머지 여섯 개 중에 해순과 해순의 아버지의 것은 분간해내지 못하고, 나란히 엎드린 해순 어머니와 해순의 아이 용태 무덤 앞에 강주는 푹 쓰러져버렸다. 아무말 없이 강주는 통곡을 하는 것이다. 무슨 말을 강주는 할 수가 없었던 것이다.

13회

세민이 쓴 각본은 검열에 무사히 통과되었다. 「실컷 웃던가, 울어라.」하는 제목도 그러려니와 내용이 검열에 신경을 쓸만한 것이 못되었다.

강주는 이 극 마지막 장면, 즉 여주인공이 어린것에게 칼을 꽂는 대목은 아무리 셀룰로이드로 된 인형이라 할지라도 성환으로 해서 슬픔을 잔뜩 안고 있는 강주로선 그것만은 해낼 수가 없었다.

지난밤 꿈에도 강주는 성환과 딩굴었다. 처음엔 성환이 아니고 해순의 아이 용태였다. 용태가 해순 어머니와 함께 나뭇입이 질 때처럼 나풀나풀 날아서 강주에게로 다가왔던 것이다. 강주는 용태를 말없이 쓸어안았다. 내가 네 엄마가 돼 줘두 좋다. 날더러 엄마라고 해도 괜찮아, 용태야. 하면서 용태를 내려다보았을 때 용태가 아니고 성환이 히죽이 웃으며 (용태만큼 커가지고) 해맑은 눈으로 강주를 쳐다보는 것이 아니겠는가. 에이구 우리 성환이네. 성환이가 어느새 이렇게 컸어, 용태만큼이나 이렇게 크다니. 인제 거기 가지말고 엄마하고 같이 살아. 엄마하구만 살아 응. 성환아 성환아.

강주 기억 속엔 지금 성환의 그 해맑은 모습밖에 없는 것이다. 아이를 놓지지 않겠다고 무한히 힘을 넣어 안았던 두 팔이 허전해 있는 것을 느낄 뿐인 것이다.

"차라리 설초씨에게 아니면 내게 꽂게 해주세요. 아이에게 가서 칼이 꽂히겐 말아주세요. 그것만은 견딜 수 없어요."

강주가 설초를 향해 말했다. 설초는 여주인공의 남편을 대신하느라고 강주와 마주 서 있었다. 이제 여주인공에게 설초는 폭력을 가하려는 직전에 처해 있는 것이다.

"강주씨 그렇게 되면 연극이 안되지 않습니까. 작자의 의도를 아주 말살하실 작정이지요?"

설초가 벙벙해 있으니까 제이의 사나이를 맡은 세민이 관자놀이에 힘줄을 세우며 기를 뻑뻑 쓴다.

"알겠읍니다. 강주씨 마음이 어떻시리라는거 충분히 이해가 돼요. 연습할 때만은 그 장면을 잘라두기로 하십시다. 무대에서만은 정열을 쏟아 주십시요. 오히려 거기서 실감나게 하실 수 있으리라 믿는데요."

저만침 팔짱을 끼고 서서 연기자들의 동작을 지키고 있던 김영인이 강주의 딱한 마음을 살펴 주곤 이와같은 단안을 내렸다.

"고마워요."

강주가 영인에게 고개를 숙여 보였다.

강주는 이 연극에 김영인이 연출을 맡아보게 되면서 김영인에게 가는 인식이 차차 달라지는 것을 깨달았다. 그 전까지는 승현의 동경생활을 능혜 엄마 앞에 털어놓은 것이라던가, 능혜 엄마와의 벼락같은 애정행각이라던가, 그런것 저런것으로 미루어서 교양이나 품격을 갖추지 못한 퍽으나 경박한 남자로밖에 여겨지지 않았던 것이다. 그래서 그가 연출을 맡았다고 듣고는 강주가 출연을 거부했던 것이다. 그때 강주의 말을 듣고 난 설초가 그럴만도 하다고 말한 다음, 김영인을 변호하기 시작했다. 김영인이 어려서부터 혼자 타국에 가 지낸 사람이라 우리네 생활감정같은 걸 이해하지 못한 탓으로 여러가지 실수를 저질러 놓았으나 차츰 그가 여기 생활에 익숙해지면 전에와는 아주 딴 사람으로 되어간다는 말과 솔직담백하고 그만큼 순후한 사람도 드물 것이라고 설초는 강조했다.

솔직담백하고 순후한 인간이라면 남을 뜯어내리는데 그다지 열중하지 않아도 좋을 것이 아니겠느냐고 강주는 설초의 말을 아무래도 시인할 수 없다는 낯색을 또 지어 보였다.

가만히 보노라면 솔직담백한 사람일수록 마음 내키는대로 행하는 일이 있는 모양같더라고, 설초는 또 이렇게 말해놓고 강주에게 넓은 아량을 가져달라고 간곡히 부탁하는 것이었다. 그리고 설초는 다시 입을 열어, 강주의 말마따나 능혜 엄마와의 벼락같은 애정행각도 이해가 될만한 일이 아니겠느냐고, 고국이라지만 낯선 땅인데다가 듣던 것과는 판이한 사태가 벌어질 뿐아니라 철석같이 믿었던 친구에게 가졌던 신뢰감도 엷어져가고 보니 허탕하고 고독하고 억울하고 분한 생각밖에 더 남겠느냐고 어떻게 자기 혼자 자기를 지탕[41]할 수 없었을

---

41 '지탱'의 오식으로 보임.

무렵에 능혜 엄마를 붙잡았던 것이고 능혜 엄마 역시 물을 헤아리지 못했으니 누구든간에 그 지경에 이르게 되는 것이라고 덧붙였다. 설초는 이 대목에서 은근히 자기를 변명하려는 기색도 강주에 나타내었다. ─ 문화공론 시대에 승현에게 폭력을 가했던 일을 그는 늘 겸연쩍게 생각하고 있는 것이라고 강주는 여기서도 간파했었다.

그런것은 자기도 충분히 이해할만하다고, 강주는 설초를 안심시킬 수 있게 억양을 달리해서 말해놓곤, 그렇지만 승현의 동경생활을 소위 사랑한다는 사람과의 사이에 화제도 그다지 궁했을까, 비열하게 친구의 허물을 털어놓을게 뭐람. 하고 강주는 다시 김영인을 비방했다.

설초도 지지않고, 사람이, 더우기 남자가 여자를 사랑하게 되는 경우, 때로는 천치가 되기도 하더라고, 현명해지는 경우도 있지만……여자 앞에서 우월해 보이려는 어리석은 심리 발생이 생기는 때가 있는데, 김영인도 자기를 사랑하는 여자 앞에 우월하게 보이려고 친구를 헐뜯었을지 모를 일이라고 변호했다.

또 설초는 능혜 엄마의 달라진 태도에 눈을 돌려달라는 말도 강주에게 해주었다. 부드럽고 조용해진 능혜 엄마는 남자의 좋은 영향을 받은 탓이라는 말도 해주고 설초는 그윽한 눈으로 강주를 보았다. 강주도 어느정도 부신 눈으로 그를 마주 보아주었다.

강주는 여기서 설초의 달라진 모습을 발견하게 된 것이다. 이때까지의 그는 강주에게 고마운 사람으로 존재했을 뿐이지 깊은 신뢰감같은 것은 가지지 못했던 것이다. 이제부터는 그에게 신뢰감을 가져도 좋다는 생각이 들었다. 그가 극구 변호하는, 그가 믿고 있는 김영인도 믿어서 마땅하다는 생각이 들었다.

"저, 연극을 하겠어요."

강주의 조용한 시선이 설초에게 오래 머물렀다. 소리는 아주 낮았다.

한달가량의 연습과 준비기간을 치르고서야 무대에 올리게 되었다. 세민이나 단원들은 짧은 시일 안에 공연을 했으면 하고 희망했다. 그들은 하루바삐 무대

위에 자기를 드러내고 싶은 마음인 것이나 김영인이 응할 리 없었다.

김영인은 한달이란 시일이 결코 길지 않다는 것이었다. 연기자는 연기 이상의 연기를, 연기 이하의 연기를 하지 않도록 하려면 그보다 더 오랜 시일이 필요하다고 그는 주장했다.

그는 연기자들에게 숨이 막히는 연기를 다잡아 시켰다. 유라니 심양혜 등, 여자 연기자들이 그때문에 눈물을 펑펑 쏟은 일이 여러번이었고 남자 연기자들도 처음엔 적잖게 불평을 품었으나 차차는 다소곳이 그의 말대로 따르기에 이르렀다.

강주도 몇번인가 주의를 받은 일이 있다. 혼자 동떨어진 연기를 보여서는 안된다는 것이 그의 말이었다. 전체의 호흡을 맞추어야만 연극을 살리는 길이라고 말했다. 이렇게 전체의 조화에 힘써온 탓인지 극단 분위기는 날로 좋아져갔다. 들까불던 유라나, 남의 말을 잘 하려들던 심양혜나 똑같이 사무실에선 조용했으며 시시덕거리기를 즐기던 남자 연기자들 중 몇사람도 점잖아져 갔다. 매일 극단에 나와 있는 능혜 엄마도 연기자들과 마찬가지로 엄숙한 태도를 짓고 있었다. 능혜 엄마도 출연했으면 좋겠다고 강주가 권유하는 말엔 나직한 소리로 능혜 아빠한테 들키면 어쩌게요. 할 뿐이었다.

연습기간이 오래 되자 재정상으로나, 그 외의 난관이 한두가지가 아닐테지만 설초도 불평없이 김영인의 말대로 좇았다.

G극장에서 사흘간의 공연이 시작되었다. 사막오장의 이 각본은 간단히 말해서 강주의 생활환경을 세민이 엿보고 엮어놓은 것에 불과했다. 세민이 떠들던 '극한의식'이니 하고 크게 잡을만한 문제작도 못된다고 강주는 보아버렸다.

막이 오르면 나뭇잎이 지는 가을, 공원벤취에 강주와 세민이 나란히 앉아 있는데 달은 높지 않은 공중에 달려 있다. 나뭇잎은 한창 떨어지는 잎들을 주워다가 막 뒤에서 아기총각이 몇잎씩 던졌지만 제법 실감이 났다. 제이의 남자 세민과 속삭이던 강주가 세민의 가슴 안으로 자자든다. 강주는 무대가 추운 탓이었던지 세민의 따사로운 체온을 실지로 감촉했다. 차츰, 더욱 강주는 세민의 가슴을 파고드는 형편에 이르렀다. 관중의 박수갈채가 대단했음은 더 말할 것도 없었다.

둘째 막에 가서도 강주의 연기는 부자연하지 않았다.

눈보라가 몰아치는 밤늦게 어느 큰 대문 안에 있는 초라한 방으로 돌아오는 강주. 그 방엔 여주인공의 남편 역을 맡은 설초와 그들의 어린것이, 어린것은 잠들어 있고 설초는 눈을 멀뚱거리며 누워 있을 때, 강주가 어깨쯤과 머리에 얹힌 눈을 털고 문턱안에 들어선다. 들어서자마자 눈을 멀뚱거리며 누웠던 설초가 벼락같이 일어나 강주에게 호되게 폭력을 가한다. 이런 폭력에 단련이 되어 있는 강주로선 연극같지 않게 폭력을 받아넘기며 대항해간다. 대사를 제대로 외우느라고 하지 않아도 틀림이 없이 줄줄 이어갈 수 있었다. 강주는 무대라는 의식을 잊고 있는 것이다.

연습기간 중엔 참아 해낼 수 없었던, 아이에게 칼을 던지는 장면에서도 강주는 용케 연기 이상의 연기도, 연기 이하의 연기도 하지 않았다. 꼭 그럴만하게, 그럴 수 있게스리 해냈다. 칼을 던질 때의 강주는 칼을 맞는 인형이 셀룰로이드로 된 생명없는 물체라고 여기지 않았다. 꼭 성환이라고 인식되었다. 저 너머 뒤에서 강주가 칼을 던지는 찰라 그와 동시에 아기총각이 대신 지르는 비명에서도 강주는 성환의 울음소리를 상기하는 것이다. 강주는 연극을 하는 것이 아니고 자기 운명과 대결하고 있는 것인지 몰랐다.

관객석은 떠나갈듯이 아우성과 박수로 들끓었다. 관객들은 강주의 으흐흐 터뜨리는 울음을 연극으로 알았던 것이나, 연극에선 여주인공이 울지 않는다. 아이의 내지르는 비명 속에서 수갑을 채운채 끌려나가는 여주인공은 한없이 웃는 것으로 연극은 되어있다.

연극을 연극대로 하지 않았다고 해서 김영인이 불만을 토로하지는 않았다. 그는 침통한 얼굴로 묵묵히 있었다. 그는 중참을 먹는 자리에서 비로소, 강주씨에겐 연출이 필요없었읍니다. 라고 한마디 했을 뿐이었다. 그제사 단원들도 대성공이었다고 떠들어댔다. 그들은 관객의 환성을 기억하고 있으면서도 연기

이상의 연기도, 연기 이하의 연기도 허락하지 않는 김영인의 연출방식을 알고 있기 때문에 함부로 입을 떼지 못한 눈치 같았다.

마지막 공연이 끝나던 저녁에 승현을 강주는 만났다. 강주가 골목길에 들어섰을 때,

"늦으셨군요."

이 한마디를 던지며 강주 앞을 막아섰다.

"어떻게 여길 아시고?"

강주는 달빛 아래서 우뚝 솟아 보이는 승현의 앞에 고개를 치켜들고 떨리는 소리로 말했다. 벌써부터 — 오히려 기다리고 있었던 탓이라 할까. 강주는 조금도 놀라지는 않았다.

"천하의 서강주가 이 골목안에 산다는 사실을 조승현인들 모를 리 있을라구."

조소를 질질 흘리며 승현이 강주를 내려다보았다.

그렇더라도 강주는 밉지도 않았으며 또 그가 두려워지지도 않았다. 그에게서 바삐 성환의 소식을 듣고 싶을 뿐이었다.

"성환이 아프지나 않어요? 충실히 잘 있어요."

목이 메어서 말이 제대로 나오지 않았다. 첫마디로 묻고 싶은 말이면서 묻지 못한 절박한 사정이 여기에 있었을 것이다.

"아하, 성환이 생각두 더러 하는군."

승현의 질질 흘리는 조소가 여전했다.

"들어가십시다 들어가서 아이 얘길 들려줘요."

강주가 앞을 섰다.

방에 들어온 승현은 살피지 않는 척하면서 무엇을 알아내려는 기색으로 꽉차 있었다.

"성환일 보셨어요? 몸이나 성한가요?"

강주가 승현이 앞에 좀 다가앉으며 허덕이듯 물었다. 아이의 소식이 아니면

다가앉을 생각은 없었을지 몰랐다.

"왜 이리 성환이 성환이 하구 엄살을 부리는거야. 성환일 데려가길 잘했지 까딱하다간 목에 칼을 맞았을게 아니야?"

"연극을 보셨군요. 그건 연극이 아니예요? 당신이 더 잘 알고 있을텐데 그런 소리를."

강주가 띠끔해하면서 승현을 보았다.

"연극? 말이 존데. 그게 그래 연극이야? 서강주의 연애역정을 만천하 사람에게 까발기는 전람회지……한때 그 여자의 서방이 됐던 조승현이가 그렇게 악질이었던가? 그렇게 죽일놈으로 만들어놓구두 그래 마음보가 편하냐 말이야. 어때? 서강주, 정말 뺨따귀에서 뉘린내가 나게 얻어맞은 일 있었어."

"그보다 더한 매라도 감당할테니 성환의 소식을 한마디만, 단 한마디만이라도 좋아요. 그애가 지금 앓지 않구 있어요? 그앤 당신과 나 사이에서 난 우리들의 단 하나의 아이가 아녜요."

강주 눈에선 어느새 눈물이 마구 흘러내리고 흑흑 느껴지기까지 했다. 강주는 승현이 몸 가까이로 바싹 다가가며 그의 몸뚱이를, 어깨쫌에랑 팔에랑 매달렸다.

"그앤 앓아도……안돼요. 죽어도 안돼요. 내게서……떠나선 안돼요. 그앨 죽이려고 당신은……내게 약을 지어다 주고…… 난 또 그약을……대려서 먹었지오?……약을 먹고나면 그앤…… 저 배 아래 내려가서 돌덩이처럼 땅땅하게……정말 땅땅하게 뭉치고 죽어 있었어요……그랬다간……그랬다간 며칠이 지나면 바실 바실 미동을 일으켰던 거예요……그런……그애가 앓거나 죽어서야 될말이예요……그앨……떼놓고 살 수 있다고 생각해요?"

승현의 어깨쫌에랑 팔에랑 매달린 자세 그대로 강주는 승현을 흔들어대며 몸부림을 쳤다. 그 이상의 어떠한 짓을 한다하더라도 성환을 사이에 두고라면 무방할 것같았다. 이 세상 아무에게도 이렇게는 할 수가 없는 것이다. 오직 승현과의 사이에서만 통하는 짓을 강주는 하고 있는 것이다.

강주는 이때처럼 승현을 가깝게 느껴본 일도 없다.

"여보 말좀 해봐요. ……성환이 어떻게 됐는가를…… 말하란 말이예요. 당신은 그애 아빠가 아녜요? 그리고……그리고 난 또 그애 엄마구요. 그앤 당신과 나를 이처럼…… 이처럼 얽어매놓고 있는 거예요. 당신이 웃으면 나도 웃게, 당신이 울면 나도 울게…… 그앤 우리 두 사람을 공동운명체 속에 집어넣고 만 거예요. 그런 그앨 우리가 떠나 살 수가 있겠어요? 그앨 떠난 우리도 불행하지만 우릴 떠난 그애도……. 우린 그앨 데려다 우리 곁에 두어야 해요. 여보 빨리 그의 애길 좀 해주구려. 빨리."

흐느끼며 몸부림치는 사이에 강주의 감정은 여기에까지 미치고야 말았다. 이것이 강주의 가슴속에 늘 흐르고 있던 감정인지도 모를 일이다.

"인제 알았어 그만해둬. 여기 올 때까진 강줄 골탕 먹이자구 왔었어. 그런데 울구불구하는 걸 보니 그럴 생각은 통 없는데……."

입가에 줄곧 조소만 질질 흘리던 승현의 낯색이 고쳐져가면서 강주를 달래는 것이었다.

"골탕을 골탕을? 그 이상 더 어떻게 먹는단 말예요? 난 당신한테 골탕을 먹기 위해서 세상에 태어난 여잔것같아요. 더 더 먹어도 좋니 성환일 얼른 데려오도록 해요. 당신이 그래 그동안 그앨 만났어요? 소식이라도 들었어요?"

강주는 인제 흐느끼는 것도 몸부림치는 것도 중지하고 또렷한 어조로 승현에게 다조차 물었다.

"성환이 잘 있어. 인제 막 뛰어다니구, 큰 애들과 얼려서 썩 잘 놀거든. 아주 투실투실하게 번져가더군. 그리고 그자식 걸작이야. 터펄거리며 하루종일 밖에 나가 돌아다니거든. 어딜 그렇게 돌아다니느냐 물으면 엄마 찾으러 갔댔어. 하는거야……."

"아니 성환이가 그런 말을 다 해요? 그애가 그런 말을 다 할줄 알게 컸단 말이예요? 데리고 오지 그걸 그래 떼놓고 와요?"

강주는 흘러내리는 눈물 때문에 눈을 깜박깜박하면서도 얼굴 전면에 웃음을 그득 담고 있었다.

"글쎄 서강주가 화냥질을 하고 돌아다니는줄 알면서 데리구 올 수 있나. 그래 인젠 화냥질을 다 피웠던가? 응 이 망할년아."

승현이 이렇게 내뱉으며 강주의 전체를 와락 쓸어갔다. 강주를 쓸어간 승현은 설초를 들먹이고 무대에서 낯을 익힌 듯한 세민을 들먹였다. 그리고 김영인도 가만 놔두지는 않았다.

"그 어느 놈두 나를 능가할 순 없을거야. 그렇지 않더냐? 이 화양년아. 말좀 해봐라."

그는 끝내 강주 입술을 터뜨려 주었다. 애무이기보다는 폭력이라고 해야 할 것이다. 강주는 작은 새새끼처럼 발발발 떨고만 있었다.

성환은 그뒤에 그들에게로 돌아왔다. 승현의 불쌍한 누이동생 꼽추가 데려다 주었다. 꼽추는 아이를 데리고 와서 그들한테 눌러 머물러 있게 되었다. 꼽추가 있음으로써 잠자리같은 것은 불편하지만 그대신 살림을 살아주니까 편리한 존재이기도 했다.

꼽추는 그들의 눈치를 살피기는 하면서도 집에 내려갈 생각은 하지 않았다. 승현 식구 중에서 유일한 강주의 동정자이기도 하겠지만 불우한 시누이에게 강주는 진심을 기울이고 싶기도 했다.

강주는 승현이 밤을 틈타서 고향에 잠깐 들려간 사실과, 고향에 내려간 가족들이 굶주림 속에서 근근이 살아오다가 승현의 부친이 세상을 떠났다는 사실을 시누이로부터 들었다.

성환의 몰골을 보더라도 그들의 생활이 처참했을 것을 추측할 수 있었다. 성환의 얼굴과 머리, 몸뚱이 전체가 종기로 덮였었다. 여름에 돋은 땀띠가 몰려서 종기로 변했다는 것이고, 배는 또 묏봉우리같이 삐어져 나왔었다. 먹다가 굶다가 하니까 아이는 음식을 보기만하면 한량없이 퍼먹기 때문에 그꼴이 되었다고 한다. 허락되어서 먹는 음식보다 금지된 음식을 더 많이 먹게 되었다고 한다.

가령 주인집 아랫목에 묻어논 밥이라든가, 구멍가게에 벌려논 과자나부랭이들, 혹은 이웃집 아이를 따라갔다가 집에서 발견되는 음식물같은 것, 성환은 도둑으로 몰리게 되기까지 했다는 것이다. 무슨 애가 나이도 안먹고 도둑질부터 배운담. 버릇을 아는 사람들은 성환에게 채찍보다 가혹한 비방의 소리를 퍼부었다고 한다.

성환은 배달되는 음식을 길에서 만나는 경우에도 그 뒤를 철벙철벙 따라간다는 것이다. 아주 익숙치 못한 걸음으로 자전차를 탄 배달부를 쫓을 수는 없었던 것이고, 멀어져가는 배달부의 뒤를 멍하니 바라보며 침을 꿀컥꿀컥 삼켰을 것이 분명했다. 성환은 엄마를 찾아 하루종일 나돌아다닌 것이 아니고 밥을 찾아 헤맸던 것이 아닐까.

묏봉우리같은 뱃속에선 하루에도 몇번씩 똥물이 터져나왔다. 찍 갈기기만하면 펌프에서 물살이 쏟아지듯 방안을 뒤덮었다.

뱃속을 생각해서 음식물을 조절해 먹이려고 할 것같으면 불이 화안한 눈으로 밥의 소재만 밝히려고 들었다. 솥뚜껑 여닫는 소리에도, 수저 잘랑거리는 소리에도 성환의 눈은 화안해지는 것이었다.

성환의 이러한 증세는 현대극단의 지방공연을 늦추게 되는 수밖에 없었다. 강주가 그런 아이를 버려두고 떠날 생각이 아닌 때문이었다. 그동안 중앙공연을 사오차 하고 나서도 아이는 마찬가지였다.

"언니보다야 하겠어요마는 내 전력을 기울일 테니 떠나보세요."

꼽추 시누이의 간곡한 진언에도 강주는 마음이 내키지 않았다.

사오차의 중앙공연에서는 매번 대성과를 거두었다. 첫번때와같이 흥분되지도, 비감하지도 않으면서 강주는 연극 그대로의 연극을 잘해냈던 것이다. 인제 연극이 뭣인 것을 알게된 것같다고 설초가 강주를 칭찬해주고 김영인도 만족한 낯색을 드러내주었다. 강주의 인기와 함께 현대극단의 명성은 사위에 퍼져갔다.

그럴수록 승현의 질투는 불같이 일었다. 승현은 난폭해만 갔다. 그는 자기에게 골탕을 먹이기 위해 태어난 인간이고, 자기는 그에게서 골탕을 먹기 위해 세상에 태어났다는 생각만이 강주 머리에 누적해갈 뿐이었다.

성환은 아빠가 엄마에게 폭력을 가할 때면 비슬비슬 구석쪽으로 피하기가 일쑤였다. 강주에게서 떠났다가 돌아온 성환은 전에처럼 약한 편을 들려고 하는 기개가 없었다. 한창 고비더라도 먹을것이 눈에 뜨이면 눈에 불을 켜고 먹기에 몰두했다. 그러는 아이는 질투에 불타는 승현의 모습과 흡사했다.

꼽추 시누이는 바깥으로 내빼었다. 제가 만류한다고 해서 오빠가 들어줄 리가 없음을 알고 있었던 것이다.

승현은, 연극을 재현하는 것뿐이야. 네가 무대에서 한 그 연극말이야. 「실컷 웃던가, 울어라.」 그렇지. 지금 좀 실컷 웃던가 울어보란 말이야.

언제나 승현은 실컷 두들겨패다간 강주를 자빠뜨리고 제 욕구를 충족시키는 일은 잊지 않았다. 잠들어버린 뒤면 코 고는 버릇은 전이나 이제나 마찬가지였다.

이왕 늦은 바엔 해동(解冬)이나 한 뒤에 지방공연을 떠나자는 결론이었고 일차 지방공연때의 쓰라린 경험도 있고해서 이번만은 단단한 준비를 갖출 작정이기도 했다. 그동안 강주는 아이의 증세를 고치기에 전력을 넣었다.

설초는 강주들의 생활을 꾸려나가는데 그다지 옹색치않게 돈을 마련해 주었다. 승현이 이런 일을 눈치채지 못할 리 없으련만 모르는척 덮어두었다.

설초 세민 심지어는 김영인이까지도 줄곧 들먹이면서, 강주가 극단에 나가는 일은 말리지 않았다. 강주는 설초와 저를 한강변에 때려눕히던 때의 승현의 기개를 되살리며 안타까와 하는 일이 있었다. 승현은 설초나 세민 그리고 김영인 등과 부딪칠까봐 오히려 자기 쪽에서 조심하는 눈치같았다. 극단 가까이에서 방을 옮긴 까닭도 거기 있은 것이라고 강주는 알고 있다.

지방공연을 떠날 무렵해선 아이의 증세가 꽤 나아갔다. 똥질하는 증세도 멈췄고, 먹을 것에 눈밝히는 일도 부신듯 가셨다. 아이의 병을 맡아 보아준 주치의의 말인즉, 영리한 아이일수록 환경의 영향을 심하게 받게됨은 물론이고 자칫하다간 그런 아이는 잘못된 환경이면 백치가 되어버리기 쉽다는 말을 일러주었다. 어떠한 난관이 닥쳐오더라도 인제 아이를 떠나보내는 일은 하지 않을 결심을 강주는 새삼 마음 속에 다짐하지 않을 수 없었다.

한달가량의 지방공연을 떠나게 되는 사이가 여간 걱정이 아니었다. 강주는 시누이에게 그동안 자기가 하던 그대로 아이의 생활을 보살펴달라고 몇번씩 당부하곤 했다. 엄마의 말을 듣고 있던 성환이 강주 목에 양팔을 감고는,

"엄마 얼른 안오믄 나 밥 막 먹어버릴 테야."

하고 강주를 위협하려들기도 했다.

"엄마 빨리빨리 올께. 올 때 장난감이랑 과자랑 많이 많이 사다줄께 고모 말 잘듣고 있어 응."

강주가 이와같이 달래는 말에 성환은 또,

"엄마 딴 서방하구 도망감 안돼."

하고 아이답지않게 다짐을 주기도 했다.

강주는 망치에 맞은 듯 말을 못하고 벙벙이 아이만 보고 있는데 시누이가 황급히 그런 소리를 하는게 아니라고 성환을 힐책하는 것이다.

"한머니만 그런 말 해? 고모. 난 그런 말 하믄 안돼?"

성환의 고모의 색을 흘깃 살피고 또한 아이답지않은 말을 던지는 것이다.

한달을 예상했던 지방공연이 두달 넘어 걸리게 되었다. 남쪽에서의 실패가 교훈이 되기도 했지만 간 데마다 갈채 속에 들끓게 되자니까 큰 도시만 순회하려던 처음의 계획을 변경했던 것이다.

강주의 고향엔 들리지 말자고 강주가 완강히 주장했다. 정거장 앞에 크지는 못해도 극장도 지었다는 사실을 탐지한 아기총각이 강주의 고향이기 때문에 공연이 있어야 할게 아니겠느냐고 우겨보는 것이나 끝내 응해주지 않았다.

"언닌 이상해. 나같음 고향에서 한번 뽐내보겠네. 언니가 훌륭한 배우가 됐는데 왜 고향사람들한테 뻐젓이 못보여요?"

유라가 강주의 속을 모르겠다는 얼굴로 안타까와했다.

강주는 고향인 S읍을 통과할 시간을 미리 알아가지고 어머니에게 통지했다. 새벽 두시의 밤중이어서 편지통에 편지를 집어넣고는 공연한 짓을 했다고 뉘우치기도 했지만 한편으로는 남이 다 잠들은 밤중이 오히려 낫겠다는 생각도 들었던 것이다.

들들들 구르는 바퀴 소리에도, 산악지대라 터널을 드나들 때마다 빽빽 지르는 기적소리에도 단원들은 상관하지 않고 흙이 된양 자고 있었다. 강주가 어머니를 만나는 것쯤을 알 리가 만무했다.

S읍이 가까와 오자 강주는 준비해둔 돈을 빽에서 꺼내 쥐었다. 어머니는 오래전부터 나와 있은 듯 덜덜덜 떨면서 강주에게 무거운 꾸러미를 건네어주었다. 강주는 묻지 않아도 엿이라고 인식하면서 무거운 꾸러미를 건네어준 손에다 돈을 쥐어주었다.

이건 웬거냐고, 너희들도 곤란할 텐데. 하고 어머니는 말을 채 못하고 있는데, 아직도 이걸 하느냐고 강주가 들고 있는 무거운 꾸러미를 어둠속에서 턱으로 가리키며 묻자 어머니는 또한 어둠속에서 곧 알아차리고, 혼자도 아니고 인호까지 집에 와 있으니 그 일을 뗄 수가 있느냐고 말했다. H시에 가서 고학을 하는줄 알았던 남동생이 집에 와 있다는 말에 강주는 가슴이 철렁해서 바삐 연유를 물은즉, 늑막염으로 앓고 있다고 어머니는 힘없이 말했다. 찬주는 잘있다더냐는 물음엔 그건 거기 가서도 우등생 노릇을 한다면서 기운을 내었다.

기차는 단 일분간을 정거하고 떠나려고 기적을 올렸다. 강주가 무거운 꾸러미를 넹강 들어올리면서 엿틀에 앉을 사람이 없어서 어쩌냐고 소리를 쳤을 때 그 대꾸는 하지 않고 어린걸 갖다줘라. 영특하게 생겼더구나. 하곤 곧 이어서 아 애비. 아 애비. 하는 소리가 들렸다. 그 나머지 소리는 기적에 휘말려버렸던 것이다. 아 애비 뒤엔 말썽이나 부리지 않느냐는 말임에 틀림없을 것이다. 말썽을 부리는 아버지 때문에 속상하는 어머니로서는 그게 걱정이 될테지.

강주는 아버지가 살고 있는 E항구에서의 공연도 응하려하지 않았다. 설초와 세민, 그리고 김영인에게만 이유를 들려주었을 뿐, 다른 단원들은 알지 못하고 있었다. E항구와 같은 델 지나쳐버린다면 공연할 곳이 있느냐고 단원들 중엔 설초에게 항의를 하는 사람이 없지 않았지만 설초가 그럴만한 이유가 있어서 그러는거니 심려할 바가 아니라고 그들을 타일렀다.

기차가 바닷가를 스쳐갈 때 바닷소리가 처량했다. 강주가 아버지 집에 돈을 타러 갈 때면 아버지와 아버지의 여자가 싸우고, 그리고 나면 아버지는 으례 강주를 두들겨패었다. 두들겨팬 아버지나 아버지의 여자나 그 외의 식구들이 잠든 뒤에도 강주는 잠이 오지 않았다. 바닷소리만 듣고 있었다. 바닷소리는 그때부터 처량했던 것이 아닐까.

<h1 style="text-align:center">14회</h1>

창경원에 벚꽃이 한창이라는 사월 하순께 강주는 창경원 구경을 아이를 데리고 떠났다. 자기뿐이라면 그런 엄두를 냈을 리 만무할 테지만 주인 아이들한테서 창경원 이야기를 듣고, 엄마 창경원에 가, 사자두 있구 원숭이가 아주 재미있대, 하는 성환의 성화를 이겨내지 못해서 한 일이었다.

시누이에게도 같이 가기를 청했으나 시누이는 병신몸에 쏠릴 뭇 시선을 겁내는 듯 그만두겠노라고 사양했다. 강주는 그러는 시누이에게 새삼 측은스런 감정을 가지게 됨을 알았다. 시누이는 강주가 집을 비운 사이에 성환에게 얼마마한 정성을 기울였던지 성환은 한달 남짓한 그 사이에 더 현저하게 달라졌었다.

"엄마. 빨리 와 응. 어디 가믄 안돼."

아이는 길에 나서자, 처음 엄마와 함께 걷는 길이 즐거운 듯 이런 말을 다짐하면서 우쭐우쭐 춤추듯이 뛰어가는 것이었다. 창경원 가까이 이르러서 강주는 아이에게 과자와 고무풍선을 사서 들려주었다. 아이는 과자보다 고무풍선을 더 기뻐했다. 고무풍선은 한 줄에 다섯개가 달린 원색의 알룩달룩한 것들이었다. 벚꽃이 노을처럼 찬란한 가운데를 원색의 고무풍선은 바람을 타고 잘도 둥둥 떠올라갔다.

강주는 고무풍선을 쫓기에 여념이 없었다. 아이의 모습이 사람 무리 속에 묻혀서 보이지 않더라도 다섯개의 고무풍선만 따르면 아이를 잃어버릴 염려는 없는 것이다.

한참 고무풍선만 쫓아가다가 강주는 한 지점에서 맞부딪치고야 말았다. 워낙 많은 사람무리 속이란 맞부딪치기 일쑤려니 짐작하고 강주는 그대로 앞을 헤치고 가려니까,

"아니 이건 뭐냐."

는 소리가 뒤통수에 와 닿는 것이 아니겠는가.

강주가 소리 나는 방향을 뒤돌아보았다. 맞서자고 해서가 아니고 귀익은 소리였기 때문이었다.

뒤돌아보는 강주 시선 속으로 낯익은 친구의 화려한 모습이 들어왔다. 동경 유학 시절에 책상을 나란히 놓고 앉았었고 그 오빠로해서 필요 이상으로 만나게 되던 오한순이었다.

"너였구나 한순아."

강주가 삐잉 몸까지 돌리며 돌아섰다.

"뭐? 너 강주 아냐?"

한순이 두 팔을 벌리고 안을듯 달려들었다.

"그래, 나야. 어떻게 여길 다 왔냐?"

강주도 뜻밖이어서 한순을 보아주는 눈이 아주 크게 띄어졌다.

"어쩜 널 여기서 만나니? 오빠가 널 만났단 소릴 들으면 얼마만큼 기뻐할까."

"너희 오빠도 여기 오셨어?"

"응. 고문에 파쓰했거든. 그래 지금 검사국에 와 있어. 얜 어엿한 검사나으리란다. 오빠 덕에 나두 서울서 노닥거리게 되는거지."

"난 아무것도 모르고 있었구나."

"강주 넌 너무하더구나. 너때문에 슬픔이 무엇인걸 배웠다는 우리 오빠한테

그렇게 등한할 수가 있니? 오빤 아직두 네 생각을 버리지 못하고 있다는 사실을 알아야 해."

"알면 뭘해."

"애 넌 너무 깍쟁이다. 동경을 떠난 뒤에 엽서 한장 안 보내다니. 우린 네 주소를 모르니 할수없었지만 너야 다 알구 있잖니."

"그러다 만나니 더 반갑고 좋구나."

"애애. 관둬라. 남의 속을 그렇게 태워선 못써."

한순이 강주의 어깨짬을 툭 치곤 곱게 눈을 흘겼다. 그렇게 하고 있는 한순은 여전히 아름답고 화려했다.

거기 비해서 강주 자신은 엉망으로 망가져간 것같은 느낌이 불시에 들었다.

"나 많이 변했지. 못 알아볼 정도로. 넌 그대로 아름답고 화려한데."

"걱정 마라, 너두 그대로야. 살이 빠질사하니까 매력은 더 있구나, 그런데 너 결혼 안했지?"

"결혼?"

"그래."

"아, 참, 좀 가만 있거라. 나 아일 찾아야 하겠어."

강주는 한순의 물음에서 깜짝 아이를 잊고 있었던 것을 깨닫고 허둥지둥 사람 속을 헤치며 달렸다.

"쟨. 뭐야? 아이란 무슨 애냐? 누구의 애란 말이야?"

한순도 강주의 뒤를 따라 달리는 수밖에 없었다. 뛰기에 힘 차서 헐떡거리는 소리였다.

"아, 저기 있구나. 저 고무풍선을 들고 가는 아이 보이지? 아이는 안보이지만 고무풍선이 하늘공중으로 둥둥 떠올라가고 있잖아? 그거 우리 성환에게 잡힌 고무풍선이야. 저거 아냐. 다섯개의 알룩달룩한 것……."

강주는 뒤를 따르는 한순을 돌려다보면서 설명하는 것이었다.

"고무풍선을 들구 다니게 된 애가 네 애란 말이야?"

"그럼."

"너 결혼했니?"

"결혼했으니까 아이가 있지."

"비관이로구나."

"뭣이."

"우리 오빠의 절망의 날이 도래했으니 비관일밖에."

"내가 결혼했는데 너희 오빠가 절망일게 뭐야."

"이때까지 널 생각하고 있었으니 안그래."

"그건 너희 오빠 혼자의 생각이지 나하고 무슨 상관이냐. 너희 오빠하고 언제 말이나 한마디 건네어본 사이더냐?"

"애. 너무 냉정하게 굴지 마. 세상엔 짝사랑이라는 것두 있지 않니? 너야 어떻건 오빠 혼자 생각하는 거야 자유 아니겠니?"

"난 너희 오빠같은 사람한테서 짝사랑을 받을만한 위인이 못돼. 가난하고 초라하고…… 어릴때부터 지금까지의 내 생활을 너희가 안다면 경멸의 대상밖에 못될 걸."

"애. 강주야. 그것두 말이라구 하니? 남의 진심을 너무 몰라주는 것두 죄가 된다더라."

"공연한 얘긴 그만 두자. 아이한테나 빨리 가보자꾸나."

"애. 제발 좀 아이 아이 하지 마라. 네가 언제부터 애에미가 됐다구 아니꼽게 이야단이야."

"너도 앨 낳봐라. 더구나 우리 성환인 그럴수밖에 없게 된 아이야."

"대단한 애란 말이지?"

"그래 대단하다. 어서 가봐야겠다."

두 여자는 다시 사람무리 속을 헤치며 아이에게로

"성환아, 자꾸 혼자 달아남 어떡해. 엄말 잃어버려도 괜찮아?"

강주가 오랜 세월동안을 떨어졌던 것처럼 아이를 부둥켜안았다.

“이거 놔. 나 원숭이한테 갈테야. 빨리 갈테야.”

성환이 강주 팔을 풀고 빠지려고만 했다.

“여기 아줌마랑 있잖아? 성환이하고 같이 가려고 막 뛰어왔어. 엄마하고…….”

성환이 한 눈을 힐끗 볼 뿐 저는 저대로 달아났다.

두 여자도 그 뒤를 따라야 했었다.

“참, 네 꼴을 우스워서 못보겠다. 저 혼자 가만 나둬두 실컷 될텐데 왜 못견디게 구는거야.”

한순의 입에서 ‘피이’ 소리가 나도록 빈정대어 주는 것이었다.

성환은 앵무새 하마 곰 낙타 호랑이 사자들은 대강 스치고 원숭이 굴 앞에 이르러서 발을 멈췄다. 강주와 한순도 멈췄다. 성환이 원숭이에게 과자를 주느라고 고무풍선이 노이는 것도 몰랐다. 아이의 손에서 노인 고무풍선이 더 높은 하늘 공중으로 둥둥 떠올라갔다.

강주가 그것을 잡으려고 쫓아간다. 쫓아가는 강주를 위해서 고무풍선이 멈춰주지는 않았다. 나무가지에 걸리게 될 때까지 강주는 채이며 걸리며 그것들을 쫓아갔던 것이다. 벚꽃이 노을처럼 찬란한 위에 하늘이 무한정 푸르러서 눈물이 날 지경으로 강주는 눈이 부시었다.

“애. 인제 곡예는 그만하구 그늘에 가서 앉자꾸나. 다리가 아프지 않니?”

한순의 제의로 그늘짙은, 그러나 성환을 지키기에 편리한 장소를 가려서 그들은 앉았다.

“너 동경서 나오는 즉시 결혼부터 했었구나. 결혼하러 나오면서 그런 척두 안했어? 참 깍쟁이야.”

그늘에 앉자 한순이 또 화제를 그리로 돌렸다. 강주는 그 말에 대꾸는 하지않고,

“넌 어떻게 됐어? 결혼한 거냐? 아직 안한 거냐.”

고 물었다.

“이제 할 참이야. 그런데 놈팽이가 꼭, 배게[42] 자란 콩나물같이 멀끔하기만하지 속이 들어 있잖아서 탈이야.”

한순은 말 뒤에 장난스런 웃음을 입가에 보였다.

“약혼을 했구나?”

“약혼두 아직 보류야. 오빠한테 보이구 합격이 돼야 약혼두 하지, 합격될 가능성이 희박해서 오빠한텐 비밀루 교젤 하는거야. 이제 곧 여기 나타날지 몰라. 너 좀 봐 둬라. 너한테두 불합격증을 받을 위인이지만.”

“여길 오다니? 창경원에 말이냐? 너희 둘이서 구경 온 셈이구나, 그런데 그 사람은 어디 두고 왔어?”

“밖에서 지금 날 찾느라 눈이 빠질 지경일껄.”

“밖이라니? 어디.”

“창경원 바깥. 바깥에서 만나가지구 같이 들어오기루 했는데 싫증이 나서 혼자 들어와버렸어.”

“저런. 그렇게 싫으면서 왜 만나기로 약속하는거야?”

“그런 위인이더라두 만나잖으면 심심하니까. 돈은 있나봐. 내 허영심을 채워줄만한.”

“그런 생각은 버리렴. 심심풀이로 허영심을 채우자고 마음에도 없는 남잘 끌고 다녀야 쓰겠니?”

강주가 따끔하게 말해주었다.

“나두 그만한건 알구 있다만, 단지 그것만은 아니야. 결혼 상대가 아주 없을 경우도 생각해야 되잖어. 그럴 경울 생각해서 잡아두자는거야.”

강주가 한순의 생각을 옳다고 볼지 그르다고 볼지 판단을 내리기 힘들어 할 때 용케도 한순의 ‘배게 자란 콩나물’이 휘청휘청 그들 가까이로 걸어오고 있었다.

---

42 배다 : 물건의 사이가 비좁거나 촘촘하다.

"가만 있거라 저 자가 기어코 오는구나. 지금 막 날 발견한 모양이지."

한순이 향해 오는 남자를 향해 양팔을 번쩍 들어 흔들었다.

남자는 퍽 오래 찾아다녔다고 하면서도 한순을 책하거나 원망하지 않았다.

"동경서 같이 공부하던 동창을 만나가지구……들어와 버렸지."

한순이 떡먹듯이 거짓말을 하니까 남자는 운동모 비슷한 모자를 벗어들면서 강주에게 고개를 꾸벅했다. 모자를 벗은 남자의 얼굴이 굴쭉 비슷한 인상이었지만 어디까지나 순후해 보였다.

강주도 자리에서 어느정도 몸을 일으켜 세우고 답례를 차리는데,

"오늘은 반가운 동창을 만났으니 연수씨하구 놀 시간이 없겠는걸. 혼자 원숭이두 보구 물소두 보구 잘 놀아요. 네?"

한순이 남자 앞에 해룽거려 보였다.

남자는 순순히 한순의 말을 받아들이는 의사 표시를, 먼저는 강주에게 낯빛으로 보여주고 한순에게 잘 놀라고 말한 후 휘청휘청 가버리는 것이었다.

"아주 순한 남잔데. 뭐랄까, 복종파구나."

나무 밑을 빠져 멀어져가는 후리후리한 남자의 뒷모습을 보아가며 강주가 말했다.

"야 그거 저 자한테 잘맞는 대명산데."

한순이 멀어져가는 남자를 눈으로 좇으며 소리를 높여 감탄했다.

"힘이 안들어서 좋겠다."

"힘이 안들다니? 그건 또 무슨 소리냐?"

남자의 뒤를 좇던 눈을 한순이 강주에게로 돌렸다.

"저렇게 복종을 잘 하니 말이다."

"으응 그 소리야. 그렇지만 넌 모르는 소리다. 복종파 남자는 못쓰는거야. 영점밖에 안돼. 여잘 손아귀에 집어넣고 움쭉달싹 못하게 구는 남자래야 일등품 남자야."

"너 아직 호되게 데어보지 못해서 하는 소리다. 호사가 너무 지나치는데."

"강주 넌 여잘 옴쭉달싹 못하게 구는 남자한테 데구 있는게 아니야? 실컷 데 더라두, 전신이 화상 투성이가 되더라두 그런 남자한테 걸려봤음 좋겠다. 내가 만난 모든 남자들은 하나같이 못난이인지 몰라. 키가 안크면 눈이 크든가, 모두 비겁쟁이들이란 말야.……강주 너 내 말 들어봐라. 키가 크구 싱겁잖은 자 없다 는 말이 있지만 키 큰 남자 치구 짭짤한 게 없구, 눈이 큰 남자 치구 어리석잖은 남자가 없더라. 그러니까 내가 만난 남자들은 짭짤하지 못하지 않으면 어리석 더라 이 말이다. 강주야 너 여잘 전신에 화상을 입힐 자신이 있는 남자, 그런 남 자 나한테 소개해라."

"내가 그런 남잘 어떻게 아니?"

강주는 필요 이상 강파른 소리로 잡아떼는 것이다.

"애 애. 그렇게 잡아뗄거 없어. 너희 신랑이 그런 유에 속하는 남잔가분데, 그 렇담 멋이다. 이왕 이렇게 만났으니 오늘 너희집에 가자. 너희 신랑을 구경하잔 말이다."

한순이 정색을 하고 덤비었다.

"집을 지금 수리하는 중이야. 집이나 수리해놓고 널 정식으로 청할께."

강주는 당황한 나머지 거짓말이라도 해야 했다. 강주는 한순에게 셋방살이를 하고 있는 자신을 드러내 보이지 않겠다는 생각이 무뚝 생겼던 것이다.

"그렇담 네가 우리집에 가자. 집은 알아둬야 날 초대할 때 편리할거 아냐."

"오늘은 아이도 데리고 나왔구, 피곤두 하고하니 후일 알아두기로 하자."

"우리집을 모르구서 날 어디 가 만날거야. 초대할 때 말이다."

"주소만 적어주면 되잖어. 찾아가던 서신으로 연락하던지 하면 되지."

"언제쯤 집수리가 끝나니?"

"곧 끝날테지."

"끝나는대루 이어 초청해라. 집 구경 신랑 구경을 겹쳐서 하자꾸나. 너희 신 랑은 뭐하는 사람이야?"

한순이 핸드백에서 주소가 적혀 있는 명함 한장을 꺼내주면서 새삼 물었다.

"이댐에 와서 보면 알텐데 지금부터 알 필요가 어딨어."

"그래? 그럼 모든걸 숙제로 미루기로 하자. 그날이 하루속히 오길 기대하겠다."

"여기 나온지 한 보름밖에 안됐다면서 명함까지 벌써 찍었구나."

강주가 '남산정 ××번지'를 눈여겨보며 한순에게 말했다. 화제를 돌려보자는 의도도 거기엔 포함되어 있었을지 몰랐다.

"명함이야 하룻새면 되는 건데 뭘 그래."

"아니야 네가 명함을 찍어가지고 다니는게 우스워서 그래."

"얘 인간에게 명함이란 얼마나 필요한지 몰라서 너 그런 소릴 하는거야. 통성명을 하든가 할때 보면 입으루 나 아무개라구 해선 잘 모른단 말이야. 김 아무갠지 오 아무갠지 알게 뭐야. 명함을 주면서 나 아무개요 하구 일러주면 영낙없이 누구란 기억해 주거든. 아까 그자, 배게 자란 콩나물 말이야, 그자두 명함으루 쉽게 사귀었거든. 우리집에서 남산공원이 가깝잖어. 공원에 올라갔더니 이 자가 있더란 말이야. 눈으로 먼저 인사를 드렸지. 그 자두 날 살펴보고 있었으니까. 가까이 오더군. 왔을 때, 나 오한순이라구 해요. 하구 명함을 꺼내 주잖았겠어. 그랬더니 그 이튿날루 편지가 온거야, 이렇게 명함이 필요하다는걸 알란 말이야."

강주는 부신 눈으로 한순의 입을 보고 있을 뿐 아무런 말을 하지 못했다. 무슨 말이나 생각없이 해낼 수 있는 한순이 오히려 얼마쯤은 부럽기까지 했다.

강주들이 돌아오려는 때 한순이 저는 창경원에 더 있어보겠노라고 했다. 한순은 '배게 자란 콩나물'을 찾던가, 또 다른 심심풀이 대상이라도 찾는 것일까.

현대극단에선 번역극 고오고리의 「검찰관」[43]을 무대에 올리게 되었었다. 김

---

43 니콜라이 고골의 희곡 「검찰관」. 1836년 상트페테르부르크 알렉산드로 황실 극장에서
    초연됨.

영인이 번역을 담당했으며 연출은 설초가 맡아 했다.

강주는 시장의 아내로 나오게 되는데 그 딸의 역을 유라가 하느냐, 심양혜나 새로 입단한 황은순이 하느냐에 대해서 설초와 영인 사이에 한참 말이 오고 갔다.

설초는 유라를 뽑자고 주장하고 김영인은 새로 입단한 황은순으로 하겠다는 의견이었다. 이런 눈치를 채게 된 유라와 황은순 사이엔 자연히 간격이 생기게 되었다. 이런것을 알게 된 설초와 김영인은 숫제 유라와 황은순을 그만두게 하고 제 삼자인 심양혜를 마리아·안도노브나로 뽑았다.

어쩌다 주요한 역으로 분하게 된 심양혜의 기쁨이란 이를데가 없었다. 외과 의사인 그의 남편까지 사흘 공연에 한번 빠지는 일이 없이 나와주기도 했으려니와 공연이 끝나고 나서 외과 의사는 단원 전체를 위해서 풍성한 잔치까지 베풀어 주었다.

이 공연에서도 성공을 거두었다. 수입면에서 손실이 없었다는 것, 수준높은 관객들의 절찬을 받았으니 그 점에 있어서도 흐뭇하게 여길밖에 없는 일이었다.

처음으로 나이 지긋한 부인 안나·안도레브나의 역을 맡은 강주의 연기는 중에서도 뛰어났다는 칭찬이었다.

이 역에서 강주는 비로소 담담하게, 냉철하게, 정렬을 다 기울여서 연기자다운 연기를 했었다.

이때까지의 강주는 연극 속에서 자기 개인의 감정을 쏟아놓기가 일쑤였던 것이다. 연기라기보다 자기 개인의 울분과 원통함을 뽑어놓는데 불과했다고 볼 수 있었다. 그것이 다행히 극(劇)과 잘 들어맞아서 번번히 성공을 거두었다고는 하지만.

정확히 말해서 강주가 안나·안도레브나와같은 부인의 성격이나 그 행동을 평소부터 혐오의 대상으로 여겨온 터이었다. 권력에 아부하려는, 그래서 자신은 더말할것도 없고 딸마저 내세워서 교태를 부리도록 만드는 따위의 행동은 연극 속에서도 비위가 뒤틀려왔지만 자기 감정을 조금도 노출시키지 않았다는 데서 새 국면을 타개했다고 비평가들은 강주를 높이 평가해주었다.

이렇게 되니까 승현의 질투와 시기가 또한 따르지 않을 수 없었다.

'통속극단이면서, 그 주제에 고오고리의 것에 손을 대다니.' 승현은 저 이외의 사람은 고오고리를 들먹여선 안된다는 뱃심을 보이며 나섰다.

강주가 지방공연에서 돌아오니까 승현이 소형극 연구소를 동지들과 함께 발족했노라고 턱을 약간 치켜들고 강주에게 말해주었다.

승현은 자랑스러운 일을 말하는 경우면 으레 턱을 약간 치켜들고 뽐내는 자세로 돌아가는 버릇이 있었다. 그에게 자랑스러운 일이 별반 없었으니 망정이지 그런 일이 줄곧 있다간 턱을 치켜드는 모양새를 보는 일도 고통거리가 될 것이라고 강주는 생각한 일이 있다. 승현의 치켜드는 턱은 좋게 보아내기에 힘이 들었다. 턱이 좀 유들유들하게 생긴 편이라 할까, 턱만 아니고 그의 얼굴 전체에 이 유들유들한 기운이 서리어 있는 것이다. 좋게 말하면 풍채가 좋다고 하겠고 나쁘게 말하면 철면피같은 거만기가 있다고 하겠다.

여자들이 잘 따르는 이유와, 그가 그에게 유리한 사람을 잘 낚을 수 있는 이유도 여기에 있을 것같다. 친구와 오래 사귀지 못할 뿐 아니라, 그에게 유리하다고 여겨서 낚은 사람들까지도 오래 되지않는 사이에 떠나가게하는 일 이것도 이 유들유들한 얼굴 탓이 아닌가 한다. 친구를 질시하는 심술궂은 마음이 남보다 더한 것도 강주는 얼굴 탓이라고 보았다.

그는 어느날, (「고오고리」[44]를 끝내고 나서의 일이다.) 서강주 아주 색주가 잡년으로 떨어지기 전에 우리 연구소에 가담하는게 어떠냐고 걸어오는 것이었다.

강주는 좋다고 이어 대꾸해 주었다. 싫던 좋던, 또 얼마를 가고 해산할지 모르지만 그가 그렇게 나오는데 반대의사를 표시하거나 하면 현대극단과 아울러

---

[44] 「검찰관」을 의미하는 듯함.

설초 영인을 들먹이며 갖은 욕설을 터뜨릴 것이다. 강주는 그러한 고비를 치러내는 일이 정말 지긋지긋했던 경험이 얼마든지 있는 것이다.

흥 아무나 우리 연구소에 들어올 줄 알어. 이설초 김영인 서강주 그런 부르좌지들 소굴의 인간들은 들이밀어볼 수두 없는 처소야. 더구나 서강주같이 색주가 잡년으로 떨어져가는 따위의 것이 우리 연구소에 들어온다구, 흥, 하는 것이었다.

아주 색주가 잡년으로 떨어져 들어가기 전에, 아주 떨어져 들어가면 조승현도 곤란할게 아니겠느냐고, 색주가 잡년의 남편이라는 뒷손가락질을 받을테니. 강주도 지지않고 이런 말로 맞섰다.

야 요것봐라. 말재주가 날마다 늘어가는구나. 처녀가 앨 배두 할소리가 있다더니.

오한순이 들이닥치지 않았더면 얼마마한 격전이 벌어졌을지 모르는 일이었다.

"너 한순이 웬일이냐."

강주는 얼떨결에 이렇게 소리를 질렀다.

"애 말 마라. 네가 유명하신 걸 어제 저녁에사 알구 아침에 찾아 떠난거야. 초청해주길 날마다 눈이 빠지게 기다리다가 내편에서 찾아 떠난거야."

한순이 원망기를 눈에 띄우면서도 방안에 앉은 승현을 연신 보아갔다. 승현이 때문에 한순은 부드러운 낯색을 짓는 것으로 보였다.

"왔으니 들어오기나 해라."

강주는 부끄러운 데를 온통 다 드러내 보인 기분에 사로잡히면서 말했다.

"강주 동무 되시는 분인가부죠? 저 조승현입니다."

한순이 문턱을 넘어 들어서자 승현이 아무 일도 없은 듯 한순을 찬찬히 보아가며 스스로 인사를 청했다.

"네 네. 동경 유학 시절의 동창이죠. 저는 졸업을 하구 나오느라고 좀 늦었죠."

한순이 핸드백에서 명함을 바삐 꺼내어 승현에게 주었다.

명함의 사용 효과를 한순은 여기서도 노리는 것일까, 하고 강주가 목을 돌려 한순을 보았더니 한순이 눈을 잴끈 해보이는 것이 아니겠는가.

"남산정에 사시는군요? 공기 존 데 사시는데요."

"오빠집에 있어요. 아직 오빠 신셀 지구 사는 셈이죠."

"아 그러세요? 아직 결혼을, 미혼이시군요?"

"네. 올드미스죠."

"올드라구 하실 순 없겠는데요."

"그래 보여요…."

오한순은 콧속으로 소리를 내며 호호호 웃었다.

"연극을 좀 해보시지."

승현이 별르지도 않고 이런 말을 불쑥 했다.

"저요? 제가 연극을 하게 생긴 것같아요? 어쩌나."

"아주 적격입니다. 우리 연구소에 가입하십시요."

여기서 승현의 턱이 좀 치켜들리는 것을 강주는 보았다. 코웃음을 바깥으로 치고 싶었으나 강주는 안으로 끌어들이기로 했다.

"강주랑 연극한다는 거기군요?"

한순이 승현의 말에서 자신을 얻은 듯 서슴치않고 질문하는 것이다.

"아니죠. 거기하군 천양의 차가 있는, 우린 순전히 지성인들만이 모인 연구단체입니다. 한달에 한번씩의 공연은 으레 있게 마련이구."

"강주 넌 그럼 어떤 극단에 나가지?"

한순이 강주에게로 고개를 돌리며 물었다. 강주가 말이 나오지 않아 승현과 한순을 엇갈라 보고만 있으니까,

"그건 지방공연두 나가구하는 삼류 대중극단에 지나지 않죠."

승현이 강주의 대답을 가로채었다. 승현은 이 말을 할 때 강주를 한번 힐끔 보았다. 너 골탕을 먹어보아라 하는 눈초리였으나 강주는 아무렇지도 않은체

하고 덤덤히 앉아 있었다. 그러지 않아도 소형극 연구소는 강주와 현대극단을 골탕 먹이기 위해서 차려놓은 것으로 강주는 처음부터 간파하고 있었던 일이다. 한순에게 과도(過度)하게 친절을 베푸는 것도 강주에게 골탕을 먹이자고 나오는 짓임을 강주는 알고, 제까짓게 그러겠으면 그래라. 하는 심산으로 있으려고 애를 쓰지만 속에서 쓰거운 오물이 올리밀 것같은 기분이었다.

이런때 성환이더라도 옆에 있으면 얼굴 둘 데가 있을 텐데, 성환은 드레박[45]을 들고 물 긷는 고모를 쫓아다니는 모양같았다.

강주와 승현이 방에 있으면 시누이나 성환은 으레 밖으로 피신하는 것이 습관처럼 되어 있었다.

시누이는 두루 어렵고 불안해서 하게 되는 것이고 성환은 그러는 고모를 따라 나서는 것이 편리하니까 하는 셈이 될 것이다.

한순이 승현의 권유를 받아들여서 소형극 연구소에 나가게 되었다.

한순이 소형극 연구소에 입소하게 된 뒤에 강주는 그 속 사정을 파악할 수 있었다.

여기의 물주는 삼십대에 이른 미망인이며 미망인과 가까운 우승국이 미망인을 구슬러서 연구소를 발족하게 되었다는 것도 알았다. 우승국은 승현과 피차에 소형극장이 해체된 뒤로 소식조차 끊고 지내던 사인데 어떻게 서로 연락이 닿았던지는 몰랐다.

강주는 한순 앞에서 우승국과 아는체를 하지 않았다. 우승국이 강주가 현대극단에 나가는 것도 알고 있을 것이며 공연마다 다는 아니더라도 몇번쯤은 와서 보았을 법도 한데 그런 내색 전혀 내지 않는 데에 강주는 꽁한 마음을 먹지 않을 수 없었다. 그러나 한편으로는 승현의 오고가는 말로해서 우승국이도 강주와 동일한 생각을 가지고 있는지 모른다고 생각하기도 했다.

동일한 생각이라함은 그들 둘이 다시 만난다거나 아무런 생각없이 가까와진

---

45 '두레박'의 옛말.

　　　　　　　　　　　　　　　　　　최정희 소설 전집 **6**

다 하더라도 승현으로선 속이 편할 리 없을 것이고 그러면 승현은 또 어떠한 수단을 쓸지 모르는 일인 것이다. 결국 잠자는 벌의 집을 쑤셔놓지 말자는 것이었다.

한순은 처음 들어가서 얼맛동안은 우승국을 좋아하고 존경한다고 말했다. 그다지 기대할만한 박력은 없다 치더라도 투실투실 귀염성스런 데가 있고 이때까지 상대해온 남자들에게서 구경하지 못했던 예술적 분위기를 한순은 흐뭇하게 느끼노라고 말했다.

삼십대의 미망인인 우승국의 여자는 본래 약간의 사팔뜨기인 데다가 뺨에 살이 많고 키가 매우 큰 편이었다. 한순은 이 여자를 보기만해도 징그러움을 의식하던 중에 우승국을 좋아하면선 공포증까지 겹쳐 느낀다는 것이었다.

그대신 그런 두드러진 여자의 애인이요, 남편을 빼앗는 일은 통쾌할밖에 없다고 말하며 한순은 끝까지 투쟁해서 우승국을 제것으로 만들겠다고 장담을 했다.

소형극 연구소는 초회공연(初回公演) 연습 도중에 해산을 선고하고야 말았다. 상연작품은 체홉의 「앵화원」[46]이었다. 작품이 거창하기 때문에 연습기일이 오래 걸린 데도 기인되었지만 생전 처음 무대에 서는 한순에게 중요한 역을 맡겨 놓았으니 진도가 느릴 수밖에 없었다. 돈이 많이 들어간다는 이유를 내세우고 우승국의 여자는 연극에서 손을 떼었다.

소형극 연구소가 해산된 뒤로 한순은 우승국을 만날 길이 없다고 풀이 죽어서 강주 집을 찾아오곤 했다. 우승국의 여자가 우승국을 감금해둔 모양이라고, 강주더러 좀 어떻게 만나게 해줄 수 없겠느냐고 조르기도 했다.

"속이 썩는 일도 겪어봐야해. 네가 걸어온 길은 너무 평탄했으니 말이다."

강주는 이렇게만 말해줄 뿐 한순의 청을 들어주려고 하지 않았다. 들어줄 수도 없었지만.

한 열흘간 속을 태우고 미닫이에 불이 일게 다니던 한순은 그 뒤로 나타나지

---

46 안톤 체호프의 희곡 「벚꽃 동산」, 1904년 모스크바 예술 극장에서 초연됨.

않았다.

이 무렵해서 승현은 집에 들어오기도 하고 며칠씩 외박을 하기도 했다. 강주는 소형극 연구소를 코에 걸고 어지간히도 뽐내던 일이 계면쩍어서 그러는 줄로만 짐작했었다.

15회

며칠만에 집에 들어온 승현이, 그 말괄량이가 우승국을 만나게 해달라는 바람에 진땀을 뺐노라고 했다.

강주는 한순을 두고 하는 말임을 이어 알아듣고도 그런 내색을 내지 않으면서 승현의 얼굴을 흘깃 넘어다만 보았다. 그러자 승현은 눈을 천장으로 돌리며 강주의 시선과 부딪치지 않자고 했다.

그러잖아도 강주는 그동안 여러번 전에 벌어졌던, 사촌언니 영주와의 사이에 있었던 것과 흡사 동일한 사태가 승현과 한순과의 사이에 빚어지고 있음을 감지했던 바이며 오히려 강주는 그러한 사태가 벌어질 것을 예감하고 서글프게 기대하고 있는 셈이라고 해도 좋을 것이다.

마치 내리쪼이는 햇볕 속에서처럼 강주는 그러나 눈을 뜨지 못하고 현깃증을 일으키곤 했던 것이다. 그러다가 그까짓것 될대로 되라지. 하는 생각으로 자신을 수습해오기도 했으나 현깃증 뒤에는 으례히 구토가 생기기도 했다.

"남의 일에 며칠씩 새워가며 진땀 뺄건 없잖을까. 참."

"흥" 하고 퉁기려다가 "참"으로 매듭을 지었다.

"내게두 책임이 있으니까 그러는거지. 말괄량일 소형극 연구소에 입소시킨 건 바루 나거든."

승현이 말이 모자랄 리 없었다.

"그랬다고 한순의 애정행로에까지 나서서 펄럭일 필요가 있을까……."

"질투야?"

“질투? 그런 사치스런 감정이면 얼마나 좋겠오.”

“그럼 뭐란 말이야?”

“말하기도 싫다니까.”

이번엔 현깃증에 앞서 구토증이 작용하려 했다.

“아무것두 아냐. 그 말괄량인 어떤 남자건 남자면 덤벼들어보구 싶은 거야. 우승국이두 건드려보구…….”

“조승현이도 건드려보고 싶고…….”

“그럴 생각인지 모르지만 도대체 그런 말괄량이에겐 흥미가 없어.”

“변명할건 없어요.”

“변명이 아니야. 말괄량인 서강주의 남편이라는 데서 흥밀 가지구 있는지 몰라. 제가 하는 말이, 어릴때부터 남이 존걸 가지면 굳이 뺏구 싶은 심정이더라나.”

“그건 서강주의 다시없이 존 남편인 조승현을 빼앗아본다는 말이겠군, 흥.”

강주는 여기서 끝내 “흥”으로 콧방귀를 풍기고야 말았다.

이런 다음부터 승현이 밤을 새우고 오는 일이 없었다. 집에만 있었다. 낮에도 별로 나가지 않고 낮잠만 잤다.

그날 강주는 꽤 늦어서 집에 돌아왔었다. 공연준비에 분망하기도 했지만 승현이 드러누워 있는 방에 일찍 돌아오기가 싫기도 했었다.

“엄마 창경원 아즘마 왔어. 아빠하구 막 쌈했어.”

성환이 강주가 들어서자 이렇게 일러주고 잠시 멈추었다가,

“아빠가 창경원 아즘마 나가자구 그랬어.”

하고 말해주기도 했다.

성환은 한순을 창경원에서 만났다고 해서 창경원 아즘마로 불러왔다.

강주는 아이가 박아 말해주지 않았어도 낮에 무슨 일이 벌어졌으리라는 짐작을 하고 있었다. 그것은 시누이의 아주 당황해하는 거동으로써 알 수 있었다.

강주는 아무런 소리도 하지 않고 깔아논 자리속으로 들어갔다. 현깃증도 구

토증도 일지 않았다. 그런것이 일만한 여지가 강주에겐 없은 것같다.

그날밤 승현은 돌아오지 않았다.

한달쯤 뒤에 강주가 지방공연에서 돌아왔을 때 승현이 검사국에 넘어갔다는 사실을 강주는 알게 되었다. 그리고 담당 검사가 강주 앞으로 띄워보낸 증인소환장도 와 있었던 것이다.

시누이가 대단히 긴요한, 혹은 귀중한 물건처럼 간직해 두었던 그것을 강주에게 꺼내주는데 시누이는 아주 처절한 낯색을 드러내며 우편엽서에 인쇄가 찍혀있는 소환장을 건네어주는 것이었다.

이게 뭐냐. 고 눈으로 강주는 시누이에게 물었다.

시누이는 무밋무밋하다가 그 여자가 죽었어요. ……그래서 오빠가 잡혀갔어요. 하는 말을 참으로 힘들게 했다.

말을 참으로 힘들게 하고 난 시누이는 고개를 숙여버렸다. 고개를 숙인 탓인지 돌출된 등어리의 그 부분이 더욱 볼상사납게 불거져나와 보였다. 그 부분을 넘어가는 햇살이 꽤는 강렬하게 비쳐주어서 시누이는 참으로 처참할 지경이었다.

강주는 시누이의 그 돌출된 등어리에 눈을 박은 그대로,

"어쩜 좋아."

하고 소리를 쳤다.

그러나 소리는 입밖으로 나오지는 못했다. '하느님'이라도 불러야 할텐데 그러기조차도 해낼 수가 없어서 친 소리기 때문이다. 강주는 더 입을 떼지 못했다. 한순이 왜 죽었으며 승현이 검사국에 넘어간 이유는 한순의 죽음과 어떤 관계가 있었더냐는 말도 묻지 않았다.

오월 십칠일이 승현의 재판일이라는 통지와 함께 증인 소환장이 강주에게 도달되었다. 제 일차로 온 소환장은 여기 있지 않았다는 이유를 내세울 작정으로 포기한 것이지만 제 이차로 띄워보낸 이것만은 어떻게 벗어날 재주가 있을 것

같지 않았다. 증인대에서 쓰러지는 한이 있더라도 나가긴 해야 하겠다고 다짐했다.

오월 십칠일 아침 안개가 짙었다. 증인소환장을 빽 속에 넣어 들고 경성지방법원 제××호 법정으로 향해 나선 강주의 몸은 안개속에 풀어진 듯 흐느적거렸다. 살점이 문적문적 떨어져나갈 것만 같았다. 눈앞이 침침해서 발이 아무렇게나 디뎌졌다.

제××호 법정 안엔 사람이 벌써 거진 차 있었다. 죄수들은 열시 좀 전에 입정하는데 손목에 고랑쇠를 채우고도 한줄 사슬에 묶어 놓았었다. 안개가 짙은 아침의 법정안은 어둠침침했다.

승현은 사슬 한가운데에 묶여 있었다. 푸른 미결수 관복에다 '조오리'를 신고 있었다. 그런 차림새로 있는 죄수는 둘 뿐이고 그밖의 죄수들은 하이얀 조선옷을 말쑥하게 입고 있었다.

강주의 가슴이 뭉클해져 왔다. 승현의 초라한 모양새가 가슴에 와닿은 것이다. 이때까지 강주가 자기 자신만의 감정에 부대꼈을 뿐, 승현이쪽에 마음을 써 본 일이라곤 없었다. 그에게 대한 일체의 생각을 하기가 싫었고, 하려고 하지도 않았던 것이다.

하이얀 차림새의 죄수들은 사슬에 매여서도 방청석에 눈을 돌려 친구나 가족을 찾는 눈치였다. 승현과 마찬가지의 관복차림새도 방청석에 얼굴을 돌리고 두리번거렸으나 승현은 이쪽을 한번 흘긋 살피곤 그만두었다. 승현은 퍽 수척해 있었다. 퍽 수척해 있는 승현의 모습은 성환과 흡사한 것으로 보였다. 성환의 모습중에서도 성환이 저의 집에서 강주에게로 돌아왔을 그때 그 병골이 꽉 박혀 있던 모습과 흡사했다.

역시 정각이 되자 법관들이 줄을 지어 나와 않는다. 검사의 자리를 차지한 검사를 목도한 강주는 "어쩜 좋으냐."는 부르짖음이 저절로 나왔다. '하느님'이라도 불러야 할텐데 그러기조차도 해낼 수가 없었기 때문에 소리는 역시 입밖으로 나오지 못했다.

강주 머리에 비로소 한순에게서 들은, 오빠가 검사로 와 있는 덕분에 여기 와서 노닥거리게 되었노라던 말이 떠올랐다.

법모를 쓰고 법복을 입은 오한영 검사의 얼굴엔 노기가 등등했다. 살기(殺氣)에 가깝다고 해도 좋을 것이다

강주는 희멀건 눈으로 오한영 검사를 바라보며 신(神)의 작희가 너무나 심하다는 것을 느낀다.

곧 공판이 시작되었다. 하이얀 옷차림의 죄수 다섯을 불러 세웠다. 그 한 사람씩을 심문하는 소리와 그들의 대답을 들으면 그들은 왜정에 반기를 들고 일어선 ××결사단원임을 알 수 있었다. 그들의 눈은 움푹 들어가고 얼굴이 마르긴 했어도 어두운 그림자라곤 조금도 없이 그들의 차림새와 마찬가지로 해맑았다. 그들은 자기네가 한 일을 떳떳하게 여기는 의기양양한 낯색을 드러내고 있는 것이었다. 판검사의 추상같은 호령이 몇번씩 있곤 했지만 그들은 끝까지 굽히지 않는 태도를 간직하고 있었다.

그들 뿐 아니라 그들의 가족들도 그들과 같은 기세를 나타내는 것이었다. 더욱이 그들의 아내라고 짐작되는 젊은 여인들의 표정은 아주 자랑스러워 보였다. 국가 민족을 위해서 죽음도 두려워하지 않는 그 고고(高孤)한 정신을 희열로서 받아들이는 것같았다.

그들이 끝난 다음에 승현과 마찬가지로 관복을 입은 죄수와 승현이 함께 일어섰다. 한 사람의 죄수는 승현보다 나이가 곱절은 되어보였다. 키가 작고 몸이 말라서 초라하기 이를데 없었다.

심문이 계속되는 사이에 이 늙고 초라한 죄수가 승현의 고향사람이라던 한방약국의 의원임을 강주는 알게 되었다. 이 한방약국 의원이 지어준 한약을 네 첩이나 연이어 달여먹은 탓으로 한순의 생명이 이세상에서 없어져버린 것을 알게 되었다. 한순은 독종이 못돼서 죽어버린 것이다. 강주가 달여먹은 약과 동일한 약일 터이고 약의 수량도 네 첩이니까 강주의 것과 마찬가지였을 터인데 한순은 죽고 만 것이다. 한순의 뱃속에 잉태되었던 태아도 죽고 만 것이다.

강주 자신이 약을 달이던 밤, 달빛이 교교히 흘러드는 한기욱의 집 광속에서 한약 두 첩을 솥에다 한데 끓여서 마시던 기억이 떠오른다. 역한 한약 냄새가 훅 끼쳐오는 듯했다. 이틀씩이나 죽어 있다가 다시 회생했을 때 바른쪽 갈빗대 밑을 툭툭 올리치던 생명체가 배꼽 저 아래 내려가서 미동도 없이 돌덩이처럼 땅땅하게 웅크리고 있는데 무슨놈의 배때기가 그러냐고, 이틀씩이나 죽어 있 도록 독한 약에도 아무런 응기가 없느냐고, 승현이 강주더러 '독종'이라고 욕하 던 일도 떠오른다.

"사람의 생명을 구하자는게 의사의 사명이거든 너는 어찌하여 약으로써 인 명을, 더구나 두사람의 생명이나 사살케 했느냐?"

판사가 한방약국 의원에게 나즉나즉한 소리로 말해갔다. 한방약국 의원은 그 조그맣고 여윈 두손을 마주 모아쥐고,

"늙은것이 주책없는 짓을 했사옵니다. 조승현이란 자가 고향사람이라고 와 서 졸르기에 정에 못이겨 한 짓이옵는데 그 약으로 말미암아 생명을 잃게 될줄 은 몰랐사옵니다. 약값이나 받고 한 일이옵니까. 조승현이 전에 와서 처음으로 네 첩을 지어간 약은 모체에나 태아에나 아무런 지장이 없었고, 오히려 건강한 아이를 날 수 있었던 것입지요. 그 약은 모체를 보호하는 효력도 발생하구 있으 니깝쇼."

연신 허리를 굽실거리는데,

"묻는 말만 대답하라구."

판사가 좀 높은 어성으로 일러주니까 한방약국 의원은

"네, 네, 죽을 죄를 지었사옵니다. 이 늙은놈을 불쌍히 여겨주십시오. 약은 제 가 자발적으로 지어준 것도 아니옵고 돈을 받은 것도 아니옵니다. 조가의 성화 에 못이겨 한 짓이옵니다. 죽을 죄를 지어……."

"그만하지 못해."

배석 판사가 이번엔 소리를 쳤다.

한방약국 의원은 움칠하며 더 입을 열 엄두를 내지 못했다. 오한영 검사가 일

어섰다. 그는 조승현을 피고의 심문으로 들어가기 전에 서강주의 증언을 듣게
해 달라는 신청을 판사에게 말했다. 판사는 검사의 신청대로 따르자는 의사를
표시해주었다.

강주가 증언에 나섰다. 위증을 하지 않겠노라고 손을 들어 서약을 하면서 승
현을 옆눈질했을 때 승현은 고개를 좀 숙이고 앉아 있었다. 이마에 땀방울이 맺
혀있는 것도 눈에 띄었다. 몸에까지 땀이 흘러내리는지도 몰랐다. 풀기 하나 없
는 푸리무레한 관복이 몸에 찰싹 들러붙어서 그의 몸이 작아보였다. 눈을 감고
있는 모양같았다. 짙던 안개가 거치면서 법정 안이 밝아 오기 때문에 그의 후줄
그레한 몰골은 여지없이 드러난 것이다.

"증인의 이름은?"

오한영이 퍼렇게 날이 선 소리로 강주에게 묻기 시작이다. 동경 하숙집 골목
어구에서 두서너 차례 만난 일은 있었으나 그의 목소리를 들어보기는 처음이었
다. 오한영의 목소리가 본래부터 저렇게 날이 섰던 것일까. 저런 목소리의 소유
자라면 여자 때문에 "살 맛을" 깨달을 리가 만무할 것이고 더구나 여자 때문에
"절망의 날이 도래(到來)할" 까닭은 없을 것이다. 강주는 오한영과 강주를 두고
하던 한순의 여러마디의 말을 상기하여 오한영 검사를 바라보았다. 법모가 달
달달 떨리는 것으로 보아 그의 전신이 떨리고 있음을 알 수 있었다.

"증인은 조승현의 내연의 처임에 틀림없는가?"

강주가 한참 망설이다 그렇다고 대꾸했다. 결혼식을 거행하지 않았고 조승현
의 아내로서 입적도 하지 않고 있으니 '내연의 처'임에 틀림없는 것이겠지.

이때 고개를 숙이고만 있던 승현이 얼굴을 들어 강주를 민망한 눈으로 바라
보는 것이었다. 지금까지 강주는 한번도 승현의 그러한 눈을 보아온 일이 없었
다. 그러나 승현은 강주를 오래 보지는 않고 이어 시선을 아주 발아래로 떨구었
다.

"증인은 오한순을 알구 있는가?"

이런 일은 내게 묻지 않고도 검사 자신이 잘 알고 있을 텐데. 강주는 속에서

치밀어오르는 감정을 누르느라고 한참 잠자코 있었다.

"오한순을 알구 있느냐 말이야."

되푸리해 묻는 검사의 소리는 더 높았다.

"알고 있어요."

강주의 소리는 낮았다. 검사의 소리가 높았기 때문에 낮게 들렸던지 모른다.

"낙태사건에 증인이 방조한 사실을 상세히 말해보라."

강주는 살기가 등등한 오한영의 면상을 멀거니 바라보는 수밖에 없었다.

"빨리 말하지 못하겠어?"

오한영이 눈을 똑바로 뜨고 강주를 마주 보았다.

멀거니 바라보던 눈 그채로 강주는 입을 열었다.

"낙태사건도 한순의 사망도 전혀 몰랐어요. 한순이 우승국이란 소형극 연구원과의 애정관계를 알고 있을 뿐이고 우승국의 아내의 방해로써 우승국을 만나지 못해 애쓰던 한순이 남편에게 우승국과 만나게 해달라고 졸르고 있었다는 사실만 알고 있을 뿐이예요."

"묻는 말에만 대답하란 말이야. 필요없는 말은 하지말어."

검사의 언성은 높아만 갔다.

"제겐 필요한 말입니다. 검사는 당신 누이동생의 비행을 감춰주기 위해서 내 입을 막으려고 하는겁니까."

"닥치지 못해. 성이 같구 이름이 비슷다고 내 누이동생으로 몰아세울 작정인가? 막다른 골목에 쫓긴 개처럼 되돌아서서 물어뜯자는건가?"

오한영은 의자에서 벌떡 일어섰다. 낙태를 시키다가 죽어간 오한순이 검사 오한영의 누이동생인줄을 아무도 모르고 있었던 것같다. 승현도 모르고 있었고 판사들도 모르고 있었음이 분명했다. 승현은 발아래 떨구었던 눈을 들어 오한영을 보고 판사들을 보고 강주를 보고 했다. 판사들은 그들대로 서로 눈을 마주치다가 오한영을 보다가 강주를 보다가 승현을 보다가 하는 것이었다. 이래서 방청석까지 술렁거리게 되었다.

"자 증인심문을 계속하십시오, 검사."

주심 판사가 봉을 들어 조용하기를 선언한 다음 검사에게로 얼굴을 돌렸다.

오한영 검사가 자리에 주춤 앉는다.

"증인은 위증을 하구 있어. 증인이 조금 전에 손을 들어 사실을 진실하게 진술하기로 서약하지 않았던가?"

법모가 달달달 떨리고 있기는 마찬가지였으나 소리는 아주 낮아졌다. 노기가 풀려서가 아니고 오한순이가 누이동생으로 판명된 사실에 풀이죽은 것이라고 강주는 짐작하고 싶었다. 그리고 그 누이동생 생전의 행실이 난잡했었다는 것까지 드러났으니 풀이죽을만도 한 일이라고 생각했다.

"증인두 낙태시키는 약을 조승현의 강권에 못이겨 먹은 일이 있다면서?"

"한약 네 첩을 먹은 일이 있읍니다. 바루 오한순이 먹고 생명을 잃은 그약일 것입니다. 마는 저는 이렇게 살아 있고, 저희들 아이도 세상 밖에 태어나서 현재 건강하게 자라고 있어요. 그리고 그 약은 제가 강요한 것입니다. 제가 아직도 내연의 처로 있읍니다만 정식 결혼식을 거행하기 전에 아이를 가진다는 일이 부끄럽고 싫고 또 제 어머님이 제일 두려워하시는 일이었기 때문에 제 어머님을 생각해서라도 정식 결혼식을 올리기 전에 아이를 낳지 말자고 남편에게 수없이 졸라서 약을 지어오게 한 것입니다. 아이를 끝내 떼지 못하는 경우엔 죽어버린다고 남편에게 협박과 공갈을 퍼부었던 것입니다."

위증을 해선 안된다는 서약을 손을 들어 맹세했으나 강주 입에선 거짓말이 쏟아져나왔다. 그러나 강주는 거짓말에 대한 자책감을 느끼지 않는다. 승현을 감싸주겠다는 일념, 그 초라하게 고개를 발아래로 떨구고 앉았는 승현을 자기 밖에 감싸줄 사람이 없다는 굳은 신념이 강주로 하여금 거짓말을 하게 하는 것이었다. 거짓말이라고 하지만 강주에겐 진실을 토로하는 이상의 힘을 가지게 되는 것이었다.

"증언을 인제 그만하도록 하는 것이 좋지 않을까요."

주심 판사가 오한영 검사에게 의향을 물었다. 오한영 검사가 판사의 말대로 좇기로 한다. 강주는 제자리에 돌아갔다. 방청석이 또한번 술렁술렁 했다. 강주는 많은 사람의 시선을 느끼면서 앞을 향해 꼿꼿이 앉아 있었다.

승현이 일어섰다. 승현은 기소사실을 전부 시인하려들었다. 판사가 묻는 말에 "그랬습니다." "옳습니다."라는 방향으로만 나갔다. 마지막 강주의 강요로써 약을 지어다 먹였다는 대목에 이르러서만 "아니라"고 내세웠을 뿐이었다. 승현은 이 대목에서 자기 강요에 못이겨서 강주가 약을 먹게 됐다고 밝혔다. 강주가 이틀씩이나 약 기운으로 죽어 있었고 태아까지도 마치 돌덩이처럼 아랫배에 가서 웅크리고 있었더라고 주장했다.

태아를 굳이 낙태시켜야 할 이유가 무엇이었더냐. 증인 서강주가 말한 바와 같이 결혼식 전에 아이를 가지는 일이 싫어서 그랬더냐고 묻는 판사 말에 승현은 또,

"생활근거가 잡힐 때까지 아이를 가지지 말자는 생각에서였습니다. 그이외의 또 다른 이유를 든다면 제가 그때까지두 서강주라는 여성을 아낀다든가 사랑한다는가 하는 마음이 없었던 것입니다. 장난같이 살아왔을 뿐입니다. 서강주하구만 아니라 세상을 장난같이 살아왔던 것입니다. 그런데 이제와선 다릅니다. 이번에 제가 저지른 죄과의 보응이라면 어떨지 모르겠습니다만 저는 인제 서강주에게 무한히 잘못했다는 걸 깨닫는 동시에 세상을 장난삼아 살아온 것, 부모에게 불효하고 무질서 무책임하게 살아온 걸 뉘우치게 됐습니다. 서강주는 저때문에 온갖 고난을 겪어온 여자입니다. 제가 지은 이번 죄과 이외에 더 많은 벌을 받아두 좋다구 저는 각오하구 있습니다. 평생을 형무소 안에서, 세상을 장난같이 살아온 저의 잘못을 뉘우치며 살아두 좋다구 생각하구 있습니다."

법정 안은 숨쉬는 소리만 들릴 지경으로 고요해갔다. '좋아.'라는 판사의 소리가 떨어질 때까지. 판사가 승현에게 손으로 자리에 가 앉으라고 가리켜준다. 승현이 조용히 자리에 와 앉는다.

판사나 방청석 공기로 보아선 승현에게 그다지 긴 형벌이 내려지지는 않으리라고 강주는 짐작했다. 오히려 동정을 받아야 할 오한순의 처지가 바뀌어놓은

듯한 분위기로 쏠리는 듯했다. 오한영 검사가 직접 이 사건을 담당하지 않았던들 이것과는 반대의 현상이 조장되지 않았을까 하는 생각도 강주는 해보았다.

오한영은 누이동생을 억울하게 잃은 분풀이도 분풀이려니와 서강주의 남편인 조승현을 골려줌으로써 서강주에게 가졌던 사모의 정에 대한 복수를 하려던 것은 아니었을까.

승현과 한방약국 의원은 다음 다음 공판에서 각기 일년형의 언도를 받고야 말았다. 승현은 아무런 소리없이 달게 받아들인다는 얼굴로 잠잠히 있었으나 한방약국 의원은 용서해달라고, 자기가 아니면 가족을 부양할 사람이 없노라고 애원했다. 장가를 늦게 간 탓으로 나이는 이쯤 됐지만 아들딸들은 아직 어리다는 것이었다.

검사 판사, 어느 하나도 그의 애원을 들어주려고 하지 않았으며 기다리고 있던 간수의 고랑쇠가 그의 손에 채워졌다.

강주는 승현의 공판에 참례하는 일을 처음엔 상당히 고통거리로 생각하고 있었으나 승현의 태도에서 그런건 털어버리기에 이르렀다. 오한순에게 죄스러운 일이겠지만 승현이 그일로 해서 참된 자기를 찾게 된다면 그이상 다행한 일도 없겠다고 강주 역시 승현과 동일한 생각을 가지게 되는 것이었다.

이제 강주가 할 일은 한달에 한번씩 있는 면회일에 승현을 면회하러 형무소에 가는 일과 뱃속에 있는 아이 그대로를 곱게 키워갈 일이라고 마음에 다짐했다.

뱃속에 있는 아이를 강주는 몇번이나 떼려고 결심했었다. 조승현의 아이를 다시 가지는 일이 강주에겐 즐겁거나 다행하지가 않았던 것이다. 그러나 강주는 성환에게 가는 죄스러움이 항상 가슴에 멍들어 있고 또 아이를 가지는 때다[47] 험악한 짓을 해야만 되게 된 자신의 운명에 거역해보고 싶은 생각도 없지 않아서 여섯달이 되어가도록 강주는 아무렇게도 못하고 지내온 것이다.

---

47 '때마다'의 오식으로 보임.

<h1 style="text-align:center">16회</h1>

눈이 아주 흠뻑 내리고 있었다. 하늘과 땅이 맞붙은 듯 천지일색(天地一色)을 이루었던 날 강주는 오한영을 만나게 되었다.

강주가 승현을 면회하고나서 정신적으로나 육체적으로 전혀 힘을 잃곤 눈 속을 허청허청 발 놓이는대로 옮겨놓던 중이었다. 두달동안이나 강주는 승현과의 면회를 걸르고 있다가 이번 면회일에 형무소를 찾게 되었던 것이다. 강주는 산후열로 그동안 죽을 고비를 치르느라고 편지 한장 없이 지난 터인데, 승현은 강주가 목전에 뜨이자 울음부터 터뜨리며 당신까지 나를 버리려고 하느냐. 간수들이 지키는 앞에서 매달리듯 하는 것이었다.

강주가, 그런것이 아니고 해산뒤가 깨끗치 못해서 외출을 통히 못했던 이유를 말하자 승현은 턱을 한참 떨어뜨리더니 잠깐 치켜들고 강주를 보며, 아이가 딸이나 아들이냐는 것도 묻는 일 없이 보고 싶노라고만 말할 뿐 다시 턱을 떨어뜨리고 말았다. 조승현은 처참할만큼 힘을 잃고 만 것이었다.

강주가 처음 재판정에선 오한순에겐 죄스럽지만 이번 기회에 승현이 참된 자기를 찾는다면 그이상 다행한 일도 없을 것이라고 여겼는데 이젠 그러한 승현의 태도에서는 염증을 느끼고 말았다.

오히려 까닭없이 턱을 치켜들려고만 하던 승현이쪽에서 강주는 어떤 힘을 얻게 되었던 것이 분명하다. 강주는 까닭없이 턱을 치켜들려고만 하던 때의 승현에겐 측은한 마음을 가져본 일이 한번도 없었으니까. 항상 그 치켜들려고만 하던 턱과 맞서는 반발만이 솟구쳤으니까. 승현이로 해서 골백번도 더하게 절망을 느꼈다가도, 그것 때문에 '하느님'조차 불러볼 수 없게 숨구멍이 막혀서 몹쓸 제 운명 앞에 하잘것없이 꼬꾸라졌다가 다시 추서곤 했던 것은 승현의 치켜들고만 하는 턱과 맞서겠다는 데 있었던 것이 아닐까한다.

"눈을 많이 맞으셨군요."

오한영이 나직하고 부드러운 음성으로 강주 앞을 막아서면서 던졌으나 강주는 알아듣지도 못했으며 또 그가 누구인 것도 인식하지 못했다. 그런것을 인식할만한 여유가 강주에겐 없었다. 울며 매달리듯 하던 승현이, 아이가 딸이냐 아들이냐는 것도 묻는 일 없이, 보고싶노라고 한숨과 함께 겨우 말했을 뿐, 다시 턱을 떨어뜨리던 몰골을 강주는 머리를 흔들어 떨어버리려고 하던 참이었다. —턱을 치켜드는 것과 턱을 떨어뜨리는 것과의 차이가 그렇게도 현저할 수가 있을까. 턱을 치켜들던 때의 승현은 유들유들했는데 그것과는 반대현상에 놓여있는 승현은 얼굴 전체가 우글우글 우그렁바가지가 되고, 거기에다 그 비굴한 표정까지 곁들이고보니 머리를 흔들어 떨어버리려고 하는 수밖에 없는 노릇이었다.

“눈을 너무 많이 맞으셨어요.”

도무지 분별을 못하고 멍청히 서있는 강주에게 오한영이 한번 더 같은 말을 했다.

그랬으나 강주는 겨우 상대방의 음성만을 알아들었을 뿐 그 음성의 주인공이 누구인 것은 몰랐다. 강주가 그러한 상태에 놓여있지 않더라도 오한영의 나직하고 부드러운 음성을 알아차릴 리 만무하다. 강주는 오한영의 퍼렇게 날이 선 음성을 재판정에서 들은 일 이외엔 없었던 것이다. 동경유학 시절에 하숙집 골목 어귀에서 몇번간 만나기는 했어도 입을 열어본 일이 없었으니 음성을 알 턱이 없는 것이다.

강주가 소리없이 음성의 주인공을 쳐다 보았다. 때마침 바람이 세차게 눈을 그의 얼굴과 전신을 뒤덮어 씌우는 통에 몽타쥬에서 느끼는 흐릿한 인상밖에 강주는 찾지 못했던 것이다.

“눈을 많이 맞으셨군요.”

소리없이 음성의 주인공을 쳐다보기만 하던 강주가 상대방이 던져준 말과 같은 말을 상대방보다 오히려 나직하고 정다웁게 부르짖듯 입밖에 내는 것이었다. 그 한마디의 말이 너무나 뇌리에 박혔기 때문에 그것 이외에 강주는 달리 할 말이 없었던지 몰랐다.

“차에 오르십시요. 댁에까지 모셔다 드리지요.”

오한영이 강주 말엔 아무런 대꾸도 하지 않고 또한 나직이 저만침 떨어져 서 있는 검은빛 자동차를 가리키며 강주를 인도하려고 했다. 강주는 그가 인도하는 대로 그리를 향해 다소곳이 발을 옮겨놓았다.

강주는 검은빛 자동차를 꿈속에서 기사와 같이 탔던 마차로 착각하게 되었으며 하늘과 땅이 한데 붙은 듯 천지일색을 이룬 눈세계를 출렁이는 먼나라 해변으로 알고 있었다. 강주 귓전엔 기사의 바닷빛 망또자락을 깃발처럼 펄럭여 주던 바람소리가 들리기도 했었다.

차에 올라서도 강주는 환각 속에 묻혀 있었다. 한없이 젖은 몸을 오한영에게 살포시 기대고 있는 것이었다.

강주는 법복 법모에, 법모 꼭대기가 달달달 떨리게 서슬이 퍼렇던 오한영 검사에게 몸을 기댔다고 생각치 못했다. 사각모에 검정교복을 입었던 앳된 오한영으로는 더더구나 생각할 수가 없었던 것이다.

“댁이 어느 방향인지?”

한참만에 살포시 기댄 강주의 귀 가까이 돌려대고 오한영이 숨소리와 비슷한 음성으로 물었다.

“집이요? 집엔 가지 않겠어요. 이 길 끝간 데에 지옥의 문이 열려 있다 치더라도 그냥 가고 싶어요.”

강주가 이때까지 살아오는 동안에 가장 대담하고 기름기가 흐르는 소리라고 해도 좋을 것이다. 강주는 실로 이 비슷한 소리도 해볼 새가 없이 조승현에게, 병아리가 솔개에게 채이듯 채여버렸던 것이다.

“강주씨. 정말 그럴 작정이죠? 틀림없겠죠? 기다렸어요. 참으로 오래……”

오한영은 호흡이 곤난할 정도로, 그러나 격정적인 동작으로 강주 몸뚱이를 안았다. 강주 또한 살포시 기댔던 몸뚱이 전부에 힘을 넣어 상대방과 합세를 하는 것이었다.

이것 역시 강주가 이때까지 살아오는 동안에 취해본 일이 없던 맹렬한 행동이었다.

그런데 그 행동을 오래 계속하지는 못했다. 어느새 강주는 잠이 들어버린 것이다.

남산동××번지, 죽기 전의 오한순이 자기에게 준 명함에서 읽은 이 집, 오한영 검사의 안온한 방에 이르렀을 때까지도 강주의 잠은 깨지 않았다. 전등이 켜지면서 강주는 눈을 부시시 뜨고 두루 살펴보았다. 제일 먼저 천정을 보고 벽을 보고 그 다음으로 옆에 앉아있는 남자를 보았다.

"당신은?"

남자를 보자 강주는 벌떡 일어나려고 했다. 얼른 일어나지지 않았다. 성능이 우수한 용수철이 께묻어 움쭉거리기 때문임을 알았다.

"그대로 누워 계셔두 됩니다. 더 쉬십시요."

남자가, 일어나려는 강주를 되 누이려고 하면서 말했다.

"도대체 당신이 누구이길래?"

되 누이려는 남자를 물리치며 강주가 소리를 높였다.

"오한영입니다. 불안하실거 없읍니다."

"네? 오한영? 오한영검사 말이예요?"

"그렇습니다."

"날이 퍼렇게 섰던 그 음성, 법모가 달달달 떨리도록 노기등등하던 오한영 검사 말이예요?"

강주는 일어날 생각조차 잊어버린 듯 몸을 뺏뺏이 하고 독기를 뿜었다.

"용서하십시요. 지나간 일들은 잊어버리도록 하십시다."

"지나간 일을 잊어버려요? 조승현을 감옥에다 옭아넣구선 이제와서 그런 소릴 해요? 조승현은 죄가 없어요. 승현을 유인한 오한순이, 당신의 누이동생이 나빴을 뿐이요. 오한영의 바람둥이 동생이 나쁜거예요. 그래 그런 동생의 편을 드는 당신이 검사의 자격이 있단말이요? 비굴하게도 자기 누이동생이란 걸 숨겨가면서까지 보복행위를 하는건 또 뭐예요?"

강주 눈앞엔 재판정에서의 일들이 일시에 떠오르는 것이었다.

"그렇게 말씀하셔도 달게 받겠읍니다. 보복이란 말씀, 옳게 맞았읍니다. 상대방이 서강주라는 여자의 남편이 아니었으면 그 사건을 덮어뒀을지 몰랐을 겁니다. 혹시 취급을 한다하더라두 동료에게 맽겼을 겁니다. 법정에서 험악하게 해드린 것 죄송합니다. 처음엔 그럴 작정이 아니었는데, 정작 당하구보니…… 강주씨와 조승현이란 인간을 목격한즉, 그건 누이동생을 죽게한 인물이라는 분노 외에 서강주의 남편이라는 점에서 분격과 증오를 금치못하게 됐던 겁니다. 그러나 지금은 달라졌어요. 조승현에게, 강주씨 말대로 보복행월 가하구나 선 자책같은걸 느끼고 있어요."

"그런 염치없는 소린 하지도 마세요. 오한영씨가 무슨 까닭으로 서강주 남편에게 분격을 느끼고 증오를 품는단 말이예요. 너무 염치없군요."

강주는 끝내 침대에서 버둥거리며 일어났다. 오한영은 강주를 부축하려고도, 되 누이려고도 하지 않았다. 덤덤히 강주가 하는 양을 지키고만 있었다.

"그런데 내가 어떻게 여기 왔어요? 날 누가 여기까지 유인해온 거예요? 누가 날 강제로 끌어온 거예요?"

강주는 침대 아래로 미끄러져 내려오고 있으면서 오한영을 쏘아보았다.

"아무두 강주씰 유인하지 않았어요. 강제루 끌구 오지두 않았구요. 눈에 젖어 있는 강주씨를 댁에까지 모셔다 드릴 생각이었는데 강주씨가 잠이 드셔서 여기 오시게 된 겁니다. 잠이 든 강주씨가 댁이 어디라고 가리켜주실 수가 있어야죠. 인제 깨셨으니까 모셔다 드리죠. 저녁이나 잡수신 담에……"

오한영은 강주가 행한 일체의 행동을 전부 말하지는 않았다.

"천만에요. 내가 여기서 저녁을 먹어요. 천만에."

강주는 바람이 일도록 날쌘 거동으로 오한영의 집을 뛰어나왔다. 눈보라는 즘즘해졌어도 눈은 아직 세차게 내리고 있었다.

강주는 오한영 검사가 뒤쫓는 것도 알아차리지 못하면서 눈속을 달려 집으로 왔다.

“언니 웬일이세요? 애가 배가 고파서 암죽[48]을 쑤는 길인데. 배가 고파서 인젠 울지도 못해요.”

마루 끝에서 벌떡 일어선 시누이가 강주의 젖어 있는 몰골을 근심스레 살피며 말했다. 눈보라가 들이친 바루[49], 그 좁은데 지꺼분히 놓인 그릇부스러기와 풍로 등속, 전에없이 더 돌출해 나온 듯한 꼽추시누이, 어쩌면 하나같이 초라하기만 할까.

“애가 배가 고팠으면 고팠지 날더러 어떡하라는 거요?”

강주가 쏘아부치고 안으로 들어가버리니 시누이는 아뭇소리도 못하고 마루 끝에 그냥 서 있었다. 바람이 즘즘하다곤 하지만 눈발을 안아다 메어치는 일을 잊지 않았다.

“언니 암죽을 그만둘까요?”

한참동안 마루 끝에서 아이에게 젖을 주는가를 엿듣고 있다가 시누이는 겨우 또 물었다. 강주가 앓는 바람에 젖이 모자라서 한번 건너씩 암죽과 젖을 먹이는 터이므로 강주가 왔는데 또 암죽을 먹일 수는 없다고 시누이는 생각했고, 강주 자신이 아이에게 암죽을 연거푸 주는 일을 극히 삼가라고 해왔던 일이다.

“아무렇게나 해요.”

하기 어려운 말을 겨우 해낸 시누이에게 강주는 또 한번 쏘아부쳤다. 강주는 옷을 갈아입을 생각도 없이 멍하니 선 자리에 서 있었다.

시누이가 암죽을 쑤어 들고 들어와 갓난애 앞에 앉는다. 강주는 앉았던 자리에 누워버렸다.

“애구 가엾어라. 울지도 못하고 늘어져 있더니 암죽 숟가락은 알아보네.”

갓난애에게 암죽을 떠넣으며 시누이가 진정 가슴이 아픈 듯 중얼거렸다. 시누이는 이 갓난애에게 한층 혹해 있었다. 엄마 뱃속에서 떨어지면서 곧장 받아

48　곡식이나 밤의 가루로 묽게 쑨 죽. 어린아이에게 젖 대신 먹임.
49　‘마루’의 오식으로 보임.

기르게 되니까 은연중 정이 들었던 모양이다.

강주 역시 이 아이에게 애정을 쏟으며 엄마로서 해야 할 일을 최선을 다해 해 왔었다. 성환에게 저질렀던 온갖 잘못을 이 아이로 해서 씻어본다는 마음으로 있었다. 또 한가지는 아이를 무사히 낳아서 옳게 기르는 여자, 말하자면 몹쓸 자기 운명을 그럼으로써 개혁한다는 마음이기도 했던 것이다. 아이의 이름을 짓는데 있어서도 그런것 저런것을 무척 생각했었다. 아이의 이름은 성은(聖恩)이라고 지었다. '성'자는 성환의 '성'자에서 떼어오고 '은'자는 수없이 많은 글자들 가운데에서 골라낸 것이다. 아이의 자신 또는 아이 주위의 사람들이 모두 은혜로와지기를 강주는 바라서 한일이다.

성환도 시누이도 갓난이도 모두 잠이 들었다. 성환은 두더쥐처럼 이불속으로 들어간채로이고 시누이는 여느때나 다름없는 자세, 한쪽 모로 누워 있었다. 오른쪽 보다 왼쪽으로 눕는 편이 좀 나은지 늘 그렇게 누웠다.

갓난이는 눈까풀이 폭 꺼져들어갔다. 숨소리 하나 들리지 않았으나 가끔 입을 움질거리는 것을 보면 아주 늘어지지는 않은 모양같았다. 옴질거리는 입은 젖이라도 빨고 있다는 시늉일까.

강주는 성환이 푹 쓴 이불자락을 얼굴에서 벗겨준 다음 전등을 끄고 누웠다. 초라한 모든 광경을 덮어버리자는 생각이다. 전등을 끄는 일은 언제나 시누이의 소임으로 되어 있었지만 시누이는 강주가 아직 잠들지 않고 있다는 사실을 눈치채곤 그냥 누워버린 것이라고 강주는 짐작했다. 발받침을 하고서야 끌 수 있는 전등이긴 했어도 시누이는 전등을 켜고 끄는 일에 등한히 해본 일이 없는 것같다. 쉽게, 발받침같은 것이 없이도 끄고 켤 수 있게 나지막이 줄을 느려놀 것같으면 성환이가 가만두지 않아서 그 자리에 그냥 두게 되었다.

눈이 내리고 있는지도 모르는데 밖은 조용하고, 좀 떨어진 악기점에서 「코로라도의 달」이 들려오고 있었다.

눈을 감고 싶었다. 좋은 음률 앞이면 눈을 감기를 강주는 잘했다. 그런 경우엔 대개 슬퍼지는 것이었다. 강주는 현재 슬퍼지는 자기를 깨닫게 되었다. 무엇인가를, 누구인가를 그리워하게 되는 마음이 일어났다. 결코 구상화되어 있지는 않았으나 막연히 정다운, 깨끗한 인물일 것이라는 생각을 하고 있는 것이다. 꿈속에서 보는 바닷빛 망또의 기사와같은 남자가 아닐는지.

바람이 없는 것으로 알았는데 미닫이에 눈발을 몰아치고 갔다. 시누이가 그 소리에 잠깐 깨나보았다. 아직도 눈보라가 치나, 하고 잠꼬대같은 소리로 중얼중얼했다. 시누이의 잠꼬대같은 소리에서 강주는 초라하고 시시한 현실을 또 되씹게 된다. 우선 주르르 줄지어 누워있는 권속들에게로 생각이 미치게 된다. 갓난이가 눕고 시누이, 시누에 저쪽에 성환이 누워있다고 알게 된다.

성환이 거기까지 밀려가게 된 데는 이유가 있다. 강주가 가운데 눕고 양쪽에 아이 하나씩을 뉘여주면 성환은 젖을 틀어쥐고 갓난이 쪽으로 강주를 돌아눕지 못하게 한다. 성환을 갓난이 저쪽에 뉘이면 갓난이를 깔아버리려고 하는 것이었다. 성환의 거동을 지켜보고 있노라면 성환이 고의로 그러는 것이 분명했다. 갓난이를 해코저하는 악의가 엿보였다. 너 왜 그따위짓을 하느냐고 강주가 나무래주면 성환은 애기가 예뻐서 그런다고 말했다. 예쁘면 뽀뽀랑 해주고 고와 해줄 일이지 그래서야 쓰겠느냐고 어루만지듯 강주가 말해 주면 성환은, 아니야 애기가 미워, 미워, 하고는 눈을 이상하게 휘번득였다.

강주는 미칠듯이 이러한 성환을 두들겨 팼다. 얼굴이 비뚜러지고 몸뚱이에 멍이 들도록. 성환의 휘번득이는 눈길에서 강주가 문뜩 승현을 발견했기 때문이었다. 어디라고 꼭 집어내지는 못하겠는데 성환은 아빠를 닮은 아이라는 확신이 가는 것이었다.

때려주는 아이를 시누이가 안아다 자기 곁에 뉘였다. 그날 저녁 이후로 성환은 거기가 제자리라고 여기게 되었든지 그리로 가서 누웠다.

성환은 자리에 들 때마다 몇차례씩 힐끔힐끔 엄마를 보고 갓난이를 보고 하다간 제자리에 누웠다. 이 힐끔거리는 눈길에서도 강주는 승현을 느끼곤 했다. 턱을 떨어뜨리면서부터의 승현을 성환은 닮은 것이라고 깨달았다.

이렇게 되는 경우엔 성환을 강주는 때리지도 않으며 나무라주지도 않았다.

그럴만한 힘을 가질 수가 없는 것이다. 오직 암담할 뿐이었다. 강주가 승현의 턱이 아래로 향하게 되면서 그다지 힘을 잃게 되는 이유가 성환이 저희 아빠를 닮아가는 데 있었던 것인지 모르겠다.

강주는 다시 눈을 감고 머리를 흔들어 구질구질한 현실을 떨어버리려고 했다. 형무소에서 나와 눈길을 걸으며 승현의 모습을 떨어버리려던 것처럼 베개 위의 머리를 자꾸 흔들었다.

흔드는 머릿속으로 한 사람의 모습이 들이밀었다. — 요새 우리 오빠의 속눈 썹이 길어졌다고, 인간은 슬퍼지는 때 속눈썹이 길어지는 것을 알았노라고 히 룽거리던 한순의 말소리도 동일한 시각에 들려오는 것이었다. 막연하지가 않 은 실재 인물이다. 어디까지나 구상화되어 있다. 먼나라 해변가를 마차로 달리 던 바닷빛 망토를 걸친 꿈의 기사보다도 확실성이 있는 남자다. 그런데 실재의 확실성이 있는 이 남자가 법복 법모에, 법모 꼭대기가 달달달 떨리게 서슬이 퍼 렇던 오한영 검사도 아니요, 사각모에 검정 교복을 입은 앳되던 오한영도 아니 다. 침대 옆에 슬퍼 보이리만큼 조용히 앉아서 시종일관 나직하고 부드러운 음 성으로 말해 들겨주던 오한영이다.

그가, 눈이 아주 흠뻑 내리고 있는, 하늘과 땅이 맞붙은듯 천지일색을 이룬 속에서, 그리고 아직 내리고 있고 눈보라까지 휘몰아치는데 강주에게 마차를 타라고 저만큼 뒤에 서있는 검은빛 마차를 손짓하며 강주를 인도하려고 한다. 강주는 인도하는대로 그리로 향해 다소곳이 발을 옮겨놓는다. 마차에 오르자 마차는 눈세계를 뚫으며 바퀴를 둘둘둘 굴린다. 눈 위에선 소리가 나지 않는다. 젖은 몸을 강주는 오한영에게 살포시 기대인다. 오한영이 살포시 기대인 강주 를 안아준다. 호흡이 곤란할 정도로, 그러나 격정적인 동작으로 강주 몸뚱이를 안아버린다. 살포시 기대인 강주가 몸뚱이 전부에 힘을 넣어 상대방과 합세를 한다. 강주가 이때까지 살아오는 동안에 한번도 해본 일이 없는 맹렬한 동작이 다.

바람이 또한번 눈발을 안아다 들이치고 가는 소리에 시누이가 깼었다. 시누이가 무슨놈의 눈이 아직도 저럴까 원. 하고 잠꼬대같이 중얼거렸다.

강주는 그 소리에 오한영과의 맹렬했던 동작을 풀어버리고 자기가 누워있는 초라한 현실 자기 곁엔, 갓난이가 뉘여있고 갓난이 다음에 시누이, 시누이 저쪽에 성환이가 뉘여있는 방으로 돌아왔다.

강주는 눈을 벌려 떠보았다. 그리고 지금 막 풀려나온 꿈같은 속을 더듬어보았다.

'그러니까 그건 먼나라 해변가도, 마차도, 기사도 아니었구나.'

한참 더듬어보던 강주 머리를 새처럼 날아든 하나의 상념이 차지하게 되었다. 그러자 강주는 자기가 오한영의 집, 남산동 ××번지에 이르게 된 사유를 짐작하게 되었다. 오한영이 유인해간 것도, 강제로 끌어간 것도 아니라고 알게 되었다.

'그렇지만 평행한 이직선은 서로 다을 수가 없다는 걸 기하학 시간에 배웠어. 그와 나는 평행한 이직선일 뿐이야, 어김없는 이직선일 뿐이야.'

눈발을 안아다 들이치고 가는 소리가 더 한번 들렸다. 이번엔 좀 약했던 탓일까 시누이가 아무 소리도 하지 않았다. 좀 떨어진 악기점에서도 잠잠했다.

시누이가 며칠째 경황이 없어보였다. 강주가 없는 틈엔 울기도 했던가 보았다. 눈이 퉁퉁 부어있는 것을 보면. 오한영집에서 돌아오던 저녁의 일을 시누이가 언짢아 여기는 줄만 강주는 짐작했다.

"고모, 전번날 저녁에 내가 너무했어요. 피곤해서 그랬나봐. 고모한텐 늘 미안하고 고마우면서두 그만…."

"아니애요, 언니. 언니가 무슨 말씀을 하신들 제가 마음에 담아두겠어요. 저야말로 언니한테 미안하고 고마울 뿐이죠……언니한테 이런 말씀을 드려야 옳을지 몰라서……숫제 알리지 않으려고 했는데 이왕 말이 나왔으니 말하겠어요. 어머니가 돌아가시게 됐다는 전보가 며칠 전에 왔어요. 고생만 죽도록 하시다가 오빠도 못보고 돌아가심 너무 불쌍……흑흑."

시누이는 말끝을 맺지 못하고 느껴울기 시작했다. 돌출한 등어리에 율동이 심했다.

"그런 일같으면 벌써 말하지 그랬어요. 누가 내려가든지 내려가야 하잖어요."

이 말에 시누이가 울음을 얼른 멈추고,

"내려가긴 어떻게 차비도 어려운데……돈푼이라도 쥐어야 가잖겠어요. 언니한테 이런말 하는 염치없어요."

"어떻게든 내려가야 하죠. 고모가 가든지, 내가 가든지……."

"언니가 가주셨음 한이 없겠어요. 어머니가 언니한테 심하게 구셨지만 돌아가시는 마당에서야……언니 참말 고마워요. 그런것 저런것 다 잊어버려 주시니."

"내가 내려가기로 하겠어요. 고모 애들 데리고 또 좀 수고하셔야 하겠어요."

"수고가 무슨 수고래요. 언니가 내려가셔서 어머닐 보아주신담 뼉따귀가 부러지는 고생이라도 참아요. 더구나 애들때문에 하는 고생은 고생두 아니라요."

강주는 아침을 먹고나서 설초가 사무실에 나올만한 시각에 집을 나섰다. 시골로 내려가자면 차비만 있어 가지고도 되지 않을 것이다. 돈이 필요할 때마다 번번이 설초에게 말해야 하게 되는 일이 싫었지만 그렇다고 달리 방도가 있는 것도 아니니 하는 수 없었다.

겨울날씨 치고는 퍽 따뜻한 편이어서 양지바른 쪽으로는 도랑이 되어 눈이 녹았다.

'돈을 타내는 대신 힘껏 일하면 되지.'

강주는 이렇게 속으로 다짐해가며 눈 녹는 질벅한 길을 걸었다.

예상대로 설초는 나와 있었다. 스토브가 열을 뿜는 앞에서 설초는 상기된 얼굴에 반가움을 가득 담았다.

"어떻게. 일찍 나오셨군."

"단장님께 또 염치없는 말씀을 해야 할 일이 생겼어요."

강주는 '단장님'을 붙였다. 사적(私的)인 범위에서 벗어난다는 생각으로 굳이 그랬던 것이다.

"무슨 일인데 그렇게 범절을 갖춰가지구 그러십니까."

설초는 언제 보아도 강주가 붙이는 '단장님'은 달가와하지 않는 눈치였다. 감추지 못하던 반가운 빛이 그의 얼굴에서 사라지는 것을 알았다.

"시댁에 내려가보려구요. 시어머님이 돌아가시게 됐다는 전보가 왔어요."

이때까지 남의 앞에서 해본 일이 없는 '시댁'이니 '시어머니'니 하는 명사를 강주는 들춰냈다.

"그래요. 가보셔야죠. 언제쯤 내려가시려구요?"

설초가 같은 낯색으로 강주를 건너다보았다.

"전볼 치신걸 보면 위독하신 모양이예요. 오늘 저녁 차로 내려갈 생각인데 염치없는 말씀이지만 여빌 어떻게 변통해주셨으면 해서요. 여비만 가지곤……불행하게 되는 경우라도 당할지 모르니까."

"알겠어요. 제가 집에 다녀오지요. 앉아 계십시요."

움쭉 일어서 나간 설초가 무척 빠른 시간 안으로 돌아왔다. 그는 다발로 된 돈뭉치를 강주에게 건네어 주며 부디 무사히 다녀오기를 바라노라고 그말만 했다.

"정말 번번이. 죄송합니다. 그대신 힘껏 일하겠어요."

강주가 길을 걸어오면서 다짐했던 말을 했다.

"염려 마시구 어려운 일이 있으시면 언제든지 말씀해 주십시오. 준비돼 있으니까."

"단에서 쓰려고 준비된걸 제가 늘 쓰게 돼서야 어떡해요."

"그런 걱정하실 것 없어요. 단에서 쓰구 남는 여분이 있읍니다. 강주썬 항상 단의 재정을 걱정하시는 것같은데 아직은 부친의 유산이 많이 있어요. 현금은 아니더라도 염전과 산림이 무진장 있구, 땅 있는 곳곳에 지어논 가옥들두 있구요."

“다행이예요. 그렇지만 앞으론 삿적으로 돈을 타내는 일이 없도록 노력하겠
어요.”

“그런데 맘을 쓰기보다 일에 몰두할 생각이나 하십시요. 부친의 유산을 몽땅
다 탕진하더라도 연극에서 손을 떼지는 않을 각옵니다. 강주씨도 그럴 각오를
가져주십시오.”

설초가 굳은 결심을 드러내며 말하고 나서 차표는 자기가 사다줄 터이니 그
밖의 다른 준비나 하라고 강주에게 말했으나 강주는 이왕 다른 준비도 해야할
바에야 차표까지 제 손으로 사겠노라고 하고서 사무실을 나왔다.

17회

정거장엔 시동생이 나와 주었다. 강주는 빽에 넣은 주소를 들고 찾아가려니
하던 참이라 우선 마음이 놓였다.

“어떻게 아시고 나오셨어요.”

“전보를 받은걸요.”

전보는 시누이가 친 것임에 틀림이 없었다. 물을 긷거나 가게에 나가는 일 외
엔 전혀 외출을 피하던 시누이가 한참되는 번화한 우편국에까지 가준 일을 강
주는 새삼 측은스럽게 여겼다.

“형님은 왜 못 오시구.”

시동생이 분노같은 것을 뽑어놓았다. 이 분노같은 것 속엔 무안하고 당황한
빛이 더 많이 서리어 있었음을, 강주는 그가 고개를 푹 숙였지만 찾아낼 수가
있었다.

“형님은 얼마전에 먼 지방으로 떠났어요.”

강주가 거짓말을 했다. 이제와서 새삼스레 승현의 행장을 털어놓는다면 그들
을 생각해서도 할 짓이 아니겠고 또 강주 자신을 위해서도 못할 노릇이라고 생
각했던 것이다.

"먼 지방엔 왜요?"

"좀 나은 수라도 있을까 해서겠죠."

"하필 이런때."

이번엔 크지 않은 소리로 중얼거렸다.

"그런데 어머님 병세는 어떠세요?"

말머리를 돌리고 싶기도 했고 실상 궁금한 일이었으니까.

"어머니야 돌아가시게 됐죠. 의식이 없으시다가두 형님 이름을 부르군 하는데, 형님이 몹시 보구싶다는 말은 하십니다."

"아무튼 가십시다."

좀처럼 발을 떼놀 성싶지 않은 시동생의 앞을 나서면서 강주가 서둘었다.

"아주머니 죄송해요. 여기 오셔서까지 궂은 꼴을 보여드리게 되니……."

뒤를 따르던 시동생이 이런 말을 하는 것이었다. 강주가 저도 모르게 뒤를 돌아다보았다. 시동생의 어질게 생긴 눈에 아침 해가 들이비쳐서 그는 다 뜨지 못한 부신 눈으로 강주를 맞바로 보았다.

전에부터도 강주는 이 사람들의 눈은 승현이나 그의 모친과는 다르다고 느꼈고, 그럼으로해서 그들에게서 따뜻한 것을 느껴온 터이지만 아침 햇빛이 들이비치는 시동생의 눈은 진실로 부드러워 보였다.

그들이라 함은 시누이와 그를 함께 이르는 말인데 이 두 사람의 눈엔 흰자위가 승현이나 그들의 어머니처럼 들어있지가 않았다. 강주가 한번도 만난 일이 없었으며 이미 고생살이에 진력이 나다가 세상을 뜬 그들의 부친을 강주는 떠올리게 되었다. 강주는 그들과 눈이 흡사하리라고 짐작되는 그들의 부친을 속으로 몇번간 측은해 한 일밖에 없는 것이다.

어느 한 대문 앞에서 시동생이 말을 멈추자 강주도 멈췄다. 빈한하지 않게 짐작되는 집안속이 엿보였을 때 강주가 문패에 눈을 돌렸다. 「韓起旭」이라는 이름이 쓰여있는 것이다. '한기욱?' 금방 어떤 절벽에 부딪친 듯 아찔해지는 것을 강주는 깨달았다.

"한기욱이라니?"

강주가 시동생에게 겨우 입을 열어 물었다.

"그 왜, 서울 살던 한기욱씨 아닙니까. 여기 은행에 중역으로 와 있지요."

평생을 잊을 리 없는 은인이기도 하지만 어디서 만날까 두려웁던 사람이기도 한 한기욱. 강주가 그집 문간방에서 옮긴 뒤로 한번도 찾지 않은 이유는 바로 여기에 있을 것이다.

"그래 어머님이 이 집에 계시단 말이예요?"

"네."

시동생이 땅에 얼굴을 떨구고 단 한마디의 대꾸만 했다.

"그렇게도 모살[50] 데가 없었어요? 큰댁엔 왜 못계시고……."

시동생이 대꾸없이 대문을 밀치고 대문안으로 들어섰다. 강주도 끌리듯 들어섰다.

본래는 방이 아니었다고 짐작이 가는, 광과 한데 붙은 방은 다행히 원채와는 떨어진 뒷곁에 있었다. 외짝으로 된 널문이 출입구며, 또한 외짝으로 된 작은 들창이 동쪽으로 나 있을 뿐이어서, 광명과는 아예 등을 졌다는 생각이 들었다. 그 속에 널려있는 너저분한 세간나부랑이들, 오직 암흑을 일깨워 주는 외엔 아무것도 없었다.

그들의 모친은 그런 방 한쪽에 누워있었다. 가뜩이나 크지 못하던 몸뚱아리가 착 나부라져 있기 때문에 더욱 초라해 보였다.

전보다도 더 요란히 코를 골고 있었다. 얼굴이나 가슴 위에 얹힌 손 빛깔이 이미 살아있는 사람의 것과는 달랐다. 죽음의 짙은 그늘이 전신을 엄습하고 있음을 강주는 알 수 있었다. 그 죽음의 그늘은 머리에서부터 시작된 것인지 발에서부터 시작된 것인지는 모르지만.

"어머니, 아주머니 오셨어요. 좀 보세요."

---

50 '모실'의 오식으로 보임.

시동생이 모친의 상반신을 흔들어가며 절실한 소리를 쳤다.

모친은 하등의 응기도 나타내지 않고 있었다. 시동생이 다시 눈을 떠보라고 흔들면서,

"형님이 이제 곧 내려오시기루 됐대요. 형님두……."

하고 외치니까, 그제사 그들의 모친은 막내둥이의 꾸며대는 말을 간아듣는 기색을 드러내었다.

"어머니 형님이 오셨어. 눈을 좀 떠보세요."

이왕 꾸며대는 말이니 더 좀 적극적으로 나오고 싶었던지 몰랐다. 그가 모친의 마지막 소원을 풀어주자는 마음이기도 했겠지만, 고맙게 내려와 준 강주에게 미안하다는 이유도 있었을 것이다.

모친은 '형님'이라는 대목에서 요란히 골던 코를 뚝 그쳤다. 눈은 뜨지 않았다. 뜨려고는 하는데 뜨여지지 않는 모양이더니 히잉 울어버리는 것이었다. 시어머니의 이런 울음소리를 강주는 몇번 들은 일이 있다. 더 어쩔 도리가 없는 경우에 이르러서 아이처럼 히잉 터뜨리는 것이었는데, 지금의 이 경우엔 무엇을 의미하는 것일까. 보고싶던 아들을 보게 된다는데서 더 어쩔수 없이 흡족한 때문에 터뜨린 울음일까, 그렇지 않고 평생 소원이던 집 간 마련해서 살아도 못 보고 끝내는 이렇게 남의 집 광 한옆에 붙은 헛간에서 죽어가노라는 말을 대신하는 울음일까? 또 그렇지 않으면 꼽새 딸은 서울에, 막내둥이는 여기, 이처럼 여기 저기 흩어져 있는 아들딸의 가련한 신세를 생각해서 터뜨린 울음일까. 제발 이제부터라도 모두 한데 모여서 끼니나마 어렵지 않을 정도로 살아달라는 부탁을 울음으로 대신하는 것일까.

그들의 모친은 히잉 터뜨린, 의미도 해득치 못할 울음이 그치기도 전에, 울고 있는 도중에 딸꾹질같은 것을 두어번 하더니 숨을 거두어버리는 것이었다. 이런 것 저런일 다 잊어버리고 시름스러운 세상을 하직하고만 것이다.

"어머니 형님두 못보구 돌아가시는 거예요? 어머니 형님이 왔다는데 왜 눈두 안 떠보구 그냥 가십니까."

시동생이 모친에게 머리를 파묻고 울부짖었다.

그들에게 있어서, 더우기 모친에게 있어서 승현의 존재가 그다지도 중요했다는걸 새삼 깨달으며 강주는 가슴 위에 얹혀있지 않은 다른 한 손을 잡았다. 차가왔다. 그러나 강주는 조금도 섬쪽하지가 않았다. 오히려 손을 잡아보지 않았을 때에 체험하지 못했던 따사로움을 깨닫게 되었다.

이 따사로움은 곧 아픔으로 번지고, 그것은 다시 전신으로 퍼져 흐르는 것이었다.

"할머니가 어떻게 됐나보군."

출입문이 빼앙 열리면서 한기욱의 모친이 들어섰다. 할머니가 어떻게 된 데 대해선 대수로와하는 태도가 아니었다.

문안에 들어선 한기욱의 모친이 강주를 목격하자 에미가 언제 왔느냐고 묻고 나서, 곧 이어,

"애비는 안오냐."

고 힐책하듯 물었다.

강주는 여기서도 시동생에게 해준대로 할 수밖에 없다고 생각했다.

"먼 지방엔 왜?"

한기욱의 모친이 강주의 말을 믿지 않으려는 기색이었다.

"꼭 가야 할 일이 생겨서 벌써 오래 전에 떠났어요."

"그렇담 할머니가 저꼴이 된 것도 모르고 있나?"

"모를거예요."

"아니, 편지루 알리지 그랬어. 어머니가 죽는데 자식이 모르고서야 쓰나, 더구나 맏상주가……그래도 자식이라구 눈이 빠지게 기다리더니 그저 못보구 세상을 떴으니 끌끌끌."

한기욱의 모친은 그제사 시체에 눈을 보내다가 울고 있는 시동생을 보고선,

"다 죽은 담에 울면 소용있어. 살아서 효도를 해야지. 노인네도 무슨 팔잘 그리도 고약하게 타구났는지. 맏아들은 부모가 죽거나 말거나 모르는체지, 가까

이 있다는 아들은 이 헛간같은 방속에 앓는 에미를 들어던지고 밤낮 돌아다니지. 글쎄 물 한그릇 떠줄 손이 없어서 앓는 노인네가 겨우 기신을 해 물을 떠먹으려다가 쓰러지군 했다면 다 알 일이 아냐. 그저 사람이 그리워서 내가 나오면 가지 말아달라고 매달리지만 추워서 오래 앉아 있을 수가 있어야지."

하며 긴 이야기를 늘어놓았다.

그러고도 한기욱의 모친은, 큰댁이라는 데서 둘째 며느리를 얻는다고 방을 비우라는 성화에 승현의 모친은 염체불구하고 한기욱에게 와서 사정을 했다는 것과, 한기욱은 헛간을 고쳐서라도 노인네를 오게해야 하겠다면서 목수를 들이고 미장이를 불러 구들을 놓는다, 법석을 부렸다는 것을 알려주었다.

"아들이 못하고 일가친척이 못하는 일을 우리 막내가 다 했다니까."

한기욱의 모친 입에선 아들의 자랑이 터져나오기 시작했다. 그것은 승현이나 승현의 동생을 비방하자는 속셈에서였다고 해도 과언은 아닐 것이다. 바꿔 말한다면 아들의 자랑을 하기 위해서 승현이나 승현의 동생을 비방하는 일에 열중한다고 해도 좋을 것이다. 그렇다고 강주가 잠잠히 있을 수는 없는 노릇이었다.

"어머니 고마워요. 그런데 언제쯤 여기 오셨어요?"

"나? 막내가 전근 내려오면서 따라왔지. 벌써 일년돼가는군. 나야 서울 큰아들네한테 가 있다가 여기있다가 팔자가 늘어졌지 뭐야."

한기욱의 모친이 승현의 죽은 모친 쪽을 흘깃, 그러나 아주 자긍스런 눈으로 보았다.

"에게게 저것 보지. 눈을 뜨고 있군. 볼 사람을 못봤으니 죽은 눈이 감겨지나. 자네 손으로나마 눈을 쓸어내리게."

강주가 한기욱의 모친이 하라는대로 휑하니 뜨여진 시어머니의 눈을 쓸어내렸다.

"이상해라. 돌아가시기까지 눈을 사뭇 감고 계셨는데. 뜨시려고 애를 쓰시면서도 뜨이지 않는 것같았는데, 어느새 뜨셨을까."

강주는 시어머니의 눈을 쓸어내리고도 손을 살며시 얹은채로 있었다. 그 손을 통해서 번져드는 따사로움, 이것도 또한 손을 잡았을 때와 같은 아픔으로 전신에 퍼져 흘렀다.

강주는 시어머니 눈 위에 살며시 얹은 손을 떼곤 제게 있던 흰 손수건을 덮어버렸다. 그리고 다리며 팔을 골고루 펴주었다. 전에 외할머니가 돌아갔을 때 어머니가 그렇게 하고 있는 것을 구경하던 일이 무뚝 생각났기 때문이다.

강주는 그날부터 사흘동안, 장례를 치르기까지 힘껏 했다. 수의도 초라하지 않은 것으로 입혔다. 초라하게 살다가 초라하게 세상을 뜬 몸뚱어리를 초라하게 꾸미고 싶지가 않았다.

이런 마음은 며느리다운 며느리 노릇을 한다기보다, 한 불우한 노인네에게 가지는 정성이라고 해도 옳을 것이다.

시어머니는, 강주가 한번 만난 일이 없는 시아버지 옆에 묻었다. 언땅을 파고 크지 못한 관을 들여놓았을 때 강주는 이세상에서 담길 데가 마땅찮았던 그 조그마한 몸뚱어리가 흙속에서나마 편히 쉬라고 충심으로 기원했던 것이다.

장례식이 끝나기까지 만 사흘을 강주는 한기욱이네와 숙식을 같이 했다. 승현의 친척들 집에는 발을 돌리지 않았다. 그들은 강주를 비판적인 눈으로 보려고 했고 강주에게서 승현의 일 등을 알아내려고만 했다. 한기욱은 사년 남짓한 사이에 윤기가 돌만큼 몸이 좋아져 보였다. 형무소 면회실에서 만난 승현의 몰골을 강주는 떠올리지 않을 수 없었다. 뒤이어 승현을 고발하던 오한영 검사가 강주 눈앞에 어른거리기도 했다. 오한영 검사가 더 먼저 떠올랐던지도 모르는 일이다.

강주가 한기욱의 윤기 흐르는 좋은 몸집을 보자 초라하지 않은, 그와 비슷한 사람을 생각해낸 것이 오한영 검사였음이 분명하다. 줄곧 초라한 것들 속에서 허덕이는 강주로서는 오한영 검사 외에 떠올릴 인물이 없었던 탓인지 몰랐다.

그보다 더 먼저, 차에서 내리던 아침에 빈한해 보이지 않은 집안속을 대문 앞에서 엿보았을 즈음부터 강주는 오한영 검사를 떠올린 것이 아니었던지.

한기욱의 아내 홍선애도 몸이 상당히 불었었다. 작던 눈이 배주그레해지고 납작하던 코는 살이 오르면서 오히려 흉하지 않게 변모를 했었다.

삼류식당에서 심부름하던 여자라고 볼 사람은 없었다. 벌써 두 아이의 어머니가 되었건만 처녀티를 지니고 있었다. 그러면서도 어느사이에 홍선애는 부유한 가정의 주부로서 완전히 틀이 잡혀있는 것만은 부인하지 못했다.

이들 부부는 강주에게 한없는 친절을 보이는 것이나, 어느결엔가 부유한 자로서의 없는 자에게 가지는 동정 같은 것을 나타내곤 했으므로 강주는 이런일에 견딜 수 없으면서도, 부유한 것에 대한 선망을 버리지 못하는 일이 이상했다.

떠나오기 전날 저녁에도 그들은 강주를 위로한다고 밖에서 요리를 시켜 먹었다.

"기름진 걸 좀 많이 자세요. 아이 가진 사람이 못먹으면 아이에게까지 영향이 가는걸."

홍선애가 좀 높은 위치에서 앉은 투로 나오는 것이었다.

이 자리에서 한기욱은 또 승현의 동생을 자기가 맡아서 공부를 시키겠노라는 약속을 하게 되었다. 강주가 고맙다는 인사를 하면서도 부화가 잔뜩 났다. 한기욱이가 승현을 얼마나 탑싹 보았기에 이쪽의 의향은 알려고도 하지 않고 자기네 의사대로 턱턱 정하는 것일까 하는 생각이 들었던 것이다.

한기욱의 모친은 또 아이들 애비가 정말 먼 지방으로 갔느냐고 연거푸 묻지 않는가. 그렇다는 대꾸를 강주가 수없이 해 들리건만 곧이 듣지를 않았다.

"어머님은 그런건 왜 자꾸 물으세요? 성환 아빠가 내려오실만큼 돼있어야 하잖아요. 안오시길 만번 잘 하셨지 뭐."

한기욱은 잠잠히 있고 그의 아내가 덮어두는 척하면서 밝혀놓는 말에, 시어머니가 그러하듯이 며느리 또한 그런 소리를 함으로써 자기의 행복감같은 것을 충족시키려는 것이라고 알았다. 그러나 그런 소리를 듣고 앉았는 강주가 고통스러웠던 것은 잊혀 안진다.

승현은 만기를 두달 앞두고 출옥했다. 가출옥이라는 명목이 붙긴 했어도 신병으로 이십여일을 병감에 있다가 나왔다는 것이다. 이쪽에서 가출옥할만한 행동을 보이기도 했겠지만, 그편에서 귀찮게 여긴 나머지 출옥을 시킨 것이 아닌가 하는 생각이 들었다.

승현의 병명은 폐결핵이었다. 칡뿌리처럼 질기기만 하던 승현의 육체는 시시각각으로 폐균의 침해를 받는다는 사실을 인정하게 했다. 치켜들기를 잘하던 턱을 떨어뜨리게 된 까닭도 병마의 침해를 이미 받기 시작한 데서 온 것이 아닐까 하는 짐작이 갔다. 그러니까 한순과의 사건이 벌어지기 전에 병마는 그를 침범했던 것 같다. 한순에게 끌려나가던 날도 누워있었다고 들었고, 그 무렵에 승현은 방구석에 누워있기를 잘해서 강주에게 염증을 일으키게 했던 것이다.

승현은 아이들 곁에서 떠나지 않으려고 했다. 간난이가 자는 옆에서 그것의 손 한쪽을 잡고 누워있기가 일쑤였다.

성환에게도 나가지 말고 아빠하고 놀자고만 하는데 성환은 아빠의 말대로 들어주려고 하지 않아서

"너 아빠 말 안들으면 때려줄테다."

하고 위협하는 일이 있을량이면, 성환은,

"때리면 도망가지."

해서 아빠를 만만히 보아버리는 태도를 드러내곤 했다. 승현은 강주 앞에서 힘을 잃어 보이는 대신 성환이나 누이동생 앞에선 오히려 반대의 현상을 일으키는 예가 많았다. 조그마한 일에 있어서도 화를 더럭더럭 내어서 그들을 괴롭혔다. 이런걸로 미루어서 승현이 완전히 자기를 뉘우쳤다고 볼 수 없었다.

그의 모친이 세상을 떴다는 사실을 강주에게서 들었을 때만 하더라도 으레 그렇게 되는 일처럼 여겼으며, 강주가 한기욱의 집 헛간에서 돌아가던 모친의 초라한 모습을 말해주고 또 아들을 기다리던 간절한 최후를 들려주었어도 승현은 아무런 움직임을 그 얼굴에 나타내주지 않았다.

"당신은 한기욱씨한테 편지라도 해야해요. 아들이 못하는 일을 그이가 다 했

잖아요. 동생까지 맡아줬으니……그이가 동생을 맡아 공불 시킨다는 말을 했을 때 단 한마디로 고맙다는 말만 했지만 두고 두고 생각할수록 은혜 갚을 길이 없구만.”

“병이 나으면 나두 일자리 얻게 될테지. 그렇게 되면 남의 신세두 갚게 될테지.”

승현은 강주 말에 이런 정도의 대꾸를 할 뿐 한기욱에게 고마운 정을 느끼는 것같지도 않았다.

이러한 승현에게 강주는 염증을 느끼는 것이나 그렇다고 병든 그를 내버려두려고는 하지 않았다. 병원에 가게 하고 민간요법으로도 좋다는 약을 구해서 먹게 하려고 했다.

그런데 승현에겐, 약을 바로 먹으려 들지 않고 병원에 가기를 싫어하는 버릇이 있었다. 강주가 일일이 먹으라고 해야 못이겨서 먹기가 일쑤고, 데리고 가기 전엔 병원 쪽에 발을 돌려놓기도 싫어했다.

연극을 중지한다면 모르지만 극단에 나갈라, 병원에 쫓아다닐라 몸을 쪼갠다 하더라도 도저히 틈을 낼 수가 없는 형편이었다.

이 무렵에 극단에선 세민의 각본 「동경서 온 두 사나이」를 상연하려고 준비 중에 있었다.

세민의 것은 주의니 사회의식이니 하는 것을 앞에 내세우지 않는 대신 대사의 재치도 그러려니와 항상 재미를 위주로하는 내용이어서 연극을 하는 측과 구경하는 관객들 사이를 단숙시켜주기에 알맞는다는 평을 들었다.

「동경서 온 두 사나이」의 줄거리는 승현과 김영인을 모델로 한 것이었다. 거기에 서영주 서강주 능혜 엄마가 등장되고 또 능혜 아빠가 등장된다. 능혜 엄마의 부모와 김영인의 부모까지도 등장인물 속에 끼우지만, 그들의 부모들은 제고장에서 못살게 된 이유를 밝히지 않으니 검렬[51]에 걸릴 염려가 없는 것이다.

---

51 ‘검열’의 오식.

그들의 이세(二世), 아들과 딸은 고국이 그리워서 고국으로 돌아오고, 고국에 와서 일을 하고 사랑을 한다.

지독한 사랑에 젖어있는 능혜 엄마를, 강주가 대신하고 서영주의 역을 고월애가 맡았다.

고월애는, 키가 작달막하고 딱바라진 장년(壯年)남자, D극장의 지배인과는 헤어지고, 다시 현대극단으로 돌아왔었다. 고월애가 아니더면 심양혜가 서영주로 분할 뻔했는데 그렇게 되지 않아서 심양혜는 불평이었다.

결국 심양혜가 서강주로 분하게 되는 것이었다. 사랑도 연애도 못하는, 여자를 골탕 먹이기에 알맞는 남자와 만나서 고생만 직사하게 하는 여자로 분하긴 누구도 달가와하지 않았다.

"서강주씬 무대에선 연앨 썩 잘하면서, 실생활에 있어선 왜 그리 메마르게만 살았어요."

심양혜의 이 말에 강주는 '이제 하지요.'라는 대꾸를 무심결에 해버렸다. 무심결에 했다고 하겠는데, 강주는 말을 해놓고선 실로 움칠했던 것이다. 강주는 가슴속에 깔려있던 말이 아니었던가, 하고 되생각하기에 이르렀다.

"강주씨."

강주를 설초가 일깨우는 것이다. 연출을 맡은 설초가, 동작을 붙이던 강주가 멍하니 서있는데 일깨워주는 것은 당연한 일이라 하겠다.

강주는 오뚤 놀라면서 설초를 보았다. 그것은 반사작용에 불과했다. 반사작용으로 설초를 보아버린 강주의 눈은 꿈을 꾸다가 깬 소녀와 같았다.

"강주씨 뭣을 생각하구 계십니까?"

설초가 다가오며 강주만 알아듣게 낮은 소리로 속삭였다.

"아무것도 아니었어요. 아무것도."

강주는 그제사 자기의 행동을 알아차리게 되었다.

"연극을 하십시다."

설초가 다시 낮은 소리로 말했다.

"연극을 누가 안한답니까. 비켜주세요. 걸어나가야 할테니까."

강주는 다가와 선 설초가 싫었다. 강주의 동작을 멈추게 한 대상은 설초가 아니었기 때문에 지나치게 냉랭했던 것이 아닐까.

지독한 사랑에 젖어있는 능혜 엄마를 대신하고 있는 강주의 연기는 물이 오른 수양처럼 나긋나긋 했다. 상대역은 세민이었다. 세민이 김영인을 대신하는 셈인 것이다.

세민은 강주의 이번 연기는 이때까지의 것과 다르다 평했다. 이때까지의 것이 강주의 강인한 면을 드러낸 연기였다면 이번의 것은 강주의 부드러운 면을 보여주는 연기라고 그는 주장했다. 그리고 세민은 강주에게 진정으로 연정을 느끼면서 상대역을 하노라는 말을 농담 비슷이 덧붙이기도 했다.

찬가게 주인, 능혜 아빠를 김영인이 분했는데 너무나 능혜 아빠를 방불케하는 연기여서 강주가 능혜 엄마에게서 연기지도를 받은게 아니냐는 말까지 하게 되었다.

공연은 전에 있었던 D극장을 빌리기로 하고, 밤낮 사흘을 계속했다. 연습하던 때 이상으로 열연이었으며 강주의 연기엔 관객뿐 아니라 단원들까지 눈을 크게 떴다.

공연이 끝나던 마지막날 저녁에 강주는 쪽지를 받았다. 그것을 갖다준 사람은 아기총각 하영민이었다.

"뭔데?"

강주가 쪽지를 받아들여 하영민을 건너다보았다.

"팬인가부던데요. 연극 팬치군 너무 점잖던데."

강주가 받아든 쪽지를 펴 보았다.

　　　××차점까지 나와주셨으면 고맙겠습니다. 오래 기다리게는 말아 주십시오.

관객의 한 사람

이 짧막한 사연을 써보낸 인사가 누구일 것이라고 단정을 내리지는 못하면서 강주는 중참을 먹어야 한다는 단원들 틈을 빠져서 ××차점을 향해 바삐 걸음을 옮겨 놓았다.

'대체 누구일까? 점잖아 보이더라지. 점잖다면 그 사람밖에 누가 더 있을까.'

강주는 근자에 와서 이상하게도 내내 가슴속에 깔려있게 된 오한영을 생각해 보게 되는 것이다. 오한영 이외엔 이세상에 점잖은 사람이 있을 것같지 않다는 생각도 강주는 해보는 것이다.

반쯤도 못되는 쪼각달이 구름을 헤치며 허위허위 가고 있었다. 쪼각달도 그리운 것이라도 생긴 것일까. 강주는 이런 부질없는 소리를 속으로 지껄이며 허위허위가고 있는 쪼각달처럼, 공중뜨는 발걸음을 옮겨놓았다.

강주가 ××차점 안에 들어선즉 검정 망토를 걸치고 앉았던 남자가 우뚝 일어서며 강주쪽을 보았다.

"하필 망또는."

추렁추렁 내려드리운 망또자락에 시선을 보내며 강주가 치란 비슷한 소리를 입속으로 뇌였다.

아무래도 망또라면 함부로 보아버리지 못하는 것이다. 그것이 비록 실낱같다 하지만 고달픔 속에서도 고운 감정을 잃지 않게하는 계기를 만들어주었으니까 말이다.

강주는 줄에 달린 연처럼 앞에 가 섰다.

"앉으십시오. 오시라구해서 죄송합니다."

강주는 그의 말대로, 그 앞에 가 섰던거와 마찬가지로 앉았다. 그도 마주앉는다.

유정(有情)스런 레코오드가 뚜껑이 열린 빅타축음기에서 흘러나왔다.

"수고하셨어요. 언제부터 연극을 잘하셨습니까."

그가 강주를 찬찬히 건너다보았다. 대꾸를 기다리자는 것이 아니고 그저 한 없이 보고 있을 작정으로 보고있는 것이었다.

"점잖은 이가 연극 구경을 다 하시구. 그건 광대들이나 하는거 아녜요."

연극 팬 치고는 점잖더라고 들려준 아기총각의 말도 그랬겠지만, 그밖엔 점 잖은 사람이 없다고 인식해온 저자신에 대한 반말[52]이기도 했다.

"강주씨가 연극을 하신다는 걸, 한순이가 알려준 뒤부터 연극에 관심을 갖었 구 강주씨가 연극할 때를 기다리구 있었죠."

"그건 왜요? 되려 피해 도망가실 분이면서."

"본래의 나는 그런 인물이었을지 모르죠. 서강주라는 여성을 사모하지 않은 때의……. 오한영이란 인간은 서강주때문에 불행해 있기도 했지만 그때문에 여러가지를 알게 되기두 했으니까. 강주씨가 동경을 떠난 뒤, 그동안에 내가 어 느정도 허덕였다는걸 강주씬 모를겁니다."

그는 많은 여자, 거리의 여자들과도 접촉해보았으나 절망에서 솟아나지지는 않더라는 것이었다. 그대신 인제 무엇이나 할 수 있을 힘을 얻게 된 것을 강주 에게 치사한다고 말하고 나서,

"어느 한 여인방에 누웠을 때 그방 천장지와 벽지가 아주 잘 조화되어 있는 것을 보구 그여자 가슴에 얼굴을 파묻구 운 적 있었읍니다. 그때 그 천정지[53]와 벽지가 왜 그리 슬프게 보였든지 몰라."

라는 말도 그는 했다.

강주는 잠잠히 듣고만 있었다. 그저 한없이 보고있을 작정으로 보고있는 그 의 시선을 맞바로 받는 때문에 몸부림이 날 지경이었어도.

"이 길 끝 간 데에 지옥의 문이 열려있다 치더라두 그냥 가구 싶다던 강주씨 말씀은 제 가슴속을 흥건히 적셔주구 있읍니다."

---

52 '반발'의 오식으로 보임.

53 '천장지'의 오식.

얼맛동안 묵묵히 강주를 보고만 있던 그가 이런 말을 하며 더욱 적극성을 띤 시선을 강주에게 부었다.

"그건. 그건 무슨 말씀이예요? 제가 그런 소릴 언제 했던가요?"

"네 하셨지요. 눈이 오던 날. 제 집으로 가시는 도중에 찻속에서."

"저걸 어떡해."

"어떡하긴, 강주씨두 저와함께 행복해 주시면 되잖습니까."

"전 오한영 검사와 함께 행복해질 수는 없어요. 전 제 아이들과 그리고 조승현이란 사람하고래야 행복할 수 있는 거예요."

강주는 유정한 음악과 몸부림이 날 지경인 오한영의 시선을 떨어버리며 일어서서 차점 밖으로 나왔다.

돌발적인 행동같아 보이나 강주 가슴속에 항상 자리잡고 있는 마음의 표현일 다름인 것이다.

집에선 승현이 갓난이를 안고 방안을 왔다갔다 하고 있는 중이었다. 승현은 강주가 오기를 기다리며 갓난이를 일부러 안고 있은 것이 아니었던지 모른다. 아이가 울더라도 시누이에게 맡겨버리면 그만일 터인데 시누이는 마루에서 어슬렁거리고 있었다. 그때쯤 마루에서 할 일이란 있을 리 없는 것이다. 방에 있자니 아이도 보아주지 않으면서 오라비의 눈총을 맞기가 싫었을 것이리라.

18회

"아일 일부러 안구 그럴 거 뭐예요?"

강주가 승현이 쪽을 보지도 않으면서 쏘아붙쳤다. ××차점을 뛰쳐나오던 때와는 같지않은, 오히려 승현에게 왈칵 염증까지 느끼게 되는 것이었다.

"일부러라니. 우는걸 그냥 둘까 원."

승현이 말은 이렇게 하는 것이나 아내의 싸늘한 바람에 눌려서인지 기어들어가는 소리를 내었다.

“고모는 없던가요?”

강주가 다시 쏘아붙였다.

“걔? 걔가 안으면 더 울던걸. 편안치 않으니 그럴밖에.”

“편안치 않긴. 고모만큼 애들을 편하게 해주는 사람도 없어요.”

“잘두 편하겠다. 앨 안은 그 꼴이란⋯⋯.”

“꼴이사 어떻든 애들을 편하게 해주면 그만이지.”

“모양새가 그래가지구서 편하게하면 얼마나 할라구.”

“모양새야 어떻든 마음자리가 고우면 되는거라요.”

강주의 말이 끝나기도 전에 마루에서 ‘히잉’ 소리가 들려들어왔다. 매우 낮아서 살풋 떨어지는 나무잎 소리만밖에 안되었지만 그들 모친의 임종시를 비롯한 여러차례의 ‘히잉’ 소리를 강주는 기억하고 있기 때문에 쉽게 알아들을 수 있었다.

“고모 어서 들어와 주무시지 거기서 뭘하세요.”

제 할소리를 다 지껄이느라고 시누이의 감정같은 것은 살피지 못한 일을 깜짝 깨달으면서 강주가 마루의 시누이에게 조심스레 말을 보내었다.

“네. 들어가요.”

시누이가 아무 일도 없다는 듯한 소리로 대꾸를 했다.

강주가 전등을 꺼버렸다. 시누이를 쉽게 들어오도록 하자는 마음이기도 했지만 그런 마음 한쪽 구석엔 구질구질한 현실을 딱 덮어버리자는 생각이 더 많았던 것도 사실이다.

시누이가 대꾸한대로 곧 들어와 눕고, 갓난이를 사이에 두고 승현과 강주도 누웠다. 누우면서 강주는 이어 생각을 딴데로 돌렸다. ××차점, 유정한 음률이 들려오고, 그저 한없이 보고있을 작정으로 보고 있는 한 남자의 깊은 시선을 감각하고 있는 것이었다. 눈을 감았다. 강주는 몸을 뒤치며 신음소리를 흘린다.

“어디 아퍼?”

신음소리가 승현에게 들렸나보았다.

“아니.”

이 단순한 한마디의 대꾸 역시 신음에 가까운 소리로 들린 모양이었다.

“내 좀 만져 줄까.”

승현이 강주의 손을 넘겨다 잡는다. 강주가 내버려두었다. 승현이, 손에서 팔목으로 옮아갔다. 또한 내버려두었다. 승현이 팔목에서 어깨쯤으로 옮아갔다. 그래도 내버려두었다.

승현이 전에와같이 폭행에 가까운 행동으로 나온다면 강주 쪽에서도 미리 여기에 대항할 차부새를 갖추었을지 모르는 일이지만, 근자의 승현은 아주 비굴하리만큼, 더구나 이런 대목에 이르러선 강주의 눈치를 살피는 형편이므로 대수롭지 않게 여겼던 것이다.

강주는 승현이 아주 다가왔을 때까지도 내버려 두었다.

아주 다가온 승현은 강주더러 ‘어디 앓으냐.’고 연신 물었으며, 강주는 ‘아니.’라고만, 그것도 신음에 가까운 소리로 대꾸할 뿐이었다.

그 며칠 뒤, 노트에 적은 일기문에서 강주는 그날 밤의 자기가 어떠했었다는 사실을 알게 되었다.

승현은 아내가 이제사 여자가 되어간다고 흡족해 했었다. 그가 거쳐온 모든 여성들에 비해서 조금도 손색이 없다고 지적한 다음, 물기가 잔뜩 오른 버들강아지처럼 아내의 몸뚱어리는 부드럽고 또 미끄러웠다고 적었었고, 다시 그는 아내와의 이와같은 풍성한 향연은 처음 있은 일이라고 밝히기도 했으나, 그날 밤 사실 강주는 유정한 음률이 몸속으로 젖어들던 것만 기억하고 있을 뿐이었다. 젖어드는 전신으로 오한영의, 그저 한없이 보고있을 작정으로 보고있는 깊은 시선을 받아들였을 뿐이고 그 이외의 것은 전혀 강주는 감각하지 못했던 것이다.

그날밤 이후로 강주는 오한영을 생각하는 버릇이 더욱 늘어가는 것을 알았다. 똑바로 말한다면 생각하는 것이 아니고 맞서는 것이었다. 언제 어느때를 막론하고 그가 앞에 와 턱턱 맞서는 데는 질색이 아닐 수 없었다. 눈을 감아도 맞서게 되고, 길을 걸어도 맞서게 되고, 밥을 먹으면서도 연극을 하면서도 맞서게 되는 것이었다.

어느날 승현은 강주의 눈썹을 밀어주겠다고 말해 왔다. 그때 강주는 화장을 하고 있었다. 승현이 자기가 쓰는 면도를 갖춰 들고,

"당신은 눈썹이 너무 무성하단 말이야. 좀 깎아버릴 것같으면 또 다른 매력이 생길지 몰라."

라고 말했다.

강주는 승현이 앞에 얼굴을 들이대고 있기가 싫었지만 또 다른 매력이 생길지 모른다는 말에 이끌리어 눈을 감은채로 들이밀고 있었다.

그런데 이때마저도 강주는 눈을 감은 속에서 오한영과 맞서게 되었던 것이다. 강주는 몸에 힘을 넣으며 얼굴을 바짝 치켜들었다. 전에 승현의 치켜들던 턱과 맞서던 것처럼. 강주는 돌발적으로 '평행한 이직선'을 외치고 싶었던 것이다. 그순간 강주는 끝내 눈두덩에 상채기를 내고 말았다.

"하아 왜이래. 가만있어야지. 움직이면 벤단 말이야."

강주가 지른 소리는 입밖으로 나오지 않았던 관계로 강주의 움직임을 단순하게 승현은 알았던 모양이다.

"콱 베어버려요. 엉망이 돼도 좋니 마구 갈겨 놓라요."

저도 어쩔 도리가 없는 제마음을 강주는 드러낸 것이다.

눈썹은 외줄로 세워졌다. 눈두덩에 난 상채기가 그다지 눈에 뜨이지는 않았다. 강주는 거울을 들여다보며 승현의 말대로 또 다른 매력이 생기게 되었음을 발견하게 되곤 슬픈 표정을 짓게 되었다. 슬픈 표정을 짓자는 생각이 아니었는데 저절로 지어지는 것이었다. 요새 와서의 버릇을 그대로 표현했다는 것뿐이라면 어떨지.

강주는 또다른 매력이 생기게 된 자기의 얼굴을 보는 사이에 퍽 좋은 것을 느꼈던지 몰랐다. 삼박이는 나뭇잎들을 본다거나 말을 본다거나 하늘을 본다거나

하는 경우에 이르러서도 슬픈 표정을 짓지 않고는 배길 수 없어 하던 터이니까.

그날은 강주가 극단에서 일찍 돌아왔다. 몸이 노곤하기도 했으려니와 연극하는 일도 시시해졌던 것이다.

승현은 집에 없었다. 승현이 집에 있는 것과 없는 것과의 차이는 대단한 것이었다. 천하가 온통 내것같이 느껴지도록 충족한 감정을 가질 수 있었다.

시누이는 갓난이를 재우느라고 마당에 왔다갔다 하고 있는데 성환은 공연히 그 뒤를 그림자처럼 따르고 있었다. 심심해서 하는 짓같이 보였다.

"언니 어디 아프신가봐."

시누이가 강주의 기색을 살폈다. 언제 어떤 경우거나 올케의 기색을 살피기에 여념이 없는 시누이의 마음을 강주가 잘 알면서도,

"아니."

라고만 대꾸해 주고 방으로 들어왔다. 성환이마저 발을 멈추고 벙벙하니 엄마를 쳐다보는 것을 뒤로 두고서 강주는 방에 들어와 누워버렸다. 그러다가 갑자기 강주는 승현의 일기를 생각해냈다. 강주가 승현의 일기에 관심을 가지는 이유를 든다면, 승현이 자기 심정을 꿰뚫고 있지나 않는가 하는 일일 것이리라. 그러나 강주가 승현의 일기를 뒤져보기 위해서 일찍 들어온 것은 절대로 아니었다. 지난번에 보고난 그 뒤로는 잊어버리고 있었던 것이다.

일기노트는 깊이 숨겨져 있었다. 깊다고 해야 고리짝 한개와 헌것들을 싼 보퉁이뿐인 단간방이니 빤하지만 강주는 우선 고리짝을 들고 밑을 보았다. 지난번에 이곳에 있었던 것을 기억했기 때문이다.

지난번에도 강주는 일기 노트를 찾자는 생각은 결코 없었다. 승현이 일기를 쓴다는 사실조차 모르고 있은 형편인데 고리짝밑으로 기어들어가는 설설이[54]를 목격한 성환이가 고리짝을 가리키며 급히 고모를 부르는 것이었다.

"고모 고모 돈이야. 돈이야."

54　그리마. 마루 틈이나 구석진 곳에 사는 발이 많은 벌레.

시누이가 좀 계면쩍어하며,

"그게 돈벌레지 어디 돈이야?"

하고 조카의 말을 문질려버리려고 하는데,

"저거 있으면 돈이 생긴다구 고모가 안그랬어? 씨이"

하고 성환이 제 말을 문질러놓는 고모에게 대어들면서 고리짝을 밀쳤다. 고만한 것의 힘으로 고리짝이 쉽게 밀린 것은 그 밑에 깔린 노트때문이었다.

성환은 설설이를 쫓기에 여념이 없어 하는 사이에 강주가 노트를 집어들었다. 승현의 것임을 알자 강주는 그가 연극대본이라도 쓰고 있는 것이라고 반가와하며 펼쳐보았던 것이다.

이번엔 고리짝밑이 아니고 널 한쪽을 붙여서 만든 선반위 원고뭉치와 책들이 얹혀있는 속에서 찾았다. 고리짝 밑에서 선반 위로 옮아가게 된이유를 불안해하면서 강주는 일기문을 읽기 시작했다.

년의 면상을 갈기갈기 오려주고 싶은 충동을 막을 수 없었다. 년은 엉망이 돼두 좋니 마구 갈겨놓라고 했겠다. 년은 왜 트집 쓰듯이 그렇게 나왔을까? 그건 년의 내부의 어떤 변화를 표현하는 것이 아니겠는가. 년이 제삼의 인물을 사랑하고 있다. 상삿병이 들어있는 년이야. 년은 깊이 잠이 들었다가도 내가 가까이 가는 기척이면 벌떡 일어난다. 그런가 하면 양팔을 쫙 벌려 맞아주는 때도 있고 몸을 딱 오무러뜨리는 때도 있으니, 년의 생리가 칠면조처럼 변화가 무쌍하다고나 할까. 년의 제 삼의 인물이 어떤 놈일까? 설초? 영인? 그렇지 않으면 그 젊은, 전세민이란 놈일까? 그중의 어느 놈일 것임이 분명하다. 어느 놈인가를 탐색해 내자.

탐색해 내자는 이 구절은 그날에만 쓰여있지 않았다. 날마다 페이지마다 써놓았다. 몸서리를 쪽쪽 쳐가면서도 강주는 노트를 놓지않았다.

일기를 읽으면서 추리해본건댄, 승현이 일기를 쓰게 된 동기는 갓난이(성은)

로해서 시작된 것같았다. 그가 옥에서 나오면서의 과제는 갓난이가 누구의 씨냐, 하는 것이었다.

그는 갓난이를 자기 이외의, 제 삼의 인물의 아이라고 의심하기 시작했던 것이다. 그는 아이의 눈 코 이마 입 귀 손 발 발톱 손톱까지 샅샅이 살펴보기를 게을리하지 않았다. 날마다 먹고 하는 일이 그것뿐인 듯했다. 어느날은 아이를 발가벗겨다. 다리 사추리 배 배꼽 할것없이 올리 훑었다. 그러다가 겨드랑 밑에 까맣게 도드라진 사마귀를 발견했다. 그러고서야 승현은 간난이가 자기의 씨임을 인정하게 되었다.

그는 갓난이의 겨드랑 밑에 까맣게 도드라진 사마귀를 발견했을 때 벽에 걸린 손거울을 얼른 벗겨 들곤 자기 겨드랑 밑에 도드라진 까만 사마귀와 맞춰보았다. 크기와 색깔의 농도마저도 일치했다. 승현은 거울을 집어던지고 갓난이를 마구 얼싸안았다. 그의 눈에선 눈물이 흘러내렸었다고까지 그는 적어놓았다.

안집 개(발발이)와 놀던 이야기도 그는 일기에 썼다. 이것만은 너무 인간적이고 너무 문학적이어서 강주는 이것을 읽고나서 다른것을 보겠다는 생각을 못했다. 여기선 포악성도 잔인성도 비굴성도 찾아내지 못했다. 질투도 증오도 쓰여 있지 않았다. 더 똑바로 말한다면 오한영의 깊은 시선을 느끼며 그와 맞서는 마음까지도 포기해버리려는 심경으로 변했다.

참으로 심심하다. 아무도 없는 방속에 누워있기가 싫다. 뒤꼍으로 나갔다. 앞마당엔 없는 두어 그루의 나무가 서 있어서 그쪽이 마음에 드는 탓이다. 나무밑에 앉자마자 안집의 발발이의 등을 쓸어주었다. 쓸어주자는 의식도 없으면서 그렇게 번복[55]하고 있었다. 발발이가 몸을 기대고 아주 편안히 눕는다. 개의 체온이 따뜻이 스며든다. 발발이는 눈을 감지는 않았다. 눈을 뜬 채로 기분이 좋아 있었다. 눈을 뜬 채로 기분이 좋아 있

---

55 '반복'의 오식으로 보임.

는 발발이의 눈에서 도꾸를 회상해냈다. 도꾸의 눈이 그랬던 까닭이리라. 개눈이란 말이 있지만, 좋은 개의 눈은 선량한 인간의 눈과 마찬가지가 아닐까. 도꾸의 눈과 이 발발이의 눈이 바로 그렇다. 도꾸가 죽었을 때가 언제였던지 모르겠다. 내가 열한살때가 아니던가 한다. 개 목에다 패를 달라고 해서 나는 나무를 깎아 우리집 주소와 내 이름을 쓴 패를 도꾸에게 달아주었다. 그러고나서 얼마 안있으랴니까 백정이 개를 모조리 잡아간다는 소문이 돌았다. 나는 도꾸를 숨겨놓고 학교에 갔다. 갔다와서도 도꾸를 마당에 내어놓지 않았다. 해가 쨍쨍 내려쪼이는 여름날이던 것을 기억한다. 바람이 심하게 불었다. 끝내 도꾸를 데리고 도살장으로 가지않으면 안되었다. 온 동네가 다 하는 일을 우리라고 어길 수가 없었다. 주재소에서 순사가 칼을 철컥거리며 돌아다니곤 하니 감춰낼 도리가 없었다.

아버지는 안됐다는 얼굴을 지었으나 어머니는 어서 끌어가라고 독촉이었다. 어머니는 누이동생이 꼽추가 된 다음부터 성미가 사나와지는 것 같았다. 나는 도꾸를 걸리기가 애처로왔다. 이제 곧 도살장에 가서 죽겠거니 하면 안아쥐도 시원치가 않았다. 도살장 근방 일대엔 개로써 차 있었다. 사람도 얼마간 있기는 있었다. 사람든은[56] 개를 끌고 와서 백정에게 맡기곤 가니까 개 수효보다 적을밖엔. 죽거나 말거나 그런것을 생각지 않고 훌훌 가버리는 사람도 많았지만 끝까지 지키고 있어주는 사람들도 있었다.

나는 도살장 멀리 뚝에 앉아있었다. 우리 도꾸도 데리고 왔다는 걸 알리려고 환이 보이는데 앉아있은 것이었다. 해가 쨍쨍 쪼이고 바람이 심하게 불었으나 하늘은 무한히 푸르렀다. 도꾸는 제가 죽을 것도 모르고 내 손을 핥는다, 발등을 핥는다, 나와 같이 있는 일이 좋아서 꼬리를 쳤

---

56 '사람들은'의 오식으로 보임.

최정희 소설 전집 **6**

다. 그렇게 하는 도꾸의 눈은 참으로 크고 서늘했다. 무한히 푸른 하늘이 도꾸의 눈속에 차 있었다. 뚝 아래로 펼쳐진 들에 보리가 물결치고 있었다. 바람은 보리를 위해서 심하게 불어대는 듯했다. 그것들은 황토가 마르지않은 도살장과 어떻게 보면 조화가 되는 것같기도 했다.

저녁 늦게 들어온 승현이 술에 취해 있었다. 그는 술을 마시고도 턱을 떨어뜨리는 자세를 고치지 못했다.

"여보 강주, 그런데말야. 마누라, 내가 이렇게 술을 마셔도 괜찮지? 응? 괜찮다구 해줘. 응 서강주씨."

"괜찮구말구. 몸에 언짢을까싶어 염려가 되긴 하지만."

강주는 진실로 승현을 생각하고 싶은 마음이었다. 강주 머릿속에선 낮에 본 일기문이 뱅뱅 맴을 돌았다. '년'을 붙여가며 쓴 것은 떠오르지 않고 개에 대한 이야기가 가슴을 후벼뜯는 듯한 아픔을 가지게 했다.

"참 오래간만이었어. 술을 같이 마실 친구두 없구…… 오늘두 혼자 마셨어. 아무두 나하구 마시자구 안하더군. 혼자서 마셨어."

승현이 얼굴을 들지 않고 말했다.

"나하고 같이 마실까? 나두 마시고 싶어지는구만."

들지 않는 승현의 얼굴을 강주가 들여다보았다.

"뭐? 정말이야? 서강주가 술을 마시겠다구? 허어. 이거 천지개벽할 일이 생겼는데……."

승현이 얼굴을 치켜들고 강주를 보았다.

"나도 마실줄 알어요. 마셔본 일도 있는걸."

강주가 해순네 집에 있었을 때 일을 떠올린 것이다.

"그래? 어디 그럼 우리 같이 마셔보자구……야아야아."

승현이 누이동생을 부르며 호주머니마다 손을 쑤셔 넣어 돈을 찾는다.

"내가 갔다와요."

강주가 얼른 일어섰다. 목로집에 가야할 시누이를 돌보자는 마음이기도 했지만 있을성싶지 않은 돈을 찾고 있는 승현을 살펴주고 싶기도 했다.

그들은 소주 한 되를 다 마셨다. 승현은 줄곧 이젠 같이 마실 친구마저 없다는 한탄을 계속해가며 마셨고, 강주는 내가 있지 않느냐고, 이제부터는 우리 둘이 마시면 된다는 말과, 뭐니 뭐니해도 제게는 승현이밖에 없다고, 오직 승현을 위해서 저는 살아가겠노라는 말을 거듭했다.

술을 마신 맑지 않은 정신이건만 강주는 제속에 있는 말을 뿜어놓았다. 오한영이란 작자가 제아무리 못살게 굴지만, 길을 걸으면서도 밥을 먹으면서도 연극을 하면서 잠을 자면서도 꿈속에서까지도 가만두지 않는다 하더라도, 자기는 그까짓 것을 능히 물리칠 수 있다는 소리를 하고 싶었던 것이다. 이것은 자신에게 들려주려는 소리인 것이다.

"승현이 우리…… 오래 오래 사랑하자구. 아무도……꺼떡 못하게 꼭 붙잡자고. 이렇게 이렇게 말이야……."

강주가 소반 위에 얹힌 승현의 한손을 넘겨다 잡았다.

"강주. 서강주. 서강주…… 서강주. 흐윽흐윽."

손을 잡힌채 '서강주'에서 시작된 승현의 절규와같은 소리는 흐느낌으로 변했다. 강주도 같이 울음을 터뜨렸다.

강주는 승현의 손을 잡은채로 이때까지 해온 말을 되풀이하면서 울고, 승현은 그가 이때까지 해온 소리를 지껄이며 흐느꼈다.

한 열흘 동안은 강주가 이날 저녁에 지녔던 심경대로 있을 수 있었다. 그다음부터는, 똑바로 말해서 열흘이란 세월 사이에도 강주는 그 심경을 고스라니 지니고 있지는 못했다고 해도 좋을 것이다. 고스라니 지니려는 마음과 지니지 못하게 하는 두 마음의 갈등이 강주 가슴속에서 항상 북쩍이고 있었으니까.

날마다 다니는 좀 언덕진 길에 들어설 때마다 한번 평온해본 일이 강주에겐 없었다. 언제나 마주서는 하늘이 슬프기 때문에 저도모르는 사이에 한숨을 쉬었다. 한숨이 쉬여진 가슴속으로는 하늘이 강물처럼 쏠려들었다. 때로는 하늘이 그대로 질펀히 펼쳐져 있는 대로 있기는 있는데 오한영의 깊은 눈과 눈이 마치 밤의 별처럼 전면에 널려있기도 했다.

이런때마다 강주는 그 눈에 이끌리어가는 것이었다. 어딘지도 모르게, 자꾸만 가고 있었다. 실버들이 척척 늘어진 방천길도 걸었다. 아주 자욱한 안개 속을 걷기도 하고, 하늘이 보이지 않는 숲속을 헤매기도 했다. 이렇게 하고 난 강주는 병자처럼 되어버렸다. 산딸기 넝쿨에 옷자락이 찢어지는 일도 있고 물에 빠진 쥐모양으로 몸이 흠뻑 젖는 때도 있었다.

이런 일들을 일기에 적기 시작했다. 걷잡을수없는 마음을 걷잡으려드는 갈등을 적어보고 싶은 것이었다.

강주는 이 갈등 그대로를 무대에서 표현하고 싶기도 했다. 그것은 만인 앞에 자기를 드러내자는 충동에서였을지 몰랐다. 그럼으로해서 만인의 심판을 받자는 마음에서였을지 몰랐다.

이 무대에서도 강주가 주인공이 되었다. 강주가 강주로 분한 것이다. 강주는 이 극에서 관중이 자기에게 돌을 던져주어도 좋다는 각오를 가지고 움직였다. 강주 쪽에서 관중의 돌을 맞아도 좋다는, 오히려 그것을 원하면서 움직였다. 피범벅이 되어 넘어지고 싶었다.

그런데 아무도 돌을 던지지 않고 수없는 갈채만 보내주었다. 연 닷새 동안의 공연에서 어느때보다 좋은 연극을 강주는 했다고들 말했다.

19회

공연이 끝난 뒤로 괴이한 두가지의 사태가 벌어졌다. 그 하나는 승현의 수상한 거동이고 다른 하나는 설초 영인 세민 등 세 남자의 강주에게 가지는 태도가 일제히 달라진 일이었다. 세 남자의 태도야 어쨌든 그것쯤은 문제삼을 바가 아니라고 대수롭지 않게 여겼지만 마음에 걸리는 것은 승현의 수상한 거동이다.

오한영이 이번 연극을 관람했는지 그것은 모르겠다. ××찻점에 던지듯 버리고 나온 뒤엔 강주는 만나지 못했으며, 소식조차 들을 수가 없었다.

승현은 아침 일찌기 조반도 뜨는둥 마는둥하고 나가면 밤이 늦어서야 들어오는데 술을 마신 것도 아니고 눈이 횡해서 입을 여는 일이 거진 없었다.

이래서 강주는 잊어버렸던 승현의 일기를 읽어볼 생각을 하게 되었다. 한동안 강주는 승현의 일기에 신경을 쓰지 않고 살아왔다. 그것을 전혀 잊어버리고 있었다. 제 노트에 제 이야기를 적는 일에만 열중했었다. 제 이야기래야 별소리가 아니다. 날마다 똑같은 마음, 한 사람을 생각하는 사연을 적을 뿐이었다. 이러한 사연을 적을 뿐인 강주 얼굴엔 슬픔이 서리어 있었다. 인간이 슬퍼지는 때 속눈썹이 길어지더라고, 한순이 저희 오빠의 속눈썹이 길어졌다고 지껄이던 소리를 되새기며 강주는 거울속의 속눈썹이 길어진 제 모양새를 들여다보는 일이 잦아갔다. 강주는 속눈썹이 길어지도록 슬퍼하던 오한영을 아는체를 못해준 일이 이제 와서 안타까와지기도 했다.

승현의 노트는 아무데도 없었다. 고리짝 밑에도 선반위에도 없었다. 노트만이 아니고 그 노트를 숨겨주던 책들도 없어졌다.

선반위엔 승현의 것이라곤 전혀 없고 지저분한 살림부스럭지들만이 남아있었다.

승현의 것 전부가 재로 화했다는 사실을 이튿날 아침에야 강주가 알게 되었다. 그날 아침, 안개가 깊게 끼어있었다. 안개가 낀다든가 비가 내린다든가 하게 되면 강주도 뒷곁으로 발을 옮기는 일이 있었다. 반평 남짓한 땅위에 하찮기는 하나 두어 그루의 나무가 있어서 발 디딜 데라곤 없는 이 집안에선 그래도 마음을 펼쳐볼 수 있는 곳이었다.

강주는 안갯속에서 심호흡만큼 깊은 한숨을 쉬었다. 근자에 와서 언제 어디서나 쉬는 한숨이다. 안개가 찰락찰락 텅 빈 가슴속으로 고여들었다. 차가운 아픔이 가슴 한복판에 와 뭉치는 것이었다.

강주는 나무 아래에 앉아버렸다. 거기는 승현이 주인집 발바리의 등을 쓰다

 최정희 소설 전집 **6**

들어주던 곳일지 몰랐다.

강주가 이런 과정을 밟지 않았더면 좀더 빨리 모록이[57] 무지운 잿더미를 발견했을 것인데 이때나 저때나 강주의 눈은 반쯤밖에 뜨여있지 않기 때문에 어떤 물체고 간에 시야속으로 얼른 들어오지 않았던 것이다.

가슴을 움켜잡고 앉아서도 바로 앞에 무지운 검은잿더미를 한참만에야 알아보았다. 그것도 주인집 발바리가 강주를 반긴다고 강주가 앉아있는 주변에 와서 빙빙 돌며 꼬리를 치는 바람에 재가 온통 일었던 것이다. 종이를 태운 재라는 것을 이어 알 수 있었다.

'언제 이럴 새가 있었을까?'

아침에 일찍 나가면 밤이 늦어서야 돌아오는 승현의 짓인 것같지는 않게 짐작되었다. 강주가 안개를 걷어차며 바삐 방에 들어와 시누이에게 물었다. 시누이가 고개를 떨어뜨리고 있던 그채로 어제 오정때쯤 있은 일이라고 대꾸해주곤 올케의 얼굴을 힐끗 살피더니 다시 고개를 떨어뜨렸다.

"아무 말두 없이 태웁디까?"

"그래요. 그건 왜 태우시느냐고 내가 한마디 했더니 아무말 말어. 다시 무슨 소릴하면 죽여버린다고 그러시지 않어요."

"그러니까 오빠가 아침에 나갔다 오정때쯤 들어와서 한 일이군요."

"네."

시누이는 제가 잘못을 저질렀을 때처럼 연신 얼굴을 들지 못하며 겨우 대꾸를 하는 것이었다.

"알겠어요."

시누이는 일어서서 밖으로 나갔다. 올케가 뒤꼍으로 나간 사이엔 방에 들어왔었으나 인제 올케가 방에 들어왔으니 다시 밖으로 나가는 수밖에 없었다. 성환은 어디 혼자 나간 모양으로 시누이를 따르지 않았다. 성환은 요새와서 시누

---

57 '여럿이 한데 모여 보기 좋을 정도로 탐스럽게'를 뜻하는 북한어.

이와는 개별적인 행동을 취하고 있다. 그는 어느새 동네아이들과 친해서 어울릴만큼 자랐었다.

성인은[58] 시누이가 안았다. 일손을 놓은 뒤엔 으레 아이를 안았다. 아이를 안음으로써 가슴쪽의 돌출부만이라도 숨겨보려는 생각인지 몰랐다.

시누이가 나가고나자 승현이 들어섰다. 승현은 아주 당황한 기색이었다. 강주가 집에 있으리라고 예상치 않았다가 맞부딪쳤다고 해서 당황한 것과는 다른, 뒤에 또다른 곡절이 있음직한 낯색이었다. 얼굴에서 뿐아니라 몸 전체에서 강주는 그런 기색을 찾아볼 수 있었다.

'무엇때문일까?'

강주가 그를 쳐다보며 무얼 잊어버리고 나갔더냐고 나직이 물었다. 강주가 이래보기도 한참되는 일이었다. 어느날밤 늦게 그와 둘이서 술을 마시고 나선 없었다. 따뜻하게 좀 살뜰하게 해야하겠다고 다짐하다가도 정작 부닥치면 쌀쌀해지는 마음을 스스로도 어떻게 하는 수가 없었다.

승현이 강주 물음에 주춤 한발 뒤로 물러서며 아무것도 아니라고, 그냥 들어와본 거라고 말하며 비굴기가 섞인 웃음을 약간 흘리는 것이었다.

"피곤하실테니 드러눕기라도 하세요."

"안 누워도 돼. 그런데 당신 오늘 극단에 안 나가?"

"오늘부터 며칠간 쉬래요. 다음 각본이 결정되기까지."

"그래?"

승현이 구석쪽으로 질쳐앉았다.

"당신 지난번 「그 여자의 행장기」 보셨어요?"

강주가 넌지시 승현에게 물었다.

"바루 지난번것 말이야?"

승현이 흰 눈을 많이 드러내며 강주를 힐끗 건너다보았다.

---

58 '성은이는'의 오식.

"그래요. 그걸 봤느냐 말이예요?"

"못봤어."

"보구도 못봤다는거 아녜요?"

"그럴 필요가 어디 있어. 그런데 그건 왜 캐묻지?"

"보셨으면 할 말이 있을 것같아서."

"할 말이 있을게 뭐냐? 서강주는 이미 내게서 떠난 여잔데."

이런 소리를 내뱉곤 승현이 두 팔을 겹쳐 베고 그 자리에 누워버렸다. 강주 가슴이 뭉클해왔다. 강주는 그에게 베개를 베어주어야 한다는 생각이 들었다.

"난 한번도 당신 가까이 있지 못했어요. 가까이 있으면서도 멀리 떠나있은 거예요. 멀리 있으면서도 항상 가까이 있을 수 있는 대상이 있다는 사실을 알고나서 당신은 나와 가까우면서 아주 먼데 있었다는 걸 깨달았어요. 당신과 나는 아주 먼 거리에 살고있는 사람들이예요."

강주는 이 말을 아주 쉽게 할 수 있었다. '사랑의 슬픔'을 체험하고 있는 탓이요, 그래서 누구에게나 작은 모래알에까지도 진실을 토로하고 싶은 마음을 가지게 되는 탓인지 몰랐다.

"왜이래? 여긴 무대가 아니야. 무대에서 실컷 지껄이던 소릴 또 해야 직성이 풀리겠어?"

"지난번 연극을 안 봤다더니 보셨구만."

"보구 안 보구 그런걸 캘거 없어. 보나 안보나 마찬가지야. 서강주의 제삼의 서방이 누구든 내가 상관할 배가뭐야. 설초의 아이를 낳던 김영인의 아이를 낳던 세민이란 놈의 아이를 낳던 내겐 상관없는 일이야. 상관없단 말이야."

승현이 마지막 마디에 가서 소리를 높이며 눈을 휘번덕였다.

"설초 영인 세민, 그 사람들을 들먹이지도 말아요. 그렇게 쉽게 쳐다볼 수 있는 남자, 그들 중에 누구 한 사람이더라도 내 마음이 용납할 수 있었으면 오죽 다행하겠어요. 그와 나 사이엔 건널 수 없는 깊은 강이 있어요. 서로 오고 갈 수 없는 깊은 강 말이예요."

“그 깊은 강 건너 있는 놈이 대체 누구란 말이야. 설초란 놈두 영인두 세민두 아니구 어떤 놈이란 말이야?”

승현이 벌커덕 일어나며 다가왔다.

“오한순의 오빠 오한영이예요. 당신을 감옥에 넣어준 오한영…….”

강주는 부르짖음에 가까운 소리로 오한영의 이름을 입밖에 내었다. 그리곤 울음을 터뜨렸다. 이래저래 울고싶던 울음을 몽땅 쏟아놓고 싶었던 것이다.

승현은 울고있는 강주를 지릅뜬 눈으로 보고 있을 뿐 말을 하지 않았다.

“그렇지만 이제부터는 조승현을 사랑하겠어. 그의 곁에 항상 있을테야. 아무 사람의 곁에도 가지 않고 여기 있을테야. 이렇게 여기 기대어 있을테야. 승현이 날 안아줘요. 내가 곁에 있게스리 꼭 안아줘요.”

강주는 아직 울면서 승현에게로 몸을 들이밀었다. 승현은 그저 지릅뜬 눈을 하고 있을 뿐 아무런 표시도 나타내주지 않고 한참동안이나 그모양새로 계속 있더니 결국 강주의 몸을 휩쓸어 안았다. 강주는 그가 하는대로 둬두었다. 참으로 오랫만에 있은 일이다.

끝내 승현이 큰일을 저지르고야 말았다. 그는 꼽추누이동생을 죽이고 딸 성은을 죽였다. 승현은 그날 오정때쯤 들어와서 강주를 찾아오라고 말한 다음 성환이 어디 갔느냐고 물었다.

누이동생이 오빠의 눈을 쳐다보며 (오빠의 얼굴을 이만큼 또렷이 올려다본 일은 없었다.) 올케는 어디 다녀온다고 나갔고 성환은 이웃집 대학생이 데리고 극장에 간다고 가더라고 들려주었다.

누이동생은 강주가 극단에 나간 사실을 분명히 알면서도 불길한 예감이 들므로 바로 대지를 않았으며 성환의 경우도 마찬가지였다. 성환이 가까운 이웃에 놀러간 것을 알면서도 거짓말을 꾸며댔던 것이다.

오빠가 누이동생의 꾸며대는 거짓말을 눈치채기라도 한 듯이 성은을 안고 있는 누이동생에게로 씨잉 달려들었다. 이때 오빠 손엔 퍼렇게 번쩍이는 칼이 쥐여있었다. 그 칼이 성은을 먼저 내려갈겼는지 자기를 찔렀는지 그것을 분별할 만한 힘을 잃고 있었다. 그러나 어린 것에게 칼을 맞춰선 안되겠다는 생각은 불같이 일어서 누이동생은 오빠쪽으로 향해 서지 않고 등을 돌려대고 있었다. 돌출한 병신 등어리를 칼로 조기[59]라는 듯 누이동생은 그렇게 하면서 어린것을 양팔로 가려주려고 날뛰었다.

승현은 누이동생이 돌려댄 그 미운 돌출부를 여지없이 난자했다. 어린것은 누이동생이 쓰러진 뒤에 해치웠다. 쓰러진 뒤에도 누이동생은 어린것에서 팔을 거두지를 않았다. 최후의 순간까지도 그 자세대로였다.

강주는 이 끔찍한 사건을 두시간도 더 지난 뒤에 알았다. 주인집 아낙이 가로수 가지들을 치러 나간 남편을 찾아서 알리고 그 남편이 강주에게 알려주었던 것이다.

주인집 아낙은 강주네 극단이 어디 있는지 알지 못했을 뿐 아니라 시누이가 얼른 숨을 거두지 않아서 내버려두고 나갈 수가 없었다. 게다가 아낙은 남편이 어느 방향에서 일한다는 것조차 몰랐다. 이리저리 말 뛰듯 뛰어다니던 차 어느 한 장소에서 남편을 발견했으나 나무위에 높이 올라가서 가지를 치고 있는 남편은 아낙의 소리를 얼른 들어내지 못했다. 이때까지 한번도 아낙이 찾아온 예가 없었던 관계로 그는 아낙이 저를 찾아오리라곤 생각지도 못한 일이고, 더구나 거리의 소음 속에서 아무리 익숙한 아낙의 소리라 하지만 얼른 듣기는 어려웠던 것이다.

"여보 여보 아니 저 양반이 귀가 먹었나. 여보 나 좀 내려다봐요. 하늘 공중에 앉아서 승평세월을 보낼 때가 아니라니까."

아낙은 차마 아무개네 집에 참변이 일어났다는 그 끔찍한 사실을 그대로 말을 못하고 좋은 소리로만 지껄였다. 아낙은 차차 목을 제껴들고 하늘공중을 쳐다만 보노라니까 목대도 아프고 눈도 시었다.

---

59 조기다 : 마구 두들기거나 패다.

"나 좀 내려다보지 못해요. 무슨 놈의 귀가 저렇게 멀담. 아랫방 성환네 집에
큰일이 났대두. 떼죽엄이 났어. 떼죽엄이 났단 말이요."

그제사 나무 위에 높이 올라서서 가지들을 치고있던 남편이 아래로 향했다.

"아니 뭐라구? 성환네가 어떻게 됐다구?"

평소에 살뜰하게 여기던 성환네 집이라 소음 속에서도 그것만은 또렷이 들렸
다.

"아무말씀 말고 어서 내려 오시유. 큰일났으니 성환네한테 알려줘야 하잖우."

아낙에게서 대강 앞뒷 전말을 듣고난 남편은 가지를 치던 쟁기들을 그냥 버
리고 뛰기 시작했다.

시누이와 어린것은 결국 관 하나에다 넣기로 되었다. 두 팔로 부둥켜안은 어
린것을 시누이에게서 떼어낼 수가 없었다. 이미 그것들은 한덩어리로 굳어버
렸던 것이다.

이세상에서 한번 반듯이 누워보지 못한 시누이를 강주는 관속에서나마 편히
뉘이고 싶은 생각이 들기도 하려니와 두 팔 안에 꼬부리고 있는 어린것을 생각
해서 굳이 제각기 하려고 했던 것이다.

"잘됐다. 밤낮 고모한테 안겨있더니……."

주인집 아낙의 남편이 관뚜껑을 덮으면서 혼잣소리처럼 중얼거렸다.

관 모양새는 네모에 가까왔다. 시누이의 돌출한 부분만 하더라도 적지않은
넓이를 차지하게 생겼는데 거기다가 아이 하나가 끼었으니 길이나 넓이가 동일
할 밖에 없는 것이었다.

승현이 시체로 발견되기는 시누이들의 장례를 치르고난 다음날이었다. 교외
의 숲속에 그는 제손으로 온몸을 난도질을 하고 죽어있었다. 강주는 시누이와
어린것의 죽엄보다 한층 더한 충격을 받았다. 승현은 누이동생과 어린것을 그
지경으로 만들어버리곤 그 멀리 숲속까지 찾아갔던 모양이다. 그런것은 모르
고 강주는 승현이 오한영을 해쳤을 것이라고 짐작하고 가슴을 조였었다.

'아, 이 죄값을 뭣으로 대신한다는 말인가.'

강주는 가슴이 아프다못해 쇠쪼각으로 빡빡 긁어내는 듯한 증세를 일으켰다. 비로소 강주는 승현의 시체 앞에 쓰러져 울기 시작했다. 시누이와 어린것은 파묻으면서까지도 눈물 한방울 떨구지 않았다. 더 큰 비극을 두려워하는 조마조마한 마음이기 때문이었는지 모르지만.

승현을 묻기 전에 강주가 병원으로 옮아갔다. 울다가 기절을 하곤 그길로 정신없는 헛소리를 종일 지껄이기 때문이었다. 그 대부분이 오한영에게 퍼붓는 욕설이었다.

사랑이 미움으로 변했다기보다 승현을 재판한 검사로 마음에 새겨두고 있었던 탓인지 몰랐다.

주위의 사람들은, 중에도 설초가 강주의 속을 안다는 듯 승현을 감옥살이 시킨 검사나 판사에게 가는 증오심이 대단했던 것을 알겠노라고 해석을 붙였다.

설초나 영인, 세민들은 강주가 헛소리 속에서라도 자기에게 관계있는 소리를 지껄여주지 않나해서 귀를 기울이고 있었으나 강주는 용케도 그들에게 대해선 아무런 소리도 내뱉지 않았다. 그들 중 어느 한 사람이든 나타나면 뻘쭉 웃기만 해서 오히려 그들의 간담을 써늘케 했다. 뻘쭉 웃는 웃음은 본래의 강주 웃음이 아니었다. 강주는 언제나 방그레 웃는 웃음을 잘 웃었던 것이다. 뻘쭉 웃는 웃음 속엔 정신병자의 티가 드러났으니까, 강주는 일년동안을 병원에서 지냈다.

그러는 동안에 성환이 설초 집에 가있게 되고, 김영인은 혼자서 동경으로 가고 능혜엄마는 능혜아빠에게로 돌아가고 이러다 보니 현대극단은 해산한 거나 다름없이 되어버렸다는 사실을 알게 되었다.

강주가 병원에서 나오자 경찰이 사건의 전모를 알려고 드나들었다. 강주는 승현도 정신이상이었다고 말해주곤 입을 다물었다.

"당신네 집은 정신이상자 소굴이었군."

이정도로 빈정댈 뿐 더 괴롭히지 않았으나 설초의 주선으로 살림을 꾸려가는 일이 강주로서는 견디기 힘든 일이었다.

설초는 성환이 소학교에 입학하던 날도 마치 제 자식처럼 데리고 갔으며 학용품이며 교복까지도 말쑥히 갖추어주었다. 학교에 내는 일체의 비용도 물론 그가 담당해주는 것이었다.

강주는 이렇게 해서 자기가 설초에게로 말려들어갈것같아서 불안했으나 현재로서는 어쩌는 도리가 없었다.

주인집 내외는 그만큼 정성을 보일 인물도 드물테니 설초와 재혼하라고 권고했다.

그러나 강주는 설초가 눈에 뜨이기만 해도 싫었다. 설초가 무슨 말을 하는 경우면 강주는 곰곰하게 대꾸해주는 일이 별로 없었고, 짜증을 내던가 숫제 대꾸를 하지 않던가 하기가 일쑤였다.

이런 눈치를 성환이 채고 있었다. 엄마는 왜 설초 아저씨가 말하면 대답도 안 하고 뾰로통해 있느냐고 힐난했다. 뾰로통이라는 말까지 하게 된 성환의 성장을 웃음으로 받아들이면,

"설초 아저씨가 말할 때두 그렇게 웃으란 말이야. 뭐가 그래, 엄마가"
해서 성환은 강주를 한번 더 웃게 해주기도 했다.

오월로 접어들던 어느날 성환의 학교에서 아빠나 엄마, 누구 한 사람 학교에 나오라는 전갈이 왔다. 성환은 두말없이 설초아저씨가 가면 되지 않느냐고 하지만, 강주는 그렇게 설초를 아빠나 엄마를 나오라는 학교에 보내기가 싫었다.

"엄마가 나갈테니 염려 마."

엄마가 나간다는 강주 말에 아이는 눈이 둥그래졌다.

"엄마가 나가? 정말 나갈테야?"

"정말 나가니까 나간다는 거지. 엄마가 언제 거짓말 했어."

"인제 아프잖어?"

"인젠 괜찮어. 벌써 나다녀도 되지만 누워있은 거야."

"야 기분좋다."

아이를 먼저 보내놓고 뒤미처 아이 학교를 향해 떠났다. 오래간만에 나왔더

니 발이 자꾸 헛놓였다. 강주는 햇볕속에서 파랗게 빛나는 이파리들을 아무 사념도 없이 쳐다보았다. 그렇게 한창 보면서 걷노라니까 그리움이 되살아났다. 갑자기 가슴속이 빈 항아리처럼 되어갔다. 그런 가슴속으로 오월의 내음이 찰찰 넘치도록 고여들었다.

<h2 style="text-align:center">20회</h2>

강주에게 그리움이 되살아났다는 사실은 강주가 다시 생(生)을 영위할 수 있게 되었다는 이야기가 되는 것이다.

실상 강주는 병원에서 나온 뒤로도 생을 포기하고 산 셈이다. 망각(忘却)속에 있었던 것이다.

지나간 일같은 건 전혀 잊어버리고 눈앞에 보이는 현실에만 살고있었다고 해도 과언이 아니었다.

설초가 귀찮은 존재다. 그의 도움으로 살아간다는 일이 고통스럽다. 이러다간 그에게로 말려들어가지 않을까, 이런 생각만이 큰덩어리로 뭉쳐서 가슴 밑바닥에 꿈틀거리고 있었을 뿐이었다.

그렇지 않고서야 일각(一刻)을 못 잊어하던 오한영을 내내 내버려둘 수가 있으며, 시누이와 어린 것, 피범벅이 된 승현의 시체를 되살리는 일 없이 살아왔으랴.

아이 학교에선 치열해가는 중일전쟁(中日戰爭)을 위해서 후방으로서의 뒷받침이 튼튼해야 하겠다는, 일인(日人) 교장의 연설이 있고 그 다음으로 교정에 호오안쇼(奉安所)[60]를 세워야 하겠는데 학부형들의 열성적인 성원이 있어야 한다고 교장은 열변을 토했다.

교장이 단을 내려서자 분주히 금비녀와 금가락지를 빼는 젊은 여인이 있었

---

60 유골, 영정, 위패 등을 모셔 두는 장소인 봉안소를 뜻하는 일본어.

다. 젊은 여인은 유창한 일본말로 국가에 흥망이 달려있는 이 전쟁중에 사치가 있을 수 있느냐, 우리는 금비녀나 금가락지를 뽑아놓아야한다고 일인 교장보다 더 열을 내어 역설하는 것이었다. '누구네 세째 며느리다.' '어느반 어느 아이의 어머니다.' 쑤근거리는 말을 들어보면 강주도 알만한 갑부의 며느리였다.

젊은 여인의 뒤를 이어 돈이다, 금가락지다, 속출되는 보조비는 금시에 호오안쬬를 짓고도 남음이 있을듯 높아갔다. 여기서 갑부의 세째 며느리는 그 여러 사람 중에서 자기가 뛰어나야 하겠다는 생각에서였든지 금가락지 금비녀 외에도 돈을 더 낸다는 약속으로 보조비에 대한 아우성은 끝을 맺었다.

강주는 보조금이나 보조품을 내지 않았다. 낼만한 여유가 없기도 하려니와 일본 귀신을 모시기 위해서 짓는다는 거기다 한푼이라도 넣을 생각이 아니었다. 강주의 가난한 사람들을 옹호하는, 계급의식은 곧 일본제국주의와 맞서는 일이 되기도 했었다.

무데기 무데기로 모여서 떠들고 있는 속을 강주는 바삐 빠져나왔다.

삼바기는 잎새들을 쳐다보는 사이에 되살아난, 오한영에게 가는 감정도 어디로 살아졌던지 그리움이 고여들던 가슴속엔 분노가 충천할 지경이었다. 이 분노는 곧 오한영에게로 벋어갔다. 일인의 편이 되어 움직이는 그가, 강당에서 왁자지껄 떠드는 무리들과 다를 게 뭐 있으랴 싶었다. 강주가 그 무리들을 이다지 증오하게 된 원인이 오한영에게 가지는 못마땅한 마음에서 온 것인지도 몰랐다.

집에 돌아온 강주는 자리에 누워버렸다. 다시 망각 속으로 들어가는 것이다. 설초만 아니라면 아주 강주는 망각속에서 깨어나지 않을 수도 있는 일이었다.

"벌써 다녀왔군."

설초가 미닫이를 열고 주저없이 들어섰다. 그는 강주에게 건네는 언어 사용마저 어느새 함부로 되어버렸다.

순전히 그의 돈으로 살아가게 되지 않았다면 그가 이럴 수가 없을 것이라고 강주는 생각했다.

“나가요. 어디라고 함부로 드나들어요.”

강주가 몸을 잽싸게 일으켜 앉으며 설초에게 도전했다.

“아니 왜이래. 내가 이방엘 처음 들어오기에 이 야단인가.”

설초가 어리벙벙해하며 그대로 가만 있을 수는 없다는 듯 강주에게 대어들었다.

“그 말뻔샌 또 뭐요? 무슨 특권으로 내게 그따위로 구느냐 말이요? 인제 여긴 발두 들려놓지 말아요.”

“아니 왜이래요? 학교에 가서 기분나쁜 일이라도 있었던가? 이러지 말아요. 몸에 해로울테니……. 아직 완쾌한 몸두 아니란 말이요.”

강주의 기세가 이만저만 아님을 보자 설초는 어성을 낮추고 말을 그대로 놓지도 않으며, 강주에게로 다가앉을싸하는 자세를 취했다.

“이러지 말아요. 저리 썩 나앉기라도 해요. 남자들이란 지긋지긋하니까. 남자들이란 여자를 못살게 굴자고 이세상에 태어난 존재들이란 말이예요. 어떤 남잘 막론하고……. 조승현이건…….”

조승현을 들먹인 뒤에 따를 오한영의 이름을 부를 수가 없은 데서 강주는 슬픔이 북받쳤다.

“강주씨 내게 잘못이 있으면 용서하십시요. 말을 함부루 하게 된다던가, 무상 출입을 하게 된 건 강주씨를 너무 가깝게 생각한 데서, 어느새 그리 돼버렸군요. 그런 일이 노여우시다면 인제부터라도 조심하겠읍니다. 이제까지의 노여움을 풀어주십시요.”

설초가 조심조심 말을 이어갔다.

“지금은 아무말도 하고싶잖아요. 위선 날 혼자 있게 해주세요. 가주십시오. 날 생각하시거든…….”

설초가 더 말없이 움쭉 일어나 나갔다. 설초가 나간 뒤에 강주는 실컷 울었다. 베개가 젖도록.

그런데 이 울음은 강주를 망각속에서 완전히 구출해냈으며 오한영을 찾아가게끔 적극성 있는 행동으로 강주를 이끌어갔다.

　강주가 오한영의 남산동 집을 찾아 떠났을 땐 눈물자죽도 채 마르지 않았었다. 서슴지 않고 들어선 그 집엔 다른주인이 살고 있었다. 먼젓주인은 어떻게 되었느냐는 물음에, 현재의 주인의 아버지되는 노인이 집을 사게 되었고, 그 모든 뒷처리도 노인이 서둘렀던 탓으로 현재의 주인인 아들은 아는 바가 없노라고 말했으며, 그 아버지 되는 노인이 얼마전에 세상을 떠났다고 일러주어서 강주는 아무것도 알지못한채 되돌아오고 말았다.

　이튿날은 오한영의 직장을 찾았다. 드나들던 경험이 있다곤 하지만 소극적인 여느때의 강주라면 재판소를 찾아갈 용기는 없었을 것인데 무슨 힘이 뻗쳐서였던지 용케도 강주는 오한영의 동료라고 짐작되는 한 남자를 붙잡고 오한영을 묻게 되었다.

　그 남자는 곧 강주에게 친절을 보이며 한순의 낙태사건 때 강주를 보았노라고 말하고나서 또 무슨 사건이라도 생겼느냐고 강주의 대꾸를 기다리는데 강주가 불쑥 오한영의 안부를 물은즉 그 남자는, 아, 그거냐고, 일단 안도의 숨을 쉬곤 오한영이 이미 직을 그만두고 고향에 내려간다고 갔다는 것을 알려주었다.

　강주는 그게 언제쯤의 일이냐고 상대방의 말이 채 끝나기도 전에 스스로도 경망하다고 느낄 정도의 빠른 어조로 물었다. 승현의 사망(死亡) 전인가 후인가를 알고 싶은 바쁜 마음에서였다.

　상대방 남자가 손가락을 꼽아보니 이(二)년이 가까와 온다고 말하고 난 다음, 우리들 사이에선 큰 화제가 되어있는 큰 사건을 이때까지 모르고 있었더냐고 남자는 눈을 크게 떠 강주를 보는 것이었다.

　강주도 상대방을, 일종 반사적인 작용으로 마주 보며 틀림없이 그만큼 되었느냐고, 혹시 일(一)년이나 그보다 조금 더되는 세월이 흘러갔을 뿐이 아니냐고 다짐해가며 다시 물었다. 강주 물음에 상대방은 거듭 손가락을 꼽아보고선 열아홉달이 되어온다고 확언해주었다. 열아홉달이라면 승현의 사망한 달수보다 석달이나 이른 것이 사실이다.

승현의 해침을 받지는 않았을 것이라고, 강주는 우선 안심하고서 오한영의 근황을 물었을 때 그건 아무도 알지 못한다고 상대방은 머리를 흔들었다. 편지라도 없었던가를 강주는 또 알고 싶었다. 여기에 대해서도 상대방은 머리를 흔들어 보이며, 오한영이 그만큼 어렵게 얻은 직을 물리치고 아무에게도 한마디 없이 훌훌히 떠나간 이유가 어디있는지 그것조차 아무도 모르고 있다는 사실을 상대방은 강주에게 차근차근 말해주는 것이었다.

강주는 더 입을 떼려다가 아무래도 물은 말을 되묻게 된다는 것을 깨닫고 자리를 떴다.

오한영이 아무도 몰래 고향으로 간다고 떠나간 이유가 어디있을가. 승현의 등쌀에 견딜 수가 없었던 것일까. 강주가 승현에게 오한영을 고백해준 건 승현이 사망하기 직전의 일이다. 승현이 사망하기 석달 전에 그가 떠나갔다면 승현과의 관계는 의심할 여지가 없지 않은가. 그러면서도 강주는 그것만으로써 마음이 놓여지지 않았다. 줄곧 오한영의 동료가 하듯이 손가락을 꼽아보고 꼽아보고하면서 가로수 밑을 걷는 것이었다. 강주는 가로수잎들이 그새 더많이 피어났다는 것도 모르고 골똘해 있었다.

강주가 여전히 오한영의 거취에 대한 생각으로 꽉 차 있는 어느날 능혜 엄마가 찾아왔다.

"웬일이세요?"

의외의 일이므로 강주는 반가움보다 의아심이 앞섰다.

능혜 엄마와는 그동안 거래가 없는 편이었다. 강주가 입원했을 사이에도 능혜 엄마는 병원에 발을 들여놓지 않았었다. 김영인이 동경으로 다시 돌아가고 능혜 아버지에게로 돌아가게 된 처지에 이르렀으니 그럴만도 했지만 능혜 엄마는 그 이전부터 강주와 영인의 사이를 색다르게 보려는 눈치를 드러낸 일이 있다.

"성환 엄마가 보고싶어서 왔죠. 벌써부터 오려고했지만 능혜 아빠가 내놔줘야지.”

능혜 엄마는 지난날 강주와 이웃에 살던 때처럼 맑게 웃어주었다. 김영인이 없는 이마당에서야 우리 사이를 가로막을 게 뭐있으랴, 하는 얼굴이었다.

“어서 들어오시기나 하세요.”

강주도 그대로 받았다.

“나 아주 재밌는 소식을 성환 엄마한테 들려주려고 왔어요. 참 멋이 있어요.”

능혜 엄마가 이렇게 서두를 떼고선 눈웃음을 웃어가며 강주를 들여다보았다.

“무슨 일인데? 멋있는 얘기라면 더욱 듣고 싶은데.”

강주도 능혜 엄마를 마주보았다.

“왜 있잖아요? 돌아가신 이의 얘길 해서, 더구나 그렇게 돌아가신……. 저어, 오한순이 오빠 그 검사 말이라요. 그 검사가 지금 어떻게 지내고 있는지 성환 엄마 아세요?”

“몰라요.”

강주는 현깃증을 느낄만큼 대단한 충격을 받았으면서도 아주 태연한 자세를 지었다. 능혜 엄마에게 허둥거리는 저를 드러내 보이는 것이 싫어서 하는 짓이기도 하지만 스스로를 달래고자는 마음이 더 컸다.

“그 검사 지금 자기네 고향에 가서 농사를 지으며 산대요. 아버지가 돌아가자 땅을 온통 소작인들께 나눠줬대나요. 그리고 곡간에 들어찬 곡식을 가난한 마을 사람들에게 나눠주고, 자기는 지금 산간벽지에 들어가 산을 개간해가지고 한 마을을 건설하고 있는 중이래요…….”

“그런데 능혜 엄만 그걸 어떻게 알고 계셔요? 어디서 들으셨어요? 누가 그럽디까?”

강주는 능혜 엄마의 말을 자르며 다조차 물었다.

“내 동생한테서 들었죠. 그애가 바로 그 검사 이웃에 살았거든요.”

강주는 더 심한 현깃증을 깨달으며 소리쳤다. 그러나 그 소리는 결코 높지가 않았다. 오히려 끝 음은 속으로 기어들어갔으니까.

"그런데 얘기는 이제부터 멋이 있거든. 그 검사가 어떤 동기에서 그런 생활을 하게 됐느냐, 이거얘요. 그 좋은 자릴 뿌리치고 산간벽지에 가서 농민들과 한가지로 자고 먹고하는, 그 생활 말입니다. 성환 엄만 어떻게 생각하세요?"

"뭣을?"

강주는 꿈에서 깬 듯 정신을 가다듬으며 능혜 엄마에게 되물었다.

"검사의 그런 생활 말이라니까."

"뭐? 그런 생활? 왜 그런대요?"

아무리 가다듬어도 자꾸만 쓰러질 것만 같았다.

"글쎄, 왜 그러느냐, 이게 멋이 있다는 말이얘요. 그 검사가 한 여성을 사모하고 있대나요. 그 여성이 사회주의자라나요. 그 사회주의자 여성의 지시를 받고 하는 일이래요. 얼마나 멋이 있어요. 보통 남자도 아니고 높은 자리에 앉았던 검사의 몸으로서 부귀영화를 초개같이 뿌리치고 한 여성의 지시를 고스란히 받아들인다는, 정말 이런 멋쟁인 다시 없을 거얘요. 그런 남자라면 오로라의 끝까지라도 쫓아가겠어요. 성환 엄만 어떻게 생각하세요? 그 검사의 사랑을 받는 여성은 행복하겠죠? 그렇죠?"

능혜 엄마는 강요에 가깝게 강주의 대꾸를 재촉했다.

"그런 존 일을 하는 사람에겐 적이 많을텐데 누가 해치자는 사람은 없답디까?"

강주는 능혜 엄마가 묻는 말 대꾸보다 이것부터 알고 싶었다.

"해치는게 다 뭐얘요. 칭송이 자자하다는데. 일인들이나 꺼려할까 원."

"그자들이야 조선사람이 하는 일을 뭣인들 좋아할라구. 그런것은 아니고 혹시 개인이 덜 존 감정을 품는 경우같은 것."

능혜 엄마는 강주가 능혜 엄마 말에 대꾸를 하지 않듯이 자기도 강주의 말엔 귀를 기울이지 않고 오한영이 멋이 있다는것, 오한영이 사모하는 여성은 행복하다는 말을 수없이 곱씹으며 부러워하다가 돌아갔다.

능혜 엄마가 오한영과 강주의 사이를 눈치채고 온 일은 아닌 것 같았다. 만약에 그런걸 알고 왔다면 능혜 엄마의 성격으로서 그정도로 그치지 않았을 것이라고 강주는 마음을 놓았다.

강주는 능혜 엄마의 동창생이라는 여자에 관해서 캐어묻지 않은 것이 후회가 될 뿐이었다. 다른것은 몰라도 그 여자가 언제 여기 왔으며 오한영의 소식을 말해준 것은 또 언제쯤 되는 일이냐는 정도는 알아야할 것이 아니겠는가.

강주는 곧 능혜 엄마의 뒤를 쫓으려다가 속을 들여다 보이는 짓인 것같아서 그날은 중지했으나 찾아야하리라는 생각은 멎어본 일이 없었다. 이제 곧 오한영과 가까운 거리에 다가설 수 있다는 점에서 강주는 환희에 차 있었다.

이러고 있는 중에 강주의 마음을 꿰뚫기라도 한 듯이 능혜 엄마가 오한영의 소식을 전해주었다는 동창생과 함께 들려주었다. 미리 계획했던 것은 아니고 둘이서 그 앞을 지나다가 들려준 것임을 그들 대화에서 강주는 알게 되었다.

능혜 엄마가 동창생에게 승현과 오한영의 누이동생과의 악인연을 말해주었다는 사실도 그들 대화에서 알게 되었다. 그들은 강주가 오한영 검사를 알고 있으니까 오 검사의 화제라면 피차에 이야기할 수 있다는 점에서 강주에게 흥미를 가지게 되었음이 분명했다.

능혜 엄마가 혼자 찾아준 동기도 여기에 있은 것을 알았다. 그들은 하필이면 오 검사가 누이동생을 죽여버리게 한 남자의 아내를 사모하리라고는 꿈에도 생각지 못하는 말투였다. 그들은 오한영의 대상을 사회적인 지위와 명망이 드높은 굳센 여성으로 추측하고 있는 눈치였다. 사회주의자로 이름있는 몇몇 여성을 화제 속에 들먹이는 일을 그들은 잊지 않았다.

강주는 화제에 뛰어들지 않고 그들의 대화를 조용히 들어가면서 오한영이 현재 발을 붙이고 있는 곳 위치를 가려내기에 전력을 다했다. 그를 찾아 떠나던가, 하다못해 편지라도 해보리라는 생각으로 있었던 것이다.

"그런데 그 검사가 아무에게도 자기 생활이나 거취를 알리지 않고 세상과 절연을 하다시피 살고있다던데 용케도 잘 아시는군요."

강주가 더 확고한 것을 알기 위해서 능혜 엄마의 동창생을 떠보았다.

이 말에 능혜 엄마의 동창생은 서슴지 않고 오 검사의 이야기라면 자기 고향에선 누구나 자기만큼 알고 있는 것이 예사라고 대꾸했다.

"그런데 그 검사는 같이 일하던 동료거나 누구에게나 서신 한장 없는 모양이더군요. 그분을 만나야 할 사건이 있어서 재판소에 갔었는데 고향에 간다고 간 뒤엔 아무도 소식을 모른다는 거예요. 사모한다는 여자에게야 소식을 전하겠지요?"

강주는 제 낯색에 신경을 써가며 상대방의 대꾸를 기다렸다.

"아무려면 애인한테야 없을라구요. 아무리 세상하곤 절연상태에 있다지만 그리 살고있는 원인이 애인 때문이라니까 서로 통정이 없을 리 없지요."

"그 애인이란 여잔 그곳에 나타난 일은 없었던가요?"

"글쎄 새처럼 하늘을 날랐다면 몰라도 땅을 밟고 왔다는 소문은 없었으니까, 조그마한 시골이라 그런 여성의 치마 한 자락이더라도 펄럭였다면 잠잠할 리 없거든요."

그들은 종시 강주의 속을 모르는채로 돌아가버렸다.

강주는 오한영을 찾아 떠나자던 생각은 일단 중지하지 않을 수 없었다. ─새처럼 하늘을 날랐다면 몰라도─라던 능혜 엄마 동창생의 말이 되살아나곤해서 용단을 내지 못했다.

우선 편지를 쓰기로 작정했다. 사정도 모르면서 불쑥 찾아가기보다는 그편이 훨씬 좋음직했다. 혹시 이년 가까운 세월이 흐르는 사이에 오한영이 자기에게 가지는 마음이 달라졌는지도 모르는 일이니 그의 마음을 타진해보는 것도 좋음직하다고, 강주의 생각은 차차 편지부터 띄워보는 방향으로 기울어졌다.

이렇게도, 저렇게도, 무수한 종이와 잉크를 소비해가며 속에 있는 그리운 정(情)을 모조리 쏟아놓기도 했으나 편지를 보내기에 이르지는 못했다. 제가 써놓고 제가 읽어보다간 너무 함부로 쏟아논 대목이 많아서 찢어버렸다. 이래선 안되지. 이년이 가까와오는 사이에 편지 한장 없이 산간벽지에 처박혀있는 그자에게 내 속을 다 털어놓게 뭐람. 나같으라면 그동안 그러고 있지는 못했을 것이다. 편지를 하던가 와서 만나 주던가 했을 것이다. 그렇지 않고 견딜 수 있다는 사실을 본다면 오한영은 사랑을 피부병만도 못하게 앓고 있는 것이라 단정하게 되었던 것이다. 이제 다시는 펜을 들지 말아야지. 이런 생각을 하곤 밖으로 나와버린 일이 한두번이 아니다.

　사람의 물결이 출렁이는 큰 거리도 걸어보았다. 아주 으슥한 길도 걸어보았다. 어느 길을 걷거나 강주 눈 앞엔 그 사람의 얼굴만이 쏟아져 내리는 것이다. 웬만큼해도 좋을텐데 우박처럼 쏟아져 내리는 것이다. 이렇게 되면 걸어내지를 못한다. 강주는 집에 되돌아오는 것이다. 다시는 펜을 잡지 않으려고 결심했던 그 마음도 물거품 스러지듯 스러지고 강주는 또 편지지를 갖추고 앉는다.

　펜을 들기만하면 길어지는 사연을 줄이는 방향으로 나간다고 단단히 마음을 먹어보는 것이지만 또한 편지는 길어진다. 읽어보면 얼굴이 뜨끈뜨끈해오는 대목이 수두룩하다. 이 주책을 좀 보겠나. 인간이 슬퍼지는 경우에 속눈썹이 길어지더라는, 한순이 지껄인 소리는 왜 썼으며 심호흡같은 한숨을 쉴새없이 쉴 것 같으면 안개면 안개, 훈풍이면 훈풍, 계절의 내음새면 내음새, 무엇이거나 빈 항아리처럼 되어있는 가슴속으로 그것들은 찰락찰락 흘러든다는 말은 왜 쓴담. 그자는 원수일지 모른다. 원수일지 모른다는 말보다 원수라고 단정해버리는 편이 낫겠다. 그는 내게 너무나 크나큰 아픔을 주고 있다. 아프다 못해 자글자글 끓는 고통까지 주고 있다. 그것뿐이면 또 좋게. 그자 때문에 승현은 시누이를 죽이고 가엾은 아이를 죽이고 자기 목숨마저 끊어버린 것이다. 승현에게 정신없이 그자를 사랑하노라고 지껄인 걸 생각하면 금방 칼을 물고 쓰러지고 싶은 충동을 받으면서 그자를 향해 이런 지꺼분한 소리를 늘어놓다니. 소가 웃다가 꾸러기가 터질 노릇인 것이다. 강주는 이래서 편지를 못 쓰고 말아버린다. 참으로 오랜 시일을 경과한 뒤에 강주는 매우 간단하게 써서 편지를 부쳤다.

　소식을 들었읍니다. 늘 건강하시기를 바랍니다.

　이 짧은 편지도 몇번을 쓰고 고치고 했었다.

오한영씨께. 라고 서두에 이름을 밝힌 다음, 소식은 들었다고 썼다가 은을 을로 고쳤다. 은보다 을쪽이 단순하고 아무런 의미도 내포하지 않은 것같았기 때문이다. 그리고 늘 건강하시기를 바랍니다. 라는 이 대목도 처음엔 늘 건강하시기나 하라고 신께 빕니다. 하고 썼다가 고쳤다. 어느 한 귀절, 어느 한 글자더라도 강주 자기의 폭포같이 쏟아지는, 그에게 가는 마음이 엿보일까 싶어 조심했었다.

이처럼 무진 고생을 해서 보낸 편지에 답장이 오지 않았다. 편지가 돌아오지도 않았다. 편지가 돌아오지 않는 것을 보아서 본인이 받았건 안받았건 그 거주지에 그가 거주하고 있음이 분명하다고 강주는 간파했다. 에잇 공연히 편지를 했어. 그쪽에서 모른 척하고 가만있는데 내에서 먼저 할게 뭐람. 강주는 편지를 기다리다 못해 후회하기 시작했다. 그런데 후회는 얼마 안가서 스러지고 편지를 기다리는 안타까움만이 불붙듯 일곤 하는 것이었다.

배달부의 "편지요." 하는 소리를 줄곧 들었다. 뛰어나갔을 땐 배달부는 있지 않고 한여름의 대낮만이 허무하게 쪼이고 있었다. 아, 또 잘못들었구나. 근자에 와서 강주는 괴상한 현상에 사로잡히고 있음을 알았다. 소리가 없는데 소리를 듣는 일이다. 그것은 오한영의 것일 경우도 있고 승현의 것일 경우도 있다. 시누이나 어린것의 소리일 경우도 있긴 있지만, 그중에서도 더 많이는 오한영의 것을 듣는 일이다. 그는 밤중에도 강주의 이름을 크게 부른다. 강주가 눈을 번쩍 뜨고 상찰하는 것이나, 아무것도 없고 사위는 조용하다. 눈을 다시 감는다. 그러나 잠은 오지 않고 감은 눈 위에 그의 화안한 얼굴이 와서 놓인다. 손으로 잡으려면 잡히지도 않는 얼굴, 눈을 뜨면 먼데로 달아나버리는 그 얼굴.

강주가 열 번쯤은 "편지요." 소리를 듣고 나서야 오한영의 편지를 받을 수 있었다.

늘 뛰어나갔다가는 되돌아서는 실망을 당하지 않으려고 그날은 강주가 "편지요." 소리를 사오차 들은 뒤에 나가보았다.

"도장을 갖구 나오시요."

배달부는 도장을 요구했다.

"어디서 온 편지지요?"

강주는 태연하려고하면서 물었다.

"편지두 있구 소포두 있어요."

"어디서요?"

"받아보면 알거 아니요. 도장이나 빨랑 주시오."

배달부는 강주의 속을 모른다. 강주가 허둥지둥 도장을 찾았다. 도장을 새긴 일이 없는데 도장이 있을 리 없다. 그제사 알아채고 지장을 찍어선 안되겠느냐고 배달부쪽에 소리를 질렀다. 배달부가 그래도 된다고 말했다. 강주는 지장을 찍고 편지와 소포를 들고 들어와서 편지부터 떼었다.

　　산에서 뜯은 나물입니다. 가족들과 함께 맛있게 잡수십시요. 댁내의
　　화평과 행복을 빕니다.

팔(八)월 오(五)일 오한영

두달 가까이 기다리게 한 편지가 겨우 이거뿐이었다. 그다지도 쓸 말이 없었던가. 누가 산나물을 보내달랬어. 강주는 편지를 동댕일 치고 한참이나 맥없이 앉았다가 소포꾸러미를 와락 당겨다가 끄르기 시작했다. 맨 위에다가 헝겊을 쌌다. 다음으로 두꺼운 종이, 그 다음으로 다시 두번이나 쌌는데, 한 겹은 종이고 그 속에다 또 헝겊을 쌌다. 잘난 산나물을 무슨 보물이나 되는 것처럼 이러지 말고 편지나 길게 써줄 일이지.

강주는 산나물 꾸러미를 아무렇게나 밀쳐놓고 또 맥없이 앉아있었다.

"왜 그러고 앉어있우?"

어느새 나와 서있었던지 주인집 아낙이 삐꿈 강주를 들여다보고 물었다.

"아무것도 아니예요. ……친구가 먹으라고 산나물을 보냈어요, 글쎄."

강주는 허둥거리며 좀체 붙이지 않는 '글쎄'를 붙여가며 대꾸를 했다.

"산나물을?"

아낙이 툇마루 위에 올라서서 거기 헤쳐져있는 꾸러미를 뒤적이며 들여다보고 대견해했다.

향긋한 내음이 확 풍겨왔다. 이 내음은 처음부터 있었을텐데 강주는 그것조차 느낄 수 없게 실망과 분노에 차있었던 것이다.

"에이구. 알뜰도 해라. 싸고 다시 싸고 성환네가 맘씨 고우니 친구도 살뜰하게 이런걸 보내곤 하지. 이래 뵈도 이걸 뜯으려면 하루 꼬빡 걸리는 품일걸. 힘은 얼마나 든다고. 이런 귀한 나물은 똑 험한 데 있게 마련이거든."

주인댁이 장황히 늘어놓았다.

"참 그렇더군요. 나도 전에 어머닐 따라서 산에 가봤어요."

강주가 어느새 아낙의 말대꾸를 하게 되고 산나물 꾸러미에 눈을 보내게 되었다. 싸고 싸고 다시 싼 헝겊과 종이와 또 한 겹의 헝겊에 정성과 정이 다롱다롱 달려있는 듯 새삼 느끼면서 산나물만이 가지는 특유한 내음을 들이그었다.

"가족과 함께 맛있게 먹으라고 편지에 썼어요."

하지않아도 좋을 말을 아낙에게 훌쩍 해놓고나서 강주는 깜짝 깨달은 일이 있다.

"참 어쩌나. 이분이 우리 식구가 어떻게 된걸 모르고 있었구만. 그래서 편지를 쥐꼬리만밖에 안 쓴걸 그랬네. 인제 알겠어요. 알았어요."

강주는 자기의 인색한 편지의 소치라고 뉘우치지 않을 수 없었다.

아낙이 들어간 뒤에 강주는 곧 편지를 쓰기 시작했다.

먼젓번에 썼다가 찢어버린 소리들을 모조리 적었다. 생활에 대한 온갖 것을 묻기도 했다. 여기엔 조목조목 들어서 대답을 요구했으며 어느 한 조목이더라도 빠치는 일 없이 알려줘야 한다고 재삼 당부도 했었다. 그렇게 살아있으면서 소식을 알리지 않는 데 대한 원망도 적잖이 늘어놓고 마지막에 가서 승현의 죽음을 알렸다. 승현이 저만 죽지 않고 시누이와 갓난이 하나까지 죽었다는 사실도 밝혔다.

이 대목에서 몸이 부르르 떨렸으나 이왕 모든 걸 알리는 바엔, 하는 생각에서 끝내 끝을 마치긴 했다.

오한영에게선 예상보다 하루나 이틀 가량은 이르게 회답이 도착되었다. 아무리 즉석에서 답장을 쓴다하더라도 내일이나 모래쯤은 되리라고 예측하고 있었던 일이라 반가운 줄도 몰랐다.

21회

우선 강주는 편지의 장단부터 살폈다. 양면 괘지[61] 여섯장을 가득 채운, 먼젓번것과는 다르게 잘다란 글씨로 쓰여진 것이었다. 이 잘다란 글씨 또한 강주의 가슴을 뛰게 했다. 많은 사연을 적기 위한 노릇으로 간파했기 때문이다.

오한영은 먼저 강주의 큰 불행을 모르고 있은 데 대한 사과를 심심히 적어놓고―산에 들어온 후로는 마치 두더지와같은 생활을 영위하고 있었읍니다. 신문한장 보지않고 지내니 세상에 어떤 변이 발생하는지 알길이 없읍니다. 라고 말하기도하고, 그동안 오래도록 소식없이 있게 된 이유를 그는 오히려 강주에게 돌렸었다. '평행된 이 직선은 영원히 닿을 수 없다'는 ××차점에서 강주가 해버린 말을 그는 아직 기억하고 있음을 밝히고 나서 평행된 이 직선의 닿을 수 있는, 기하학의 원리를 뒤집기 위해서 자기는 굳이 이런 생활을 선택했던 것이나 강주의 편지를 받고, 강주 신변에 일어난 그와같은 큰 비극을 알게되면서 한껏 죄었던 줄이 끊기[62] 듯한 긴장이 풀렸노라는 것도 말했다.

그리고 그는 어디로 가나 우박처럼 쏟아져내리는 얼굴때문에 견딜 수 없다는 강주 편지 중의 한 귀절을 재미있고 멋이 있었다고 말한 다음―사랑을 하는

---

61   미농지에 괘선을 박은 종이. 흔히, 공문서를 작성하는 데 씀.

62   '끊기는'의 오식으로 보임.

인간들은 서강주씨와 동일한 체험을 가지고 있읍니다. 다시없이 아프고 또 슬픈 체험일 것입니다. 그러나 이 아픔과 슬픔 밑바닥엔 환희가 깔려있음을 깨닫게 됩니다. 환희가 깔린 아픔이나 슬픔이 사랑을 하는 모든 인간들을 성장시키고 있다는 사실도 알게 됩니다. 고 했다. 그는 자기의 근황을 알리는 대목에선 코스모스가 피기 시작했다는 이야기부터 썼다. 가을에 꽃을 보기 위해서 봄에 씨를 뿌리고 기다렸다는 것, 코스모스 뿐만 아니라 씨앗을 뿌려놓고는 거두어들일 때를 기다리는 일에 인젠 익숙해졌다고 했으며 기다리는 일처럼 보람있는 건 없다고도 했다. 그는 마지막으로 나의 소녀의 이야기를 해야겠다면서 — 나의 소녀도 나와 같은 마음을 닮아가고 있읍니다. 나와함께 봄에 씨를 뿌리고 가을을 기다려줍니다. 처음엔 소녀가 그게 뭐 재미있느냐고, 곧잘 나를 비방하더니 요새와선 아저씨의 마음을 알겠노라고 말해 줄만큼 소녀는 자랐읍니다. 소녀는 언덕너머 있는 농가의 아이지요. 처음 이 아이를 대면했을 적엔 강주씨와 흡사한 데가 있다고 생각했읍니다. 학교에 가본 일도 없고 가갸거겨도 모르는 아이었읍니다마는 초롱초롱한 눈 속에 애수가 흐르고 있음을 발견했던 것입니다. 나는 소녀에게 하루에 한번씩만 놀러와 주겠느냐고 물었읍니다. 소녀는 고개를 끄덕여 주었읍니다. 소녀는 매일 한번씩 나의 요구대로 해뜰 무렵이면 햇빛을 안고 타발타발 언덕을 달려내려오는 것이었읍니다. 햇빛을 안은 소녀는 나의 기쁨이 아닐 수 없읍니다. 적어도 현재의 내게 있어선 인제 소녀는 하루에 한번뿐이 아니고 줄곧 내곁에 와 있읍니다. 나는 소녀와 함께 고양이도 한 마리 기르고 있는 셈이죠. 소녀에겐 가갸거겨를 가르쳐주고 고양이에겐 먹이만 주면 되는 거죠. 고양이의 먹이도 소녀가 곧잘 줍니다. 소녀는 가갸거겨도 다 떼고 책을 읽을 수 있게 자랐읍니다. 거울 앞에서 제모양새를 곱게 보이려고 꾸밀 줄도 알게 됐읍니다. 오늘은 강주씨의 건강과 평화를 빌면서 이만 줄입니다. 시(十)월 삼(三)일 오한영 상서

편지를 받던 그날밤 강주는 꿈속에서 오한영의 소녀를 보았다. 코스모스가 잔뜩 피어있는 언덕위에 서있으려니까 오한영이 저 아래에서 강주를 향하여 올

려 달리고 있는 것이었다.

　가을을 내포한 높은 하늘이 맑았다. 그때 마침 바람이 쾌적하게 불어서 오한영의 모습이 선선해 보였다. 강주가 양팔을 벌리고 달려오는 오한영을 맞으려는 차부새를 짓고 있으려니까 오한영은 벌써 어느새 양팔을 벌려든 강주에게로 와닿은 것이다. 누가 먼저 그랬던지 둘이는 한테 엉켰으며 또한 둘이는 코스모스가 잔뜩 핀 꽃밭속으로 한테 자자들어버렸던 것이다.

　구실구실한 오한영의 머리칼이 강주 얼굴을 마구 덮었다. 강주가 그 머리카락을 손바닥으로 쓸어올리며 몹시 보고싶었다는 말을 했다. 오랫동안 하고싶던 말이었다. 오한영은 지득히[63] 슬픈 눈으로 강주를 바라만 보고 있었다. 강주도 그와같은 눈으로 말없이 보고있다가 오한영씨는 제가 보고싶지 않으셨어요. 하고 물었다. 오한영은 대꾸 대신에 강주를 강하게 다시 쓸어안으며 강주 얼굴에 얼굴을 부벼대었다. 강주가 숨이 콱콱 막혀서 오한영을 밀쳐내려고 할 때 오한영이 강주에게 가장 보고싶은 때가 언제더냐고 물었다. 아침이었어요. 눈을 뜨자마자 오한영씨의 얼굴이 고무풍선처럼 둥둥 떠서 제게로 다가오는 거예요. 그런데 아주 다가와 주지는 않는 거예요. 저만큼 거리를 두고있는 거예요. 팔을 펴서 잡으려면 잡히지는 않고 또 저만큼 멀어지는 거예요. 이 말에 오한영이 나두. 나두. 하고 크게 소리를 지르는 것이었다. 그의 소리는 처절한 통곡으로 변하는 것이었으나 눈물은 흘러내리지 않았다. 비통하실 것 없잖아요. 오한영씨는 인제 불좌지의 아들이 아닌걸요. 저와함께 행복할 수가 있는걸요. 승현이도 없는 세상인데 우리는 인제 얼마든지 행복할 수 있잖아요. 강주가 이 말을 채 마치기도 전에 승현이 없는 세상 하고, 오한영이 벌컥 몸을 일으키며 강주더러 더러운것, 더러운것을 연발하는 것이더니 그의 몸뚱어리가 마치 요술장이처럼 삽시간에 없어져버리는 것이었다.

　강주가 허둥지둥 그의 행방을 살렸을 때 그는 코스모스가 잔뜩 피어있는 언

63　'지극히'의 오식으로 보임.

덕길을 혼자도 아니요, 그의 소녀와 함께 올라가고 있는 것이었다.

가을을 내포한 높은 하늘이 맑았다. 그때 마침 바람이 쾌적하게 불어서 오한 영과 그의 소녀의 머리카락을 흘날려 주었다. 그래서 언덕길은 낙화가 쟁쟁쟁 소리치며 떨어지는 듯 눈부시게 찬란했다.

이런 꿈을 꾸고난 이래로 강주는 오한영을 찾아가고 싶은 생각을 더많이 하게 되었다. 그런데 정작 가려고 서둘고 보니 여비가 걱정이었다.

강주는 몇달째 설초의 도움을 받지 않으려고 안집 아낙이 얻어다 하는 양말코 메꾸기 일을 하고 있었던 것이다. 그것으로써는 밥을 먹는다는 정도밖엔 안되었다. 전례대로 설초에게서 오는 돈은 아낙의 남편을 시켜서 돌려보내곤 했다.

그만큼 성의를 보이는 사람도 드물다고 설초와 재혼이라도 했으면하고 권하던 주인네들이었으나 강주가 양말코 메꾸는 일까지 해가며 그의 도움을 물리치려고 하자 그들도 강주와 한마음이 된 듯 서슴지않고 강주의 심부름을 들어 주었다.

설초가 돈을 가지고 오는 때면 강주가 몸을 피하고 주인집 아낙이 설초를 맞이하게 되는 것이고 설초는 굳이 맡기는 돈을 아낙은 차마 거절하지 못해서 번번이 받아들고 들어오는 것인데 이번엔 하고 단단히 벼르고 나가서도 아낙은 번번이 뜻을 관철하지 못하고 들어오는 것이다. 무슨 사람이 그렇게 무르담. 남편이 나무래주면, 무르긴, 나도 꽤 단단한 편이라오. 설초씨가 울상이 돼가지고, 이번만 받아두라고 하며 손에 쥐어주니 난들 어떡하겠어요. 남편이 나무래주는 말에 아낙은 언제나 똑같은 대꾸였다. 내가 집에 있으믄야. 남편은 또 언제나 말꼬리에 이렇게 덧붙이는 것이다.

가을도 봄만 못하지 않게 남편은 분주했다. 봄을 위해서 가로수의 가지들을 가을에 치는 수가 더 많았던 것이다.

설초는 아낙의 남편에게도 아낙에게 하듯이 돌려주는 돈을 도로 손에 쥐어주곤 했지만 아낙의 남편은 아낙과 마찬가지로 착하긴 해도 강직한 편이어서 한번 먹은 마음을 돌리는 일에 꽤 힘을 들여야 했다. 아낙의 남편은 다섯번을 다 성공하고 돌아왔었다.

강주는 근자에 와서 바싹 마음을 일으킨 취직자리를 구하자는 생각을 굳히게 되었다. 막연하게 취직을 해야 하겠다던 생각을 구체적으로 이끌어갔던 것이다.

강주는 출판사 사장 송준오를 찾아 떠날 결심을 했다. 송준오는 승현도 알고 있고 설초도 친분이 두터운 사이로 강주와도 인사가 있는 터이다.

강주가 다짜고짜로 그에게 제가 할일이 없겠느냐고 물은즉, 송준오는 왜 없겠느냐고 지금부터라도 자리를 마련해줄 테니 강주가 일을 해준다면 오히려 자기쪽에서 생광스럽겠노라고[64] 나오는 것이었다. 그의 지나친 호의와 친절에 개운치 않음을 느끼면서도 강주는 일자리가 생긴 것만을 다행히 여겼다. 한달치 월급이면 여비가 될테지. 하는 계산부터 속으로 하고 있었던 것이다.

그날 즉시로 마련해준 테이블 앞에서 강주는 교정보는 일을 했다. 처음하는 일이라 심하게 보느라고 보는데도 오식이 적잖아서 맞은편에 앉은 안경청년의 손을 한번씩 거치고나서야 마음을 놓을 수가 있게 된 일은 수월하지 못했다.

그것도 그렇거니와 한달이 넘도록 월급이 나오지 않는 일이 강주를 못견디게 했다. 송준오가 자기 포켓에서 두번을 얼마씩 집어 주면서 생활이 곤란할텐데. 하는 걱정을 했을 뿐이다.

강주는 월급이 나오려니 믿곤 그의 포켓에서 나온 것으론 생활비에 보태버렸다. 그것만으로선 아무리 두식구라 하더라도 밥 먹기도 어려울 정도의 부스럭돈이었으니까.

다시 강주는 밤이면 양말코 메꾸는 일을 시작해야 했다.

이러는 사이에 눈이 내리는 계절이 닥쳐오고야 말았다. 낙엽의 계절보다도, 녹음의 계절보다도 강주에겐 눈이 내리는 이 계절은 더 참을 수가 없었다. 눈은

64　생광스럽다 : 영광스러워 체면이 서는 듯하다 또는 아쉬운 때에 요긴하게 쓰게 되어 보람이 있다.

땅 위에만 내리는 것이 아니고 가슴속으로 흘러드는 것이었다.

"여기선 월급을 안 주는가요?"

유리창을 한없이 내다보던 강주가 맞은편 안경청년에게 물었다. 눈은 강주에게 이런 말을 쉽사리 물을 수 있는 용기를 주었던 것이다.

청년이 안경을 밀어올리며,

"한번두 안 드립디까."

하고 강주에게 되물었다.

"사장이 직접 두번 주긴 줬지만 얼마 안되는 돈이던데요."

"여기선 목돈으로 월급을 받아보기란 낙타가 바늘구멍으로 들어가기보다 더 어려운걸요. 사장이 두번 줬다는 그게 바루 월급을 대신하는 겁니다."

하고 씩 웃었다.

"어쩜. 그게 바로 월급이라면…… 도대체 무슨 월급이 쥐꼬리만밖에 안돼요?"

"그렇습니다. 겨우 꾸려나가는 형편이니까 보시다시피 여기선 경향적인 서적만 출판하는 데라서 요즘와선 당국의 탄압도 심하다보니 적극적으로 못하구 있잖아요."

청년의 당국의 탄압을 받아가는 이 출판사에 대한 이해는 깊은 듯 보였다.

"그렇지만."

강주측에서도 거기 대한 이해라할까 동정이라 할까 남만 못하지 않았었지만 현재로서는 그런 감정을 앞세울 수가 없는 것이었다.

어떤날 밖에 나갔던 송준오와 설초가 함께 들이닥쳤다. 그날도 눈이 내렸기 때문에, 눈이더라도 부승부승했다면 모르겠는데 비를 많이 먹음은 탓으로 우산을 받지 않은 그들은 눈을 피하기 위해서 뛰다시피 해 들어온 것이다.

설초를 목격한 강주가 처음엔 당황했으나 이어 낯색을 고칠 수 있었다. 어느 때거나 그의 눈에 띄리라고 예측했던 일이기도 하고, 비록 월급을 부스럭돈으로 받는다 하더라도 월급으로 생활을 한다, 인젠 누구의 도움이 아니더라도 당당하게 살아간다는 자부심같은 것도 생겨서 이어 태연해졌으며 설초가 강주에게 가지는 감정면에 있어서도 여러사람 앞에서 제가 어쩔것이냐, 하는 배짱이 생겼던 것이다.

"어서 오세요. 눈이 많이 오는데요."

설초는 오래간만에 면대하는 강주요, 또 강주가 친절히 맞아주는 일이 기뻤던지,

"여기 나오셨다는 걸 오늘사 알았구만. 좀 알려주실 일이지……."

그는 벌쭉 웃기까지 했었다.

강주는 웃고 나오는 설초가 금방 싫었다. 눌러야 하겠다고 무뜩 생각이 들었다. 그러기 위해선 송준오와 친밀한 척 꾸며보여야 할 것같았다. 거기엔 설초로 하여금 자기에게서 멀어지게 하자는 마음이 위주가 돼있었겠으나 그런 마음 한 구석엔 설초를 좀 골려보자는 작난기 섞인 생각도 있었다고 할 것이다.

강주는 송준오 어깨에 묻어있는 눈을 그의 턱밑에 들어서서 털어주었다.

"온통 젖어있어요. 난로 앞으로 가세요."

송준오를 부축하다시피 해 강주는 그를 난로앞으로 이끌었다.

어떤 남자에게도 베풀지 못했던 행동이었다. 강주는 송준오 어깨의 눈을 털어주고 그를 난로 앞으로 이끌었다곤 하지만 머릿속엔 오한영을 떠올리고 있었으며 그를 하루바삐 만나자는 기도와같은 염원은 그대로 간절했었다.

그러나 이 행동의 발로때문에 훗날 어지러운 사태가 일어날 줄은 강주도 예상치 못한 일이다.

강주의 친밀한 행동이 있은 뒤로 송준오가 강주에게 가지는 태도가 현저하게 달라졌음은 말할것도 없고 그는 강주의 셋방문을 두드리는 일까지 하게 되었다.

"아니 웬일로, 여기까지 오셨어요."

강주가 눈오던 날과는 다르게 냉담하게 나오니까 송준오는 포켓에 손을 넣어 부시럭부시럭 하더니 돈을 꺼내는 것이었다.

"벌써 좀 드려야 했을텐데……."

"이건 뭐예요?"

"월급이죠."

"내일 사에서 주셔도 될텐데."

강주는 찡찡하면서도 주는 돈을 받아 들었다.

송준오는 돈을 강주 손에 들려주고나서 한발 내디디며 안으로 들어갈 자세를 취했다.

"셋방이라 주인네도 있고해서 우리방엔 아무도 못 들어옵니다."

단호히 강주는 그를 밀치다시피하며 쪽대문에 빗장을 날쌔게 잠거버렸다. 남자란 모두 마찬가지로 구질구질한 생각을 가지고 있는 동물인가보다고 강주는 돌아서 들어오며 속으로 중얼거렸다.

이튿날 아침에 강주는 사에 나가기가 주저되었으나 자기는 노력의 대가(代價)를 받은 거라고 자기를 주장했으며 만약에 앞으로도 그러한 일이 계속되는 경우엔 번번이 이러한 주장을 내세우겠다는 각오로써 강주는 싫은 발걸음을 재촉했다.

테이블 앞에 앉자마자 송준오가 이걸 좀 부탁한다고 크게 소리치면서 원고지에 적은 쪽지를 강주에게 건네어 주었다.

　　한마리의 개에 대하여.
　　빗장을 잠근 대문밖에 서있은 나는 완전히 한 마리의 개에 불과했던 것입니다. 깨갱깨갱 비명 지르는 내소리를 들으며 나는 그 앞에 한참 서 있었읍니다. 마는 사람을 개몰 듯 몰아내는 강주씨가 더욱 좋아져서 밤새도록 잠을 못 이루었읍니다. 오늘 오정때 보빈루에서 점심이나 함께 하십시다. 한마리의 개에 대한 소감도 들어주실겸.

여기에 대한 회답을 강주는 즉시로 써서 그에게 손수 전했다. 송준오는 작난기 섞인 눈으로 강주를 쳐다보면서 쪽지를 받았는데 그는 그것을 받는 척하면서 강주의 손을 슬쩍 잡는 것이었다.

"이왕이면 좀더 꽉 잡으시지."

강주는 이런 소리를 해가며 그의 손에 잡힌 손을 와락 째려 빼곤 그자리를 물러났다.

강주의 쪽지는 꽤 길었다. 보빈루에 갈 필요가 없음을 역설한 다음, 점심 살 돈일랑 절약했다가 사원들의 월급을 또박또박 내는 것이 상책일 것이라는 말과 노동의 댓가를 완전히 치르지 못한다면 우리들이 증오하는 불좌지에 다를것이 무엇이겠느냐고, 프롤레타리아의 대변자나 된 듯이 제법 큰소리를 쳤다.

이것은 월급을 제대로 받아보겠다는 일념과, 아울러 자기는 노력을 제공하고 그 댓가를 받는 노동자밖에 안된다는 것을 못박아 두느라고 한 소리였다.

송준오는 쪽지 사건이 있은 뒤로는 아무런 증세를 나타내지 않았으며 오히려 자기편에서 강주를 피하려는 태세를 취했다.

일주일가량 지난 뒤에 설초가 술이 곤드레가 되어서 왔다. 마침 송준오도 편집실에 나와있던 때라 송준오는 곤드레가 된 설초를 목격하자,

"이사람 자네 존 일이 생겼나보군. 대낮부터 진탕으로 먹어댄 걸 보면."
하고 나오려는데,

"대낮부터 진탕으로 먹었음 어떻단 말이아? 네놈의 돈으루 먹었다더냐?"
고 설초는 눈에 퍼런 불꽃을 튕기면서 송준오에게로 달려들었다.

송준오는 설초보다 약간 다부지긴 해도 체소한[65] 편이었다. 강주가 그를 만만히 다룬 것도 여기에 있지 않았을까.

설초에게 메가지[66]를 틀어쥐인 송준오는 비 맞은 새처럼 발발 떨며,

"이사람이 왜이래? 무슨 영문인지 말이나 하고 이걸 잡으라구. 이걸 놓구 말

65　체소하다 : 몸집이 작다.
66　'모가지'의 방언.

　최정희 소설 전집 **6**

이나 하란 말이야."

했다.

강주는 그러고 있는 두 사람을 멀거니 보고있으면서 설초가 승현을 때리던 문화공론사 이층에서의 일을 떠올렸다. 그때 승현도 말로 하라고 설초에게 꼼짝을 못하고 있었던 것을 강주는 포장 속에서 환히 듣고 있었다.

강주 맞은편 안경청년이 사장을 위해서 벌떡 일어나 설초를 둘러메어쳤다. 바닥에 나가떨어진 설초가 그 자리에서 고래고래 소리를 질러 송준오를 힐난하는 걸 들으면 강주가 송준오에게 친절히 대한 보복임을 알 수 있었다. 평소엔 헤벌어진 성격이다가도 여자를 사이에 두고 하는 일에 있어선 설초는 거진 광기에 가까운 불꽃을 눈에서 튕기는 인간임을 강주는 여러번 보아왔다. 김영인이나 세민 등이 강주에게 좀더 노골적인 감정을 표시했던들, 그리고 강주쪽에서 그들에게 무관심하지 않고 약간의 감정표현이라도 있었던들 지꺼분한 사태는 벌어졌을 것이 분명했다. 그때만 하더라도 설초는 그의 특유한 퍼런 눈을 그 두 사람에 번덕이다가 극단이 해산되게 되자 멈춰버린 셈이다.

설초 입에서 쏟아져나온 송준오의 행장을 들어볼 것 같으면 송준오는 여자관계가 놀랄만하게 복잡한 인물이라는 것이고 M씨의 누이동생인, 두 자매를 비롯해서 감옥에 간 동지의 아내, 동지니 뭐니 하고 찾아드는 사회주의자 여성들과 연락부절인 관계를 얼기설기 맺고 있다는 것이다. 설초는 순전히 강주에게 들려주기 위해서 지껄인 소리겠으나 강주 자신도 어느정도 눈치를 챈 일이라 과히 놀라지도 않았고 놀랄 필요도 없었던 것이다.

이럭저럭하는 사이에 또 한해가 후딱 넘어가버렸다. 아직껏 오한영을 찾아가지 못한 강주의 마음만 안타까울 뿐이다. 지난 시월 삼일에 보내온 오한영의 제이신인 그의 서신을 받은 뒤에 며칠 있다가 간단하게 회신을 띄웠으나 웬일인지 그에게선 회신이 오지 않았다.

하긴 강주의 불붙듯 달아오른 속하고는 딴판으로 강주의 너무나 냉철한 편지는 그이를 노엽게 했던지 모를 일이다. 소녀의 이야기만 아니었더면 강주는 그런 편지를 띄우지는 않았을 것이다. 강주는 그의 소녀가 보는 앞에서 자기 편지를 읽을지도 모르는 그에게 함부로 마음의 한구석이더라도 엿보이기 싫기도 했지만 그의 그림자인양 항상 그를 따르고있을 그의 소녀가 밉다는 생각이 앞섰기 때문에 얼마 안되는 간단한 편지에 글씨마저 삐뚤빼뚤 엉망이었었다. 뿐 아니라 그의 소녀에게 가는 미움이 온통 그에게로 쏠리기도해서 강주는 자기 자신도 이해 못할 문구를 늘어놓았다. 이제 와서 무엇을 썼던지 그것조차 잊어버릴 정도로 강주는 졸렬한 편지였다고 부끄러워 했다.

그에게서 회신이 없는 이유도 거기에 기인한다고 강주는 알았다. 그러니 그에게 다시 편지를 띄울 염치는 더욱 없는 것이다.

그렇다고 강주가 그를 찾아 떠나자는 생각을 버린 것은 아니었다. 그 생각은 덩쿨풀이 자라듯 매일 가슴속에 무성하게 자라가고 있었다. 덩쿨풀같은 그 생각은 강주 가슴에 구비구비 서리어있는 것이다. 이렇게 서리어있는 이것때문에 강주는 몸을 움직이는 일에도 손을 놀리는 일에도 권태를 깨닫는 때가 많았다. 그래서 강주는 일터에서나 집에서나 죽은 듯이 가만히 앉아있던가, 누워있는 일이 많았다.

그렇더라도 오한영을 찾아가게 된다면 날개가 돋친 듯 훨훨 날아갈 것인데 그럴만한 돈의 준비가 아무날도 되어있지 못했다.

이럴즈음에 승현의 소식을 들었다. 일터를 찾아온 승현의 동지라는 사나이의 말인즉 조승현이 북간도에 있다는 것이었다. 승현은 사나이에게 수표교다리 근처, 수표정 ××번지에 가서 강주를 찾으라고 일러주더라는 것이고 만약에 그집에 거주하지 않고 다른데 이사를 갔더라도 그집 주인들에게 물으면 강주의 행방을 알 것이라고해서 사나이는 그말대로 거기 가서 일터를 알게 되었다는 말까지 했다.

강주는 금새 몸속에 얼음이 꽉찬 듯 입이 떨어지지 않아서 수염이 무성한 사나이의 얼굴을 멀뚱멀뚱 보고만 있었다.

"조승현 동지께선 훌륭히 싸우고 있어요."

사나이가 멀뚱멀뚱 보고만 있는 강주를 뚫어지게 보아가며 말했다.

죽은 지 오랜 그가 누구와 무엇을 싸우고 있냐고 이런 소리를 치고싶었으나 소리는 나오지 않고 입술이 약간 달싹거렸을 뿐이었다.

강주 눈앞엔 살아있다는 승현은 떠오르지 않고 뒤범벅이 되어 알아볼 수도 없던 시체가 가로놓였던 것이다.

"조승현 동지께서 부인을 대동하고 오라는 사명을 나에게 주었읍니다. 나는 부인을 대동하고 조승현 동지에게로 가면 내 사명을 마치는 겁니다."

"네?"

이 소리는 강주 입에서 나왔다. 그러나 강주는 제소리를 듣지도 못하고 쓰러졌다. 그는 피범벅이 되어있는 승현의 시체와 시누이와 아이의 한테 붙은 시체를 보고있는 것이다. 그것들은 안개와 같은 뽀얀 기체 속을 둥둥 떠올라가면서 강주에게 손을 내밀었다. 강주는 내밀어 잡는 그들의 손을 붙잡고 공중으로 공중으로 둥둥 떠올라가고 있는 것이다.

강주가 병원 베드에서 눈을 떴을 때 다섯시간만에 의식을 회복했다고 옆에서 기다리던 간호부가 일러주었다. 간호부가 비켜서자 그 저편에 설초가 벽을 등지고 앉아있는 모양이 드러났다. 아침인지 저녁인지 모를 햇빛이 설초 등뒤에 비껴있어서 설초의 얼굴은 후러들어[67] 보였다.

강주는 얼굴이 후러든 설초가 무섭게 여겨졌으나 그를 물끄러미 건너다보았다. 그러다가 눈물을 주루루 흘렸다. 이 눈물은 왜 흘렸는지 강주 자신도 알아내지 못했다.

"진정하십시오. 몸에 해로울 테니."

설초가 강주의 눈물을 목격하고 의자에서 일어나 강주 가까이로 다가왔다. 강주가 다가오는 그를 가만놔두었다. 그에게 가는 싫은 감정을 노출할 기력이

67　'깎거나 베다'를 뜻하는 '후리다'에서 나온 말인 듯하나 확실치 않음.

강주에겐 있지 않기도 했지만 설초더라도 가까이 있어주는 것이 든든하다고 생각했던 것이다. 그마저 옆에 없다면 다시 쓰러질는지 모르게 강주는 공포에 떨고있었다. 눈물은 그래서 주루루 흘러내렸던 것인지 모르지.

강주는 집에 나와서도 마찬가지 감정이었다. 금방 북간도에서 온 사나이가 뛰어들어 강주를 끌어낼 것만 같았다.

"이럭하면 어떨까? 승현이 사망한 줄만 알고 그 뒤로 설초씨와 결혼했다면."

찾아온 설초에게 강주는 이런 의견을 말했다. 현재의 강주로서는 무슨 짓을 하더라도 승현을 피할 수 있는 길만을 찾고 싶었다.

"그럭하면 되지. 그때 신문지상에두 승현은 제손으로 목숨을 끊은 걸루 보도돼 있었으니까. 그럭하면 되구말구."

그는 허둥지둥 강주 누운 데로 가까이 오면서 당나귀와같은 소리를 질렀다.

"그리 그대로 앉아요. 잠자코 있다가 북간도에서 온 그 사나이를 만나주세요. 그사람은 지금 어디있어요?"

다가오던 설초가 주춤 물러나 앉으면서,

"××여관에 있다더군. 게서 기다린다나봐."

하고 대꾸하는 것이었다.

"그 여관은 여기서 멀어요? 그사람부터 만나야 할거 아녜요?"

"내 지금 가서 만나지. 이제라두 늦지 않으니까."

허둥지둥 설초가 일어서 나가려고 했다.

"좀 맘을 가라앉히고 얘기나 듣고 덤비세요."

설초가 도로 앉았다.

"그사람 여기 데리고 오면 안돼요. 우린 여길 피해 떠나야해요. 행방을 감춰야한단 말이예요."

"갑자기 어디루? 우리두 어느 여관에 가 틀어박힐까?"

"여관은 더 안되잖아요? 딴데로 방을 얻고 나가는 게 낫지요."

"그럴까. 그러지. 어디쯤 좋을까?"

"되도록이면 남의 눈에 뜨이지 않을 으슥한 데가 좋겠죠. 시내에서 떨어진. 그렇지만 성환이 학교가 너무 멀면 곤란할 테니 그 근처 멀지않은 데 괜찮을 것 같은데."

"그럭하지. 내 당장 그쪽에 나가 방을 얻을테야."

"그사람부터 만나고 방을 얻는 일은 나중 하세요."

"그럭하지. 그럭하지."

"속히 다녀오세요. 속히……."

"그럼. 그럼."

어둑어둑할 때야 들어온 설초의 말을 들으면, 북간도에서 온 사나이는 강주가 설초와 결혼했다는 사실을 듣고 처음엔 소스라치더니 설초가 승현의 사망한 진상 전후를 모조리 들려주자 다시 소스라쳤다가 한참 뒤에 설초의 손을 잡아주며 설초 동지 부디 행복하게 사십시오. 조승현 동지가 뭣때문에 그런 끔찍한 일을 했으며 그런 연극을 놀았을까요. 하곤 설초의 손을 놓더라는 것이었다. 이 이야기를 듣고 난 강주는 승현의 행장을 털어논 설초의 짓을 극구 나무랐다. 북간도의 사나이가 북간도에 돌아가서 그런것 저런것을 털어놓는다면 승현은 거기도 붙어있게 못되게 되는 게 아니겠느냐고 강주는 짜증을 피웠다.

"못되면 말라지. 제까짓놈이 이제와서 어쩔테야."

"뭐가 제까짓놈이예요. 이 마당에서 그 사람을 칠 건뭐란 말이요? 그런 사람을 난 경멸하고 싶어요."

"실컷 경멸해두 좋아. 강주한테서 받는 경멸은 달디 달지 모르니까."

"그 못난 소리 좀 작작해요. 누구에게서건 경멸을 받을 수 있는 인간은 증오하고 싶어요."

"실컷 증오하라구. 얼마든지. 증오 이상의 것이라두."

어느새 설초는 강주의 몸을 부둥켜 안았다. 강주는 누워있었기 때문에 몸을 얼른 뺄 수가 없었으나 설초의 면상을 주먹으로 때리면서 그를 끝내 밀어내고야 말았다.

그러나 언제까지나 그렇게 하지는 못했다. 싫건 좋건 살림을 시작한 뒤엔 강주가 그의 아내가 되고 말았으며 그의 아이를 이미 가지는 몸이 되었으니까.

세번째 아이를 낳게 된 강주는 다만 한번이라도 사랑하는 사람의 아이를 낳을 수 있었으면 하는 생각밖에 가지고 있지 않았다. 그 생각은 온통 한숨으로 번지는 것이었다. 숨을 들이그을 때나 내쉴 때나 숨결과 함께 묻어들고 나는 것은 오한영의 환영이었다.

누구에게 들킬까 싶어 문앞 출입도 하지 않는 강주가 전에 살던 주인집에만은 어둠을 타고 다녀오기를 여러번 했었다. 그새라도 오한영의 편지가 와 있었는가, 혹시 그가 다녀가지 않았는가, 이런 기대에서였다. 그리고 번번이 허탕을 치고 돌아올 때면 주인 아낙에게 편지가 오거든 잘 간수해 두었다가 누구의 손도 거치지 말고 자기에게 달라고 신신당부를 하는 것이다.

그러면서도 주인네들에게 자기들 거처를 알려주지는 않았다. 강주의 난처한 사정을 알고있는 주인네들은 그들대로 강주들의 거처를 알려고 하지 않았다. 오히려 자기들 측에서 알기를 꺼려했다. 승현이 찾아오는 경우에 강주들 집을 대라면 알고있으면서 모른다고 하기보다는 모르면서 모른다고 하기가 쉽다는 것이 그들의 지론이었다.

뱃속의 아이가 일곱달째 되던 어느날 설초의 모친이 끝내 왔었다. 설초는 모친에게 강주와의 살림터를 알리지 않았다. 강주는 속으로 승현에게 들킬 염려를 생각해서 한 일로만 여겼더니 그게 아니었다. 설초의 모친은 아들이 강주와 살림을 시작했다는 사실을 전혀 모르고 있었다.

모친은 아들이 생활비를 타러 갔다오는 뒤를 쫓아온 것이다.

"내 이런 꼴일줄 알았어. 네가 처녀장갈 들었음 뻐젓이 내놓고 살 일이지 도둑질하듯 살았을 리 없어. 야 이놈아야, 색시집에서 연극쟁이라고 반대하는 통에 숨어서 산다구? 못난놈아, 발에 채이는 게 계집인데 애새끼가 달린 헌계집을 얻어가지구 이래? 내 돈은 썩었더냐? 연극인가 뭔가 한다고 무더기 돈을 다 갖다 흩어버리고 이제 겨우 입에 풀칠할 것밖에 없는 주제에 이게 무슨 꼴이냐.”

강주는 성환의 손을 이끌고 자리에서 일어났다. 성환은 설초 모친이 도달하기 조금전에 학교에서 왔다. 강주가 일차로 입원하고 있는 사이에 설초 집에 있은 일이 있은 성환은 설초 모친을 보자 할머니. 를 부르며 쫓아가 옷자락을 잡았던 것인데 설초 모친은 아이가 잡은 옷자락에서 아이를 떼내며 아이를 탁 밀쳤다.

강주도 여러번 설초집에서 설초 모친을 만난 일이 있었다. 그때마다 설초 모친은 강주에게 끔찍히 살뜰히 굴었었다. 강주는 설초의 감정표시를 받아주지 못할 때마다 그 모친의 살뜰하던 정에 죄스러움을 느낀 일이 여러번 있다.

“어딜 가는거야?”

설초가 그들 모자를 끌어들였다.

“이놈아 제발로 걸어나가는 걸 끌어들일 건 뭐야? 난 이 여잘 연극배우로 알았을 뿐이다. 네가 월급도 못 주고한다기에 병원에 입원했을 때만 하더라도 그 뒤치닥거리를 했고 아이새끼까지 집에다 뒀단 말이다. 연극에 집어넌 밑천이라도, 다못 얼마라도 건질려고 한 일이다. 이놈아 밑천은커녕 아주 들어먹구선 나중엔 이런꼴을 에미한테 뵈준단 말이냐? 얘 너도 염치가 있어라. 천금같은 내아들의 계집이 될만한 자격이 네게 있단 말이냐? 응 이 염치 없는 년.”

설초의 모친은 주먹을 들어 강주를 치려는 자세를 지었다.

성환이 얼른 설초 모친을 물리치려고 사이에 들어서며 강주의 손을 이끌었다.

“엄마 일어나, 나가. 나하구 같이 수표정집으로 가 응. 엄마 거기 가 살어. 응.”

성환은 전에도 수표정집에 가서 저하고 같이 살자고 몇번 말한 일이 있었다. 설초가 아이에게 전과 같지 않았음을 아이는 알고 있는 것이다. 아이가 엄마 곁에서 자겠다고 하던가, 다른 엄마들은 학교에 오는데 엄마도 학교에 오라고 하던가 하면, 그리고 이밖에 극히 적은 일에 있어서까지 설초는 퍼런 눈에 불꽃을 튕기는 것이었다. 마치 여자를 사이에 두고 남자끼리 싸우려는 때처럼.

강주는 일어날 기력도, 아이에게 잡힌 손을 뺄 기력도 없어 물러앉은대로 멍청히 있었다.

"엄마 안 일어나? 빨리 일어나. 수표정으로 가. 설초 아저씨 미워. 무서워."

성환이 제힘으로 강주를 일으키려고 기운을 썼다. 그것은 설초에게서 엄마를 빼앗으려는 기운인 것이다. 성환은 엄마에게 설초아저씨한테 잘해주라고 하던 기억은 이미 남아있지 않았다.

"야 이자식아. 수표정집엔 왜 가? 거기 가면 수가 생길줄 알어?"

설초의 성환을 미워하는 마음이 또 발로된 것이다. 설초의 마음을 아이가 알고 있듯이 아이의 마음을 또한 설초가 알고 있다.

"가자. 엄마가 잘못했어. 성환아 엄마가 잘못했어. 아무런 수가 없더라도 거기 가 사는 수밖에 없겠다."

강주가 아이 손에 매달려 일어섰다. 뱃속의 아이가 팔딱팔딱 새새끼 날듯 팔딱대었다. 강주는 성환을 떼려고 뱃속에서 툭툭 놀고있던 때 낙태약을 끓여 먹던 밤을 떠올렸다. 달이 밝아서 처량하던 일도.

낙태약을 먹어도 죽지도 않고 낙태도 안되는 모질게 생긴 운명을 스스로 저주하면서 한여름의 태양이 쨍쨍 내리쪼이는 큰길을 강주는 아이의 손을 잡은채 걷고 있었다.

22회

강주는 아무것도 생각지 않고 발 놓이는대로 걷기만하다가 두갈랫길에 이르러 발을 무뚝 멈췄다.

"수표정집으로 안 갈테야? 엄마."

성환이 강주 손을 놓지 않은 채 쳐다보았다. 성환은 엄마가 수표정으로 가지 않으면 어쩌나 하는 불안을 얼굴에 떠올리고 있었다.

"좀 쉬어가자. 성환이 너두 덥지?"

"응 더워. 그렇지만 그렇게 덥잖어."

성환은 바른쪽 수표정집으로 가는 길로 엄마의 손을 끌다시피 하면서 그쪽으로 걷기를 원하는 말투였으나 강주도 아이의 팔에 힘을 넣어 손을 한번 더 잡아쥐면서 왼쪽 길에 발을 들여놓았다. 녹아버린 아스팔트가 엿가락처럼 끈적이는 탓으로 걷기가 힘도 들었으려니와 허잘것없이 초라하게 동댕일치운 몰골을 남에게 보이기가 무서웠다.

왼쪽으로 뚫린 길은 아스팔트가 깔려있지도 않았으며 강주가 한때 잘 걷던 데라 쉽게 들어서게 되었다. 처음부터 이 길을 택하자고 해서 택했던 것은 물론 아니었다. 발 닿는대로 걷다보면 여기에 이르게 되었던 것인데 이 길 옆엔 몇그루의 나무가 선 언덕이 있어서 강주의 지친 심신을 쉬게 해주었다.

나무에선 새들이 우짖었다. 나무에 기대어 앉아있노라면 얼마 멀지않은 곳에 냇물이 흘러가는 것이 보였다. 뭉치구름이 떠있는 맑은 하늘이 내리드리운 냇물은 제법 그럴듯한 강으로 느껴져오는 것이었다.

줄곧 그것을 내려다보는 사이에 강주는 잠이 들어버린 일도 한두번 아니었다. 잠이 들면 으례 꿈을 꾼다. ― 온갖 과일이 우박 퍼붓듯 쏟아지는 나무 밑에서 과일을 집어먹지 않고도 먹은 것같이 흐뭇해지곤 하는 일이 있었고 먼 나라 해안지대를 마차에 타고앉아 달리는 바로 옆엔 바닷빛 망또를 걸친 기사가 쓸쓸히 앉아 준다던가 하는 일도 있었다. 망또자락이 깃발처럼 펄럭거리던 소리는 잠에서 깨어나서도 들렸었다. 이밖에도 이와 유사한 꿈을 강주는 무수히 꾸었었다. 성환을 뱃속에 배고 있을 때의 일이요, 뱃속의 그것을 없애려는 생각을 아직 먹어보지 않고 있을 때의 일이다.

강주는 그때나 마찬가지로 나무 밑에 앉았다. 새가 나무에서 여전히 우짖고 있고 냇물이 여전히 흘러내리고 있고 하늘이 거기에 내리드리우고 있건만 여기서 꾸던 꿈조차 이젠 꿀 수 없게, 아주 말라버린 가랑잎같이 버석버석한 인생으로 살게 된 제 자신에 새삼 놀라고 만다.

성환은 냇물을 향해 돌팔매질을 하고 있다. 돌이 냇물에 채 가지 않고 떨어져 버리면 성환은 엣, 엣, 소리를 연발해가며 멈추지 않았다. 설초에게 가는 분풀이를 돌팔매에다 걸고있는 것일까.

또 갈빗대 밑에서 팔딱거린다. 생명이 자라가고 있다는 사실을 일깨워주는 모양이다. 강주는 팔딱대는 생명체를 깨달으며 암담해지는 제 운명에 다시한번 소스라치지 않을 수 없는 것이다.

"엄마."

이때 성환이 돌팔매를 문득 멈추곤 강주를 힐끔 돌아다보았다.

흰자위가 많이 드러났다. 강주는 성환이 눈에 흰자위가 이만큼 드러나 있다는 사실을 지금사 발견했다.

"왜 그런 눈으로 보는 거야?"

고 강주가 아이에게 대어들었다.

그 소리엔 어머니로서의 자애로움이거나 부드러움이 섞여있지 않았다. 모질고 아픈 가시만이 돋쳐있었다.

강주는 아이 눈의 많은 흰자위를 발견했을 때 제 아이라는 인식을 잊어버리고 있었던 것이다. 아이가 불시에 조승현이로 변모해 오는 것을 감당해낼 수가 없었다.

"에잇, 더러워."

아이가 다시 돌팔매질을 시작하며 소리를 버럭 질렀다.

"성환아. 얘 뭐가 더럽다는 거야, 뭣이."

강주도 아이만 못지않은 기세로 아이의 뒷덜미 근방에다 소리를 질렀다.

아이는 강주가 그러거나 말거나 "더러워"를 그치지 않고 돌팔매질을 계속했다.

"얘 성환아 이리와. 어쩜 그렇게도 닮아먹었단 말이냐. 뒷덜미까지도……."

그래도 아이는 강주 소리엔 귀도 기울이지 않고 그대로 계속하는 것이었다.

"얘 이리 오지 못해? 너만 아니더라도…… 너때문에…….”

강주는 제 입에서 뒤쳐나오는 말에 스스로 놀라면서 말을 뚝 그쳤다.

하기야 성환이만 생겨나지 않았더면 강주 자신의 운명이 달라졌을지 모르는 일이지만, 진정 달라졌을 것이 분명하겠지만 갈빗대 밑을 툭툭 치는 그것을 없애버리려고 못된 짓을 하던 일, 그 못된 짓을 하고 난 뒤의 그것은 배꼽 저 아랫쪽에 내려가서 돌덩이처럼 땅땅하게 뭉쳤다간 어느 정도의 시일이 경과하고나면 꼬물락꼬물락 되살아나던 일, 그 일들이 강주의 메가지를 꽉 메게 하는 것이었다.

“성환아, 성환아. 이리와 앉아라. 엄마 곁에 와 앉아라. 기운이 빠진다. 응.”

기세를 피우던 강주의 소리는 슬프리만큼 착 가라앉았다.

아이도 엄마의 이 슬프리만큼 착 가라앉은 소리를 알아 채었던지 돌을 발 앞에 떨어뜨리곤 강주에게로 다가왔다.

강주는 다가온 아이 가슴에 얼굴을 파묻으며 그를 소리없이 안아주었다. 종시 강주는 아이의 눈이나, 그리고 또 뒷덜미에 시선이 닿지 않도록 조심조심 아이를 더 살뜰히 안았다.

“엄마, 나 앉을테야.”

성환이 제 가슴에 파묻은 강주에게 말했다.

“그래, 앉아라.”

강주가 눈을 감은 채 성환을 곁에 앉히고 그의 머리를 끌어다 무릎 위에 얹어 놓는다.

“이것봐. 돌팔매질 하느라고 땀이 잔뜩 났구나. 그렇게 기운을 써도 아픈 데가 없니?”

강주는 배꼽 아래 내려가서 며칠씩 죽어있던 일을 생각했던 뒤라 이렇게 물었다.

“아니, 안 아파.”

“그래? 용한데. 너희반 애들 중에 누가 젤 기운이 세지? 성환이 젤 센가?”

"아냐, 교오샤꾸진이 젤 세어. 난 꼬래비야. 그렇지만 나두 인제 세질테야. 아 령두 하구 그럴테야. 엄마 나 아령 사줘."

"아령? 그래 사주지. 그런데 성환인 왜 꼬래비가 될까, 기운을 막 쓰지 못하 고……"

"기운이 안나는 걸 어떡해."

"지금 돌팔매질은 기운차게 잘하던데."

아이는 무슨말을 할듯이 입을 조금 삐죽거리다가 가만히 앉아있었다.

"엄마한텐 무슨 말을 해도 좋아. 엄만 성환이가 젤 좋니까."

"아냐, 아냐. 엄만 설초아저씨가 젤 좋지 뭐야."

"안그래. 엄만 정말 성환이가 젤 좋아."

"그럼 왜 설초아저씨집에 있는 거야?"

"그건 성환이가 이댐에 커서 어른이 되면 알 거야."

"설초아저씨한테 맛있는 것만 해주구……엄만 설초아저씨편이야. 밤낮 들이[68] 붙어있잖어? 우리 학교에두 안오구. 다른 엄마들은 매일 와. 안집 할머니두 엄마가 설초아저씨하구 밤낮 붙어있다구 그러던데……"

처음 듣는 소리이긴 하나 아이의 말을 강주는 시인하고 들어가는 수밖에 없었다. 남의 눈을 꺼리는 데서, 그리고 승현에게 들킬까 두려워서 바깥출입으로는 주인네 마당에 물 길러 들어가는 정도였으니 설초와 밤낮 붙어있다는 뒷소리를 면치 못할 것이고, 맛있는 걸 설초에게 해준다는 말도 들을만 했다.

강주는 설초를 사랑하지 못하는 대신, 조승현에게로 가지 않겠다는 몸부림과 같은 생각에 허둥지둥 아무렇게나 설초를 붙잡긴 했지만 그의 아이를 가지게 되면선 그의 아내로서 할 수 있는 일은 다 해보려는 마음을 길렀던 것이다.

이것은 설초를 생각해서라기보다 몹쓸 제 운명을 조금이라도 순탄한 길로 이 끌어보자는 발버둥이라해도 좋을 것이다.

---

68 '둘이'의 오식.

진실로 강주는 숨결마다 잊혀 안지려는 오한영에게 가는 마음까지를 눌러가면서 마소같이 무딘 감정으로 살아왔었다.

그러다가도 강주는 때때로 조승현이란 남자와 이설초란 남자를 비판대에 올려놓고 비판해보고 비교해보는 수가 있었다.

오한영은 여기에 참관하지 못한다. 오한영은 쳐다보지 못할 나무라고 여기기도 했지만 그와의 사이엔 다리를 놓을 아이가 없으니 참관시킬 계제가 아닌 것이다.

강주는 죽은 성은을 배던 경험으로 미루어서 현재 뱃속에 든 아이가 계집애라고 확신했다. 계집애는 배안의 놀이에서도 육중하지 못하다. 갈빗대 밑에서 팔딱팔딱 하는 것으로써 그친다.

성환은 갈빗대 밑을 툭툭 받았다. 배꼽 저 아래 감감히 죽어있다가도 어느 정도의 시일이 경과하고나면 다시 제 위치에 돌아와가지곤 육중하게 툭툭 치받았다.

계집아이일 바엔 몸서리가 칠 정도로 싫고 무섭더라도 성환의 부친인 조승현을 따르는 것이 장래를 살피는 경우에 낫지 않겠느냐고, 이런 속된 마음으로 돌아가는 일이 있었다. 그런가하면 계집애의 아버지더라도 매사에 수월한 설초의 반려가 되는 편이 낫겠다는 생각이 끊임없이 일었다. 이런 저울질은 언제나 승부를 가려내지 못하고 말아서 때로는 조금이라도, 실티만큼이라도 강주가 사랑할 수 있는 대상을 골라보려고 했지만 여기에서도 거듭 실패를 거두게 되곤 했었다.

강주는 현재 어느 한 사람도 사랑하지 않고는 있지 못했으니까.[69]

다시 강주는 생활을 이어가는 경제적인 두 남자의 힘을 비교해보았다. 승현이나 설초나 둘이다 제 힘으로 생활을 꾸려가지 못하는 점에선 마찬가지 자격자일 수밖에 없지만 그렇더라도 설초는 처자를 고생시키지 않으려고 애는 쓸

---

69 '사랑하지 않고 있었으니까' 또는 '사랑하고 있지 못했으니까'를 뜻하는 것으로 보임.

것이다. 실속없이 입으로만 모든것을 꾸려가려는 승현에게 비하면 설초편이 약간의 진실성도 지녔다고 보겠다.

'그만큼이라도 신뢰할 수 있는 쪽이 낫다. 그만큼이라도 신뢰할 수 있으면 되는 거다.'

강주는 그 사이에 또한번 두 남자를 비교하고선 이런 말로 중얼거렸다. 이 소리는 제 자신에게 일러들리느라고 크게 소리쳤던 탓으로 성환에게도 들렸었다.

"엄마, 뭐야? 뭐라구 그랬어?"

"아무말도 안했어."

"지금 뭐라 뭐라구 했잖았어?"

"응 그거, 설초아저씨가 존 사람이라는 말이었어. 설초아저씬 참 존 사람이야. 성환이도 그전에 좋다고 하잖았어. 잘해주라고 왜 엄마한테 말했지?"

"그전땐 그랬지만 틀렸어. 난 싫어."

"아냐, 설초아저씬 그전이나 똑같애. 엄마하고 성환이하고 인제부터 잘해주면 그전때나 마찬가지로 성환일 예뻐할거야."

강주는 그동안 늘 생각해오던 소리를 털어놓았다. 설초를 사랑하지 못하는 강주의 심리상태는 아이에게 맹목적이 되는 때가 많았다. 아이에게 맹목적으로 쏟는 강주의 모성애가 설초의 마음을 거칠게 했으며 성환에게 그는 증오까지 느끼게 했던 것같다.

"그럼 엄만 수표정집에 안 가구 설초아저씨한테루 갈테야?"

"아니 그런건 아니지만⋯⋯."

"그럼 빨리 가."

성환이 일어나려고 다리를 버둥거렸다. 강주가 아이의 머리를 눌러놓은 때문이었다. 강주는 아직 어느쪽으로, 어디를 가야한다는 마음의 방향을 잡지 못하고 있었던 것이다.

"어딜 간다고 이러니?"

최정희 소설 전집 **6**

“수표정집에 말이야.”

“거기 가면 수가 생길줄 알어?”

강주는 설초가 하던 것과 같은 말을 했다.

설초의 이런 말때문에 강주는 아이의 손을 이끌고 거기를 나온 것인데.

“배고픈걸.”

“수표정집에 가면 밥이 있을줄 알어? 지금은 나뭇가지 칠 것도 없잖어? 양말 코만 메꿔가지고 사는 집이 무슨 밥이 있어.”

“그럼 설초아저씨한테라두 가.”

여기엔 아무런 대꾸도 없이 강주는 잠잠히 있었다.

정작 아이 입에서 설초에게로라도 가자는 말이 떨어지니 당황했다. 다시는 안 들어갈 기세로 나오던 일이 떠오르기도 했지만 설초의 모친이 떠들어댄 소동을 주인뿐 아니라 가까운 이웃들이 알고있을 것이니 얼굴을 들고 거기를 들어간다는 것도 처량한 일이었다.

노을이 일대를 채색하게 되면서 날아들었다간 날아가고 날아갔다가 날아들던 새들이 가지에 와서 재잘재잘거리기만 하고 날아가지는 않았다.

“설초아저씨한테라두 가지는데 엄만 왜 안 가구 이래? 배고파 죽겠다니까.”

아이가 끝내 머리를 들고 험악한 얼굴을 지었다.

“애, 애. 배고픈 것은 좀 참아도 돼.”

강주는 여기서도 승현을 떠올리게 되었다. 그가 무슨 일에나 참을성없이 굴면서 강주만이 아니고 그의 양친과 형제들에게까지 가혹하던 일이 불쑥 떠일어났다. 이렇게 승현은 자기 주변의 가까운 가족들에게만 가혹했을 뿐이지 남에겐 비겁할 정도로 꼼짝을 못하던 일도 잊을 수 없었다.

“배고픈 걸 어떻게 참아.”

성환이 역증을 버럭 내는데 그 얼굴이나 말소리가 승현을 그대로 따놓았다.

“참을 줄 아는 사람이래야 존 사람이야. 참을 줄 모르는 사람은 제 주변의 가까운 사람들을 전부 멸망시키고 마는 거야. 너의 아빠가 그렇잖았어. 너의 아빠가 그지경이기 때문에 온통 다 이지경이 된 거 아냐."

"엄만 안 나빠? 엄마가 나쁘기 때문에 아빠가 나쁜거야."

"엄마가 어쨌단 말이야?"

강주는 상대방이 제 아이라는 것을 망각했다.

"엄마가 아빠 말 안들으니까 그렇지. 밤낮 쌈만 하자구 안 그랬어? 엄마가 나빠, 나빠."

아이가 강주의 뺨을 두번 찰싹찰싹 때렸다. 아이의, 불이 펄펄 이는 눈길이 살처럼 곧았다.

"이자식이, 엄말 때린다. 때리는 건 잘 봐뒀구나, 못되는 송아지가 엉덩이에서부터 뿔이 난다더니 잘한다. 그래 기껏 밴 게 이거냐? 엄마가 네 애비 요굴 안 들어준 게 뭐야, 뭣이나 다 들어줬어, 하라는대로 다했어. 그래도 엄마가 나쁘다고? 엄마가 왜 나쁘냐? 흐어엉 어째서 나쁘단 말이야?"

강주는 생전 아이에게 해보지 않던 말투로 아이를 죽찔렀다.

엄마의 무서운 기세에 아이가 비슬비슬 한발 두발 뒤로 물러나가며 다시 입을 떼지 못하고 씩씩거리기만 했다.

한발 두발 뒤로 물러나가는 아이를 강주가 쫓아가며 내가 어째서 나빴더냐고, 소리소리 질렀다.

강주는 아이가 한발 두발 피해가는 그 뒤가 벼랑이라는 것도 모르고 완전히 이성을 잃은 행동으로 나왔던 것이다.

벼랑이 그다지 높지 않았으나 떨어진 아이는 한참동안 정신이 얼떨떨해 있었다. 아이가 떨어진 뒤에사 이성을 되찾은 강주가 아이를 일으켜 안았다. "성환"을 수없이 불러대며, 엄마가 잘못했어. 모두 엄마가 잘못한 죄값이야. 아무도 원망할 것 없어. 아무도 잘못한 사람이 없어. 모두 내가 잘못했어. 산울림이 일도록 강주는 울부짖었다.

나무에 깃들인 새들도 강주의 울부짖는 소리에 놀랐던지 가만있지 않고 깃을 파닥파닥 치는 것이었다.

아이가 의식을 찾기까지 같은 행동과 말을 수없이 번복[70]해가다가 아이의 의식이 회복되자 아이를 업었다.

노을도 다 지고 어둠이 땅위에 가물가물 내리깔리는 속을 강주는 발길을 허둥지둥 옮겨놓는 것이나 어디로 향해야 한다는 확정된 생각도 없이 걷고 있었다.

두갈랫길에 이르렀을 때 발을 멈췄다. 아까 낮에도 이 지점에서 강주는 발을 멈추곤, 바른쪽 길을 걷느냐, 왼쪽 길을 택하느냐에 한참을 망설였다.

이번에도 바른쪽으로는 도저히 발을 옮겨놀 수가 없었다. 대낮에도 가기를 주저하던 거기를 다 어두운 밤에 한층 더 처참해진 몰골을 보이기는 죽을 일같았다.

그렇다고 왼쪽으로 발을 얼른 돌리기도 힘이 들었다.

"엄마. 왜 안 가? 엄마 아직두 울어?"

성환이 등뒤에서 꺼지는 듯한 소리로 말했다.

"성환아, 아프잖어? 엄마가 잘못했어. 엄만 성환이한테 더 맞아도 괜찮아. 더 맞아도 좋아. 성환이만 어디 앞은 데가 없음 좋겠어."

"아프잖어. 배만 고파."

강주는 멈추고 있던 발을 왼쪽길로 돌리며 의식적으로 콱콱 밟았다. 그 길로 들어서야 한다는 결의를 굳히기 위한 동작에 불과했다고 해도 좋을 것이다.

설초는 집에 있었다. 그가 집에 있지 않을 경우를 염려해서 멀리서부터 그 방에 불이 켜져있나를 살피느라고 강주는 몇번 발을 헛밟기도 했다.

"왔군. 와줘서 고마워요. 수표정집엘 두번 다녀왔는데…… 어디 갔댔어."

업은 아이를 받아주며 서두르는 설초의 눈이 퀭하니 패어있었다.

강주는 그가 받아주는 아이를 도로 받아서 눕히고, 저녁은 어떻게 했느냐고

---

70 '반복'의 오식으로 보임.

설초에게 물었다. 설초의 저녁을 걱정하느라고 해서가 아니고 아이에게 저녁을 먹이자는 마음이 더 많았다.

"저녁이 다 뭐요. 당신이 나간 뒤에 모친한테 매우 불효스런 언살 써서 모친을 돌려보내군 그 길로 수표정으로, 고월애 심양혜들 집을 찾아다녔지. 지금두 막 수표정엘 다녀오는 길인걸."

"헌 여잘 그렇게 열심히 찾을 건 뭐예요. 북간도엘 안가려고, 그 탐정소설같은 소용돌이에서 헤여나려고 찾아든 곳이 깊디 깊은 함정일줄은 몰랐어요. 스스로 찾아든 함정이니 누굴 원망할 수도 없는 일이지만 뱃속의 거나 털어놓으려고 돌아온 거예요."

도로 찾아든 계면쩍은 심사를 그대로 두기는 싫었다.

"강주 그런 소릴 말아요. 헌 여자란 말이 내 입에서 나온 말인가. 모친은 자신의 과거가 그랬던만큼 며느리의 정숙을 바랐을 터이겠지. 모친이야 어쨌던 우리 둘의 뜻이 맞구 애정이 굳어가면 그만 아니겠어? 이제 우린 곧 아기의 아빠 엄마가 되는 거요. 귀여운 아기의 아빠 엄마가……."

설초 입에서 이런 소리가 나오니까 누워서 배고파할 성환의 정상이 더욱 가슴에 사무치는 것이다. 강주는 옷소매를 걷고 저녁준비에 손을 대지 않을 수 없었다.

"이제 저녁을 지려구? 뭐나 시켜다 먹읍시다. 내가 가서 시켜올게. 당신은 뭘 하겠수? 군만두? 탕수육?"

설초가 쏟아놓는 듯 강주에게만 묻는 말에,

"나두 탕수육을 먹을테야."

성환이 제가 먼저 소리를 쳤다.

"그래, 너두 탕수육을 먹어라. 당신은 뭘 먹겠는지 말해봐요."

"아무거나 시켜요. 먹고싶은 것도 없어요."

"그래선 쓰나. 뱃속의 아길 생각해서라두 먹어야지. 중국요리가 싫음 스실 사올까?"

“탕수육을 시키세요. 나도 그거나 먹게.”

“다른거 더 없어? 훈탕이나 기시멘같은 것. 당신이 그거 잘 먹지 왜.”

“나 훈탕두 먹을테야.”

성환이 또 제가 나섰다.

설초가 성환의 말은 듣는 척도 하지 않고 밖으로 나갔다.

배갈도 시켜왔다.

“오래간만에 우리 한잔하자구. 바루 이게 화해술이거든.”

설초가 소반에 그것들을 올려놓으며 강주의 낯색을 살폈다.

강주는 눈을 내리고 그의 시선을 피했다.

“화해술이랄 것두 없지. 나하구 어디 틀렸댔게. 아무튼 한잔 받아요.”

설초는 술을 따른 잔을 강주에게 건네었다.

강주가 받아 꿀꺽꿀꺽 삼켰다.

“하던 솜씨가 있거든. 왜 당신이 영도사 그집에 있을 때, 나무가 울창하던 집 말이야. 그때 잘했지. 당신은 술을 마시면 매우 아름다워지더군. 오늘저녁, 내게 아름다운 모습을 보여달라구.”

술을 마시기 전부터 설초는 주정비슷한 소리로 신바람을 냈다.

“엄마 술 먹지 마.”

음식에 골똘하던 성환이 어느새 설초의 소리를 들었던지 눈을 부라렸다.

“안 먹을께. 성환인 어서 그거나 먹어요.”

아이에게 안 먹는다고 말해놓곤 설초가 주는대로 강주는 받아마신다.

마시고나면 따르는 잔이 쉴새없었던 탓으로 강주는 끝내 취해야 했다.

횡설수설 한 소리를 또하고 또하고 하는 것이었다. 강주가 지껄인 중에서 ‘헌 여자’가 제일 많았고 ‘스스로 파는 함정에 빠져있다.’ ‘탐정소설의 주인공’이라는 말도 적잖이 했다.

엄마의 주정을 지키고 있던, 주정이 아니라 엄마의 육신을 지키고 있던 성환은 식곤증이라도 났던지 잠이 들어버리고 아이를 사이에 두고 누웠던 설초가 다가왔다. 승현이 잘 하던 짓이라 강주는 몸이 뻣뻣해지는 것을 스스로 알면서도 승현이라면 군소리가 있을테지만 설초는 그렇지 않을 것이므로 가만둬버렸다.

묘하게도 그해 십이월 이십일에 강주는 짐작했던 바대로 계집애를 낳았다. 십이월 이십일은 구년전 십이월 이십일인 성환의 나던 날과 동일했다.

강주는 두 아이의 탄생일이 동일한 데서도 이미 마련된 자기의 운명을 감득한다.

두 아이는 양쪽 발목에 매달린 큰 돌멩이같은 것이라고 강주는 여길밖에 없었다. 큰돌멩이, 이것때문에 발을 꼼짝하지 못하게 된 자신을 알게 되는 것이었다.

아이의 이름을 설초가 정미(貞美)라고 지었다. 미(美)자가 강주 비위에 거슬렸으나 번번히 타박을 줄 수가 없어서 반대의사를 표명하지 못했다. 찬희(讚姬)란 이름은 강주의 동생, 찬주의 '찬'자와 동일하기 때문에 마음이 안 든다고 했으며 향은(香恩)은 죽은 성은의 '은'자와 같기 때문에 그만 두자고 했다.

그러나 강주는 이유를 밝히지를 않고 그런 이름들이 흔해서 싱거운 감이 든다고만 했을 뿐이라 설초는 대수롭지않아 했지만 강주의 심경은 쓸쓸할밖에 없었다.

죽은 성은의 이름을 설초가 모른다는 데 대해선 쓸쓸할 것까지 없었다. 찬주의 이름이 설초에게 알려져있지 않았다는 사실에 새삼 충격을 깨닫게 된 것이다. 하기야 설초만 찬주의 이름을 모르고 있는 것도 아니다. 승현도 찬주의 이름을 모르고 있다. 그들은 강주만을 알고있다. 그외의 강주네 집안속 사정엔 깜깜하다.

이것때문에 자기에게 어두운 생활이 밀물같이 밀려드는 것이라고 강주는 생각하고 있는 것이다.

정미는 점점 예쁘게 번져갔다. 아들을 낳더면 모친의 생각도 달라졌을 것이라고 입버릇처럼 뇌이곤 하던 설초 입에서 그 말이 뚝 그치도록 설초는 정미에게 정신을 잃고 있었다.

설초의 모친은 그 뒤로 생활비를 주지도 않았고 다시 찾아오지도 않았다. 생활이 궁핍해지자 설초가 각본을 써서 대중극장에 팔았다. 각본의 대부분이 현대극단과 소형극장에서 공연하려던 것이거나 공연해버린 그 줄거리를 통속극으로 꾸며서 만든 것들인데 그렇더라도 그것으로써 수확을 거둔 편이어서 넉넉치는 못하지만 그런대로 생활을 꾸려나가게 되었다.

각본료를 받으면 설초는 아직 그런 장난감이 소용될 때가 멀었건만 정미의 것을 잔뜩 사들고 왔다. 옷가지도 주책없으리만큼 사들고 왔다.

이런 때마다 성환의 질투가 대단했다. 질투의 형태는 정미를 증오하기에 이르는 것이었다. 정미를 꼬집는다든가, 슬그머니 눌러서 괴롭히는 데까지 미쳤다. 성은잇 적에도 성환은 이와 비슷한 행동을 서슴지 않고 행하곤 했다. 그것으로 미루어서 성환의 성격이 비뚤어져있음을 강주는 알게 되고 그래서 성환에게 가는 측은한 감정이 가슴을 저리게도 했다.

성환이 삼학년에 올라가고 정미의 발걸음이 확실해갈 무렵해서 동생 찬주가 어느날 성환을 앞세우고 찾아왔다.

마침 설초가 나가고 없은 뒤여서 우선은 덜 당황했으나 너 찬주 아냐? 너 어떻게 왔었니. 해가며 강주는 허둥거렸다.

"언니두. 어쩜 그렇게도 소식이 없을 수 있어요. 얼마나 깨가 쏟아지게 살기에 부모도 형제도 다 잊어버려요."

성환은 벌써 찬주에게 온갖 사정을 다 털어논 모양이고 찬주는 성환의 말을 들어서 강주의 생활내용을 알고 있나 보았다.

"난들 부모 형젤 잊어버리고 싶었겠느냐마는…… 그저 그렇게 되더구나. 그런데 넌 어떻게 왔니? 너 여학교는 마쳤겠구나?"

"……어쩜 그래요. 어머니한테 편지라도 가끔은 해드려야잖아요. 어머닌 편지로 나한테 밤낮 언니소식을 묻군 하셨대요. 언니가 나한테나 언제 편질했어야 소식을 알려드리죠. 나두 모르는걸 어머니한테 어떻게 알려요. 언니 너무해요. 가엾은 어머니를…… 어머니가 불쌍하지도 않아요?"

뾰로통해 있던 찬주가 한참만에 이런 말을 쏟아놓더니 끝내는 눈물을 방울방울 떨어뜨리면서 원한이 찬 눈길로 강주의 면상을 쏘아보았다.

강주가 동생의 쏘아보는 시선을 피하지도 않고,

"찬주야, 내가 잘못했다. 난 내가 잘못한다는 걸 너무도 잘 알고 있다. 잘못하지 않으려고 얼마나 발버둥을 쳤겠느냐마는 자꾸만 잘못하게 되더구나. 찬주야 너까지 날 그렇게 비방하고 몰아세우면 난 앉을 데도 설 데도 없이 되구 만다. 이 넓은 천지에 갈 데라군……."

강주에게서도 눈물이 좌르르 흘러내렸다.

방울방울 떨어지는 눈물과 좌르르 흘러내리는 눈물은 한참 계속되었으며 계속되는 사이엔 아무도 말이 없었다. 흑흑 느껴우는 소리만이 들리다가 말다가 말다가 들리다가 할뿐이었다.

"언니, 내가 너무했나봐. 나도 언니 심정을 짐작은 해요. 그렇지만 언니소식을 몰라 병이 들 지경이 된 어머니한테 잘있다는 편지쯤이야 못해요."

찬주가 눈을 씻어가며 코멘 소리로 말했다.

"편지조차도 쓸 수 없는 생활이었어. 뭐라고 편질 쓰느냐 말이다. 뭐라고……."

강주는 더욱 흐느꼈다.

"엄마 나 잘못했어. 이모한테 내가 다 말했어. 설초아저씨하구 엄마하구 밤낮 붙어있다구. 엄마하구 설초아저씬 정미만 예뻐하구 옷두 사오구 장난감두 막 사온다구. 다시는 안 그럴께. 엄마 울지 마아."

강주는 대꾸를 못하도록 더 울고만 있고 찬주가 성환을 끌어안아다가 옷매무새랑 고쳐주곤,

"괜찮아. 성환이 잘못한 거 하나도 없어. 성환인 밖에 나가 동무들하고 놀지. 자 나가 놀아라 응."

해서 찬주가 성환을 밖으로 내보냈다.

그런 뒤에도 강주는 울음을 그치지 못했다. 어디서 그렇게도 많은 눈물이 터져나오는 겐지 모를 지경이었다. 느껴오던 울음은 통곡으로 변하는 것이었다.

"언니 왜이래? 진정해요. 인제부터라도 잘 살도록하면 되잖어요. 그만해요, 언니."

언니의 통곡을 찬주는 막으려고 강주의 어깨짬을 쓸어안았다. 어깨짬이 너무 많이 흔들리는 탓으로 찬주의 몸도 따라 흔들렸다.

"인제부터라도?…… 인제부터는 무슨 수로…… 잘 사느냐 말이다. 난…… 난 함정에…… 빠진 짐승이야. 아무리…… 아무리 발버둥을 쳐두 함정을 벗어날 순 없는거야. 없는거야……."

"언니. 내가 도와줄께. 함정에서 나오게 해줄께. 나 학골 졸업하고나면 취직이 돼. 졸업한 학교에 선생으로……. 그러면 어머니도 언니도 오빠도 다 잘 살게 할테야."

찬주가 언니의 흘러내리는 눈물을 씻어주고 머리를 바로 잡아주며 말했다.

"고맙다. 찬주야. 내가 못한 일을 너나 해다고. 나도 너같은 생각을 하던 때가 있었어. 널 데려다가 공불 시키고 형식이도 어머니도 좀 편안히 살게 하려고 했어. 그랬지만 하나도 맘먹은대로 안되더구나. 너나 잘해다고, 부디. 그런데 찬주야, 너 여기 공부하러 온 거냐?"

찬주의 말을 꼭 믿는 것은 아니었으나 찬주의 힘으로 모두가 부디 부디 좀 낫게 살아질 수 있기를 바라는 마음이 간절했던 때문인지 통곡이 저절로 그쳐졌다.

"응, 이번에도 장학금으로 왔어. 언니네 전에 살던 주소로 전보를 쳤잖어. 옮긴 걸 모르구……그런데 말이야……언니. 형부가 우리집에 왔댔잖아."

"형부가? 형부라니?"

강주는 아찔해지는 정신을 가다듬어가며 소리를 낮췄다.

"형부말이야, 성환이 아빠."

"그가 우리집에?"

완전히 신음소리였다.

"나 졸업시험 치고 집에 가서 얼마동안 있었거든. 그때 형부가 왔잖아. 해가 다 진 뒤고 아직 불은 켜지 않아서 분간 못하는 때 여기가 서강주 집이냐고 묻는 사람이 있잖아."

어머니나 찬주, 형식은 그때 없었지만, 서강주라는 이름에 소스라쳤다. 반갑기도 하려니와 한편 놀라운 생각도 들었던 것이다. 이쪽에서 그렇다고 했더니 나 서강주 남편되는 사람이올시다. 하곤 봉당에 올라서는 것이었다.

어머니는 처음 맞는 사위를 위해 불을 밝힌다, 찬주에게 저녁을 지으라. 하고 서돌렀다.[71] 있는대로 긁어모아 저녁을 지으며 찬주도 어지간히 반가와 했었다.

찬주가 저녁을 짓는 사이에 어머니는 형부에게 온갖 것을 캐어물었다. 어떻게 왔느냐? 어디를 가던 길이냐? 강주랑 아이들이 잘 크느냐? 생활은 괜찮은 편이냐? 아무튼 입이 놀 새가 없이 물었고 형부는 거기 맞춰서 대꾸하기에 바쁜 듯했다.

어머니는 형부가 점잖고 의젓하고 잘 생겼다고 좋아하며 밝는 날이면 집안과 이웃 동네어른들께 인사를 돌게 하겠다고 벌렀다. 그랬건만 그것조차 뜻대로 되지 못했다. 형부가 밤새 어디로 살아져버렸던 것이다. 어머니는 잠을 안 자고 샛문 틈으로 잠든 형부를 들여다보고 보고 했는데 형부가 어느새 없어졌는지 모를 일이었다.

"그게 언제 일이라고?"

강주의 소리는 여전했다.

"글쎄, 나 졸업시험 치르고 집에 갔을 때니까 한달도 채 안되지 뭐요."

"어딜 갔을까? 서울에 왔나부지. ……옷이랑 잘 입었던?"

"언니, 어떻게 된 거예요? 언니쪽에서 싫은 거예요? 저쪽에서 물러선 거예요? 우리집까지 찾아온 걸 보면 형부쪽에서……."

---

71 '서둘렀다'의 오식.

찬주는 아무것도 모르고 있는 것이다. 찬주뿐 아니라 어머니도 남자동생도 모르고 있는 것이다. 그들은 조승현에게 대해서, 그의 이름이 무엇인 것까지도 모르고 있으므로 찬주가 이렇게 묻는 것도 당연했다. 강주는 말을 못하고 그자리에 누워버렸다. 더 앉아있지 못하게 되었으니까 쓰러진 것이라는 편이 옳겠다.

쓰러진 뒤에 강주는 얼마동안을 의식을 잃고 있었던 것이다. 설초가 돌아와서 서둘고 나서야 정신을 차렸으니까. 설초는 이런 상태에 놓여있는 강주를 여러번 목격했기 때문에 이어 강주의 눈까풀을 까보았었다. 찬주는 언니가 잠이 든줄만 알고 조용히 앉아 잠든 정미가 깨지 않기를 조심조심 하고 있었지만.

제1부 완

그날 학교에서 돌아온 아이가 '삼춘이란 사람이 학교에 와서 엄마를 보자' 더라고 다급하게 전하면서 '대성여관'이라고만 적고 그외의 아무것도 없는 종이쪽을 강주에게 꺼내주었던 것이다.

삼촌이라면 승현의 동생 승구말인가? 때마침 누워있던 강주는 튕기듯 허공 일어나 종이쪽을 집어들고 훑어보았다. 눈알조차 굴리지 못할 정도로 전율에 몸을 떨면서 종이쪽에 눈을 박았다.

"삼촌이…… 혼자더냐?"

한참만에 풀려나온 말이었다.

"응."

"너의 아빠는?"

"아빠? 아빠는 아니야. 삼춘이라는 사람, 그사람 혼자 왔어."

혼자라 하더라도 그 형, 승현과의 관련을 생각하게 하는 것이다.

"삼촌이면 삼촌이지 삼촌이란 사람은 뭐야? 정말 그사람 혼자더냐?"

"응 그래."

"지긋지긋한 씨알머리들, 너희들 씨알머리탬에……."

골탕을 먹는다는 말일 테지만 입밖에 내뱉지는 않고 집어들었던 종이쪽만 강주는 휙 던졌다. 그리고는 자리에 도로 누워버렸다.

"엄마 빨리 오래."

"누가?"

"삼춘이."

"누구더러 오라가라 명령이라더냐? 보겠으면 와서 볼거지."

이렇게 말은 해놓았으나 승현의 동생이 찾아와서 볼만한 위치에 있지 못함을 강주는 스스로 알고 있다.

"대관절 무슨 일로 오는건지. 무턱대고 오라기만하면 돼."

"가보면 알잖어."

"이놈의 자식, 무턱대고 어딜 가라는 거야. 저리 썩 물러가지 못해?"

강주가 아이에게 다리질을 해서 쫓으려고 했다.

아이가 비실비실 물러난다.

"저리 나가란 말이야. 아주 없어져버리기나 해라. 꼬라지도 보기싫다."

아이가 밖으로 나갔다. 아이는 힘자라는대로 둘러메어치듯 문을 쾅 닫았다.

벽과 천정, 방안 전체에 진동이 일었다.

"저놈의 자식, 썩 죽어버리기나 해라."

벽과 천정, 방안 전체의 진동과, 그리고 강주 자신이 날카롭게 지른 소리가 어디엔가 잦아들고나선 강주는 제몸이 물에 젖은 솜같아진다고 느꼈다.

강주는 눈을 감아본다. 여러가지의 색채의 고무풍선 비슷한 것들이 감은 눈 속에서 떴다 꺼졌다 한다. 그것뿐이면 좋을텐데 묘하게도 고무풍선 비슷한 것들은 온통 다 승현의 얼굴로 변한다. 코도 입도 없는 승현의 얼굴인 것이다.

강주는 저도모르게 소리를 치며 소스라쳤다. 그것은 오랜 시간을 되풀이되고 있었다. 눈을 뜨지도 감지도 못하는 상태에서 강주는 허덕이었다.

"이것봐요. 내곁에 앉아있어줘요. 잠을 자지 말고, 꼭."

강주가 설초를 가까이 끌어다 앉히고 말했다. 늦게 돌아와서 아무 영문도 모르는 설초는 강주의 이마를 식히려고 물수건을 연신 얹어주었으나 열기는 종시 내리지 않았다. 설초는 의사를 불러온다고 몇번이나 움죽거렸던 것이다. 밝는 날이면 나을테니 곁에 앉아있기만 해달라고 강주는 설초의 손을 잡아쥐었다.

강주의 열이 내리지 않는 일을 걱정하면서도 설초는 이와같이 살뜰하게 구는 강주를 겪어본 경험이 없었기 때문에 출렁거리는 희열을 감추지 못하기도 하는 것이다.

강주의 말대로 해가 솟는 낮이 되면서 물수건을 대지 않고도 이마가 식을 수 있었다.

그렇더라도 강주는 줄곧 누워있었고, 설초를 밖에 내보내지 않고 있는데 학교에서 돌아온 아이가 좀 퉁명스럽게,

"삼춘이 시굴에 같이 가제."

하는 것이었다.

"뭐? 누구더러?"

강주는 어저께보다 한층더 튕기듯 공중 일어나 아이를 똑바로 쳐다보았다.

"나하구."

"삼춘이 너하고 시굴 가자구 그래?"

"응, 시굴가서 같이 살제."

"언제 그랬어? 삼춘이."

"오늘, 아까."

"너 여관에 갔댔니?"

"아니 삼춘이 학교에 또 왔어."

강주는 머리에 빗질도 하는둥 마는둥, 못에 걸린 옷을 갈아입고 신발을 찾아 신었다.

"어딜 가는거야? 몸두 성치 못하면서."

"아무델 가던 당신이 참견할 것 없어요."

만류하려는 설초를 물리치고 강주는 어저께 종이쪽에서 본 '대성여관'을 향해 달리는 것이나 찐득찐득한 액체 속을 뚫는 듯 제대로 발이 옮겨지지 않았다.

승현의 동생방을 누구에게 어떻게 물어서 찾았던지 강주는 기억에 없다. 그의 방문을 열어제끼며 들어서자마자 성환을 못 데려간다고, 누가 성환을 데려간다는 거냐고 소리를 쳤다.

"아주머니가 그러실줄 알구 있었어요. 그렇지만 성환일 아주머니한테 맡겨둘 수는 없는 거 아니겠어요? 형님의 사건이 신문에 보도된 후로는 얼굴을 들구 하늘을 쳐다보기두 끔찍해서 서울소식두 알려구 하지 않았읍니다. 형님의 편지로써 성환일 데려가야 할 이유를 알게 됐죠."

마구 대어든 강주였지만 승현의 동생은 차근차근, 그리고 전에와 마찬가지로 강주에게 따뜻하게 대해주었다.

"그래, 형님이란 사람은 어디 있어요?"

"저두 모릅니다. 서울서 보냈으리라고 짐작되는 편지만 받았을 뿐, 거처는 알리지 않아서 모릅니다. 분명히 서울에 계시긴 한가봐요. 찍힌 인장이 광화문 우편국인 걸 보면……. 여하간 아주머니한테 여러 면으로 죄송한 것뿐입니다. 언제 어디서나 말할 수 있는 건 이 말뿐입니다. 한기욱씨하구 둘이서 늘 말합니다. 이번 형님의 편지를 받고도 둘이서 아주머니의 애길 했읍니다."

"그렇담, 아일 데려가지 않아도 되잖아요. 나를 또다시 숨도 쉴 수 없는 마지막 골짜구니에 몰아넣으려고 하는 거예요? 도대체 조승현이란, 도깨빈지 짐승인지 모를 인간의 말을 들어가지고 나를 더 처참하게 만들려고 하는군요. 내가 가엾다고 생각되거든 내게 성환을 빼앗아가지 말아주세요. 그애 없는 세상은 살아갈 수가 없어요. 그애는 항상 내곁에 있어야 해요."

"아주머니 심중을 충분히 알구 있어요. 아주머닐 더욱 처참하게 만들려는 생각은 추호두 없읍니다. 단지 조씨 가문의 장손이 이씨를 아버지라 섬기며 성장해 갈 수는 없다는 게 이유겠죠. 형님의 편지만으로 데려가는 건 아닙니다. 한기욱씨하고도 여러차례 상의한 끝에 용단을 낸 겁니다. 의부 밑에서 성환일 올

바르게 키울 수 있다구 아주머니는 생각하십니까? 아주머니가 누구보다 잘 아실 게 아니겠어요.”

승구가 강주를 건너다보고 말했다.

승구의 말대꾸를 못하고 강주가 얼굴을 숙여버렸다. 여기에 대꾸할 말을 강주는 한마디도 찾아내지 못했던 것이다. 아이로 해서 어설픈 분위기는 하루에도 몇번씩 일곤 했으니 무슨 말을 하랴. 가령 강주와 설초가 정미를 사이에 두고 희희낙락하는 광경을 목격하는 경우에 웃어야 어울릴 성환이 웃지를 못한다. 웃어야 할 장소에 웃지 못하게 되는 아이는 얼굴을 일그러뜨리는 재주밖에 없었다.

더우기 학교에선 성환이 설초의 아들이 아니라는 사실을 알게 되었다. ‘창씨’ 제도만 아니더라도 이 사실이 쉽게 밝혀질 염려가 없었을 것인데 그것때문에 일은 복잡해졌다. 성환이 입학시에는 조승현과 서강주의 장남으로 되어있는 호적등본을 학교에 제출했었다.

그때 설초가 온갖것을 서둘었으므로 학교에선 설초를 조승현으로 알고 있었고 설초 또한 성환의 실부인 체해보였던 것인데 ‘창씨’제도가 실시된 이후로 학교에선 빗발같이 호적등본의 재 제출을 요청해왔었고, 그러나 강주는 성환이 조승현과 서강주의 장남으로 되어있는 호적등본을 얻어올 용기를 갖지는 못했다.

이러던 중에 설초가 창씨를 했다. 어느날 담임선생이 창씨한 사람, 손을 들라고 했다. 성환은 손을 들지 못한 아이들 중에 끼어있었다. 손을 들지 못한 아이들을 담임선생이 하나하나 이유를 물었을 때 성환은 설초만 창씨를 했다는 사실을 담임선생에게 말했다.

설초가 창씨를 하게 될 무렵에 강주가 가만 내버려 두었더라도 이렇지는 않았을 것이다. 강주가 설초의 ‘창씨’에 극력 반대했기 때문에 성환이까지 알게 된듯하다.

이런 일이 있고 나선 담임선생은 성환에게 어머니는 무슨 이유로 학교에 한번도 안 나오느냐고 따지는가 하면, 성환이 하급생 여자아이들에게 집적댄다든가 때리든가 해서 울리기라도 하면 가정이 바로되어있지 않는 아이는 할 수 없다고, 몰아세우기도 한다는 것이고, 이래서 성환은 학교에 안 가고 돈이 있는 때면 극장에 가고 중국음식점에 가고 그렇지 못하면 산에 가는 일이 때때로 있었다. 강주가 몰래몰래 나무래주는 눈치를 챈 설초는 사람되기 다 틀린 아이를 가지고 속썩일 게 없잖으냐고, 강주를 위로해 달래는 체하면서 증오에 찬 눈초리를 쉴새없이 아이에게 보내기가 일쑤였다.

"어쩜 좋아…… 도련님."

최후를 고하는 짐승의 울부짖음과 같은 소리를 내지르며 강주는 '도련님'을 외쳤다. 강주 입에서 처음 나온 '도련님'이다. 그와 그의 가족들과 한방에서 지내던 시절에도 불러보지 않았던'도련님'이다.

"아주머니, 성환의 장래를 살핀다면 뼈저리는 고통이라도 참으셔야 하지 않겠어요. 다 넘어져가는 우리 가문을 일으켜세우자면 성환을 훌륭한 인물로 키워야 합니다. 어린 조카를 힘껏 키워보겠습니다. 제가 여기 올라오면서 한기욱씨한테 뜻을 말했더니 한기욱씨두, 암 그래야지 그래야지 하고 말씀하시더군요. 그양반께 보답하기 위해서라두 우리 가문을 일으켜세워야 합니다."

승현의 동생은 차마 보아내지 못하게 흩으러진 강주의 처참한 몰골에서 눈을 떼지 않고 말했다.

"……알고 있어요. 도련님 고마워요. 성환일 보내…겠어요. ……잘……잘 길러주세요."

강주는 숨이 꺽꺽 막혀서 입을 크게크게 쩍쩍 벌리며 말했다.

"염려마십시오. 한기욱씨 덕분에 학교두 마치구 지금 그 은행에 있게 되구 그댁 아주머니 알선으로 결혼해서 계집애 하나를 낳았읍니다. 처한테두 누누히 말했읍니다만…… 조카를 친자식 이상으로 사랑하구 보호해야 한다구, 내 조카는 우리 가문에 기둥이니까요. 이놈이 제대로 제구실을 못하게 되는 날엔 우리 가문은 아주 쓰러지구 마는 겁니다. 처되는 사람두 양순한 편입니다. 안심하시구 계셔요.…… 성환이 학교에두 이미 말했읍니다. 제가 데리구간다는 사실을."

　"알겠어요. ……알겠어요. 그렇지만……성환이 너무 불쌍해요…… 너무 불쌍해요. 뱃속에 있을 때부터……."

　그날 밤차로 곧 떠나야 한다고 말하는 아이 삼촌에게 하루만 여유를 달래서 떠나갈 아이의 온갖 준비에 강주는 바빴다.

　우선 아이의 삼촌댁에게 치마저고릿감을 뜨고 그들의 첫아기의 옷을 사는 일도 잊지 않았다. 모든 물자가 통제된 탓으로 이런것을 구하는 데 시간과 노력이 여간 들지 않았다.

　밤에는 성환의 양말과 내의 등을 꿰맬 것은 꿰매고 기울 것은 기워서 차리느라고 한숨도 눈을 붙이지 않았다. 눈을 붙일 틈이 있었더라도 잠을 잘 수가 도저히 없었을 것이다.

　잠들어있는 성환에게 강주는 눈길을 보내지 않으려고 애를 쓰다가도 자는 아이를 뚫어지게 보기만 하기도 했다. ……성환아, 엄마가 잘못했다. 엄마가…… 이렇게 말이라도 중얼거리게 되면 눈물은 숨이 막히게 쏟아지는 것이었다. 이렇게 하는 것은 강주가 눈물을 더많이 흘리자고 했는지도 몰랐다.

　기차가 떠날 땐 울 수도 없었다. 기차가 가슴 위로 지나가는 듯한 느낌밖에 깨닫지 못했다. 빼액 지르는 기적소리가 배꼽 아랫배에 와서 박히는 것을 알았을 뿐이었다.

　성환은 울었다. 엄마, 나하구 같이 가자, 고 울었다. 엄마하고 여기서 같이 살자고는 한마디도 하지 않고 저하고 같이 가자고, 같이 가서 저하고 살자고 몸부림을 쳤다. 차창으로 손을 내밀어 엄마의 손을 잡으려고 허우적거리면서도 내릴 생각을 성환은 하지 않았다.

　강주가 허우적거리는 아이의 손을 잡으려고 저도 허우적허우적 손을 내밀었으나 허우적거리는 손과 손은 끝내 서로 잡지 못하고 어둠속에서 갈라져버렸다.

아이가 떠나간 뒤 두달 열 이틀만에 해방이 되었다. 정신을 잃고 누워있는 강주에게 설초가 숨이차서 헐떡거리며 들이닥쳤다. 그는 땀을 무척 흘리고 있었으나 씻으려고 하지 않았다. 단지 "독립이 됐다."고 "독립이 됐다."고 되풀이하고 있었다. 소리는 그의 소리같지 않게 가냘펐다. 끊겼다 이었다 하기 때문에 그렇게 들렸다.

강주가 자리에서 후닥닥 일어났다. 성환을 떠나보낸 뒤엔 자리에 누워 있는 시간이 많고 음식물은 잘 들려고 하지 않으므로 몸을 가눌 힘조차 강주에겐 없었던 것이지만 "독립이 됐다."는 이 한마디는 강주를 그냥 누워있을 수 없게 만들었다.

"어쩜 독립이……."

강주의 소리는 예상 외로 높았다.

"왜놈들이 물려가구 우리민족끼리, 나라를 세우고 살게 된거야. 거리는 지금 사람의 물결루 차있어. 옥문이 열리구 갇혔던 애국자가, 혁명투사가 막 쏟아져 나오구 지하에 숨었던 지사들이 땅위로 올라왔단 말이야. 이제부터 우리가 우리땅 삼천리강토 위에 자유로운 낙원을 건설하는 거야. 우리는 그 낙원 속에서 우리의 일을 하는 거야. 연극을 하는 거야. 아무런 걸 하더라도 막을 자가 없어. 과격한 걸 쓰더라두 검열은 통과되는거야, 우리말을 마구 써서 말이야. 우리말을 쓴다구 막을 자 누가 있어. 우리를 지배하구 감시하던 일본제국주의자들은 모조리 물러갔으니까. 당신두 기운을 내라구. 개인의 슬픔이나 고통은 이마당에선 실티만두 못한거야. 자 우리, 우리의 아기 정미양까지 데리구 밖으로 나가자구. 우리들의 귀여운 딸, 정미양에게 이 감격적인 광경을 보여주잔 말이야."

마지막 한마디의 말이 아니더라면 강주도 설초와 한가지로 감격에 차있었을 것이고 그와함께 밖으로 뛰쳐나갔을지 모르겠는데, '우리들의 귀여운 딸 정미양'을 치켜들고 법석을 부리는 통에 강주의 마음은 가엾은 성환에게로 달리고 있었다. ―이 감격스런 날, 우리 성환은 어쩌고 있을까. 사람 물결 속에 혹시나 쓸려서 무슨 변을 당하는 건 아닐까. 이런 생각이 앞을 섰다.

　　　　　　　　　　　　　　　　　　　　　

평소에도 강주는 쌀을 씻을 때 뉘를 고르며, 돌을 고르며 우리 성환이 돌이나 먹지 않을까, 돌을 삼키지나 않을까 걱정하고 있는 것이다.

이런 걱정을 하는 탓인지 성환의 맹장염을 수술하기에 이르는 꿈을 수없이 꾸기도 하고 회충, 십이지장충이 우글거리는 성환의 속을 헤쳐놓고 엉엉 우는 때도 적지않았다.

이런 꿈은 상치나 쑥갓을 씻을 경우에 성환을 걱정하는 때문이라고 짐작은 되지만 꿈을 꾸고 나면 강주는 꿈이 현실같기만 해서 울고 울고 또 우는 것이었다. 설초가 정미를 안고 밖으로 나갔다. 감격스런 광경을 혼자 목격할 수는 없다는 것이고 정미에게라도 보여줘야 하겠다고 했다.

강주가 도로 누웠다. ―내게 구원을. 내게 구원을. 하고, 하느님일지 부처님일지 모르는 어느곳에다 강주는 구원을 청하는 것이었다.

독립이 됐다는데, 독립이 됐다고 설초가 저렇게 감격해하고, 옥문이 열리고 혁명투사, 애국자가 쏟아져 나오고 지하에 숨었던 지사들이 지상으로 올라왔다는데…… 나도 이래가지고서야, 이렇게 누워있어야 될 말이냐는 생각이 강주로하여금 구원을 청하게 한 것일 것이다.

설초는 말한 바대로 과격한 각본을 써내었다. 노서아, 불란서, 외국의 여러 혁명가들이 부르짖은 대목을 그대로 베껴내기도 하고 제 소리를 쓰기도 해서 이삼일 안으로, 혹은 하루 사이에 각본을 마치는 일이 수두룩했고, 그것을 상연하기 위해서 이곳 저곳으로 분주히 돌아다니기도 하고, 기성극단에 한몫 끼이려고 교섭하는 일도 있나 보았다.

"당신도 정신을 채려가지구 무대에 섭시다. 당신과 함께 하는 조건으로 ‘××극장’과 손을 잡았다오. ‘××극장’은 소형극장운동과 비슷하지만 규모가 매우 큰거야. 옥에서 나온 사람두 있구, 지하운동을 하던 자들두 있는데 이번에 그들과 손을 잡게 된 거야. 그자들 하구 손을 잡구 일을 하게 된다면 우리들두 그런 자들과 동일한 취급을 받게 된단 말이야."

설초의 소리가 비위에 거슬리기도 했으나 강주는 잠잠히 있다가 무대에 서보겠노라고 간단히 대꾸했다.

무대에 서겠노라는 강주 말에 설초는 만면에 주름을 잔뜩 잡으며 높은 소리로 웃었다.

그러나 설초의 생각대로 일이 잘 되어가지 않았다.

겨우 이회의 공연이 있고 나선 출옥자와 지하파들 간에 파쟁이 생겼다. 출옥자들이 패권을 잡느냐, 지하파들이 패권을 잡느냐가 주목되는 바이었다. 설초는 출옥자들이 패권을 잡는 편이 자기들에게 유리하다고 주장하는 것이지만, 강주로서는 설초의 주장에 이의가 있었다.

출옥자들은 너무 과격했다. 예술이라는 것을 전연 망각하고 선전삐라식의 연극을 무대에서 지껄이자는 것이었다. 여기에 비하면 지하파들은 예술을 상실한 연극을 해서 얻는 것이 무엇이냐고 반박했다.

강주는 후자의 주장이 옳다고 여겼다. 그렇다고 설초와 반대되는 편에 가담하지는 않으려고 했다. 한덩어리가 두덩어리로 된 그 속에서 자기들마저 갈라진다는 일이 싫었으므로 묵묵히 있었다.

이럴 무렵에 오한영의 상경(上京)이 알려졌다. 해방된 이듬해 사월 열사흗날의 일이다.

오한영은 수표정 집을 먼저 찾았다. 강주의 소식을 알려는 그에게 수표정 집 주인 내외는 극비에 붙이다가 그가 십여차 와서 묻고 또 묻고하는 사이에 그의 인품, 의젓하고 점잖음을 인식하고 우선 아낙이 강주를 만나서 그동안의 경위를 알리는 한편 의젓하고 점잖은 이 신사에게 강주의 주소를 말해주어도 되겠느냐고 묻는 것이었다.

말해주지 말라고 강주가 아낙에게 말했다. 아낙은 오한영에게 강주가 하라는 대로 했으나 오한영은 끝내 '××극장'에 나간다는 강주를 알아내고야 말았다.

그날도 강주는 정미를 데리고 있었다.

"서강주동지 손님이 찾습니다."

단원 중의 한사람이 강주에게 알려주었다.

강주가 정미의 손을 이끌고 밖으로 나갔다. 예측하던대로 오한영이었다. 승현이 아닐까 하는 공포심도 있어서 정미의 손을 일부러 이끌고 강주는 나갔던 것이다.

"어쩌나. 여기까지……"

벚꽃이 피어있는 나무아래 그가 서있었는데 그는 강주를 목격하자 주춤하는 것같았다. 강주손에 이끌린 어린것을 보고 하는 행동임을 강주는 알았다. 그의 편지에 쓰인대로 아직 두더지같은 생활을 한다면 승현의 재생을 그는 모르고 있을 것이 분명하며 그렇다면 어린것은 웬것이냐는 의문이 생기게 될 것이 당연함직하다.

"이 근처에 점심이라두 같이할 장소가 없겠어요?"

한참 선 채로 섰던 그가 강주에게 말했다.

"있어요."

강주가 어린것을 이끌고 앞을 섰다. 그들은 조용하고 가까운 장소를 택해 마주앉았다. 오한영은 강주에게 아무것도 묻지 않았다. 자기의 지낸 일만을 털어놓았다. 이년 가까운 세월을 감옥에 갇혔다가 해방과 더불어 자유로와졌다는 말과, 감옥에서 나오면서 쭈욱 신병으로 누워있었다는 말을 했다.

"무슨 일로 감옥에?"

강주가 애처로운 소리로 물었다. 그리고 그를 자세히 보니 그는 쇠약해 있었다.

"미우니까 여러가지 구실을 붙여서 죄명을 뒤집어씌운 거죠. 내가 하구있는 일이 그들한텐 못마땅했거든요. 창씨라두 해줬더라면 좀 덜 받았을지 몰랐지만."

"그런걸 모르고……"

강주의 말은 주문한 음식이 들어오는 통에 끊겼다.

"엄마 저거, 저거. 이것두 먹을테야."

정미가 이것저것을 가리키며 서둘렀다. 강주는 끊겨진 말을 이을 생각도 잊어버리고 정미의 시중을 들기에 바빴다.

오한영은 이러는 강주를 물끄러미 보고 있었다.

"어서 드세요."

"예, 먹지요."

음식을 다 먹기까지 둘이는 아무 말도 하지 않았다. 오한영의 눈길이 강주에게 와 닿으면 강주가 피하고 강주의 눈길이 그에 멈추게 되면 그가 시선을 허공에 굴리는 것이었다.

"엄마, 가."

먹을대로 먹은 정미가 재촉하는 소리에 구원이라도 얻은 듯 강주가 일어섰다. 오한영도 따라 일어섰다. 아까 그가 섰던 벚꽃나무 근방이 한결 따사로와 보이는데 그가 거기에까지 와서 강주더러 이렇게 헤어져서야 되겠느냐, 고 말했다. 강주가 그렇다는 의사를 고개를 끄떡여 대꾸를 했다. ─아무래도 이대로 헤어질 수는 없는 일이었다. 오한영은 언젠가 강주와 만났던 ××차점으로 저녁 일곱시에 나와달라고 말했다. 강주가 그렇게 하마고 고개를 끄떡여 응했다.

1부 완(完)

1966. 2. 28.

'내게 구원을': 어느 페미니스트의 외침

손유경

1. 작가와 인물의 오기(傲氣)

『강물은 또 몇 천리』는 최정희가 1964년 5월(113호)부터 1966년 4월(136호)까지 2년에 걸쳐 『현대문학』에 연재한 그의 마지막 장편소설이다. 1965년 4월(124호)에 연재를 한번 쉬어서 총 23회로 1부를 마쳤는데, 2부를 이어 쓰지 못했던 때문인지 이후 단행본으로 엮이지는 않았다

1950년대에 두 편의 신문 연재 장편소설 『녹색의 문』과 『그와 그들의 연인』을 썼으나 "어느 것이나 실려 주는 편에서 재미가 없다고 말해서 끝날 무렵해선 늘 후닥닥 마치곤 했"다는 내용의 회상으로 미루어 보아 1960년대에 접어들어 『사상계』나 『현대문학』 같은 잡지에 소설을 연재하기 시작할 즈음 최정희에게는 꽤 강한 오기가 발동했었던 듯하다. "그러한 불쾌한 일을 두 번씩이나 당하고 나니 이젠 신문에 장편 연재할 생각이 없다. 즐겁지 않은 일을 할 필요가 없"[1]다는 문장들이 이런 추측을 뒷받침한다. 『강물은 또 몇 천리』는 『인간사』와 마찬가지로 작가의 이러한 강한 자존감과 승부욕이 본격적으로 작동한 이후 연재된 주요작이라

---

1   최정희, 「문학적 자서(1959년 3월)」, 『젊은 날의 증언』, 육민사, 1963, 14~15쪽.

할 수 있다. 두 소설은 1930년대부터 해방 이후까지의 비교적 긴 시간을 역사적 배경으로 삼는다는 공통점도 지닌다. 그러나 『인간사』가 1960년 4.19혁명까지를 다룬 데 반해 『강물은 또 몇 천리』는 해방 직후를 끝으로 1부가 마무리되었다는 점에서는 차이가 있다.

『강물은 또 몇 천리』는 1930년대 연극 운동의 한복판에서 극단 여배우로 생계를 이어가는 주인공 서강주가 폭력적이고 방종한 남자 조승현으로부터 신체적·정서적 고통을 겪으며 그에게서 벗어나기 위해 몸부림친 10여 년의 삶을 그린 소설이다. 서사 전체에 자전적 요소가 적절히 풍부하게 섞여 있어서 식민지시기 연극 운동의 현장을 복원하고 그간 잘 알려지지 않았던 1930년대 초중반 최정희의 생애를 재구성하는 데 필요한 핵심 자료로서 손색이 없다. 특히 주목되는 점은, 작중에서 서강주와 조승현의 복잡한 인연이나 이들을 둘러싸고 벌어지는 다양한 사건들을 고려할 때 두 인물이 구현하는 중요한 특질 가운데 일부가 각각 최정희 자신과 첫 남편 김유영에게서 파생되었을 가능성이 크다는 사실이다. 두 사람이 소형극장 운동을 하다가 만났으며 이후 줄곧 극단 관계자나 기자, 문인들과 교류한다는 점, 극도의 가난 속에서 임신과 출산을 겪는 강주가 배우의 꿈을 키우며 가족 부양까지 책임진다는 점, 첫아들에 대한 강주의 죄책감과 그리움이 자심하다는 점 등 중요한 몇 가지만 추려보아도 그러하다.

2. '지긋지긋' 하고 '구질구질' 한 남자들의 세계

무대나 스크린에서 "찬연히 날개를 펼쳐 보았으면 하는 꿈"(20쪽)을 품고 살아온 주인공 서강주는 동경 유학파 출신 인텔리 여성이다. 바다 빛 망토를 걸친 기사(騎士)에 관한 공상에 곧잘 빠져들 만큼 다분히 낭만적이며 열정적인 내면의 소유자다. 그러나 강주가 처한 현실은 "초라하고 시시"(212쪽)하며 "구질구질"(213쪽)하다. 헤어나기 어려운 경제적 궁핍은 강주의 자존감을 꺾고, 승현이 반복해서 일삼는 폭력과 방탕은 강주의 심신을 병들게 한다. 강주의 임신 소식을 듣고도 차일피일 결혼을 미루며 무책임한 행동으로 일관하는 승현 대신 생계를 책임지는 것은 강주다. 월급이 절실히 필요한 강주가 선택한 직장이 바로 극단이다.

작중에서 강주와 승현의 인연은 '소형극장 운동'에서 시작된다. 배우가 되겠다는 강주의 꿈은 최정희의 여러 산문에서 산견되는바 작가 자신의 꿈을 그대로 본뜬 것으로 보이며, 강주를 괴롭히는 경제적 곤궁은 작가의 분신이기도 한 「흉가」(1937) 주인공의 궁핍한 처지를 환기한다. 강주의 불행은 소형극장 운동을 주도하는 인물 조승현이 강주를 강간한 일로부터 시작된다. 강주는 "이 두렵고 끔찍한 사실"(22쪽)을 아무에게도 알려선 안 된다 생각한다. 한설초의 금력으로 움직이는 소형극장이 대본 검열과 비용 조달 문제로 해체되자 하는 수없이 두 사람은 문화공론사 사무실에 살림을 차리는데 강주는 배우보다 여기자가 더 나은 직업이라 애써 스스로를 다독이며 가난과 불안을 감내하는 중이다. 그러나 강주를 가장 괴롭히는 것은 승현의 반복되는 성적·물리적 폭력이다. 승현은 "흡족한 결과를 치르지는 못"하면 "질풍 같던 그 기세"로 "어디라 없이 주먹이 가는대로 발길이 닿는대로" 강주를 "패고 차는"(16쪽) 저열한 인물이다.

후술하겠지만 여기 등장하는 문화공론사는 1930년대 시대공론사를 모델로 한 것으로, 대외적으로 승현은 잡지 『문화공론』 주간이고 강주는 여기자다. "낮이면 문화공론사 여기자로, 밤이면 승현의 여자로서 둔갑을 하게 되는"(16쪽) 강주는 "배가 불러오기 전에 죽어야 한다"(14쪽)는 생각에 사로잡혀 있다. 한기욱의 후의로 둘은 한기욱의 집으로 살림살이를 옮기게 되나 승현은 여전히 무능하고 방종한 생활에서 벗어나지 못하고 급기야는 낙태약을 지어와 강주에게 강권한다. 강주는 낙태약을 한꺼번에 먹고 자살을 기도하지만 이틀간 혼수상태에서 빠져 있다가 극적으로 회복하고 아들 성환도 무사히 태어난다. 이 와중에 한기욱의 결혼으로 행랑채 문간방으로 쫓겨난 강주는 현대극단을 찾아가 이설초(3회까지는 한설초로 나온 인물)와 재회한 후 배우로 발탁된다. 그러나 승현 모친의 갑작스러운 상경을 전후로 하여 살림은 더욱 곤궁해져 단칸방으로 이사를 나가게 되는데 어머니가 한방에 기거하는데도 승현은 개의치 않고 밤마다 강주에게 성적 지배를 행사한다.

연재 1회부터 6회까지의 소설 전반부가 펼쳐 보인 이 같은 주요 사건과 인물군은 이후 서사의 흐름과 갈등 구조를 압축적으로 드러낸다. 즉 조승현은 소설 마지막까지 일관되게 강주의 삶을 불행과 공포에 빠뜨리는 파괴적 존재로 등장하고, 강주는 강주대로 승현의 손아귀에서 벗어나기 위해 필사적으로 노력한다. 극단과 잡지사에서 받는 월급으로 시댁 식구까지 먹여 살려야 하기 때문이다. 작품 말미에 이르러 여동생 찬주를 만난 강주가 자기 자신을 “함정에…… 빠진 짐승”(295쪽)이라 말하며 통곡하는 장면은 강주가 겪는 심신의 고통이 얼마나 극심한지를 고스란히 보여준다. 강주는 끊임없이 일하고 돈을 벌어 아이들을 낳고 기르지만, 승현은 끝도 없이 바람을 피우고 가산을 탕진하며 강주와 아이들의 생존을 위협한다.

7회 이후 서사에서 가장 충격적인 대목은 또 다른 낙태 사건으로 인한 승현의 투옥, 그리고 출옥 후 그가 저지른 살인 사건이다. 평소에도 의심과 질투로 강주를 옥죄었던 승현은 강주가 오한영이라는 인물을 연모한다는 사실을 알게 되자 격분하여 장애가 있는 자신의 여동생과 어린 둘째 딸을 살해하는 만행을 저지르고 자신은 자살로 위장한 후 도피한다. 승현이 작중에서 보이는 끈질긴 폭력성은 연인이나 친구뿐 아니라 자신의 친족에게까지 뻗어나가 가공할 만한 잔혹성을 보여준다. 승현의 자살이 위장된 것이었음은 소설 막바지인 21회에 비로소 밝혀지는데, 승현의 생존 자체도 충격적이지만 그가 활동한다는 북간도로 언제 끌려갈지 모른다는 극도의 불안에 휩싸인 강주가 끝내 혼절하는 장면에서는 독자 또한 전율하지 않을 수 없다.

『강물은 또 몇 천리』를 돋보이게 만드는 소설적 요소는 “도깨빈지 짐승인지 모를”(300쪽) 조승현의 이런 악행이 아니라 작가 최정희의 내적 강인함이 투사된 주인공 서강주의 집념과 오기다. 작중에서 강주는 경제적으로 독립하여 불행한 어머니와 동생들을 어떻게 해서든 돕겠다는 뜻을 굽히지 않는다. 자신이 낳은 아이들을 자기가 번 돈으로 기르기 위해 극단 지방 순회공연이나 출판사 교정 작업, 그리고 양말 코 메우는 일까지도 마다하지 않는다. 승현이 부재할 때마다 강주를 돕겠다고 나서는 남자들이 많지만 강주는 특히 설초 같은 이들에게 “말려들어갈것 같”은 “불안”(250쪽)으로 매번 갈등한다. 그러나 강주 같은 인텔리 여성조차 한기욱이나 이설초 같은 이들의 도움을 받지 않으면 당장 길바닥에 나앉을 수밖에 없었던 것이 1930년대 식민지 조선 여성들이 처한 잔인한 현실이었다. 강주는 쉽게 무너지지 않겠다는 의지로 버티지만 결국 설초와 살림을 차릴 수밖에 없다. 경제적으로 도움을 주고 나서는 일단 강주에게 말부터 놓고 보는 설초를 멀리하기 위해선 출판사 사장 송준오와 친밀한 척 꾸미기도 해야 한다. "강주는 웃고 나오는 설초가 금방 싫었다. 눌러야 하겠다고 무뜩 생각이 들었다. 그러기 위해선 송준오와 친밀한 척 꾸며보여야 할 것같았다."(270쪽) 그러면 또 송준오는 딴마음을 품고 셋방까지 강주를 찾아오는 것이다. "남자들이란 지긋지긋하"(253쪽)다는 것, "남자란 모두 마찬가지로 구질구질한 생각을 가지고 있는 동물"(271쪽)이라는 생각을 강주는 안 할 수가 없는 것이다.

> "벌써 다녀왔군."
> 설초가 미닫이를 열고 주저없이 들어섰다. 그는 강주에게 건네는 **언어 사용마저 어느새 함부로 되어버렸다.**
> 순전히 그의 돈으로 살아가게 되지 않았다면 그가 이럴 수가 없을 것이라고 강주는 생각했다.
> "나가요. 어디라고 함부로 드나들어요."
> 강주가 몸을 잽싸게 일으켜 앉히며 설초에게 **도전했다.**(252~253쪽)

강주가 망토 입은 기사에 관한 몽상이나 다소 비현실적으로 보이는 오한영을 향한 동경을 끝내 자기 세계 바깥으로 밀어내지 않은 것은, 비루한 남자들의 세계와 '영원히 만나지 않은 채' 평행선을 달리는 힘이 자신의 그 고유한 환상에서 싹트기 때문이었는지 모른다. "그렇지만 평행한 이직선은 서로 다을 수가 없다는 걸 기하학 시간에 배웠어. 그와 나는 평행한 이직선일 뿐이야, 어김없는 이직선일 뿐이야."(214쪽) 강주는 막연하게나마 끊임없이 "정다운, 깨끗한 인물"(212쪽)을 동경한다. 말려 들어가지 않기란 너무도 어려운 일이었다. 정답고 깨끗한 남자를 만나기란 불가능에 가까운 일이었다.

3. 연극 운동에 저당 잡힌 여배우의 삶

『강물은 또 몇 천리』에는 1930~40년대 연극 현장과 배우들의 삶, 그리고 잡지 출판계의 풍경이 생동감 있게 그려져 있다. 먼저, 소설 첫 장면에서 강주가 회상하는 '소형극장'에서의 활동이나 문화공론사 사무실에서 수행하는 여기자 역할 등은, 식민지시기 조선 각지에서 일어났던 프로연극운동, 그 가운데서도 특히 카프와 협력적 긴장 관계를 유지했던 김유영이 주도적으로 그 결성에 관여한 이동식 소형극장의 존재를 자연스레 상기시킨다.[2] 작중에서 『문화공론』으로 일컬어지는 잡지는 1932년 창간된 잡지 『시대공론』을 모델로 한 것으로 보이는데, 실제로 1931년 7월 최정희는 『조선일보』에 수필을 실으면서 자신을 "시대공론 부인기자"로 표기해 놓은 바 있다.[3]

한편 생계를 위해 강주가 입단을 결심한 현대극단은 1931년 창단된 극예술연구회를 여러모로 연상시킨다. 강주가 현대극단을 드나드는 데 대해 강한 불만을 품은 승현이 현대극단을 가리켜 "부르좌지들 소굴"(190쪽)이라 칭하는 데서 단적으로 드러나거니와, 작중 현대극단과 거기 드나드는 인물들은 모두 실제와 허구가 교차하는 지점에서 포착되고 형상화된다. 소설 속에서 현대극단이 상연한 연극 대부분은 작가의 상상력이 빚어낸 것이지만, 번역극인 니콜라이 고골의 「검찰관」은 실제로 1932년 5월 극예술연구회가 창립 기념으로 무대에 올린 작품이었다.[4]

이처럼 역사적 사실과 소설적 상상력을 뒤섞는 작가 특유의 전략은 『강물은 또

2　김유영의 행적에 관해서는 현순영의 다음과 같은 연구들이 상세하다. 「김유영론 1: 영화계 입문에서 구인회 결성 전까지」, 『국어문학』 54, 국어문학회, 2013; 「김유영론 2: 구인회 구상 배경과 결성 의도」, 『한국문학이론과 비평』 18, 한국문학이론과비평학회, 2014; 「김유영론 3: 카프 복귀에서 〈수선화〉까지」, 『한민족어문학』 70, 한민족어문학회, 2015. 한편, 카프 대중화론의 주도권이 영화운동에서 연극운동으로 이행하는 과정에서 핵심적 역할을 담당한 김유영과 신고송 등의 이론과 실천에 관해서는 이광욱의 「카프 연극 영화 대중화론의 전개와 헤게모니 전략의 추이」(『한국현대문학연구』 69, 한국현대문학회, 2023)를 참고할 것.

3　시대공론부인기자 최정희, 「여인수필: 밤도시의 푸로필—」, 『조선일보』, 1931.7.27.

4　https://encykorea.aks.ac.kr/Article/E0007366

몇 천리』의 주요 인물과 사건, 배경을 이해하는 데 반드시 고려해야 할 요소다. 이
를테면 작중에서 현대극단이 「검찰관」으로 성공을 거두자 이를 시기한 승현이
"통속극단이면서, 그 주제에 고오고리의 것에 손을 대다니"(189쪽) 하는 뱃심으로
동지들과 함께 소형극 연구소를 만드는 장면을 살펴보자. 졸속으로 결성된 승현
의 소형극 연구소는 초회 공연 연습 도중 해산하고 마는데, 작중에서 이들이 준비
했던 작품이 안톤 체홉의 「앵화원」으로 설정된 점이 흥미롭다. 「앵화원(櫻花園)」은
1934년 12월 극예술연구회가 상연한 대표적 번역극으로, 기성 배우를 기용하지
않겠다는 원칙에 따라 주목받는 신예 시인이었던 모윤숙과 노천명을 출연시켜 세
간의 화제를 모았던 작품이다.[5]

이런 맥락에서 볼 때, 주인공 서강주는 작가 최정희뿐 아니라 최정희의 친우였
던 모윤숙이나 노천명 등 동시대 여성 문인들의 예술과 생애가 복합적으로 투영
된 인물인 셈이다. 여배우에 대한 당대의 인식은 긍정적이지 않았다. 강주가 출연
한 연극 「사상의 적」이 흥행을 거두면서 가족과 이웃에게 강주의 '정체'가 알려지
게 되는 장면에서 승현 모친은 "집안 망신을 시키는 배우 며느리"(104쪽)에게 일
이나 더 시키자는 심보를 갖고 강주를 윽박지른다.

서사가 전개될수록 몸을 쪼개어도 모자를 만큼 바쁜 강주는 점차 영혼이 소진
되고 마모되는 것처럼 느낀다. "연극에서만이 아니고 강주가 매일 움직이고 있는
일 전체가 그랬던 것이다. 그저 그날 그날에 질질 끌려서 가고 있었다. 마치 고삐
에 끌린 우마(牛馬)와같이 운명의 고삐에 끌려갔을 뿐이었다. 사고력같은 것을 가
지고 움직여본 일이라곤 전혀 없다시피 하고 있었다. 이번 지방공연도 가게 되니
까 가는 것이다. 강주는 희노애락의 정(情)을 잃은 지 이미 오래다. 차일처럼 둘러
쳐 있던 지난날의 찬란한 꿈은 자취도 없이 날아가버리고 말았다. 완전히 잔해밖
에 남지 않은 느낌이었다."(115~116쪽)

강주가 지방 순회공연을 다니다 겪은 최대 위기는 H시의 한 여관에 볼모로 잡

---

5 김기철, 「[모던경성] 김수임, 모윤숙, 노천명: 체홉 연극에 나선 용감한 신여성들」, 『조선
일보』, 2024.2.28.(https://www.chosun.com/culture-life/culture_general/2024/02/17/
ZUZ2Z32CYFEZLOEYDSNMQ36XB4/)

힌 일이다. 잇따른 공연 실패로 현대극단 전체가 밥값을 갚지 못하게 되자 "강주 하나를 남겨두고 가서 그동안의 밀린 밥값을 변통해 오라는 것이 여관측의 독촉"(128쪽)이었다. '똘똘이'(빚을 갚지 못한 채 다음 행선지로 향하는 극단을 따라 나서는 빚쟁이)에 관한 구체적 묘사에 이어지는 이 사건에서 주목되는 것은 지칠 대로 지친 강주의 상태다. 어린아이와 가족들이 굶을까 봐 노심초사하는 강주는 기다림 끝에 탈진하다시피 하여, 강주를 데리러 온 설초가 용서와 감사의 뜻을 표 해도 별 반응 없이 멀거니 그를 바라볼 뿐이다. "밥값에 잡혀 오래 갇혀있던 여광 대"(132쪽) 신세는 면해도 강주의 고통은 줄어들지 않는다.

위 사건을 포함한 일련의 고비를 넘으며 무대 위 강주의 연기는 점차 무르익어 간다. 무대와 삶을 구분하지 않을 정도로 연기에 몰두하는 강주는 "연극을 하는 것이 아니고 자기 운명과 대결하고 있는 것인지 몰랐다."(170쪽) 작중에서 강주가 마지막으로 출연한 작품은 「동경서 온 두 사나이」인데 이때도 강주는 명연기를 펼치고, 연극이 끝난 후에는 오한영으로부터 편지까지 받게 된다. 연이은 시련 속에서도 열정이 되살아나고 연모하던 인물인 오한영과도 거리를 좁히게 되면 서 강주는 배우로서의 입지를 다진다. 그러나 강주의 보람과 행복은 그리 오래 지속되지 못한다.

4. 해방이라는 외삽된 에피소드

조승현이 여동생과 딸을 살해하고 종적을 감춘다는 소설적 설정은 매우 극단적 형태로 표출된 가부장적 폭력의 재현이다. 승현의 무도(無道)한 면모를 그렇게밖 에는 달리 드러내기 어렵다는 작가의 판단이 승현을 친족 살해라는 끔찍한 범죄 를 저지른 인물로 형상화하는 데 일조했을 것이다. 이 경악스러운 사태를 마주한 강주는 실성하고 만다. "뻘쭉 웃는 웃음 속엔 정신병자의 티가 드러났으니까, 강 주는 일년동안을 병원에서 지냈다."(249쪽)

『강물은 또 몇 천리』에서 강주는 이와 유사하게 수차례 의식을 잃는다. 졸도했다가 몇 시간 혹은 며칠 만에 깨어나기도 하고, 위의 경우처럼 1년간 정신병원 신세를 지기도 한다. 강주가 가장 먼저 실신하는 장면은 승현과 육탄전을 벌이다가 갑자기 "밀물이 밀려오듯 엄습"(100쪽)하는 피로를 느끼며 쓰러지는 대목이다. "마치 손가락 사이로 흘러내리는 세사(細沙)처럼 강주의 육체는 땅속으로 조올졸 흘러내리는 것이었다."(100쪽) "죽었던거나 다름없"(101쪽)는 몽롱한 의식 상태 속에서 2박 3일을 지낸 후 깨어난 강주는 바로 극단으로 출근한다. 다른 장면에서는 가벼운 기억상실을 겪기도 한다. 강주와 설초 사이를 의심한 승현이 둘을 택시에 태우고 한강 백사장까지 끌고 가 칼로 위협한 후 설초를 때려눕히고 강주의 머리채를 잡은 사건 직후 강주는 의식을 잃는데, 병원에서 눈뜬 강주는 그곳이 어디이고 며칠이 지났는지 알지 못한다. 의식을 회복한 이후에도 강주는 반년이나 병원 신세를 더 지다가 퇴원하는 것으로 그려진다.

강주가 반복적으로 겪는 이러한 의식의 단절 혹은 상실 양상은 『떼스마스크의 비극』의 주인공 형재나 『인간사』의 주인공 강문오가 경험하는 졸도, 오열, 발작, 실신과 매우 흡사하다는 점에서 차후 별도의 고찰을 요하는 문제다. 『강물은 또 몇 천리』의 주인공 강주의 경우에는 심신의 고통이 극에 달하는 순간마다 혼절하곤 하는데, 자살한 줄 알았던 조승현이 북간도에 있다는 사실을 알게 된 때나 그가 강주 친정집에 들렀다는 소식을 접할 때가 그러하다.

강주의 충격과 실신이 되풀이되며 서사가 전개되는 가운데 최정희의 생애와 관련해 특히 눈여겨볼 대목은 앞서 언급했던 강주의 입원 경험이다. 강주가 병원에 있는 동안 아들 성환이 시댁 식구들과 함께 시골로 내려갔다는 사실을 알고 강주는 절망한다. 아이를 향한 애타는 그리움으로 강주는 "새가 나무에 와 울어도 같이 울고, 달이 창을 비쳐도 울었다."(151쪽) 아이를 그리워하는 강주를 승현은 적반하장으로 '화냥년'이라 부르며 또 폭력을 행사하고 "강주는 작은 새새끼처럼 발발발 떨"(174쪽) 뿐이다. 마침내 성환은 다시 강주 품으로 돌아오지만 굶기를 밥 먹듯 하는 시골 생활로 어린 성환에게는 병적인 식탐이 생겨 아이는 폭식과 설사를 반복한다. 그래도 강주는 다시 공연을 시작한다. 현대극단의 명성이 높아가자 승현의 질투와 시기, 폭력은 날로 심해진다. "언제나 승현은 실컷 두들겨패다간

강주를 자빠뜨리고 제 욕구를 충족시키는 일은 잊지 않았다."(176쪽)

널리 알려진 것처럼 최정희는 1934년 신건설사 사건으로 8개월간 옥고를 치른 바 있는데, 작중에서 강주가 반년 동안 입원한 시기는 정황상 이 무렵으로 보인다. 수감 기간에 "내 아이를 떠나보내는 슬픔"(338쪽)을 겪었다는 내용의 아래 인용문을 보면, 최정희는 김유영과의 인연으로 신건설사 사건에 연루되어 옥고를 치른 경험을, 승현의 가정폭력으로 강주가 병원 신세를 지고 그 바람에 아들 성환과 헤어지게 되는 사건으로 각색했음을 알 수 있다. 김유영과의 사이에서 낳은 첫 아들 익조가 부모의 부재로 겪었을 시련이, 작중 인물 성환의 애처로운 모습에 고스란히 투영된 것으로 보인다. 강주가 성환을 향해 애타는 그리움과 죄책감을 지닌 채 고뇌하는 모습은 작가 최정희가 장남 익조에게 품었을 절절한 마음의 소설적 변형이자 심화라 할 수 있다.

> 나는 줄곧 울기만 했다. '어머니'를 부르는 모든 아이들의 소리는 천둥소리보다도 크게 내게로 쏠리는 것이었다. 나는 끝내 신경과 계통의 병원에 입원하게 되었다. 이렇게 심한 슬픔과 고통을 겪느라고 출근을 부지런히 못했다고 조선일보사 출판부에선 쫓아내었다. 연애를 하느라고 출근을 게을리한다고 출판부 책임자는 사장에게 고발했었다. 이런 고역을 치르고 나서 글을 썼다. (중략) 내게서 떠났던 아이는 벌써 제가 어린 것을 가지게 되었다. 그 아이가 6.25 사변통에 죽었는지 살았는지 소식조차 몰라 애타던 끝에 국군이 되어 내 앞에 나타났을 때 나는 입을 벌려 무어라고 말을 못했다. 앉은 채로 멀거니 그 아이를 쳐다보았을 뿐이다. 그 아이는 현재 유네스코 한국지부에서 일하고 있다. (중략) 그 아이는 돌이 금방 지난 딸 태정으로 해서 즐겁게 지난다. 내게 보여주기 위해서 휴일이면 어린 것을 안고 내게로 온다. 나는 나를 많이 닮았다는 태정이 때문에 주체할 수가 없을 정도로 즐겁다.[6]

익조의 생환이 최정희에게 안겨주었던 희열은 다른 글에서도 일찌감치 포착

---

6 최정희, 「처음 밝히는 나의 과거」, 최정희 外, 『한국문학가수기전집』, 평화문화사, 1971, 339~340쪽.

  최정희 소설 전집 **6**

된다.

> 10월 21일. 익조가 돌아왔다. 엄마가 죽었다는 소문을 듣고도 살던 집터라도 보고 가려고 왔다고 한다. 밖에서 '아란아' 부르는 익조의 음성을 알아들으면서도 나는 그냥 앉은 채 일어설 수가 없다. 8월 20일에 대구에서 입대했다는 소식만 듣고, 다시 소식을 못 들어하던 익조가 키도 크고 음성도 부풀어 훌륭한 군인이 되어 문턱 안에 들어서는데 나는 그냥 앉은 채 일어서지 못한다.[7]

소설 후반부에 이설초는 강주와 살림을 차린 후 셋째딸 정미가 태어나자 눈에 띄게 성환을 구박하고 차별한다. 가여운 성환은 정미를 질투하며 점차 성격이 비뚤어져 간다. 마지막 회에서는 성환의 삼촌이란 자가 나타나 "조씨 가문의 장손이 이씨를 아버지라 섬기며 성장해 갈 수는 없다"(300쪽)며 강주에게서 아이를 빼앗아가고 만다.

김동환과의 사이에서 두 딸을 낳았던 최정희는 장남 익조가 자신에게 돌아와 준 것이 미안하고 고맙고 감격스럽다고 했다. 그러나 『강물은 몇 천리』 1부는 성환이 강주 곁을 떠나는 장면으로 마무리된다. 아이가 떠난 지 두 달 열이틀 만에 해방을 맞이한 강주의 내면은 환희가 아닌 번민으로 가득 차 있다. "이 감격스런 날, 우리 성환은 어쩌고 있을까. 사람 물결 속에 혹시나 쓸려서 무슨 변을 당하는 건 아닐까. 이런 생각이 앞을 섰다."(304쪽) 성환에 대한 그리움으로 강주는 애가 탄다. "강주가 도로 누웠다. ―내게 구원을. 내게 구원을. 하고, 하느님일지 부처님일지 모르는 어느곳에다 강주는 구원을 청하는 것이었다. 독립이 됐다는데, 독립이 됐다고 설초가 저렇게 감격해하고, 옥문이 열리고 혁명투사, 애국자가 쏟아져 나오고 지하에 숨었던 지사들이 지상으로 올라왔다는데…… 나도 이래가지고서야, 이렇게 누워있어야 될 말이냐는 생각이 강주로하여금 구원을 청하게 한 것일 것이다."(305쪽)

『강물은 몇 천리』 1부는 이처럼 해방을 감격과 희열이 아닌 상실과 번민으로 경

---

7 최정희, 「난중일기에서」, 오제도 外, 『적화삼삭구인집』, 국제보도연맹, 1951, 51~52쪽.

험하는 서강주가 절대자를 향해 간절히 구원을 요청하는 것으로 마무리된다. 나라가 독립이 되어도 서강주는 인습의 굴레를 벗어던지지 못한다. 승현과 승현의 세계는 반성 없이 건재한다. 『인간사』에서 최정희가 도저한 염세주의를 바탕으로 대한민국은 '동경 시절'의 청춘들이 꿈꾸었던 이상과는 거리가 먼, 그 시절의 잔해이자 찌꺼기 같은 곳임을 웅변했듯, 『강물은 몇 천리』는 식민지 시기 내내 무능한 마초들의 세계에 "말려 들어가지 않으려고" 안간힘을 썼던 인텔리 여성 서강주에게 민족의 해방은 과거와의 단절이나 미래로의 도약을 결코 보증하지 않는, 철저히 외삽된 에피소드였음을 극적으로 시사한다.